談病說痛

——人類的受苦經驗與痊癒之道

Kleinman, Arthur.

The illness narratives.

獻給那些忍受長期病痛的人，那些與病人分擔殘障經驗的家人與親友，以及照顧他們的專業人員。

生命的堅定意義永遠是同一永恆的事物：婚姻，也就是一些不尋常的理想，不管如何特殊，都要附帶一些誠信、勇氣和毅力，附帶一些男人與女人的痛苦。

——William James
Talks to Teachers

我認為，不免一死是實際存在的主要事實；死亡則是生命的主要事實。

——Michael Oakeshott
Experience and Its Modes

如果你不被一般人了解，而且無法使你的聽眾進入這種情況，你將會錯失真相。

——Hippocrates
Ancient Medicine

桂冠心理學叢書序

　　作為一門行為科學，心理學雖然也可研究其他動物的行為，但主要重點則在探討人在生活中的心理與活動。人類的生活牽涉廣闊，心理學乃不免觸及其他各科學術，而成為一門百川交匯的融合之學。往上，心理學難免涉及人類學、社會學、政治學、法律學、哲學及文學；往下，心理學則必須借重數學、統計學、化學、物理學、生物學及生理學。至於心理學的應用，更是經緯萬端、無所不至，可說只要是直接與人有關的生活範疇，如教育、工商、軍事、司法及醫療等方面，都可以用到心理學的知識。

　　在世界各國中，心理學的發展或成長各有其不同的速度。有些國家(如美國、英國、西德、法國、日本、加拿大)的心理學相當發達，有些國家的心理學勉強存在，更有些國家則根本缺乏心理學。縱觀各國的情形，心理學術的發展有其一定的社會條件。首先我們發現，只有當一個國家經濟發展到相當程度以後，心理學術才會誕生與成長。在貧苦落後的國家，國民衣食不周，住行困難，當然談不到學術的研究。處於經濟發展初期的國家，急於改善大眾的物質生活，在學術研究上只能著重工程科學、農業科學及醫學。唯有等到經濟高度發展以後，人民的衣食住行都已不成問題，才會轉而注意其他知識的追求與應用，以使生活品質的改善拓展到衣食住行以外的領域；同時，在此一階段中，為了促成進一步的發展與成長，各方面都須儘量提高效率，而想達到這

一目的，往往需要在人的因素上尋求改進。只有在這些條件之下，心理學才會受到重視，而得以成長與發達。

其次我們發現，一個國家的心理學是否發達，與這個國家對人的看法大有關係。大致而言，心理學似乎只有在一個「把人當人」的人本社會中，才能獲得均衡而充分的成長。一個以人為本的社會，往往也會是一個開放的多元社會。在這樣的一個社會中，違背人本主義的極權壓制無法存在，個人的尊嚴與福祉受到高度的保障，人們乃能產生瞭解與改進自己的心理適應與行為表現的需求。在這種情形下，以科學方法探究心理與行為法則的心理學，自然會應運而興。

綜合以上兩項條件，我們可以說：只有在一個富裕的人本社會中，心理學才能獲得順利的發展。對於貧窮的國家而言，心理學只是一種沒有必要的「奢侈品」；對於極權的國家而言，心理學則是一種會惹麻煩的「誘惑物」。只有在既不貧窮也不極權的國家，心理學才能成為一種大有用處的「必需品」。從這個觀點來看，心理學可以視為社會進步與發展程度的一種指標。在這個指標的一端是既富裕又開放的民主國家，另一端是既貧窮又極權的共產國家與法西斯國家。在前一類國家中，心理學成為大學中最熱門的學科之一，也是社會上應用極廣的一門學問；在後一類國家中，心理學不是淪落到毫無所有，便是寄生在其他科系，聊備一格，無法在社會中發生實際的作用。

從這個觀點來看心理學在臺灣的發展與進步，便不難瞭解這是勢所必然。在日據時代，全臺灣只有一個心理學講座，而且是附設在臺大的哲學系。光復以後，臺大的心理學課程仍是在哲學系開設。到了民國三十八年，在蘇薌雨教授的努力下，心理學才獨立成系；從此即積極發展，先後增設了碩士班與博士班。此外，師範大學、政治大學、中原大學、輔仁大學等校，也陸續成立了心理學系。其他大專院校雖無心理系的設立，但卻大都開有心理

學的課程，以供有關科系學生必修，或一般學生選修。

　　在研究方面，人才日益增加，而且都曾在國外或國內受過專精的訓練，能以適當的科學方法探討心理與行為的問題。他們研究的範圍已由窄而闊，處理的課題已由淺而深，探討的策略也由鬆而嚴。回顧三十年來此間心理學的研究，以學習心理學、認知心理學、發展心理學、人格心理學、社會心理學、臨床心理學及教育心理學等方面較有成績，其中有關下列課題的探討尤有建樹：(1)思維歷程與語文學習，(2)基本身心發展資料，(3)國人性格與個人現代性，(4)內外控制與歸因現象，(5)心理輔導方法驗證，(6)心理診斷與測量工具。三十多年來，臺灣的心理學者已經完成了大約八百篇學術性的論文，其中大部分發表在國內的心理學期刊，小部分發表在國外的心理學期刊，都為中國心理學的未來研究奠定了堅實的基礎。在實用方面，心理學知識與技術的應用已逐漸拓展。在教育方面，各級學校都在推行輔導工作，多已設立學生輔導單位，亟需心理輔導與心理測驗的人員與知能。在醫療方面，隨著社會福利的改進，心理疾病的醫療機構日益增加，對臨床心理學者的需要頗為迫切。在工商方面，人事心理學、消費心理學及廣告心理學的應用早已展開，心理學者在人事管理單位、市場調查單位及廣告公司工作者日多。此外，軍事心理學在軍事機構的應用，審判心理學在司法機構的應用，偵查心理學與犯罪心理學在警察機構的應用，也都已次第開始。

　　三十多年來，在研究與應用兩方面，臺灣的心理學之所以能獲得相當的發展，主要是因為我們的社會一直在不斷朝著富裕而人本的開放方向邁進。臺灣的這種發展模式，前途是未可限量的，相伴而來的心理學的發展也是可以預卜的。

　　心理學在臺發展至今，社會大眾對心理學知識的需求已大為增強，有更多的人希望從閱讀心理學的書籍中得到有關的知識。這些人可能是在大專學校中修習心理學科目的學生，可能是在公

私機構中從事教育、訓練、管理、領導、輔導、醫療及研究工作的人員，也可能是在日常生活中想要增進對自己與人類的瞭解或改善人際關係的男男女女。由於個別需要的差異，不同角落的社會人士往往希望閱讀不同方面的心理學書籍。近年以來，中文的心理學著作雖已日有增加，但所涉及的範圍卻仍嫌不足，難以充分滿足讀者的需要。我們研究與推廣心理學的人，平日接到社會人士來信或當面詢問某方面的心理學讀物，也常因尚無有關的中文書籍而難以作覆。

　　基於此一體認，近年來我們常有編輯一套心理學叢書的念頭。桂冠圖書公司知道了這個想法以後，便積極支持我們的計劃，最後乃決定長期編輯一系列的心理學書籍，並定名為「桂冠心理學叢書」。依照我們的構想，這套叢書將有以下幾項特點：

(1)叢書所涉及的內容範圍儘量闊廣，從生理心理學到社會心理學，凡是討論內在心理歷程與外顯行為現象的優良著作，都在選輯之列。

(2)各書所採取的理論觀點儘量多元化，不管立論的觀點是行為論、機體論、人本論、現象論、心理分析論、認知發展論或社會學習論，只要是屬於科學心理學的範疇，都將兼容並蓄。

(3)各書所討論的內容，有偏重於理論者，有偏重於實用者，而以後者居多。

(4)各書的寫作性質不一，有屬於創作者，有屬於編輯者，也有屬於翻譯者。

(5)各書的難度與深度不同，有的可用作大專院校心理學科目的教科書，有的可用作有關專業人員的參考書，也有的可供一般社會大眾閱讀。

(6)這套叢書的編輯是長期性的，將隨社會上的實際需要，繼續加入新的書籍。

　　身為這套叢書的編者，我們要感謝各書的著者；若非他們的貢獻與合作，叢書的成長定難如此快速，內容也必非如此充實。同時，我們也要感謝桂冠圖書公司執事諸君的支持與工作人員的辛勞。

楊國樞　謹識

中華民國六十九年八月於臺灣臺北

原　序

　　一九六〇年代早期，當我在醫學院二、三年級時，我接觸好幾位患者，他們感人的病痛經驗，在生活過程的任何一端，都促使我將興趣集中在病痛對我們生活所造成的直接與多面影響上。

　　第一位患者是個可憐的七歲小女孩，她的身體大部分被嚴重灼傷。她每天必須接受漩流澡（ whirlpool bath ）的考驗。洗這種澡時，要把燒壞的肉從她綻開的傷口處鉗開。這對她是極為慘痛的體驗，她固執地抗拒醫護人員的努力，尖叫呻吟，哀求他們不要再傷害她。以初學臨床的學生身分，我的工作是握住她未受傷的手，盡量一再向她保證，讓她鎮定下來，以便外科住院醫師能在漩流的水中很快地將壞死的、感染的組織扯下。水很快轉成粉紅色，然後成為血紅色。我帶著初學者的慌張，笨拙地嘗試將這個小患者的注意力從每天與慘痛對抗的傷痛中移開。我嘗試和她談她的家，她的家人，她的學校——幾乎是可能轉移她對疼痛高度注意的任何事物。我簡直無法忍受這種每天的恐怖：她的尖叫、浮在帶血的水上的死組織、脫皮的肉、組織液不斷滲出的傷口、清洗和包紮的種種奮鬥。然後有一天，我做到了真正的接觸。在智窮才竭之後，對自己的無知無能感到生氣，不知除了握住小手外該做些什麼。對她無法減輕的劇烈痛苦感到絕望時，我發現自己正在要求她告訴我，她如何忍受這種痛苦，被燒傷得如此嚴重，天天經歷這種可怕的外科程序有什麼感受。十分意外

地，她停了下來，以一張變形、表情難以理解的面孔看我；然後，以直接簡單的話告訴我。當她說話的時候，她把我的手握得更緊，不尖叫也不抗拒外科醫師與護士。從此每天，她的信任建立起來了，她嘗試把她每天所經歷的感受傳達給我。當我離開這個病房轉到其他單位接受訓練時，這個被灼傷的小患者顯然已經比較能夠忍受這種擴創術（debridement）了。然而不管我對她有任何影響，她對我的影響卻更大。在對患者的照顧上，她給我上了一大課：與患者談論實際的病痛經驗是可能的，即使是那些最悲痛的患者，而且見證與協助整理這種經驗會有治療上的價值。

　　另一位我在醫學院時代的難忘患者是個年老的女人，她因為第一次世界大戰時，從一位軍人身上感染了梅毒而導致慢性心臟血管系統疾病。我在門診看她。從數月的交談中，她讓我對背負罹患梅毒的污名是怎麼樣的情形有了深刻的感受。她告訴我，它如何影響她與家人以及她所遇到的男人的關係，使她躲避、孤立。每個星期她會仔細告訴我，她悲劇性的個人經歷，這些都是她數年前被診斷得病的結果。那時我領悟其間存在了兩組長期性的問題：她的慢性梅毒造成的內科合併症，以及她的病痛對她的生活軌道所留下的痕跡與不利的影響。我更進一步察覺到，我的醫學訓練有系統地教導了我前者，但對後者卻傾向於打折扣，在某些方面甚至令我盲目。這個患者，像比她年輕許多的另一患者，啓示我患者的病痛經驗與醫生對疾病的注意重心有所差異———一項我將在此書中展開討論的重要差異。

　　過去二十年，我對眞實的人如何挨過、反應長期病痛的興趣，促使我在中國大陸與北美的患者中從事病痛經驗的臨床與民族誌的研究。這些研究曾在一些技術性專刊及以學者專家身分為讀者寫的書籍上發表過。我的臨床工作，又是集中在長期醫療病痛的心理層面與社會層面上，也只向相當狹小的讀者群描述過。

我這本書的目標完全不同，我將自己過去熱烈獻身於此一興趣所學到的寫在裡面，向患者、他們的家人以及醫生解釋。我寫此書是因爲我希望將技術性的文獻大衆化。這對身帶長期病痛的人，想了解它以及照顧它的人，有極大的實用價值。事實上，我認爲從事病痛經驗的研究有某些基本性的東西，能教導我們每一個人有關人類的身心狀況，以及人類普遍性的苦難與死亡。

　　沒有任何東西像嚴重的病痛能使人集中感受，並澄清生活的主要狀況。研究病痛產生意義的過程，能把我們帶入與我們類似的個人眞實日常生活中。我們每人都必須應付病痛、殘障、難堪的損失與死亡威脅所造成的艱苦生活環境。是的，長期病痛敎導我們有關死亡之事；哀悼失落的過程是變老，也是復癒的重心。疾病的故事啓示我們，生活的問題如何創造、控制、變成有意義。這些故事還告訴我們，文化價值與社會關係對下列事情的影響：我們如何了解和監視我們的身體，如何標示和分類身體的症狀，如何詮釋生活特別情況中的怨訴。我們經由肢體語言表現我們的苦惱，而這些肢體語言對不同的文化世界顯得奇異，卻又受到我們共有人類情況的束縛。

　　我們可以把長期病痛與它的治療想成一座象徵性的橋梁，連接了身體、自我與社會。這個網絡把生理過程、意義與關係互相連結起來，使我們的社會世界能與我們內在的經驗一再連接。我們有權去發掘存於我們內在與互相之間，旣可擴大苦痛與殘障，也可減輕症狀的種種力量，以利於病痛的醫護。

　　這本書同時也是爲我的醫護長期病痛的醫生朋友與同僚們寫的。學習如何詮釋病患與其家屬在病痛上的觀點，有臨床上的用途。事實上，我認爲詮釋病人對病痛經驗的敍述是行醫的核心工作，雖然這個技巧已在生理醫學的訓練中式微。這個信息與我想告訴行外人的是同一主題：病痛是有意義的，了解它如何擁有意義就是了解某些有關病痛、醫護或人生的一般基本事物。而且，

病痛的詮釋是患者、家屬以及醫生必須一起參與的事。痊癒的關鍵是一種辯證思維方式（dialectic），它帶領醫療給予者進入不明確、恐懼的痛苦與殘障的世界，連帶地也把患者及家屬引介到同樣不明確的治療行動之世界。此種辯證思維擴大了治療效果，也使治療與病痛成為道德教育的難得機會。現在醫療照顧系統的轉化有一項無意中造成的結果，即幾乎是想盡辦法將醫生的注意力從病痛的經驗上移開。因此這個系統促使長期病痛的病人與他們的專業醫護人員疏離，並且還荒謬地造成了醫生放棄這方面的治療藝術。這種藝術是最古老、最有力，而且在實質上是最有回報的。

這本書的編排，目標在推廣我上一段所勾畫的目的。導言性的頭兩章開始設定一個分析座標以評估病痛的意義，接下來的十一章提供一些長期病患特殊的病痛經驗與細節。這些患者都是我在做臨床研究時，研究過或治療過的案例。每一章都強調一種不同的病痛意義。最後的三章把詮釋的重心由患者與家屬轉移到治療者身上。這幾章有意成為長期病痛醫護的指南，並成為改變醫學院學生及畢業後訓練教育的方案，以促進長期病痛的醫護。雖然新近的醫療有許多值得敬佩推薦之處，然而長期病痛的醫護在當代醫學上卻不是個很成功的故事。最後一章挑戰性的標題有意表示，一旦我們採取了前面病痛經驗之意義觀點時，我們對醫學的真正了解就會受到挑戰。

引用患者及醫生與我交談的話都依次加以註明。從第三章至第十四章，我廣泛地引用了這些話。這些話大約一半是由我臨床與研究訪談的錄音帶上直接謄寫下來的；另一半則是我在訪談時用我自己的速記方法記下的。我的筆記不記錄停頓、音調的改變，或「啊」「嗯」及其他說話的聲音。當有人打斷另一人的談話時，筆記也沒顯示出來。因為我最關心的是使稿本容易閱讀，所以謄寫錄音帶時，我也把妨礙談話的元素除去，除非它們在這

個地方對這個人有重要的意義。這本書是爲一般的讀者，不是爲
一小群專家而寫的。書中的引話因此已做了改變——或許，濃縮
與簡化更爲正確——但兩者只取其一。爲了保護匿名的患者與醫
生，我移動和改變了一些可能認出他們的資料。當我做這些改變
時，我採用了相同問題的患者資料，以便這個改變能有效地成爲
一整群患者的經驗。

凱博文（Arthur Kleiman），醫學博士

麻塞諸塞州，於劍橋

一九八六至八七年冬天

謝　辭

　　此書大部分是我在一九八六年從哈佛大學休假時寫的。我希望對那些促使我擁有自由時間專心從事寫作的個人與研究機構深致謝意：艾森伯格（Leon Eisenberg），哈佛醫學院社會醫學系主任；丹比亞（Stanley Tambiah），哈佛大學人類學系主任；貝爾佛（Myron Belfer），劍橋醫院精神科主任；托士特森（Daniel Tosteson），哈佛醫學院長；以及史本士（A·Michael Spence），哈佛大學文理學院教職員會長。洛克菲洛基金會、國家科學基金會、社會科學研究會，以及與中國大陸國家科學院合作之學術交流委員會等所提供的補助金，保證了我在波士頓與中國對長期疼痛與長期病研究的大部分工作。一些長期病患的描述是在有用的原則下爲哈佛醫學院勇敢的醫學教育新途徑「患者／醫生討論會」的學生蒐集資料而寫的，這幾段小文曾因教師同僚與學生的批評而受益。在劍橋醫院與華盛頓大學醫院教住院醫師基層醫療與精神病學十年，使我更了解長期病痛爲醫生所製造的問題。從監督「國立精神健康研究所」所支持的博士後與博士前研究員的臨床人類學運用研究計畫，我擴展了我對醫護之民族誌背景的了解。對長期病患（及其家屬）的研究，尤其是醫護，敎導了我在此書上所寫的大部分東西。我謹向這些患者及家屬致謝。

　　書中對這個主題的特殊見解來自我個人對長期病（氣喘）的

經驗，以及兩位傑出醫生史密爾克司坦（Gabriel Smilkstein）與哈第姆（Charles Hatem）對我的照顧。

　　我要感謝吉摩曼（Francis Zimmerman）敎授與拉麥（S.B. Lamy）夫人提供我的家人與我適當的環境，我在法國度過一次成功的休假。

　　我要向基礎出版公司（Basic Books）的三位編輯致謝：爲了法拉塞（Steve Fraser）仔細閱讀原稿；爲了林琪（Nola Healy Lynch）優秀的編輯，爲了葛洛布（Paul Golob）監督此書的整個印製過程。

　　過去數年，我有幸與極具效率的助理吉兒斯派（Joan Gillspie）一起工作。她爲此書出力極多，但我最想感謝她的，是她的忠心以及她爲我們的工作場所所帶來的溫馨。

　　我覺得準備好要爲更廣泛受過敎育的讀者們寫書已經幾年了，然而眞正寫起來卻證明比我想像中的困難。瓊安・凱博文（Joan Kleinman），像在其他許多方面一樣，扶持我堅持下去，不投降、不放棄。

Preface to the Chinese Edition of *The Illness Narratives*

I am indebted to my friend and esteemed colleague Yang Kuo-Shu for arranging this translation and I am honored that he has written a 'Forward'. I wish to thank the translator and the Laureate Book Company as well.

A bit of personal history might help place the book in the context of my intellectual and professional trajectory. The first book I authored, *Patients and Healers in the Context of Culture,* written in the late 1970s, drew upon my research in Taiwan to develop a cultural model of medical systems, patient-doctor interactions, and the healing process. The book attempted to reorient medical anthropology to the lived experiences of illness and clinical encounters, arguing that was what medicine was really about. My second book, *Social Origins of Distress and Disease*, based on field research among patients with neurasthenic complaints in Hunan, set out on interpretation of sociosomatic processes in which the body was understood as experiencing moral and political trauma along with interpersonal and subjective problems. Many of the patients I studied were survivors of the brutal turmoil of the Cultural Revolution; their illness experiences were as much about social pathology as psychopathology. Learning what was at stake for them in their illnesses and care was as much about the history their society had undergone as it was about their own personal history. This is not the way medicine understands illness, however, suggesting that either medicine is irrelevant to such suffering or that it need to be reformed.

In 1988, following a six month sabbatical, my first ever, I published two books. One, *Rethinking Psychiatry: From Cultural Category to Personal Experience,* was my attempt to sum up what recent research in medical anthropology, cross-cultural psychiatry and cultural psychology contributed to understanding psychiatric diagnoses, the course and conse-quences of mental illnesses, and the practice of psychiatry. That book suggested that when viewed from the perspective of non-Western societies, where most people and patients are to be found, psychopathology and the work of psychiatrists looked very different than how it appeared when it was tradi-tionally presented in Western cultural settings, which had dominated the field historically. But *Rethinking Psychiatry* was not only a critique of business as usual in the mental health field; it also proposed methods that aimed to make psychiatry less culture-bound and the psychiatrist (or other mental health experts) more anthropologically-informed, so that he or she would be more effective and sensitive in the care of patients, especially those from ethnic groups or cul-tures different than his or hers.

That same year, I also published *The Illness Narratives.* My purpose in this book was different. It was, and still remains, my only attempt to write for a broader audience of patients, family members, and practitioners. I wanted to summarize my clinical experience, much of which had come from work in psychiatric consultation to and liaison with general internal medicine and family medicine as a sort of "wisdom" about life and death. And also I wanted to show the potential clinical relevance of methods developed in medical anthropology research with patients suffering chronic medical disorders: diabetes, asthma, heart disease, cancer, arthritis, AIDS, chronic fatigue syndrome and chronic pain syndrome. Emphasizing the processes through which illness takes on cultural, social and subjective meaning, I set our clinical strategies for eliciting patient and family explanatory models of illness, for conducting mini-ethnographies of the effect of illness on work and family and community (and vice versa), and for training practitioners and family members to respond to the existential demands of suffering. To accomplish this, I described patient and family experiences as stories of sickness. I suggested that learning how to solicit and listen to illness narratives was the moral core of medical practice, a practice that matched the moral effects of the experience of suffering on the patient and family. I included accounts of doctors who were either skilled in or unable/unwilling to perform these activities. And I outlined the methods as a sort of handbook of psychosocially and culturally sensitive clinical practices.

The book was widely-reviewed and generally well-received in North America. I was especially gratified by the responses of patients and families, a number of whom, upon reading the book, sent me long letters that discribed their own conditions, including the problems they had experienced with biomedical practitioners, whom they often felt had not adequately addressed the moral, social, or psychological aspects of their conditions, which the patients and family members regarded as most at stake. Will Chinese readers have different responses? I look forward to learning from their reading of the book.

Biomedicine and health care delivery systems globally, quite obviously, are undergoing a major transformation at the end of the twentieth century. Technology, commercialization, greater consumer knowledge among patients, more complex models of clinical practice, and new institutional patterns of practice and financing care are changing health care, sometimes in fundamental ways. Certain changes are making it more difficult to practice psychosocially sophisticated and culturally sensitive care. Other changes are having the reverse effect. How it will all work out is uncertain. What is certain is that these vast global changes are affecting the very experiences of suffering and healing. Thus, with so much in flux, the timing for the Chinese edition seems right.

I genuinely hope that this edition of *The Illness Narratives* will challenge patients and practitioners in Taiwan, and other Chinese communities. Perhaps it will also contribute to the care of patients with chronic illness and to the training of practitioners who, along with family members, will provide that care. Both suffering and healing provide a special insight into the human experience. I also hope that *The Illness Narra-*

tives in Chinese will have that effect as well, opening up understanding of what we all have to undergo. If so, it will be only a modest repayment for all the many things that I have gained from a quarter century of engagement in human experiences in Chinese culture in Taiwan and on the Mainland. That cross-cultural engagement has become one of the chief sources of enrichment of my life and my work.

Arthur Kleinman

10 June 1994

作者中文版專序

感謝我的朋友和受人敬重的同道楊國樞安排此書的翻譯。他特為此書寫了序文，我深感榮幸。同時，我也要向譯者和桂冠圖書公司致謝。

談一點個人的歷史，或許有助於在我的思想和專業的軌跡上為此書定位。我的第一本書《文化脈絡中的病人與醫者》（ *Patients and Healer in the Context of Culture* ），寫成於一九七〇年後期，是依據我在臺灣所做的研究，發展出一套有關醫療系統、患者與醫生互動、及痊癒歷程的文化模式。該書企圖重新將醫學人類學（medical anthropology）導向病痛與臨床際遇的實際經驗，強調此乃醫學的真正重點。我的第二本書是《痛苦與疾病的社會根源》（ *Social Origins of Distress and Disease* ），書中根據我在湖南對神經衰弱患者所做的田野調查，建立了一套有關社會身體性歷程（sociosomatic process）的詮釋。在此等歷程中，身體在經歷人際與主觀問題的同時，也經歷了道德性與政治性的創傷。我所研究過的許多患者都是文化大革命殘暴騷動的倖存者；他們的病痛經驗既屬於社會病理學，也屬於心理病理學。瞭解他們在病痛與醫療中的困厄，涉及他們的社會所經歷的歷史，一如涉及他們自己個人的歷史。但是，這不是醫學慣常瞭解病痛的方式，此種情形暗示醫學與此種受苦經驗並未發生關聯，這就表示醫學需要改革。

　　經過六個月的休假（我從未有過的第一次休假），一九八八年我出版了兩本書。第一本是《精神醫學的再思考：從文化範疇到個人經驗》（*Rethinking Psychiatry：From Cultural Category to Personal Experience*）。在此書中，我企圖總結最近在醫學人類學、跨文化精神病學、及文化心理學等方面的研究，以增進我們對精神醫學的診斷、精神疾病的病程與後果、及精神醫學執業之了解。此書提示：歷來西方文化背景主控了精神醫學界，但大部分人類和患者卻住在非西方社會；而從非西方觀點來看，心理病理學和精神科醫生的工作與其呈現在西方文化背景中的情形比較起來，實有很大的差異。但《精神醫學的再思考》不僅對精神衛生界加以批評，也為了使精神科醫生（或其他心理衛生專家）擁有更多的人類學資訊提出一些方法，因此他們在患者的醫療中會更有效率、更為敏感，特別是對那些來自與他們不同民族和文化的患者。

　　同年，我又出版了《談病說痛》（*The Illness Narratives*）。我寫此書的目的不同。到現在為止，它一直是我唯一為更廣泛的讀者（患者、家屬和醫生）而寫的書。書中我試圖扼要敘述我的臨床經驗。做為一種有關生與死的「智慧」，這些經驗大部分來自對一般內科和家庭醫科所做的精神醫學諮詢與連絡工作。我也想顯示：用長期慢性病患者從事的醫療人類學研究所發展出來的方法，可能具有臨床上的功用。這些慢性病症包括：糖尿病、氣喘、心臟病、癌症、關節炎、愛滋病、慢性疲勞徵候羣、和慢性疼痛徵候羣。我強調病痛經由病變而具有文化上、社會上、和主觀上之意義的歷程。為了引出患者與家屬的病痛解釋模式，為了建立病痛對工作、家庭和社區的影響（或相反方向的影響）的小型民族誌（mini-ethnography），也為了訓練護理人員及家人使其有效感應病痛的深層需求，我提出了一些臨床方面的策略。為期達成這個目的，我把患者和家屬的經驗當作病的故事來描述。

我認爲學習如何誘發和傾聽病痛敍述是行醫的道德核心，此種學習差堪與患者和家屬受苦經驗的道德效果相配。我在書中描述了一些醫生的故事，這些醫生對這些活動不是非常熟練，就是不能或不願加以實行。而且，我還概括地說出了一些實際方法，以作爲一種在心理社會上和文化上敏感有效之臨床做法的手冊。

此書在北美洲廣受注意，頗獲好評。我特別感激患者和家屬的反應，其中有些人讀後給我寫了長信，描述他們自己的情況，包括他們對一些生物醫學人員的接觸經驗。他們感到這些人員不能適切地陳述他們所遭遇之情況中的道德的、社會的與心理的意義，而這些正是患者和家屬認爲最爲急迫的。在這一方面，中國讀者會有不同的反應嗎？我期待能從他們閱讀此書的反應中獲益。

顯而易見地，在二十世紀末葉，全球的生物醫學和衛生服務輸送系統正在經歷著重大的轉變。科技、商業化、患者間更多的消費知識、臨床醫業更複雜的模式等等因素正在改變著衛生醫療，而有時這些改變是很基本而重要的。有的改變使那些心理上更老練、文化上更敏感的醫療實施起來更爲困難。其他改變則產生相反的效果。這一切將會如何是無法確定的。可以確定的是，這些全球性的巨大改變正影響著此等受苦與痊癒的經驗。有了這些巨大的改變，中文版的出現似乎正是時候。

我眞誠地希望，這本《談病說痛》能爲台灣及其他中國人社區的患者和醫生提供一種挑戰。或許它也能對長期慢性病患的醫療，以及對提供此項醫療之醫生的訓練，有所貢獻。受苦和痊癒都對人類經驗提供一種特殊的頓悟或洞察。我希望中文版的《談病說痛》也將產生同樣的效果，開啟對我們所有人都必須經歷之事的瞭解。若能如此，則對四分之一個世紀以來我在台灣及中國大陸探索中國文化中的人類經驗所得的許多收穫而言，它將只是一點小小的回報。此種跨文化研究的從事，已成爲豐富化我的生

活和工作的主要泉源之一。

凱博文（Arthur Kleinman）

序於哈佛大學

一九九四年六月十日

楊　序

　　我的朋友凱博文（ Arthur Kleinman ）博士，是一位國際知
名的精神醫學家，也是一位卓然有成的醫療人類學家。他是哈佛
大學醫學院社會醫學系的精神醫學教授，也是該校的人類學教
授，並在劍橋醫院擔任精神科醫師。凱氏著作等身，除發表衆多
學術論文外，且曾編著多種專書，重要者如《文化脈絡中的病人
與醫者》（ *Patients and Healers in the Context of Culture* ）、
《痛苦與疾病的社會根源：現代中國人的憂鬱、神經衰弱及病痛》
（ *Social Origins of Distress and Disease: Depression, Neurathe-*
nia and Pain in Modern China ）、《文化與憂鬱》（ *Culture*
and Depression ）、《中國文化中的正常與異常行爲》（ *Normal*
and Abnormal Behavior in Chinese Culture ）、及《精神醫學的
再思考：從文化範疇到個人經驗》（ *Rethinking Psychiatry:*
Form Cultural Category to Personal Experience ）。

　　凱氏以往的著作偏重純學術性的探討，他的這本大著則是學
術與實用並重，甚至後者的意義尤大於前者。事實上，這本書不
只是爲醫學專家與護理學者所寫的，也不只是爲一般醫生及護理
人員所寫的，而是爲醫學專家、護理學者、醫生、護士、病人及
患者家屬等關心病痛問題與醫學教育的各方人士所寫的。在醫療
歷程中，醫護人員與家屬常是偏重患者的「身」，而忽略他（或
她）的「人」；偏重患者的「疾病」（disease），而忽略他（或

她）的「病痛」（illness）；偏重患者的「症狀」（symptom），而忽略他（或她）的「經驗」（experience）。影響所及，在醫療系統中，不但病人（尤其是長期慢性病人）與醫護人員之間產生了疏離，病人與家屬之間也產生了疏離。凱氏寫作這本書的主要目的，便是要提醒醫護人員、病患及家屬重建彼此之間的心靈橋樑，以設身處地的方式，感知、理解及尊重患者的病痛經驗及其所敍說的意義，並使有關人士在醫療過程中彼此表達最大的關懷，相互展現最好的人性。凱氏以悲天憫人的情愫，苦口婆心的風格，呼籲世人（尤其是醫護人員）正視病痛經驗在個體生活及人類生存中的重大意義，眞可謂空谷足音，令人感佩。

此書自一九八八年出版以來，佳評不斷，尤爲美國醫學界所肯定。本書之所以如此成功，原因可能不少，但主要應是此書具有以下多項優點：

(1)此書從人本主義與人道思想的立場，爲病痛與疾病的醫護工作提出一套富有理想色彩的改革方向，無論對現職的醫護人員或正在接受醫護教育的青年，都會產生很大的啓發作用及反省效果。

(2)此書雖然並不忽略有關醫療問題之客觀事實的描述，但卻主要是採取現象學的觀點，強調患者病痛的主觀經驗與意義在醫療關係中所扮演的重要角色，開啓了深入理解患者本人及其病痛的契機。

(3)此書既非只注意患者的身體，也非將患者視爲孤立的個體，而是強調與患者及其病痛密切關聯的社會文化背景。爲了有效了解患者所生存的社會文化條件，書中特別提出在醫護過程中應當建立小型民族誌（mini-ethnography）的主張。

(4)本書內容既有學理的依據，更重實用觀念與資訊的提供。作者以種種研究實例及各類訪問個案，深入淺出地詮釋病痛的深層意義，激發讀者具體而深邃的體悟。

(5)作者在東方（台灣與大陸）及西方（美國）皆有長期從事有關研究的經驗，書中所提出的觀點與例證頗能兼顧東西兩方的觀點。尤有進者，書中旁徵博引，時而涉及其它文化或社會的研究成果，相當程度地開展了病痛詮釋之跨文化的視野（cross-cultural perspective）。

(6)書中的分析與討論並不限於生理性的病痛，亦兼及心理性或精神性病痛的詮釋與理解，並進而探討身心兩方面的病痛在深層意義上的關聯。

這本具有多方面優點的著作，對很多人來說都是一本值得認眞閱讀的好書。它可以成爲有上進心的醫護人員放在手邊時常查閱的案頭書，它可以當作醫學院與護理學院學生相關課程的課本或參考書，它也可作爲病患及其家屬改進觀念與關係的良好讀物，它當然也可採作醫護研究人員、醫護教育人員及相關學者專家的參考讀物。此書的讀者必會發現：這是一本值得一讀再讀的重要著作。

陳新綠女士發願將此書譯爲中文，功德無量。陳女士中文素養深厚，譯書經驗豐富，且有照顧慢性病人的親身經驗，譯來得心應手，筆調生動輕快。個人閱讀此書受益匪淺，故願向各位讀友鄭重推薦。

楊國樞

序於國立台灣大學心理學系

一九九四年五月卅一日

譯者序

　　一九九一年四月外子謝維澤病逝後不久，楊國樞教授向我介紹這本《談病說痛》（*The Illness Narratives*），問我是否願意將它譯成中文。我閱讀時非常喜愛書中的病案介紹與詮釋，病案故事令人感動，詮釋令人沈思；其中我尤其敬佩作者悲天憫人，瘼痛在抱的胸懷，所以就自不量力地接下了這份翻譯工作。

　　醫療衛生專業人員可能會覺得凱博文博士所提出的醫療體系改革方案太過充滿理想色彩，不易做到，但他畢竟苦心地為醫療的改革指出了正確的方向。此書內容引發讀者思考，不管是醫護人員、患者或家屬，閱讀它一定可以拓廣視野與關照層面。

　　在外子病發至逝世的兩年半間，我也曾讀過一些專門為病人與家屬而寫的著作。這類書籍除了提供照顧病人的經驗與醫學常識外，往往特別強調愛心、耐心與毅力如何扭轉病情，有些甚至讓人誤以為只要有充分的愛心和正確的醫療就一定可以創造治癒的奇蹟，結果當病人不幸不治逝去時，有些家屬反而因此充滿罪惡感，以為都是自己愛心不足，努力不夠，才無法挽救親人的生命。凱博文博士也強調愛心、了解以及各種支持的重要，但與這些作者相較，他提供給患者與家屬的忠告與信息可謂更為平實。他要患者、家屬與醫生一樣認清，「按定義長期疾病是不能治癒的，事實上治癒的要求是個危險的神話。……患者和醫生雙方都要接受，治療的主要目的是在一個病痛的進行經驗中減輕殘

障。」換句話說，在長期病痛或所謂絕症的情況中，醫療的主要目地是設法減低病人的身心痛苦。他又告訴我們，每個人都有脆弱的時候，宣洩憤怒、哀悼損失是必要的，家屬和患者一樣有此需求。

「死亡是生命的主要事實」，然而一般人卻忌諱談死，尤其是中國人。第九章〈由病痛到死亡〉中所舉的台灣宋明圓醫師的實例正反映了這個現象。雖然凱博文博士對宋明圓醫師的臨終方式予以委婉的中國文化傳統詮釋，但大部分中國讀者恐怕還是會覺得美國作家葛登・史都華的方式，凱博文博士所謂的「善終」（good death），更令人感動吧！今日「生死學」在台灣已引起廣泛的興趣，此章一定很容易引起讀者共鳴。

不過整部書最動人的應該是第八章〈熱望與勝利：應付長期病痛〉。在嚴重殘障與病痛的威脅下保持個人的熱望，不怨天尤人，明知不免一死，在生活中卻仍能保持優雅的風度，這是怎麼樣的一種勝利，需要何等的勇氣與智慧！而追根究柢，應付病痛和死亡，最需要的原來就是一份通達的人生觀啊！

過去我翻譯的作品皆以小說為主，此書純理論說明部分之翻譯自感尚有不能圓熟之處。楊國樞教授在百忙之中抽空仔細為我閱稿，提供意見，並修正了其中一些錯誤，特此致謝。

陳新綠

於台北舟山路寓所

一九九四年六月五日

目　錄

書中的資料準確地傳達我作為醫生與研究者的工作精神，但病歷中所有的名字、特徵和可以認出的細節都已更改。

第一章
症狀與異常之意義

3

只要是真的就有意義。

——Michael Oakeshott

（〔1933〕1975：58）

對許多美國人來說，疾病的意義是為它寫下定義之機轉
（mechanism），即使癌症的意義往往是我們對其機轉
一無所知。然而對某些人，癌症的意義卻可以超越機轉
學和醫學的最終效能去了解它。對這類人，癌症的意義
也許在於資本主義的邪惡，阻擋不住的科技發展，或是
個人的失意。我們生活在一個錯綜支離的世界裡，為我
們的一些病症創造了不同的框架。但兩種關鍵性的要素
仍是基本的：其一是對醫學現有或潛在之洞察力的信
心，其二是個人的責任感。

——Charles E. Rosenberg

（1986：34）

病痛與疾病

當我在此書中用「病痛」（illness）這個字時，基本上是與我寫「疾病」（disease）時之意思不同。在動用病痛一詞時，我有意喚起人類對症狀和苦痛的固有經驗。病痛指的是病人和家屬或更廣的社會網絡對症狀與殘障如何理會、共存和反應❶。病痛是監控身體種種作用〔如喘氣（wheeze）、腹部痙攣、鼻塞或關節疼痛〕的實際經驗。病痛牽連到對這些身體作用的評估，是否如預期、是否嚴重、是否需要治療。病痛的經驗包括對這些病理生理作用所引起的苦惱加以分類和解釋，在一般情況下，易受社會各類外行人的影響。而當我們提到病痛時，我們一定包括了患者的判斷，最好如何應付這種苦痛以及它所引起的日常生活問題。病痛行為包含了初步的治療（如改變飲食與活動、吃特別的

---

❶在這部書中，我交換地使用名詞「病人」（sick person）和「求診者」（patient）。但事實上，前者比後者更準確地傳達我的觀點。每個長期生病的人花在扮演生病的家中一員、生病的工人和生病的自我的時間都比扮演求診者的時間長。求診者常常被與診察室的景象和氣味聯連在一起，並留下一個在醫護上順從、被動者的印象。我希望強調將病人當做主題，當做醫護的積極行動者，因為事實上，在長期病痛中，大部分的治療都是自我治療（self-treatment），大部分的決定都是由病人與家屬而非專業醫護人員作出的。「病人」聽起來更適合我要提倡的醫護模式。長期病痛的醫護是（或應該是）更像治療聯盟之間的磋商（negotiation）而非醫生為患者的利益所採取的行動。患者與醫生負有相互的責任，一個我在第 15 章中要擴大討論的觀點，我把它描述成一種醫護的模式。不管這些好理由，避免「patient」一詞聽起來太不自然；因此我以同樣的意義交換使用這兩個名辭：較注重人，而不注重耐心。

食物、休息、做體操、服用不必醫生處方就可買到或手邊已有的
藥）以及決定什麼時候尋求專業人員或醫生的醫護。

　　病痛問題就是症狀與殘障在我們生活上所造成的主要困難。
譬如，我們可能無法爬樓梯進臥室，或者我們可能在坐著工作時
體驗到令人分神的下背部疼痛。頭痛可能使我們無法集中精神做
功課或家事，因而導致失敗與挫折；或者性無能可能導致離婚。
我們可能感到極爲生氣，因爲沒有人看得見我們的苦痛，所以無
法客觀地認定我們的殘障是眞實的。結果，我們感到我們的抱怨
不被相信，爲了證明我們處在不斷的疼痛中，我們歷經挫敗的壓
迫。我們可能變得低沈，喪失轉好的希望，或者我們可能因爲對
死亡或變成廢物感到恐懼而抑鬱沮喪。我們對損害的健康、改變
的身體心像和嚴重衰微的自尊心感到哀傷，或者我們因爲身體變
形而感到羞恥。這些全是病痛問題。

　　地方性的文化導向（我們在生活世界中所學到的思考與行　　5
爲、以及複製這些世界的社會結構的既定方式）構成我們如何了
解與處理病痛的傳統性一般常識；因此我們可以說病痛經驗的形
成永遠受到文化的影響。聽起來似乎有些荒謬，生病有正常（我
們的社會認爲合適的）與不正常的方式。但傳統對病痛的預期，
在不同的社會情況和特殊的關係網中，會經由磋商（negotiation）
而改變。生病時應有的態度，視我們獨特的個人履歷而有所差
異。因此我們也可以說，病痛的經驗永遠不相同。

　　病痛的怨訴是患者與家屬帶給醫生的。事實上，初次會見
時，地方性的共有病痛慣用語能爲患者與醫生建立共同的基礎以
互相了解，因爲醫生也已經接觸過特定的集體病痛經驗。然而疾
病卻是醫生將病痛以異常現象的理論術語重新改造創立的。疾病
是醫生被訓練後以他們個別的行醫方式經由學理的眼光所見。也
就是說，醫生以狹隘的科技論點，將患者與家屬的病痛問題轉化
成爲疾病問題。患者可能因爲身受苦痛而影響工作，並導致失業；

自我熱中的嚴格飲食與嚴重的腸胃不適可能加重學業的壓力；或者心臟病發作後，對死亡的恐懼可能引起社交上的退縮，甚至離婚。然而在其他病例中，醫生對高血糖做診斷與治療時，會提高胰島素的劑量；卻有不明的疼痛出現，須要做診斷性的檢驗；或者有嚴重的抑鬱現象時，則投予抗抑鬱藥物（antidepressants）。治療者──不管是神經外科醫生或家庭科醫生、接骨師或新出現的心理治療師──都在一個特定的專門術語與生物分類學，一個疾病分類學內，詮釋健康問題，造出一個新的診斷實體，一個「它」──疾病。

　　疾病是從醫生的觀點見到的問題。在生物醫學模式（model）的狹隘生物術語上，這表示疾病「只」作為生物結構或生物功能的更變而重新現形。當胸痛被歸納為可以治療的急性肺葉性肺炎時，這個生物歸納術是極成功的。當胸痛被歸納為慢性冠狀動脈疾病，需要服用鈣離子阻斷劑（calcium blocker）和三硝酸甘油酯（nitroglycerin），而病人的恐懼、家屬的挫折、職業的衝突、性無能和經濟危機卻沒有同時被診斷和提到時，就是失敗的。在現代基層醫療中領先的較廣大的生物心理社會模式中，疾病被解釋為連結身體、自我與社會之象徵網絡（symbolic network）的具體表現（embodiment）（見 Engel, 1977）。在生物醫學模式中，這個疾病是一個阻塞的冠狀動脈；在生物心理社會模式中，它卻是下列三者之間一個動力性的辯證（dialectic）：心與血管的運作（高血壓或冠狀血管機能不良），心理的狀況（恐懼或沮喪）和環境狀況（中年危機、失敗的婚姻，雙親死於相同的病症）。在醫生將病痛重新改為疾病時，長期病痛的某種主要東西已經遺失；它在臨床上既不會受到正式的關切，也不會受到任何干涉。在疾病過程中單由修辭學上的改進來評估治療方法，可能會在修辭學上的病痛問題中淆混患者（及家屬）之醫療評估。因此，在長期病痛臨床醫護的中心地帶──那些無

法治癒而必須帶病生存的人——存有潛在的（在許多病例中，是實際的）衝突之源。

　　為了呈現出完整的圖畫，我將介紹第三個術語——惡疾（sickness），並將其定義為相關具社會力量（包括經濟、政治、制度）之異常的體認。當我們談到肺結核與貧窮及營養不良的關係，把某種人口定為此病的高危險羣時，我們正在要求將肺結核當成惡疾；同樣地，當我們討論菸草工業與他們的政治支持者助長北美洲肺癌的流行時，我們是在描述惡疾肺癌。不只研究人員，連患者、家屬和治療者，也可以將病痛推向惡疾，在異常現象的經驗上加上另一道花紋，把它當做政治迫害、經濟剝削，以及人類不幸的其他社會根源之一種反映。

　　病痛的結果顯然不同。有的短暫，只輕微地破壞我們的活動。有的比較難過，拖延得比較長久。而我們在此書中所關懷的則是那種永遠不會全部消失的病痛。這些長期病痛也有極大的差異。有的會導致嚴重的功能損害，患者幾乎完全殘廢。有的，雖然殘障的情形較小，最後卻仍會耗盡家屬的資源，必須住進療養機構。另有一些最後終止患者的生命。譬如，想像青少年四肢癱瘓，需要幫助來維持呼吸，日常的身體功能與活動需要二十四小時的協助；或者企業主管的氣喘病只有妻子和子女曉得，他盡量秘密地限制他的休閒以及為人父、為人夫的活動；或者年輕女性士氣低落，因為改變外形的乳癌根治手術奪取了她的自尊心，她僵硬地認為，轉移的跡象是她自己死亡的徵兆。對第一個病例，病痛問題源自完全無法逃避的生活情況，基本的生命功能不斷受到威脅，需要不斷的治療；第二個病例，問題來自無能對抗脆弱與失去控制的感覺，同時也來自徒勞的想維持兩個分開的世界——一個世界不會生病（工作），另一個世界生病是合法的（家）；而第三個病例，問題的重心在外觀改變的意義以及最終的死亡威脅。

長期病痛常常會有在加劇期（當症狀惡化時）與沈靜期（當殘障情況較不具破壞力時），兩時期之間擺盪的傾向。現在已有一種非常實在具體的發現顯示，心理與社會因素往往是擺向加劇期的決定因素。前者包括殘廢的焦慮、放棄。後者則是深深威脅到生活大事的種種改變、社會支持的減少，以及種種令人窒息的關係，助長了傷害心理生理平衡的惡性循環（Katon 等人，1982；Kleinman，1986）。反之，擺向減輕一方（一種內在的健康促進系統，較少受到研究注意）似乎與增強的社會支持、自我效率的提升，以及重新燃起的希望有關。緩和期也顯示焦慮與抑鬱會隨著減輕。往往由於接受典範的醫護，以養病和減輕殘障的實用觀念來替代治癒的神話，就會有控制的感覺升起。

當然由增加擺盪到減輕，以及由輕減擺盪到增加，不需要反射心理社會的影響：生物性的改變往往應負責任。結果，加劇與緩和的理由不明，這種情形遺憾地鼓勵了一種連帶的傾向，甚至會遺棄社會心理方面明顯推動擺盪的力量。結果是共同（醫生、病患、家屬）拒絕承認，長期異常現象如此具有影響力———一種致命的共謀，在我的經驗中，與悲觀和被動有相互關係。不足為奇的，這影響是使結果惡化。

病痛的意義

病痛，像我在上述例中所提到的，在幾個不同的觀點上有意義。每一種類的意義都值得檢討。從人類學，也從臨床學的觀點看，病痛是多義的；病痛經驗和事件通常呈輻射狀（或隱密的），並非只有一個意義。有些意義較為潛在而不實際出現。其他一些只在長期異常過程中才會顯現出來。然而另有一些會隨著情境與關係的變化而改變。像在生活中許多方面一樣，它們的極

度曖昧往往會連帶地也使病痛的意義變得曖昧，因此對手邊的問題，它們可以被拿來這樣用，也可以拿來那樣用。長期病痛不是生病歷程中許多個別事件的總和，它是個別事件與長期過程之間的一種互動關係。長期病痛的軌道與生活合而為一，它對個別生活發展的影響如此直接，結果病痛已無法從生活史中分離。因此連續與轉化使人了解病痛的意義。

　　意義的了解被局限在一種關係之中：它屬於病人的配偶、子女、朋友、或照顧者、或病人自己。因為這個原故，它通常被曖昧與這些關係本身重重圍住。但在慢性異常現象長期且擺盪的過程中，病人、他們的親戚和治療他們的人都變成察覺得到，由病痛傳遞的種種意義可以擴大或縮小症狀，加重或減輕殘障，阻礙或促進治療。然而這些了解從未被檢討，一直保持成為一個掩蔽真象的沈默象徵，通常不直接或根本就不加以處理。其原因容後再述。強烈的感情和強烈的興趣依附著這些意義。

　　社會真象如此具有組織，我們不會經常分析我們的社會結構，更不會探查病痛的意義。事實上醫學訓練與執行健康醫療的每日優先秩序結構，對疾病的生物機轉完全作唯物主義的追求，防礙了這項探討。這種優先秩序將醫生，連帶也將病人與家屬的注意力從為病人翻譯病痛凸顯的意義上移開，這有害於他們在實際生活中對一些引起困擾卻是有可能處理之問題的認識。生物醫學系統以科學化「硬性的」、控制症狀的技術探求，來替代這個判定為「軟性的」、心理社會學的意義關懷；「硬性的」因而被高估，「軟性的」因而被低估。這個惡性的價值轉化是現代醫學的一種嚴重缺失：使醫療者無能，使長期病人無力（參考第16章）。生物醫學必須指出這項失敗才能挑起認真改革的興趣，因為有效變通的治療方法伸手可及。

　　證據顯示，檢討個人病痛的特殊涵義可以打破增加苦痛的惡性循環。病痛意義的詮釋也會有助於更有效醫療之準備工作。經

由那些詮釋，殘障的挫折影響可以減低。這個關鍵性的臨床詮釋工作，甚至可以將受苦的人與醫生從壓抑的鐵籠中解放出來。這個鐵籠是由於對痛苦的身體作用過分病態專注，而且太局限在技巧上，因此對醫療各自失去了人性觀點而硬加上去的。在第十五章中，我將陳述一種實用的臨床方法，醫生可以（並且應該）用來提供長期病人更有效更人性的醫護。這種變通的治療方法源自於將醫療當作(1)對實際的受苦經驗作憐憫的見證，(2)對這個經驗中構成迫害的長期重要心理危機作實際的對抗，將兩者重新加以概念化而形成的。醫生的工作包括敏感地請求患者與家屬說出病痛的故事，組合一個長期性情況改變的小型民族誌（mini-ethnography），接受與變通的一般外行醫療觀點磋商，決定對長期病痛最具破壞力的多重連續威脅與損失應做多少的心理治療。

　　因此，研究病痛意義最起碼的理由是，這樣的探討能夠幫助病患、家屬以及醫生：當然不是每一次，甚至不是固定的，但常常足以造成顯著的不同。

症狀即意義

　　病痛的第一種意義，我們應該加以適當考慮的，是作爲症狀的症狀表面標記。這是症狀作爲殘障或苦痛的外表與傳統涵義（例如：背痛、心悸或喘氣）。有一種傾向，把這種自我顯證的涵義視爲「自然」。但什麼叫做自然，依個別文化的共有了解，在不同的社會群中，往往會有分歧的說法。症狀的意義是地區文化系統中的標準化「眞相」（truth），因爲我們以群族來劃分世界的人類，結果當他們在此地區出現時就稱爲自然。這也就是說，我們把地區性的共識認作理所當然——乳房的硬塊可能是癌症，過分熱時喝非常冷的東西要小心，曬黑的皮膚是健康的跡

象，瘦比胖好，一天一次成形的大便是正常的——對什麼是病，
以及一個人經由既定的手勢、臉部表情、聲音或字眼表達生病經
歷時，這些地區性的共有常識能促進我們共同的了解。

　　結果，譬如我們談到疼痛時，我們能被四周的人了解。然而
即使表面的涵義也會相當精確。以頭痛來說，在每種文化和每個
歷史時期中，都有不同的說法。而這些不同的說法造成病人四周
的人對他或她產生不同的反應。想想看，北美洲社會對頭痛的許
多種抱怨方式：「我頭痛」，「我的頭真痛」，「我的頭砰砰
響」，「我有偏頭痛」，「我感到兩鬢有一種脹重的感覺」，
「它只是一種緊張的頭痛」，「我覺得有一圈疼痛緊壓著前
額」，「我的鼻竇處痛」，「我的頭皮刺痛」，「當我轉動我的
頭時我感到頭暈，好像有一層紗在我的眼前通過」。每一種說法
都在光禿的「頭痛」一詞上加上色彩。在長期頭痛的終身過程
中，關鍵性的詞彙對受苦的人和家屬有特別的涵義，沒有一個偷
聽的人能加以詮釋。我們運用這些傳統病痛慣用語與特別術語的
效果各自不同。有些人比較有技巧能在口頭上施展這些詞彙的潛
在力量，隨心所欲地影響別人的行為以獲得支持，使別人保持距
離、爭取時間、傳達憤怒、隱藏羞恥等等。

　　症狀的第一層涵義是有關身體、自我和它們彼此之間，以及
它們與我們生活在世界中其他更緊要面的關係之知識的接受形
式。對西方社會人員來說，身體是一個分離的實體，一件東西，
一個「它」，像機械和物品，與思想和感情分離。對許多非西方
社會的人員來說，身體是一個開放的系統，把社會關係和自我連
結起來，是一個大宇宙中相關元素的大平衡。感情和認識力加入
了身體的各項作用。身體本身不是世俗化的個人領域，而是一個
神聖的社會中心世界的一部分，一個與別人交換信息的溝通系統
（包括神）。

　　譬如，在傳統真正的中國人之間，身體被認為是一個小宇

宙，與社會甚至行星的大宇宙產生象徵的共鳴（Porkert, 1974）。　12
身體的「氣」（vital energy）應該與周遭流動的氣調和。「陰
陽」構成身體本身，是相對互補的，而且也與構成群體與自然的
「陰陽」相互作用。感情與身體構成要素密切的相互作用，身體
要素又與天時、地利、人和有緊密的關係。病痛的種種概念以這
個完整的論理觀點爲基礎。

　　在印度，身體本身被認爲能在社會交互作用中穿透實體與徵
象（Daniel, 1984）。健康是體液（body's humors）與外在世界
構成要素之間的一種平衡，由飲食以及一個組織嚴密以所謂的純
潔與污穢分類的社會階級關係居間調協。小孩由於被月經來潮的
母親碰觸而受污染，因爲經血能進入有氣孔的身體（Shweder,
1985），就像接受低階層人的食物會使污穢混入體中在裡面產生
污染一樣。身體也能穿透超自然與神秘的力量。

　　在那瓦荷人（Navaho，現住美國西南各州的一支印第安人
——譯者註），身體與那瓦荷世界的天然景觀處在美學與道德上
完美的和諧之中（Sandner, 1979; Witherspoon, 1975）。身體
是景觀的象徵；景觀是身體的象徵。類似的觀念可以在中國
（Unschuld, 1985）及其他許多社會中發現。在這些文化中，身
體方面的怨訴也是精神道德問題：它們是社會關係與文化思潮中
不和諧的畫像。閱讀希波克拉底司的（Hippocratic）醫學教科
書使人想到，在古代西方社會，雖然有些觀念相當不同，但對身
體、自我與世界卻可以找到一個相似完整的邏輯觀點。

　　有一種社會性的意義會深深刻入身體的作用與經驗之中，有
時是眞正的刻進去，譬如，當割包皮儀式和其他形式的肢體毀傷
〔陰莖下切開法（subincision）、刺青、陰蒂切除術（clitoridec-
tomy）、切斷手指關節、亂割（scarification）〕爲人生的轉變過程
及群族與個人的身分戳下標記。在澳洲土著中，個人的圖騰經由
亂割儀式繡入皮膚，這個人接受一個可以驗證其族群與個人身分

的皮膚名稱（Warner, 1958; Munn, 1973）。社會經驗就在我們
感覺與經驗我們身體情況與外表對別人呈現的過程中具體化　13
（Turner, 1985）。緊緊束縛住的女性身體，在早期的歐洲，正
表現一種特殊的女性觀與女性在社會中的角色。在許多社會中，
與女性身體左邊有關的聯想——常常也是污染、黑暗、潮濕、罪
源的象徵，與男性身體右邊正好成為許多否定性的對立——揭示
身體經驗，也揭示帶性別道德意義的社會分類（Needham,
1973）。北美文化對沒有瑕疵的皮膚、使用除臭劑的年輕身體、
性感的體型與姿態極為關切，這是資本主義者商業化象徵意義系
統擴展的一部分，它像所有的文化系統一樣，會導致人以身體與
自我經驗，以族群優先秩序與期待為本位。事實上，經由這些具
體的價值，社會的控制被內在化，政治的理念被物質化，成為一
種肉體的感覺和生理的需求。因此，要了解症狀如何產生意義，
我們首先必須了解身體與自我和世界之間的各種相關觀念。這些
地區性社會系統的主要層面通知我們如何感覺，如何理解世俗的
身體作用，以及如何詮釋這些感覺和作用。

　　我們並不是重新發現我們的身體和內在的世界。全人類都要
學習種種方法以操縱身體作用和慣用語言（口頭或非口頭的），
以溝通身體狀況，包括病情。有各種不同的吃、洗、笑、哭，以
及表現固定身體作用（吐痰、咳嗽、排尿、排便、月經來潮等
等）的方式。而這些正常的活動方式影響病痛的習慣用語
（Nichter, 1982）。我們學習對疼痛如何加以鑑定和反應，對官
能障礙如何加以標示和說明。我們學到的慣用語往往與我們用來
說明其他任何煩惱的管道相同。胸部不適可能暗示焦急或心絞
痛、肺炎或喪失親人。緊張性的頭痛可能表明幾種情況：從過分
疲勞、慢性頸骨炎，或急性上呼吸道感染的苦惱，或糖尿病的惡
化，到失業、沈悶的工作情況或婚姻關係習慣性低潮引起的悲
哀。一個身體習慣用語常常會同時表示其中幾種情況。在一種生

14　理不適反應或一種長期疾病提供的個別生物基礎上，會有一個建
　　立怨訴的特別管道（包括衰弱、呼吸窘迫、胸部不適或腹部疼
　　痛），它會擴大表現出各種苦惱。因此，怨訴的核心是一個生
　　理、心理與社會意義的緊密總和（Kleinman, 1986）。

　　　病痛慣用語將身體作用與文化類別，經驗與意義之間的強力
　　辯證明朗化。在西匹克（Sepik）地區的新幾內亞土著中，病痛
　　是由病人戲劇性的隱退顯示出來（Lewis, 1975）。他以拿灰與
　　土遮蓋身體，拒絕進食和保持孤立，來顯示強烈的感受。在某些
　　文化中，病痛的慣用語可能比較多和世俗，在另一些文化中，它
　　們可能以抑制的沈默含蓄表現出來。譬如，在印度的某些社區，
　　病痛是以那個社會中純潔與污穢之間的重要階級關係的特別喻意
　　表現出來，這種關係決定一個人應該向誰顯示症狀，以及從誰接
　　受食物和醫藥。對傳統的婆羅門母親，當她月經來潮時，因為害
　　怕污染她的兒子，即使兒子正在生病，也會阻止她去碰他，並警
　　告他不要太靠近自己（Shweder, 1985）。在印度以及其他許多
　　社會中，病痛的行為與醫療在食物分享與飲食的形式中表明出來
　　（Nichter, 1982）。飲食被調節成有利於想像中的體液不平衡。
　　特殊的食物與土產的藥材，可能被緊密連結在一起負責為患者從
　　事民俗治療的親人與朋友群共同食用（Janzen, 1978）。在小規
　　模、未開化的社會——譬如，阿拉斯加的因紐伊特（Inuit）及
　　新幾內亞高地的卡盧里（Kaluli）——病痛在群體平衡的相互利
　　益義務系統中表現出來，這個系統是這些社群的中心結構原則。
　　它判定某甲應當為某乙做什麼以回報某乙已經（或應該已經）為
　　某甲所做的，這樣將來某甲才會為某乙做什麼。

　　　在北美社會，我們也擁有這些傳統性的身體了解，這些自我
　　與症狀的習慣性相似構造。但舉出北美顯著的多元性生活風格、
15　種族和宗教背景，以及教育、職業和經濟狀況，我們必須將大家
　　共有的通俗文化意義與受到特殊附屬團體嚴禁的文化意義加以區

分。因此，談論教導我們如何看待症狀的地區性知識與關係系統
是比較切實的；它們相互之間可能有本質上的差異。處在不平等
勢力中的個人，當他們想說服別人相信他們的痛苦強度，以及他
們需要擁有更多資源時，這些地方系統中的共有意義會被斟酌。
當地人可能會想辦法否認一個明顯異常現象的複雜性，或者他們
可能會企圖舉證其他關係重大需要照顧的人。每個人運用苦惱慣
用語的口才顯然不同（Beeman, 1985）。

　　病痛的一般性了解影響口語以及非口語的溝通。也許面部表
情、肢體語言和有聲的苦痛語言中已經有足夠的普遍性，能讓其
他社區的人明白我們正在經歷某種苦惱（Ekman, 1980）。但其
中也有細微的差異能顯示我們過去的經驗，主要的現時掛慮，以
及應付問題的實際方式。這些特異已是當地理所當然的事實，對
那些視我們共同的生活方式有如異國的人卻是曖昧難明的。而
且，這些特殊的慣用語會反過來影響苦痛的經驗（Good, 1977;
Kleinman and Kleinman, 1985; Rosaldo, 1980）。

　　我聽到你說，你的頭是偏頭痛，或是由於太多「壓力」引起
的頭痛，或是「兇惡的」、「可怕的」、「砰砰響的」、「震動
的」、「鑽進的」、「疼痛的」、「爆炸性的」、「眩暈的」、
「難過的」、「疼得要死的」，而我詮釋那個經驗的某些東西，
你如何感覺以及你要我對它如何感覺。（你也詮釋你自己的怨訴
語言和我對你的反應，這會影響你的症狀。）這是文化細微差異
的具體明證，我們對症狀術語的表面意義有廣泛的共同了解。
〔譬如，奈幾利亞（Nigerian）的精神患者常常會抱怨他們有一
種好像螞蟻爬進頭部的感覺，這是他們文化的一種特別怨訴
（Ebigbo, 1982）。〕我或許不完全了解西方民俗文化中的蓋倫
式（Galenic）身體冷熱情況系統和它所包含的體液均不均衡，
但我明白你冷到了，因此想喝點熱的東西，而且你覺得你需要穿　16
暖一點以保護你在「冷」到時不受「寒」。我們的了解建立在一

個廣大的文化習俗上，對不曾擁有這個地區性共識的人，根本無法了解「受寒要多吃，發燒要挨餓」（feed a cold, starve a fever.）的意義（Helman, 1978）。

然而這個外層涵義顯然仍有極大的不確定性存在。當你說你的「頭正在裂開」時，我不完全明白你的意思，因為我覺得我對你的認識不夠，不能完全了解你的經驗。你大體上是節制型的、過度興奮型的、憂鬱型的或操縱型的？了解你是怎麼樣的一個人，影響我對你的怨訴如何詮釋。我們的關係會指導我如何對你的頭痛怨訴作出反應。這個關係包括過去我對你如何反應（和你對我），還有我們對近況的共同了解；在長期病痛的情況，它還同時包括歷經數百次怨訴後已經建立的定型反應和情況。我對你的苦痛說明的詮釋是由生病期間我們每日交互作用的模式組成的。事實上，你訴怨時所用的語言已成為我們的關係語言之一部分。因此，即使作為症狀，症狀的表面意義已深深嵌進組成我們每日世界的意義與關係之中，包括在交互作用中我們如何創造我們自己。這使得即使極表面化的症狀也能成為富有隱喻的系統，值得作多種溝通。

結果症狀的意義成為診斷的語義學。醫生必須將患者的怨訴（病痛的症狀）翻譯成疾病的跡象（sign）（譬如，患者的胸痛變成心絞痛──對醫生而言是一種冠狀動脈疾病的跡象）。診斷完全成為語義學的活動：在一種徵象系統（symbol system）的分析之後緊接著是將它轉譯成另一種系統。怨訴也被詮釋成綜合徵候（syndrome）──過一段時間叢集出現的症狀──這表示它們的整個關係是一種分散的異常現象。臨床醫生探求疾病專有的跡象（pathognomonic sign）──神秘的病理學中看得見、暴露內情的線索──以確定一個特定的疾病。這種偏重臨床診斷的詮釋，表示醫生與患者的交互作用是以質問的方式構成的（Mishler, 1985）。重要的不是患者所想的而是他所說的，因為

在初步醫療中，百分之八十的診斷基於過去病史，最初的病歷（醫生由病人故事組合出來的成果）極具決定性（見 Hampton 等人，1975）。此怨訴故事變成文本，要由附帶診斷家身分的醫生加以翻譯。然而，醫生並不是被訓練來當意義特殊系統自我深省的詮釋者。他們從醫學院出來時是個單純的實在主義者，像漢梅特（Dashiell Hammett）的史配德（Sam Spade），他被教導相信，症狀是疾病的線索（clue），一種「自然」作用的明證，一種要被發現或揭開的生理實體。他們很少被教導，生物作用只能經由社會創立的類目（category）加以認知，這些類目拘束了經驗，也拘束了異常生理學；這是一種比較適合物理科學（physical science）之可靠智慧，而較不適合醫業之敏感的懷疑主義的思想方式。

　　結果被訓練去思考「真正」疾病實體的醫生，帶著自然的歷史和準確的結果，發現長期病痛混亂且險惡。他們被教導以懷疑的眼光看待病患的病痛敍述和隨口而出的信念。那些敍述和說明的形式可能顯示一種病變，敍述的內容可能導致醫生走錯路。專科診斷專家的方式是在未能量定前不相信患者主觀的說法，因此反映比較「客觀」，會使長期病痛的醫療進展緩慢。可預言地，長期病人變成醫療中的問題患者，而他們連帶地也親自體驗到他們的醫護是健康醫療系統中的一個問題。病痛的經驗並非由生物醫學專家加以認定，因為對生物醫學專家而言，病痛經驗會遮蔽病態生理變化的形跡；然而對長期病人的照顧者，要成為有效的治療者，則病痛經驗就是醫護的最重要資料，「一種代表病痛本身的徵象」（Wagner, 1986）。認定患者的病痛經驗──審定那個經驗，同情地加以檢查──是照顧長期病人的關鍵性工作，卻是一個做起來特別困難的工作，因為長期病需要的是經常不斷和真正不屈不撓的照顧。在縱貫性的病痛過程中，症狀的詮釋就是意義系統變化的詮釋。這些意義在實際生活經驗中具體化，可　18

以經由對他們的關係情況、他們相關的特性和他們的經驗史，取得民族誌的鑑識來加以了解。

文化涵義即意義

　　病痛有第二種知覺上的意義，在某種程度上，特殊的症狀和異常現象，在不同的時期和社會中會有文化明顯特徵的標記。這些特殊的症狀和病痛種類帶著個別的強烈文化涵義，也就是說，常常是一種帶著烙印的涵義。北美洲人極少見過或聽過痲瘋病例，然而在西方集體意識中，圍繞這個異常現象的神話如此可怕，如果被告知有親近的熟人染患痲瘋，極少人會不感到嫌惡和恐懼。難怪這個可怕的病名已經被改成了不引人嫌惡的「漢生病」。

　　在中世紀晚期，黑死病（淋巴腺鼠疫）驚人地絕滅了歐洲四分之三的人口。結果，黑死病變成了一種邪惡和恐怖的象徵。它象徵了幾件事：上帝的憤怒、人類犯罪和受苦的墮落狀態，以及超然存在的不朽靈魂的死亡（Bynum, 1985; Gottfried, 1983）。不管黑死病有何特殊宗教意義，整個社區已被這個名詞對罹患者與家屬所持的強大有力的實際意義壓倒了。貼上這個病的標籤能置家庭與鄰居於被封鎖的隔離狀態中，並使居住其中的人因對社會具有嚴重的危險性而注定成為被遺棄的人。「瘟疫」這個字今日幾乎已發不出任何涵義，卻是意義轉化的一個例證，傅柯（Foucault, 1966）用它做為西方瘋狂的例子──顯示文化加在某一種病患身上的凸顯標記在本質上是可以改變的。瘟疫流行病的消失對這個轉變一定有巨大的影響。

19　　在美國十九世紀晚期的鍍金時代（Gilded Age），由於個人對職業與家庭責任的信心危機所引起的歇斯底里憂鬱性癱瘓、

神經衰弱和神經質的恐怖，被認為是這個時代所造成的特別凸顯的異常病症。它們可以說是中產階級廣為流行的小病，與北美社會由停留在十八世紀理想的郊區小鎮的生活方式急速轉化進入二十世紀工業資本主義的文化有關（Drinka, 1984）。這個重大的社會轉化被認為對個人，通常是對中上階級的男性和女性，具有極大的影響，他們的症狀無奈地被看做是社會為了使他們的世界變成充分現代化的代價。

　　讓我們再舉一個印有文化標記的病痛例子：巫術。在早期新英格蘭清教徒的世界，巫術的控訴凍結了當時的主要恐懼，包括脫軌、自我中心、反社會行為、以及性別等威脅。它代表對控制與對在嚴厲的上帝統治中解釋眼前的不幸與惡行著魔。在二十世紀的非洲部落社會，巫術象徵了相同的顧慮，皆源自妒忌和不幸，雖然這兒所強調的是人類而非魔鬼。在非洲的情況，巫術還傳達恐懼，有關傳宗接代與村落團結的種種威脅（Turner, 1967; Janzen, 1978）。在這兩個社會中，巫術變成惡性病痛的主要解釋模式，和巫術本身一樣的隨意不可測；它進一步，對似乎不公平的苦難與不合時宜的死亡，提供運用控制的神奇方法。

　　在過去一千年來的中國社會，嚴重的精神病——標名為精神錯亂，「瘋病」——顯得特別凸出（Lin and Lin, 1982）。甚至今日，瘋病不只為病人本身，也為整個家庭蓋上烙印。媒人傳統上會問家庭中有沒有得瘋病的人；如果有，她就會把這個家庭排除在適合婚配的來源之外——在以家庭為中心的中國社會裡，這是一種大災難。今日的中國大陸和台灣，甚至住在美國依傳統行事的中國人之間，有精神分裂和躁鬱症病人的家庭，仍舊會感受到極大的羞辱和其他帶有烙印的否定性作用。這個家庭性文化的成員，往往寧可把病人留在醫療機構中，或與家人分開居住。在中國人之間，精神病的診斷如此具有威脅性，結果「神經衰弱」這個委婉的說法，在西方及其他非西方社會早已不流行後，卻在

20

一九八○年代仍在中國繼續盛行；這個名稱提供了一個合適的生理疾病標籤，成為一件斗篷，掩飾了不合適、不被接受的精神毛病。在一九八○年和一九八三年，內人與我在中國大陸從事研究（Kleinman, 1982、1986; Kleinman and Kleinman, 1985），發現神經衰弱還傳達了其他不能用語言表達的問題，特別是引起沮喪和疏離的嚴重政治性、工作和家庭危機。我們在中國大陸研究的一個神經衰弱病例將在第六章中描述，以說明病痛的文化意義。這個中國例子與北美和歐洲十九世紀末葉及二十世紀初葉的神經衰弱症正好是個強烈的對比。雖然這個最典型的生物心理社會問題，呈現出每個社會的某種獨特意義，但也有許多例證顯示，神經衰弱的社會形像會被當成惡疾（sickness）傳達相同的意義。

　　在西方，我們這個時代所背負的最強烈象徵性重擔，也許是癌症、心臟病和新的性傳染病——疱疹及後天免疫缺乏症候群（AIDS）。第一類——仍是一個高度惡性、似乎隨意發生、大部分無法控制的問題——對二十世紀晚期美國社會的主要價值是個直接的威脅。我心中所存的這個特定價值，包括將混亂的人類問題轉化成關閉性結果而能以科技方法處理的問題，而非轉化成開放性結果的道德問題。癌症是個不安定的提醒者，使人想起人類生活條件中不可測、不確定和不公平的冷酷性——所有的價值疑問。癌症迫使我們面對，我們對自己或對別人死亡缺乏控制的事實。癌症指出了，我們在我們的世界中無法多加解釋和把握的缺失。或許最根本的，癌症象徵我們在道德上要對「為什麼是我？」這個科學無法提供解釋的問題，做合理解釋的需要。癌症也因帶著看不見的汙染危險意義而令人感到害怕，像離子放射線，甚至我們所吃的食物的化學成分。這些險惡的意義將古代的汙染恐懼與現代人為的、以有毒廢棄物毒害環境的巨大威脅混在一起。它們揭發我們無能控制科技效應。把抗癌藥物當做毒物的

普遍觀點擴展了治療引起危險的印象，而且似乎暗示了生物醫學科技也是這項危險的一部分。

和早期的臆測相反，我們懂得越多，我們的環境變得越具威脅性。心臟病，像癌症一樣，似乎牽涉到我們的生活方式：我們選擇吃什麼食物，我們喜歡做什麼。它顯示了科技急速改變所引起的經濟瘋狂步調，以及隨之而來的異常生理學。它向我們陳述我們個性風格的危機（事實上，自戀性格在資本主義系統中被塑造得最為成功）。心臟病控訴我們生活中無處不在的緊張壓力、親密的社會性關連的崩潰，以及我們在日常工作的世界中缺乏休閒與持續的體力活動（Lasch, 1979; Helman, 1987）。

社會對每一個問題的廣泛反應也告訴我們，美國社會的許多價值結構。我們把社會困擾與疾病引發的症狀當做醫學問題處理。我們在個人生活方式改變的理論上責怪受害者。我們避開藏在公共健康下，與抽菸、暴露於致癌物下、混亂的性行為，以及委婉地稱為無可避免的壓力〔Taussig（1986）稱為現代社會之「神經質」系統〕相關的種種艱難、滿載價值的問題。癌症與心臟病二者加強了我們對我們時代以及更悲哀的人為危險之源的認識。然而政府的反應卻有意遮蔽病症是表示社會秩序出了問題的看法，而以狹隘的技術問題替代它。我們將變成什麼樣子是否有更好的一面鏡子？

像癌症和心臟病一樣，我們可以說生殖器疱疹和愛滋病，這些異常病症帶給人特殊的文化意義（Brandt, 1984）。像它們之前的梅毒與淋病情況一樣，疱疹與愛滋病為受害人貼上了痛苦的（在後者的情況是死亡的）性罪污名。同時，對這些疾病的反應顯示了在後工業社會主義者的社會中，主控的商業化性概念，對個人權益與商業價值上的非道德性混雜與高道德，隱藏著雙重的標準，即使是狡猾虛偽地譴責性病結果。因為這些異常病症的每一個意義隨著診斷結果猛然來到：「她得了乳癌，可能死掉！」

22

「我得了冠狀動脈的疾病，不能再工作了！」「她的男朋友有疱疹，沒有警告她，傳染給她了！」「你能想像嗎？街尾那個傢伙得了愛滋病。你知道那是什麼意思！」每一段話都把患者罩在一個看得見、有強烈特殊意義的甲殼中，患者以及在他四周的我們都必須面對。這些意義包括對拖延且不得時宜之死的恐懼，變形的治療及其伴隨而來的身體與自我形象損害的威脅，病是自己惹來的污名，對同性戀者的歧視等等。這個甲殼是加上文化印記的病症甲殼，一個具有控制性的社會象徵，一旦加在某人身上就會徹底破壞這個人的身分，而且不易消除。

　　北美洲一般人對高血壓的觀點印證了較不嚴肅的文化意義。布魯漢根（Blumhagen, 1980）的研究，描述西雅圖大部分中產階級、受過大學教育的求診者對高血壓的想法。典型的外行人認為高血壓（hypertension）主要是壓力（tension）太多，血壓倒不一定高，這即是這個名詞在生物醫學用法上的涵義。布魯漢根表示，外行人對高血壓病的解釋是北美的民間模式，可以幫助說明為什麼得這個病的人有這麼高的比率不按指示服藥。不按時服藥被醫生認為是有效控制高血壓的主要障礙。當病人感到「壓力高」時，他們相信他們正在受這個病的折磨，他們就會服藥。當他們感受不到壓力時，他們不承認他們有高血壓，他們就不吃藥。這種情況，病痛（illness）的模式成為疾病（disease）模式的反面（obverse）。治療的目的在於控制每日的血壓，不涉及苦惱與壓力。不管醫療機構和媒體如何努力推廣健康教育，這個民間模式，帶著它對醫療的重要寓意，在北美社會中廣泛出現。它的持久不變是文化意義極具影響的一個測定準則。

　　不只是異常現象的標籤滿載價值，症狀也能帶有文化涵義。例如，在古代的中國醫書上，「頭痛」「眩暈」與「衰弱」得到特別的關注；同樣的症狀在現代的中國診所中也受到患者與醫生的強調（Kleinman, 1986）。班夫尼斯特（Benveniste, 1945）

在早期仍具挑戰的對症狀與古代印歐社會三分法之關係的報告中指出，創傷、眼盲和一種衰弱──耗竭──衰弱的複合怨訴在西方社會中特別凸顯，而且一直分別與軍隊、教士和農業行為有連帶關係。在北美洲長期疼痛怨訴的流行病顯示疼痛有特殊的今日涵義，而且似乎已奪取了神經衰弱的耗竭──衰弱怨訴標識。或許北美洲文化中個人自由與追求幸福的理念，歸納起來有許多保證免於忍受疼痛的意思。這個意義與大部分非工業世界的期待激烈衝突。在非工業世界中，疼痛是生活上預期的成份，必須默默忍受。

不僅某種症狀在某種文化和歷史背景中會引起特別的注意，而且正像我已經提過的，所有症狀的意義端賴當地對身體與身體病理學的知識而定。因此，衰弱在中國許多地區就是喪失元氣，在傳統中華民族醫學理論中是一個中心主題。在中國人之間，由自慰或過於活躍的夫妻性生活所引起之精子過度流失，常常會招來顯著的焦慮，因為精子含有「精氣」，精氣會隨精子流失。這使精子的流失在中國醫學理論中變成一種潛在威脅生命的病痛。因為這一套信仰，傳統道地的中國青少年特別害怕連續性的夢遺和其他方式的遺精；他們的看法與今日西方青少年的看法成為強烈的對比，在西方它似乎會得到正面的評價。在南亞，印度草藥（Ayurvedic）醫學理論認為男人與女人都擁有精子，白帶對女人具有同樣可怕的涵義。女性遺失精子在生物醫學理論上是不可能的，這正是病痛（illness）與疾病（disease）在語言學上有極大差距的例證。

在人類學以及文化比較的精神病文學中所描述的其他文化個別症狀，包括墨西哥和不同的亞洲社會中會導致「失魂」的「驚嚇」，北、南美洲中的「神經過敏」（nerves），東南亞人中對陰莖縮小的恐懼，以及影響馬來人令人震驚的模仿學語行為（latah）。其中存在大量各種所謂文化束縛的怨訴（見 Simons and Hughes, 1985）。

　　症狀不只在整個社會中擁有特別的涵義，而且在由階級、種族、年齡與性別造成的個別生活世界中也有特殊的涵義，這是北美社會顯著多元性的徵象。更年期的怨訴是白人中產階級中年婦女佔據心中的大事。但其他大部分文化中的婦女，通過停經期時，很少有嚴重的怨訴，而且也沒有把這個生命的轉化當作病痛的概念（Kaufert and Gilbert, 1986；Mckinlay and Mckinlay, 1985）。然而停經期的怨訴由於經濟因素被媒體與醫療界加以強調。它們已擠入了流行的北美文化，在一個商業宣傳集中於崇拜青春與性吸引力的社會中，成爲害怕轉化成老年與無性的標記。同樣的，來經前的緊張，在大部分的世界中以及傳統的美國種族中，是不曾聽過的徵候群（syndrome），但在北美白人中產階級中卻越來越普遍。非西方的醫生認爲，經前緊張徵候群乃是西方中產階級不願忍受疼痛難過的另一例證，不管這些疼痛難受是如何的有限和可以預期。或許它的文化涵義在於西方社會中的女性對傳統生殖作用與女性感有強烈的矛盾心態。郊區的黑人和阿帕拉契山脈的窮白人所埋怨的「高血」、「糖」、「不調」、「神經質」和其他毛病，對東北部都市人幾乎少有意義，而這些正說明了這地區居民與他們方言的特質（Nations 等人，1985）。洛杉磯墨西哥裔美人之間的「失魂」，紐約波多黎各人之間的「魔鬼附身」，波士頓海地移民之間的著魔或巫毒（voodoo），邁阿密古巴工人階級的「氣」（airs）與冷熱失調，以及新近拉丁美洲難民之間的魔眼，這些怨訴都有相似的作用。它們標示種族、階級和新移民的身分。它們應該對健康專業人員傳遞了主要的文化差異，需要敏感地予以評估。然而它們往往太激起傳統的種族老調，對治療可能發揮不良影響。

　　文化上凸顯的病痛意義同時揭示時間與地點的改變和連續。乳房硬塊的意義不再限於北美較富裕與受較好教育的婦女身上，

而吸菸人士之間咳嗽與氣喘的潛在生理學意義，現在已較過去更
被了解。交替地，喀血、癆病性潮紅和優雅的蒼白，這些十九世
紀西方文學讀者所熟悉的肺結核徵兆已經失去它們做為一種附
著、流行文化的意義。這些異常症狀的每一種涵義對衣索比亞人
與對波士頓人各自擁有不同的意義。在急性異常病症、飢餓和流
行性傳染性疾病猖獗的地方，長期慢性病症在當地所顯示的地位
不會像在度過流行病學過渡期轉入以長期慢性異常病症為主要病
態與死亡原因的社會中那麼重要。

　　中年男人之間的禿頭與性無能，少年人之間的青春痘與身材
矮小，少女與年輕婦人之間的肥胖與飲食偏執（貪食和厭食），
以及老年人之間的考慮整容，都是烙有文化印記的情況，表現了
現代西方社會的自戀偏執。廣場恐怖（agoraphobia，害怕離
家）據說是經由局限於家的症狀以表現西方女性在擁有職業與當
家庭主婦之間做選擇的矛盾心態（Littlewood and Lipsedge,
1987）。現在，阿耳滋海默病的癡呆，被當成是老化在個人自治
上做最後攻擊所造成的一個無法接受的指標，而在北美引起普遍 26
的重視。重新把酗酒標成一種病，把虐待兒童標成家庭病理學的
一種症狀，是西方社會醫療化伸展過程的進一步例證，由此從前
以道德、宗教或犯罪標示和處理的問題，已重新被解釋為異常症
狀，而以治療技術學處理。這些問題為西方社會打開了一扇窗
子，顯示了它的主要關懷與衝突。

　　扼要重述我們的主要論點，文化意義在病人身上烙上的涵義
往往是不想要的，也是不容易避開和面對的。這個烙印可能是污
名或社交的死亡。不管是那一種，雖然它可能模糊，其持續性可
能因這個人在當地文化系統的影響地位而有所緩和，但其意義是
無法逃避的。人們改變部分可利用之資源以抗拒或重訂病痛的文
化意義，這些意義對患者、家屬和醫生所呈現的問題，每一小節
都和病本身一樣困難。

　　這一類的病痛意義還有最後一面值得一提。病痛的文化意義使苦難成為一種具有特色的道德或精神形式的苦惱。不管苦難是被鑄成絕望的儀式法規，疼痛與損失應如何忍受（像職業上的情況）的模範道德榜樣，或最終存在、單獨留在無意義世界的人類困境，地區性的文化系統提供了神話的理論架構以及固定的禮儀行為規範，把個人的衝突轉化成團體認可的象徵形式。

　　德國現象學家普萊斯納（Plessner, 1970）對苦難提出這樣的文化觀點。他言明，在現代的歐洲或美國，病痛使病人認識西方人類分裂天性的基本狀況，換句話說，我們每個人都「是」他或她的身體，而且「有」（經驗）一個身體。在這個公式中，生病的人就是這個生病的身體，並且也察覺到他或她有一個與自我有別的生病的身體，而這個人就像在觀察別人一樣。結果病既是

27　他們的病痛，又是隔離，甚至是疏遠的。當艾略特（T. S. Eliot）談到「感性析離」（dissociation of sensibility）（Rycroft，1986：284 提及）時，心中可能就存著這個想法。作為經驗的確實經驗，和我們如何與那個觀察自我的經驗關聯，兩者之間有一種交互關係。現代西方文化的導向完全是經由這種交互關係對我們的苦難經驗做出貢獻。我們或許可以說，在病痛即刻具體化成為生理作用，與病痛作為人類現象（human phenomenon）──例如，作為身體自身疏遠的一部分，作為越超的工具，或作為困窘或悲哀的源頭──所傳遞（因此充滿意義）的經驗之間，文化正填補了其中的空隙。病痛呈現苦難的意義，因為身體與自我之間的關係是由宗教、道德或精神方面的文化象徵來傳遞的。因此，西方的身體──自我二分法的經驗，在這一世紀中已被當做現代化的心理學成分輸出到世界其他地區，或許經驗和意義的區分在全球的病痛中，至少對那些最受西方價值強烈影響的人，會變成很普通。

　　讓我們以社會學的術語重述這個論點。根據舒茲（Schutz,

1968）的理論，我們在日常事務上採取常識（common-sense）觀點，就能把個人在社會中看成在世界中。這個常識觀點來自地區性的文化系統，是理解（因此重複）社會真象的公認方式。經由在真實世界中遭遇實際阻力的過程，例如：由於可用資源的分配不平均，或不可測和不可控制的生活問題所引起的種種障礙，我們在經驗中創造，不只是發現意義。當我們遭遇由深刻的人生經驗所呈現的抗拒時──子女或雙親或配偶的死亡、職業或家庭的損失、嚴重的病痛、實質的殘障──我們被震驚得失去了我們在這世界上的常識觀點（Keyes, 1985）。我們隨即處於轉移的情況，必須採取我們經驗上的其他觀點。我們可能接受道德觀點以解釋和控制我們倫理方面的苦惱問題，或採取宗教觀點以了解不幸的意義並設法超越不幸，或漸增地採取醫學觀點以應付我們的苦痛。在傳統的社會中，人生危機經驗上共有的道德和宗教觀點能在既有的社會控制機構中安定焦慮，以最終意義之網捆住威脅。在分歧多元的現代世界中，焦慮逐漸增強地自由飄浮，需要個人創造獨特的意義以取代過去指導我們祖先如何忍受苦難的共有道德和宗教意義（見 Obeyesekere, 1985）。因為對如何詮釋不幸缺乏廣泛的認同，當代世界有一種把這類問題醫學化的明確傾向，於是轉向衛生科學的文化權威為我們的困境尋求解答。然而採取醫學或科技觀點並不能幫助我們應付受苦難的問題：在當代生物醫學和其他輔助業中，對病痛沒有目的論的（teleological）觀點可以用來陳述與人類固有的挫敗、秩序、邪惡問題相關的苦難成分。相反的，現代官方醫療機構與在其中工作的輔助專業人員，正如我們所看到的，被導向把遭受病痛之苦看成是機件壞掉的問題，需要技術性的修理。他們安排疾病問題的醫療處置以代替對病情做有意義的道德（或精神）反應。

　　臨床和行為科學研究也沒有專門類目描述病痛之苦，沒有固定的方法記錄這個患者，家屬經歷病痛之故事中最富人性的一

28

面。症狀的大小程度、調查問卷、行為核查表、量定作用損害與殘障的程度，提示出生命替代物（life fungible）的品質。然而對於病痛之苦，他們仍保持緘默。患者與家屬被迫淡化的形象必須從這種研究中浮現，這在科學論上是可以複製的，在實體論上卻不行；它有統計學而沒有認識論的涵義；它是一種危險性的扭曲。但評估病痛之苦需要的不只是在自答卷上加幾個問題或加一次標準化的面談而已；它只能從完全不同的由病痛故事中取得有效資料的方式中浮現。民族誌、傳記、歷史、心理治療法——這些是創造苦難的個人世界之知識的適當研究方法。這些方法使我們能在簡單的身體痛苦和精神症狀後面，掌握複雜的傷痛、沮喪之內在語言，與帶病生活的精神痛苦（還有勝利）。因為深入其中的某些共鳴的傷感，確切探求這種人性知識令我們畏懼。對這些特質做生物醫學與行為研究時，有什麼尺度？缺乏這方面的了解，醫學所創的專業知識足夠應付患者、他們的家屬以及醫生的需要嗎？

　　病痛的受苦問題為病人和社會群體升起兩個基本疑問：為什麼是我？（挫敗的疑問）和該做些什麼？（秩序和控制的疑問）。然而事實上所有跨文化的復癒觀點，像宗教和道德觀點，都把病人和他們四周的人導向挫敗問題，狹隘的生物醫學模式避開受苦這個層面，就像它掉頭不理病痛（與疾病對立）一樣。因此，臨床醫生努力要超越生物醫學的限制以反應個人和群體的挫敗。他們擴大他們的專業架構以涵蓋其他模式——像生物心理社會學或心身相關學（psychosomatic）的模式——或參與患者，採取普通常識的道德觀點或較特殊的宗教觀點。對病人—醫生關係輸入價值系統以填補道德空隙的種種困難不可過分強調，因為這些可以、而且常常創造出比它們所解決的更多的衝突。醫生的價值可能不是病人的價值。一個狹隘特異的道德或宗教觀點可能使家庭疏離而無助益。但有何取代的方法？

　　思量一下這種情況，在其中一種道德或宗教觀點被共同擁有，形成一群人對苦難的反應基礎。佛教和中世紀基督教神學的價值導向，把苦難變成不是一種完全不值得處理與商談的經驗，而是一個給文化作用超越痛苦與死亡的機會。在十四世紀的歐洲，像前面所提到的，當黑死病將這個大陸的人口減少到無比的程度時，苦難的問題清晰地成爲意義問題與控制問題，已是一種社會基本危機。社會的反應是在遭遇這種高度惡性傳染病之威脅 29 後，重新伸張核心宗教和道德的意義，同時應用當時可供利用的一些社會性與技術性的控制方法。在我們自己的時代，人造的災難威脅引起相同的苦難問題，然而社會的反應，幾乎全部限制在理性的技術操縱上，目標在控制實際問題，對它們深一層的意義鮮少加以注意。事實上，外行人錯誤詮釋危機之科學論說的一個原因是，外行人以定性、絕對、個人化（非隨機的）的詞彙詮釋科學家在人口上對危機的定量、鐘形曲線的隨機分布。也就是說，儘管專業（和社會）的企圖是要從醫療的錯失中消除意義和價值，把危險的文化涵義當成挫折的問題仍最惹人注意。生物科學家不易把苦難推置一旁；它仍是病痛經驗的中心，在醫療中最爲緊要。

第二章
病痛之個人與社會意義

31

非科學的話能，事實上通常能，有雙重的意義、隱意、
無心之意，而且能暗示、暗諷，事實上也可能表示與它
們的明顯語意完全相反的意思，尤其是假如它們以某一
種腔調被說出來。

——Charles Rycroft
(1986：272)

要成功地驗證和了解別人的作為，我們總是進一步把特
殊的一段插曲放入一組口述歷史的情境中，與個人有關
的歷史以及他們在其中活動受苦的背景歷史。

——Alastair MacIntyre
(1981：197)

生活世界即意義

病痛有第三種知覺上的意義，這種知覺對了解長期慢性病痛
非常重要，因此我要在此書剩下的大部分篇幅中盡心說明它，並
申論它在治療上的錯綜涵義。因為在長期病症的情況中，病痛在

特殊的生活軌道上變成具體化，被堅固的生活世界包圍住了。病痛像海棉，從病人的世界中吸乾個人與社會涵義。不像病痛的文化意義帶「給」病人涵義，這第三種親密型的意義從病人的生活中把緊要的涵義轉換成病痛的經驗。

32　　　北美社會中一位年老的商業主管六個月前妻子去世，他心臟病發作可以成為喪偶之痛的一部分。這個病痛結合了他日益惡化的飲酒過度，以及他與子女在控制家庭事業上不愉快的爭執。它融合了他對死亡的恐懼、喪失信心的罪惡感，以及他終生因害怕消極依賴和被人控制而產生的心理衝突——這些恐懼源自於他與蠻橫權威的父親間挫折喪氣的關係。那些恐懼成為病痛經驗的要素，在嚴重無力感的威脅與子女公然極力要勸他住進養老院之下，復發了。由於他在生命臨終之前，極欲要他的生命過程故事獲得圓滿的結局，以使他的重要損失變得有意義，他的恐懼也因而加重了。這個生活軌道的詳細實驗性與象徵性特質，像其他每一項特質一樣，為每個人的長期病痛經驗創造出一種獨特的意義結構——外層不斷加寫在內層之上，形成一張削去舊跡另寫新字的羊皮紙（palimpsest）。

　　這第三種病痛意義最好以案例描述。下一頁我會用一小段故事來描寫將病痛經驗與生活世界連結起來的意義網。在生活過程中的某些緊要關頭，這些意義與病痛惡化的過程和艱苦的併發症相關連。其中心意義是損失，一個長期病症的普通涵義，醫護變成悲傷的機會。在下一章中，以較長篇幅描寫的案例，主要在說明這第三型的病痛意義，不過因為是取自真實生活的案例，所以也包括了其他類型的意義。但我把個人和人際意義看成是臨床上最重要的意義。事實上，只有在長篇案例描述的詳細情況中，我們才能充分了解個人與社會的病痛意義。這個縮小的畫像只能對病痛在創造新詮釋所需的環境時，如何同時吸收並增強生活的意義，提供表淺的一瞥。

愛麗絲・阿爾柯特的案例

　　阿爾柯特是一位住在新罕布夏州的四十六歲白人女新教徒。
她因罹患幼年型糖尿病而導致心臟血管併發症❶。她的左腳因壞
疽潰爛而做了膝下腿部切除術。恢復期間，她的主治醫師提議她
做心理評估。她愛哭、憂鬱已到了讓她的醫生和家人感到與她先
前有長期病症結果的經驗不相稱的程度。

　　阿爾柯特太太與新罕布夏州小城的一位銀行家結婚已二十三
年。她的家族三代都在這個城鎮出生成長。她十歲時出現糖尿
病，接受城中唯一的醫療群治療，屢次住進當地的小醫院。她與
青梅竹馬的男友結婚，養了兩個孩子（現在安德魯二十歲，克麗
絲坦十七歲），成為重要的市民，是當地圖書館、歷史學社和觀
鳥會的主任。

　　她在十至十八歲間，為控制糖尿病有關的問題，每年至少住
院一次。這些住院，兩次因糖尿病昏迷，好幾次因使用胰島素引
起的血糖過低症；她服用藥物至今已超過三十五年。

　　愛麗絲從十八歲離家上大學，直到二十六歲生第一個小孩，
其間從未再住院。她學會每天處理自己的病症，這與她獨立的性
格和家庭傳統相稱。雖然阿爾柯特太太知道懷孕會使她的糖尿病
惡化，而且她兩次懷孕確實也經歷了相當的困難，但她卻生了兩
個正常的嬰兒。

　　阿爾柯特太太三十歲時有了一些視力問題，而且被當地醫生
診斷為糖尿病性視網膜病變（diabetic retinopathy）。過去這些

---

❶書中描述的案例都用假名以保護他們的真實身分。我也改變了地名、地
　區和某些附加的細節以保證不被認出。不過病史都照我在臨床面談，或
　在患者家中、診所中研究接觸所引出的加以描述。

年，她一直在波士頓眼耳醫院接受這方面的治療，最近用鐳射凝固治療（laser photocoagulation therapy）。雖然她的視力惡化，但她能閱讀、開車，幾乎可以完成其他大部分的每日活動。阿爾柯特太太四十歲時，左腳一個腳趾出現壞疽，這個腳趾被切除。當她四十二歲時，另一個腳趾又被切除。

34　　　兩年半前，她開始感到走快時雙腳會疼。她的醫生診斷爲間歇性跛行（intermittent claudication，因爲循環不良，運動時雙腿疼痛）。阿爾柯特太太經過一套體操訓練、休養和漸進地加長走路，已經能夠控制這個問題。在我們第一次會面前十二個月，阿爾柯特太太在走得相當快或爬樓梯時會出現胸痛（狹心症）。起先她否認這個問題的涵義和特性，即使她八十歲的母親三年前已出現了狹心症。但阿爾柯特太太越來越不行的情況已引起家人和朋友相當的注意，使她覺得她有責任去看醫生。她作了心電圖和跑步檢查（treadmill test），證明冠狀動脈不良。阿爾柯特太太拒絕做冠狀動脈攝影術（coronary arteriography）。她接受鈣離子阻斷劑和三硝酸甘油脂片，前者引起了真正的疲勞與衰弱的副作用。

　　她的醫生在照顧她二十多年的過程中，第一次發現她易怒沮喪。她的丈夫、子女和雙親證實他的評判。

　　在阿爾柯特太太做首次心理評估之前六個月，她的左腳踝出現了潰瘍。她從前曾因靜脈循環引起了一次相似的事件，那個潰瘍對保守的醫療處理方式反應良好。然而這一次，潰瘍急速敗壞，而且照 X 光片後被診斷爲骨髓炎（骨骼感染）。切除的決定是由患者帶著極度勉強和憤怒作出的，而且隨後用了一段時間的高劑量抗生素靜脈注射。

　　當我第一次和愛麗絲・阿爾柯特面談時，她坐在醫院的病床上凝視著窗外，雙唇緊閉，帶著一種混合憤怒與悲傷的表情。她拒絕復健治療，而且曾要求她的丈夫、子女和兩個妹妹停幾天不

要來看她。她本城的醫生打電話要和她說話時,她拒絕回話。她的主治外科醫生早上巡查病房時發現,她正默默地流淚。她拒絕和主治醫生或其他醫院的人員討論她的憂傷。當護士和復健治療師當面對她暗示她的退縮與不合作時,她就變得暴躁。結果他們決定要她做心理評估,而我就進入了愛麗絲的病房——而且從此很快進入了她的世界。

　　起先她拒絕和我說話。但當她憤怒地排除了導致我來訪的顧慮後,她馬上道歉,並承認她需要幫助。

> 　　這是最後的損失。我再也不能忍受了。這對我,對任何人,都是太多了。我想放棄,不想再試了。有什麼用?從童年起我就一直與這件事對抗。壞事一件接著另一件。所有的損失。我能吃什麼?我能做什麼?食物控制、胰島素、醫生、醫院,接著我的視力、我的行走能力、我的心臟、我的腿。我還剩下什麼要放棄?

　　阿爾柯特太太顯然在悲傷她的許多損失。我事後才知道,她正在往內準備,要她自己面對她所認爲的最後損失——她的死亡——她認爲這不會太遠。她告訴我,她害怕的不是死亡而是好像正殘酷無情地步向變成廢人。失去腿迫使她體認到她已部分地需要依賴,而且有一天更會完全如此。

　　愛麗絲是第五代美國人,在堅毅、禁慾、倔強的美國白人中產商業家庭中成長。她的祖先是來自英格蘭、約克郡的小地主,他們在新罕布夏州南方的幾個小山谷定居。她的改革派教徒文化背景強調嚴格的個人主義、自我信賴、勤勞、不屈不撓和道德力量。童年生病時,她的祖父母告訴她,忍受痛苦是好的,因爲它考驗和鍛鍊一個人的性格。當她對自己是小學中唯一的糖尿病小孩感到自憐時,她的雙親和祖父母責罵她軟弱,不能符合上帝的

考驗。

　　儘管患有糖尿病並經常住院，愛麗絲仍積極參與高中的各項活動，包括運動。上大學的時候，她的糖尿病控制得宜，有段時間，愛麗絲幻想她已不再是個長期慢性病病患。結婚時，她和她丈夫都沒想到糖尿病會在他們的生活中製造種種的問題和限制。雖然她的醫生力勸她不要有小孩，她卻當場否決這個提議。她已成功地應付她的病痛，她可以再次成功。兩次懷孕都引起了糖尿病的控制問題，但愛麗絲甘心接受。不過，她和她的丈夫同意，他們家只要兩個小孩。事後，愛麗絲說這是她最早的一項重要損失，他們一直想要一個大家庭。

　　愛麗絲在二十歲晚期及三十歲時期，沒有讓她的疾病明顯影響她養育小孩的計畫。她從事社區服務工作，擔任圖書館員，生活過得極為活躍。阿爾柯特一家是積極的愛鳥者，對戶外活動非常感興趣；他們野營、爬山、徒步、划獨木舟、在急流泛木筏，不太在乎愛麗絲的情況。

　　受到糖尿病性視網膜病變的影響，這一切開始改變了。她的視力問題顯然已經影響到圖書館的工作，最後她放棄了她的工作，改任圖書館委員會主任這個大部分是榮譽性的職位。愛麗絲極具個性地否認她的症狀，不尋求醫療協助，直到她的視網膜病變加劇。她的眼科醫生和基層醫療醫生訓戒她這種態度，指出如果早一點診斷出來，視網膜病變會更容易處理而且會減少傷殘。

　　當愛麗絲四十歲時，因延遲就醫又有一個腳趾壞疽。愛麗絲自己治療感染的腳趾，因為她已習慣於自己注射胰島素，作血液及尿糖檢驗。失去腳趾是一次震驚的打擊，愛麗絲說，她有凶兆感，認為這是更嚴重問題的開始。間歇性跛行甚至是更有力的一擊。起先她覺得她的戶外活動、活躍的生活風格和工作即將結束，但這個問題，像過去出現的其他許多問題一樣，似乎也得到了控制。

　　接著狹心症開始了。愛麗絲被這個問題的錯綜性嚇倒了，她
的反應是比過去面對糖尿病的種種合併症更加明顯地拒絕承認。
愛麗絲購物、上圖書館和朋友、家人出門時，感到疼痛。她家鄉
的許多人都可以明顯看出她有嚴重的毛病。她的丈夫、子女和雙　37
親必須強迫她承認她需要去看醫生。

　　　　等到我無法再面對它時，我不想讓陶利士醫師告訴
　　我，我的糖尿病已影響到了我的心臟。我不想知道。

　　愛麗絲不能好好地接受醫生的消息；她開始感到失望和洩
氣。

　　　　我帶著這個限制如何過日子？我對我的家人和朋友是
　　怎麼樣的一種負擔。我害怕變成這個城中的廢人。我很有
　　罪惡感，我一直覺得我的病干擾了我和子女的關係，我從
　　來沒有足夠的時間給他們。我的問題比他們的問題更佔據
　　我自己，我在對他們很緊要的一些時刻住院。現在我只會
　　成為他們的負擔。至於對我的丈夫，我的罪惡感更重。胸
　　痛之後，我害怕性關係；我們變成獨身主義者。跛腳、狹
　　心症，它們干擾我喜愛的事：在鄉間遠足、觀鳥、爬山、
　　運動。我必須變成以自我為中心才能控制病情。我覺得像
　　一個僥倖存活的人──我會的只是拖延下去……

　　起先鈣離子阻斷劑使情況惡化。衰弱疲勞的副作用比胸痛更
令愛麗絲‧阿爾柯特感到害怕。

　　　　我就是在那個時候看出變成殘障有多可怕──甚至要
　　放棄我獨立的外觀，我的控制，我在家庭與社區中的角

色。知道這是藥物的副作用令我如釋重負。用量減少了，
不是副作用減輕就是我已學會了控制。反正，我又再次反
擊了，我又恢復本來的我。雖然帶著大量的罪惡感和自我
懷疑，我又可以當妻子和母親了。接著是這個腳踝。我已
負荷不了了。不能再有其他問題，其他損失。我覺得好像
我已無法繼續下去了。唯一剩下的是我的腎臟，當它們也
波及時，我就覺得我全完了。我開始感到真正的無助，我
失去了價值感。我破裂、崩潰。在我放棄前，我還能應付
多少？

　　愛麗絲有了狹心症後，還開始感到相當憤怒。她覺得為了糖
尿病，她已做了她所該做的——從兒童時代起就小心飲食，每天
注射胰島素、驗血和尿糖。她已逃避了其他糖尿病患者常出現的
高血壓。她努力控制她的危險因素，卻仍然無用。

38　　　「我非常生氣，對醫生、對我自己，對糖尿病生氣。甚至對
上帝生氣，祂為什麼這樣對待我？」
　　失去腳，緊接在其他問題之後，似乎不可抗拒。阿爾柯特太
太變得士氣低落，她說：

　　　　我已經準備放棄。我覺得我像正在為我失去的健康和
　　生命本身悲傷。死可能比較好，變成非常依賴別人，變成
　　廢人，看起來當然不好，非常不好。我已經沒有變通的辦
　　法。我覺得我大概只能沈迷於自己的悲哀中。

　　從精神病學的觀點來看，愛麗絲對長期病痛的反應是深度的
悲痛和抑鬱，雖然她絕望，她的情況卻不能保證可以得到重抑鬱
症或其他任何嚴重精神徵候群的臨床診斷。她的問題不是精神疾
病而是一種反應，大部分（在我看來）可以用她的苦痛和殘廢加

以辯解。接下幾年，當她來波士頓時，我定期見她。當她變得更
有效能來應付她的切除手術時，她的情緒就改進了。她終於恢復
從事構成她的世界的許多活動。她是個出色、有彈性的女性，擁
有極大的調適能力和驚人的支持系統。但當她的精神提昇後，她
又回到她愛否認的特性。我們最後幾次見面時，她會討論她子女
的問題，她父母的問題，什麼事都談，就是不談她自己的事。

　　我選擇愛麗絲在醫院中第三或第四次與我會面所說的話來紀
念她。她的話在我對長期病人的研究工作上留下有力的標記：

　　　　對我而言，時間越來越少了，醫師。別人有治癒的希
　　望，但對我，這個疾病永遠無法排除。併發症越來越嚴
　　重，損失越來越大。很快地，如果不是現在，總會達到一
　　個損失極大，大到我不願反擊的時候。我對我的身體已失
　　去所有的信心。我的疾病控制一切。如果不是現在，那麼
　　下星期，下個月，明年——事情可能再度轉壞。那個時
　　候，我還能有什麼：沒有左腳，一個壞的心臟，甚至我的
　　右腳也循環不良，衰落的視力。雙親我不能照顧，對孩子
　　我沒有用，丈夫和我一樣疲憊和意氣消沈。我自己，醫
　　師，正面對長長的下坡路。現在對你說話也許對我有幫
　　助，但這能改變那條路嗎？不！我會再盡力打回去，我會
　　努力克服這件事。然而最後我仍得自己走下那條路，你或
　　任何其他人都不能為我防止它，或控制它，或了解它。你
　　能給我，我所需要的勇氣嗎？

　　對愛麗絲・阿爾柯特，表達病痛問題（尤其是嚴重的）的冷
靜風格，個性化地加以否認，她身上特別嚴重症狀的逐漸加劇，
正描畫了病痛的第一層意義。在今日的北美洲，她的糖尿病沒有
特別的文化標記。但她吐露，她的朋友似乎認為糖尿病比起其他

39

長期病症是個小問題，他們以為它不會導致明顯的殘障。這個錯誤的看法令她生氣，因為她知道糖尿病會變成很嚴重。她發現別人的錯誤觀念是一種累贅，她必須有所反應。在第三層意義上，愛麗絲・阿爾柯特已被許多的損失併吞了：她悲傷身體零件、肉體作用、身體與自我形象、以及生活方式的損失；她還在參與自己的衰亡中經歷了喪亡。她所接受的心理治療包括悲傷的操作；在我的經驗中，對需長期醫療的病人所做的精神治療常常是一種哀悼。但鼓舞患者的臨床行動可能要循其他途徑。醫生協助患者（以及他們的家屬）去獲得對恐懼的控制，並在官能限制上去與他們壓倒性的憤怒妥協。他或她協助患者恢復身體和自我的信心。治療者的工作還要教育病人逃避生活上對各種失敗活動過分的罪惡感，以及對其他無嚴重異常者的忌妒。最後醫生會幫助病人準備死亡。

了解患者的內在世界

　　為了分析的目的，我會仔細檢查由愛麗絲・阿爾柯特案例所勾畫出來的第三型病痛意義，以隱密、內在的個人經驗開始，然後經由綑住個人的人際涵義向外移向社會界。不過我不想扭曲感情、認識與地方社會系統之間的交互關係。地方社會系統使每個生命完整無縫。社會結構是內在經驗的重要部分，而幻想和感情對社會世界這個結構同等重要。

　　二十世紀研究個人病症的精神科醫生與心理學家，他們大部分的原始創造都是在調查特異的個人長期病痛涵義時出現的。佛洛依德對這個以歇斯底里症僞裝的心理分析之基礎臨床問題貢獻出他驚人的鑑定技巧。在他的追隨者中，雪德（Paul Shilder）、亞力山大（Franz Alexander）、杜茲克（Felex Deutsch）、巴林特（Michael Balint）以及葛羅德克（Georg

Groddeck）都和大師本身一樣，對精神與肉體之間的象徵連續
作用極感興趣，而為了完全達到身心醫療，這些作用每一個在治
療上都有很大的關聯。

　　一開始，症狀被精神分析學家詮釋成含有極深個人涵義的象
徵：性衝突、依附和被動的問題以及控制和支配的趨向。這些意
義時時被認為會經由將精神衝突物質化為肉體怨訴的身心轉送過
程，引起與它們相關的症狀。這些症狀被認為是病人的精神生活
在被壓抑的神經質衝突中一種核心下意識主題的象徵表現。這個
模式雖然被證明對典型的歇斯底里轉化症（conversion disorder）是
一種有用的解釋，但對大部分身心或長期肉體病痛卻不適用
（Lipowski, 1968, 1969）。事實上，特定症狀與特定個性類型
或特定神經質衝突的關聯並沒有實證的支持。相反地，同樣的心
理問題似乎與整個身心的和長期的疾病問題沒有特定的關係，或
根本沒有關係。

　　精神分析對病痛意義稍進一步的詮釋已變成一條非常難以遵
循的途徑，一條曲折的巷道，因為它雖然充滿魅力和指望卻導向
沈思和無研究的死巷。

　　然而在一些典型的轉化案例中，不能接受的內心精神衝突意
義可以相當直接地被看成是物質化的症狀象徵，不見的部分可以 41
由深入的感覺表現或對下意識衝突做象徵性的操縱帶出來。因此
對問題的原始洞察繼續糾葛和挑逗。例如，我有一次評估一位雙
腿急性麻痺的患者（下身麻痺），他的神經科醫生懷疑是一種轉
化，因為神經科的檢查顯示沒有清晰的病理學跡象；這個患者先
前一直身體健康。在我們面談時，這位二十七歲脆弱的男人相當
明顯，正處於嚴重的神經質衝突之劇痛中，他透露他與他父親正
處於鐵定贏不了的戰爭中。這位父親堅持要這個患者接管家族事
業，堅定頑強地拒絕他兒子所提出允許他當畫家和雕塑家的痛切
要求。當這位患者重述他父親傲慢、感覺遲頓的態度，以及他擔

心他父親會強迫他放棄他的夢想時，他崩潰哭泣。這位患者在哭訴他父親認爲他的藝術興趣愚蠢且缺乏丈夫氣，並常常批評他「無能、像女人」之後，開始重述他終生與這位家庭獨裁者之挫折的交互作用。他父親從小時候起就以恐怖的方式統治他。

　　「我一直無法在我、我、我父親面前用我自己的雙腳站、站、站起來。」他結結巴巴地說。過了一會兒，他的麻痺消失了。經過半小時，它完全不見了，沒有對身體留下任何重大的影響。

　　在這個案例中，象徵意義並不很複雜和獨創：患者雙腿的麻痺，寫實地表現他孩子氣的無助，無法抗拒他父親的支配，無法選擇自主的事業以保持自己成人的自我形象。這樣的麻痺，實際上到底如何產生，在宣洩（catharsis）與疏導（abreaction）上，什麼樣的中介精神生理過程應對它們的解除負責，在身心醫學中已成爲一個大祕密。然而，對轉化症狀已有足夠的認識，可以把它們描述成爲衝突意義、肉體象徵之確實具體化，有精神學與社會之用途。在這兒肉體的麻痺偷偷地表現患者意志的麻痺，同時殘障的結果有實際的效用，合法地防阻患者去做他父親所要求而他自己卻不能接受的事。利用精神分析來詮釋問題一般而言是無法令它們的創造者滿意這種層次的分析，進而要探求「更深一層」的意義，通常這些意義少有臨床或科學的證明。一心一意尋求精神分析的眞實，正像過份强調生物醫學調查之僵化的化約主義（reductionism）一樣，會使患者失去人性。

　　在這個案例以及其他許多由精神醫師所治療的相似案例中，發作的症狀在病痛所置留的特殊意義情況中被加以詮釋。症狀和情境可以被詮釋爲象徵和文本（text），後者擴張和澄清前者的涵義；前者具象化後者潛在的可能性。文本滿載可能的意義，但在這些症狀——象徵中只有一個或少數變成有效用。當然症狀的强烈象徵即非常充分，生活文本又有稠密的意義，而且在它們的

詮釋中也有足夠的不確定性和模糊性，使這方面的臨床工作更像在對外國社會的一項儀式作文學批評或人類學的分析，而不像在對一塊瘤腫的化驗與切片作詮釋。而且這些人類將病痛重整爲疾病之詮釋過程亦有相似之處，尤其當它們受到病痛危急情境以及夾進來要解除苦痛的治療指令之影響，會使得這些臨床行爲每一項都與生理科學分歧。或許我正在描述病痛行爲的自然現象（因爲患者與家屬畢竟也積極地參與詮釋），而且行醫的技巧顯示兩者都接近人類科學，現在在人類科學的領域中，詮釋工作已被看成是一種基本的活動。

雖然身體象徵的貢獻，像那個歇斯底里痲痺案例所描述出來的，並不意義深長，也不需要太有意義，在大部分的長期病痛案例中，健康專業人員已習慣於像在愛麗絲‧阿爾柯特的案例那樣去檢查（通常是直覺和臨時地）個人情感的領域和內在騷亂的範圍如何使病痛經驗惡化。佛洛依德在這方面的偉大貢獻是正式認定病人的自傳和異常病症的人際情況之詮釋是醫生技巧的一種適當成分。對佛洛依德和他的追隨者，發生在廚房、辦公室、學校中的事件都是充分詮釋病痛質地所需要的。這個看法繼續吸引了許多精神科醫生、心理學家、基層醫療醫生、護士、社會工作者以及無數其他輔助業人員，去建造一般醫療之新語言以談論病痛深入的個人意義。

當患者在檢查時，脫衣暴露了滿帶醜陋疹疤，或滿帶露肉、發紅、脫皮的牛皮癬之身體，醫生應該知道，羞恥、傷痛、生氣、自棄和其他群集的感覺可能出現。這些感覺作爲病痛經驗的主要成分，極可能影響患者的一般生活經驗、病痛本身以及對治療的反應。衛生專業人員的角色不在於大量搜求內心最深處的祕密（這個輕易可以適用於一種危險的窺淫狂），而是要幫助長期慢性病人和他們四周的人，去與他們生活中和醫療中那些看得見作用的個人涵義妥協——也就是接受、掌握或改變。我以此構成

35

現在所謂的授予病人力量的要素。

解釋與情緒即意義

愛麗絲・阿爾柯特的案例，還可作為另一種病痛意義的例子。病人、他們的家屬和醫生，努力製造病痛與治療各方面有用的解釋。粗略地說，這些解釋似乎是反應下面任何一個，或所有的疑問：什麼是引起這個異常病症的原因？為什麼在這時候發作？這病痛對我的身體造成什麼影響？現在緊接著會有什麼樣的變化，而且此後我在未來能期待什麼變化？什麼是改進和加重之因？我們如何能控制這個病痛，它的加重和它的持續？這個病痛對我（我們）的生活有什麼影響？關於這個病我最害怕的是什麼？我希望接受那一種治療？我對這個治療有什麼期待？我害怕這個治療的那些作用？雖然我以病人的口吻說出這些疑問，但這些也是家屬的顧慮。當醫生參與病人的病痛觀點時，他們也必須反應這些顧慮。

發出這些疑問並非僅為了取得資料，它們是極深的感觸。面部表情、聲調、姿態、身體的移動、步態，尤其是眼睛暴露情緒上的紛亂。這種紛亂多少是長期慢性病痛長久經驗的一部分。種種難堪的傷感——生氣、罪惡感、擔憂——會在態度中表現出來，也洩露了病人與家屬如何處理病痛。情緒的騷動與其說是對長期病痛的反應，不如說是長期病人可以預期的一部分。而且這種騷動是生理爭執的表現，會由病痛的重要改變製造或引起。長期病痛的變化幾乎從來不會不連貫。長期慢性病人在危險的邊緣上生活。即使一個適度的改變也會有可接受與不可接受的差別，如果挫折、靜止和突發的症狀困惱得足以產生一種情況，那就是不可接受的，而且常常是危險的。

　　長期病痛行爲可以用僞裝的微笑、翹起的上唇掩蔽情緒；另一方面，它又可以非常清楚，像淚下洶湧或沮喪亂罵。據說莫札特的音樂，即使在看起來安靜、控制得宜的地方，也最好把它看成是一座建築在一座活火山旁的正式的義大利花園。長期病痛的暗流像火山：它不會消失，它會有危險，它會爆發，它不能控制。該咒的事一件接著一件，遭遇危機只是整個畫面的一部分。剩下的與世俗的煩惱扭在一起，一個人能否克服街道凸起的邊緣，能否忍受花朵而不打噴嚏，能否來得及上廁所，能否吃早餐而不吐，能否使背痛降到能完成一天工作的程度，能否睡過這一夜，能否企圖性交，能否規劃休假，或僅僅是能否面對無數使生活變成負擔、不舒適、而且常常是絕望的困難。在我看來，要過完每一天，要帶著優雅、朝氣、甚至幽默度過這漫長的過程時，面對這些問題以及它們所挑起的情緒似乎存在著一種平靜的英雄氣概；病人和他們的家屬都了解這分勇氣，即使大部分其他人不了解。

45

　　長期慢性病痛還表示對自己的健康和正常的身體作用失去信心。氣喘病人不能再指望沒有阻礙的呼吸，或很快停止一陣咳嗽。癲癇病人正生活在德默克拉斯（Damocles）的劍尖下，不確定什麼時候會發作。慢性鼻竇炎之苦，從一邊鼻道部分不通，至兩邊都有些阻塞，到完全腫脹阻塞、耳鳴、用嘴呼吸──這會干擾睡眠，導致吞進空氣和其副作用（脹氣、腹部痙攣）。病人由鼻孔吸入或口服除脹劑加以干預。前者暫時有用，但過後會減少效力而且可能引起反彈性鼻充血；後者可能引起腹部不適和嗜睡，它們可能使氣喘惡化。在忍受、計算、擔心過這一切之後，又要如此去避免下一次的病痛事故。每次這週期症狀一開始，受苦者就對身體基本作用的可靠性和適應性失去信心。我們其他人就是部分依靠這些作用才感到幸福健康。這個信心的喪失變成對最壞情況做冷酷的期待，而有些人則變成沮喪、絕望。

由我們這個簡短案例所描畫出來的密切相關感覺是，對失去健康悲哀、傷心，對日常行為的身體基礎和自信哀傷。我們身體的堅貞如此基本，以致我們從不去想它──它是我們日常經驗的某種基礎。長期病痛背叛這種基本信任。我們感到被圍攻：不信任、可恨的不確定、損失。生活變成是在解決這些緊隨肉體背叛而來的情緒：混亂、震驚、嫉妒、失望。

長期病痛的生理面面觀形成解釋模式和它們所包含的意義。黑爾曼（Helman, 1985）表示，由氣喘和潰瘍性結腸炎患者所提出的解釋，因為兩種不同的病理變化經驗：分別由急性威脅到緊要過程和長期不適，而有極大的差異。意義和生理經驗交纏，因此恐怖和自我防衛的自我概念如瀑布落下，激起已經變平衡健全的生理作用翻覆。由此，惡性循環會以徵象或症狀開始。最壞的結果是放棄，這在患者的解釋上已注定成為衰微之一種積重難返、無法緩和、不易說服的期待。

患者和家屬正在應付包含許多個別意外與事件的每日過程。有嚴重的連續性，有些可以避免，有些不能，有改善的時候和惡化的時候（有時可以理解，有時說不出有何關連）。還有對每日活動、特殊場合、事業、人際關係，和或許最令人苦惱的，對自尊的種種威脅。長期病痛的治療帶來附加的困難。花費是主要的，大量的時間花在來往醫院，坐和站在醫生的辦公室中，接受化驗，躺在醫院病床，和等待上。時間還奢侈地用在特別的食物治療上，這會重大地干擾飲食、生活方式、休閒和其他理所當然的每日活動。症狀必須要向接待員、護士和不同的醫生說明，同樣的問題要一再回答。患者必須等待藥劑師，或醫生，或保險公司打電話來。這些製造挫折、急躁，並常常會製造一種低層次的叛逆，每過一段時期就會引發成公開的叛亂。還有醫療之騷擾與不可預測的副作用。危險的檢驗和新的干預方法（intervention）會有醫源性影響（iatrogenic consequences）。許多長期病人都有

吃健康食物、做針灸、自我催眠的經驗，而所有的變通治療師，
一方面像過去賣蛇油的人一樣，生活在可採用的正統治療法無效
之外，另一方面卻提供希望，有時候提供幫助。尋找自我治療、
外行人的建議和醫生，是例行工作。與醫生發生治療相關問題也
是例行事務。醫生往往和患者一樣感到挫折和無力。而且，這個
全副武裝的種種活動也用盡了社會組織網的興趣和精力，因此，
隨著時間的經過，令人感到挫敗的仇恨和激怒會傳染給別人。在　　47
這瘋狂的行動、擔憂和不確定之後，幽幽浮出了可怕的併發症以
及過早死亡之威脅。

　　對長期病人來說，細節就是一切。對付長期病痛就是固定細
查每一分鐘的身體過程。注意力警戒地集中，有時一小時接著一
小時，對著特定可能潛伏惡化因素的環境與事件。每天需要控制
已知的挑發因子。必須下種種損傷元氣的決定，什麼時候開始或
中止一項活動，什麼時候要從第一線用藥移到第二線用藥，什麼
時候要尋求專業的協助。這一切全發生在忙碌的生活情境中，充
滿相同的壓力、威脅、妄想與狂喜，使正常的生活變成如此「綻
放著、營營亂響的混亂」（ James [1890] 1981：462 ）。耗竭是
長期病痛共有的經驗之一，有什麼奇怪？

　　長期慢性病痛有數百種。在七十五歲以上的衰弱老年人之
間，每個人有數種長期慢性病是正常的。大部分六十歲以上的人
至少經驗一種慢性異常症。而且慢性病痛在生命週期的其他階段
中也是常見的。因此，我們正在討論一種出現在所有社會中的巨
大病態負擔。長期慢性病痛經由悲傷和殘障的個人與經濟代價，
對社會無處不發生影響。長期慢性病人，假如不是你和我，也是
我們的父母、祖父母、子女、手足、姑姨、叔舅、朋友、鄰居、
同事或顧客。我們帶著這麼一個無處不在的問題，只能驚嘆社會
的否認手段，它把這個社會的常態面隱藏得這麼好。當國家企圖
鼓勵消費、或為政府的運動鼓動熱誠時，資本主義者和社會主義

者的理念並不想對他們的會員呈現長期病痛廣為流傳的種種形象。病弱和異常的形象挑起道德問題，大部分社會系統不願加以鼓勵。近年，在形象塑造成為政治要素的地方，沒有一個政體願意曝露這些真象，惟恐它們會危害到他們尋求在人群中保存的天真之樂觀主義。

企圖應付我所檢視的種種困難時，有關原因、結果、以及處理病痛的有效方法等問題必會出現。這些問題的答案不只來自病人，也來自社會組織網，媒體，或正統與變通治療系統中的任何人。為了航過長期病痛的狂暴海洋，這些說明是更直接之策略所必須的；而且，用以評估更深、更有力、影響異常症長期過程之趨向的長期策略，也需要不斷的監視和收集資料。因此長期病人多少有點像修正主義的歷史學家，依照最近的變化重新計算過去的事物。（他們，不幸地，也常常犯重蹈覆轍之罪，即使他們已從中獲得教訓。）詮釋已發生什麼事和為什麼，以及預測什麼事可能會發生，使現在變成是在與病痛意義做持續、自我反省的搏鬥。這件事是否預示治療和預防的防衛堤有一個裂口？那個經驗是否表示我不能再依賴這個抗爭策略？那個將臨的情況會像一年前一樣使病情加重，或像兩年前一樣沒事地度過？

長期病人變成吉凶預兆的詮釋者。他們是檔案保管人，正在研查過去經驗缺乏整理的檔案。他們是記日記的人，正在記錄最近之困難與勝利的精確成分。他們是製圖者，正在繪製新舊版圖。他們是疾病之巧妙產品（痰的顏色、大便的軟度、膝痛的強度、皮膚損害的大小和形式）的評鑑者。在這不斷的重新檢查中，有不可忽視的自覺機會。但──與我們所有人一樣──否認與幻覺伸手可及，正準備保證生活變故並不那麼具有威脅性而支持似乎更為持久。製造神話，是人類的普遍性格，它重新向我們保證，才智順從我們的慾望而不是真相。簡單地說，自欺使長期病痛容易忍受。誰能說幻覺和神話對保持樂觀主義沒有用處？樂

觀主義本身可能改進生理的表現（Hahn and Kleinman, 1982;
Tiger, 1980）。我要表明的論點是，長期病痛的意義是由病人
和他四周的人創造出來的，以便把狂野、無秩序的「自然」事件
改造成爲一個多少更溫馴、神話化的、儀式控制的，因此是文明
的經驗。

患者解釋長期病痛的種種模式，在病痛的治療上打開實際行
爲的選擇；它們還使病人能夠整理、溝通，因而象徵性地控制症
狀。長期病人的有效醫療核心工作之一——其價值太容易被低估
——是確定患者以一般解釋模式所構成的病痛經驗，並以這些模
式的特異辭彙去磋商一種可以接受的治療趨向。另一個臨床的核
心工作是設身處地的詮釋，把病痛改造成自傳的主題。這時臨床
醫生聆聽病人各自的神話，一個顯示病痛形式，又與可怕的眞相
保持距離的故事。臨床醫生注意患者與家屬生活跡象的總合。他
們的敘述凸顯核心生活主題——例如不公、勇氣、個人戰鬥的勝
利——因爲他們的告發爲病痛的細節提供證據。

因此，患者整理他們的病痛經驗——它對他們以及其他緊要
人物的意義——做爲個人的故事。病痛的敘述是病人所說的，其
他緊要人物重述的故事，給特殊事件和長期忍受的苦痛做一個總
結。爲了以有意義的方式處理經驗，爲了有效地溝通那些意義，
構成病痛故事的佈局線索、中心隱憂、和詞義，皆取自文化和個
人模式。在慢性病症之長期過程中，這些模式主題形成，甚至創
造經驗。個人的敘述不只反應病痛經驗，它甚至助長症狀和苦痛
的經驗。要充分了解病人和家屬的經驗，臨床醫生首先必須綜合
由患者與家屬的怨訴和解釋模式中浮現出來的病痛故事；然後他
或她必須按照不同的病痛意義模型——症狀象徵、文化凸顯的病
痛，個人和社會的情況——對它加以詮釋。

病痛故事的製造和訴說在老年人之間特別盛行。他們常常天
衣無縫地將病痛經驗織進生活故事的佈局中，故事的收場他們不

50　斷地加以修正。在生命臨終之際，回顧構成了大部分的現在。在
　　生命週期的最後階段，對生命的艱苦旅程回顧，就像在青少年時
　　做夢一樣，是基本的。記得的事被整理好放在適當的位置，重新
　　加以思考，而且同樣重要地，以可以被當做一個即將結束的故事
　　——衰老的故事，重新加以敍述。編造一個有適當結論的綜合報
　　告是對身後留下的一切與對自己本身做最後之哀悼。

　　　　病痛，像其他的不幸，做為困難的範例和決斷的力量，在這
　　個故事中佔據一個啓迪的地位，某種過去難以忽視的東西，現在
　　卻可一笑置之。病痛，同化成生命的故事，幫助老年人描繪出生
　　命的起落。此一敍述過程即是此一發展期之心理生物轉化中心，
　　因此不足為奇地，是老年病患對病痛、過去與現在之反應的主要
　　成分。敍述這個故事有極大的涵義。它建立一種最後的專家意
　　見，以取得給予勸告的資格，並在一個人死後，重新確定他與年
　　輕人以及那些願意延續這個故事之倖存者的關係。對照顧的人而
　　言，重要的是見證了一個生命的故事，批准它的詮釋，確定它的
　　價值。

　　　　我們大部分人都以對人敍述來理出我們的思想，那些人的反
　　應和我們自己的一樣重要。當老年人反覆對我們說他們的故事
　　時，也有類似的情況，不過由於年老認識力的消失，原先的對話
　　會越來越變成獨白。對臨床醫生來說，生命最後的一些悲劇，很
　　少像無人可以訴說生命故事的脆弱老人那樣讓人柔腸寸斷。事實
　　上，成為必須出席聆聽的代表可能是醫生在老人醫護上所扮演的
　　最好角色之一。

　　　　回顧性的敍述常在病痛有災難性結果，或勉強避開了災難性
　　結果的情況中出現。在這些情況中，故事可能有道德的目的，它
　　的作用有如在儀式中背誦神話，能重新確定被圍攻的核心文化價
　　值，並重新整合結構壓力已經加強的社會關係。病痛故事，又像
　　在儀式中運用神話，給損失定型和做最後判決（Turner, 1967）。

病的故事甚至有政治評論的作用，對看得見的不公和個人被壓迫 51
的經驗提出指責（ Taussig, 1980 ）。因為這些原因，回顧性的
敍述會隨時扭曲病痛經驗實際發生的情況（歷史），它存在的理
由並不忠於歷史環境，而是忠於創造生命故事時的涵義與效用。

在為了配合殘障與醫療失當之訴訟爭端而傾向重作的病痛與
治療記錄中，一種更富凶兆的回顧性敍述會出現。醫生記錄的病
歷有交互活動性，其中疾病的一些事故，時時會為提防同事的檢
閱和官方的檢查而被重造；記錄可能用來保護醫生以免受到官方
的批評與法律的制裁。在醫療訴訟流行與同事檢閱壓力空前的年
代，我們預料得到這一方面的病痛意義會逐漸危害到個人與公共
的涵義。當然，醫生所做的回顧性敍述常常可以與那些為外行人
寫的回顧性敍述：懲戒故事、道德榜樣、對病人生命做最後的結
算等等——產生交互作用。專業能力在長期慢性異常症不可測、
拙劣控制的過程中受到猛烈的攻擊。因此所有醫生都需要相信他
們自己的專業能力，衛生專業人員所創造的故事可能可以當作第
二種猜想以對抗不適任、甚至失敗的感覺。

臨床醫生在特定時間，特定情況，為帶有特定異常之特定患
者之病痛行為所做的詮釋中，患者與家屬的病痛解釋模式有相似
之處。臨床醫生（還有研究人員）不只認識疾病。他們還看到長
期病痛的個人涵義與社會用途。但醫生們看見的並非全景
（ panoramic ），寧可說他們的解釋集中於不同的事物：個人、
背景、病痛或病痛行為方面。每一位有經驗可靠的臨床醫生都知
道，長期病痛過分堅決，並且傳遞數種、常常是許多的意義：不
是這個或那個，而是這個和那個——和那個。臨床醫生在接手的
病例中，如何決定那一個意義是主要的，那一個是次要的？選擇
詮釋的過程反應觀察者—專業人員的興趣，和為長期病患的醫護
運用種種詮釋的企圖。這個實際的治療導向束縛詮釋，也束縛患 52
者與家屬的興趣。我會在第七章揭露這個過程，並在結尾的兩章

申論這個主題，以作為我考察病痛意義與醫生工作之關係的一部分。在這兒我只想簡單地指出，個人的反移情作用（countertransference）和臨床醫生專業的（疾病的）興趣，強烈影響病痛的詮釋。臨床紀錄，依次，或許最好被看成是在有主題的對話中對病痛意義做主動的創造，而非把病人當作物體對病痛意義做被動的觀察。

這就是說，對按照自己特殊的種種興趣（治療的、科學的、專業的、經濟的、個人的）聆聽病人敍述病痛的醫生們，病痛有獨特的意義。甚至在醫生把難以確定的病痛實質化為準確的疾病前，聽取病痛報告的方法已影響報告的提供和它的詮釋。患者通常知道不同場所的要求──家中、公立醫院、私人診所、殘障委員會、法院，並且知道這些要求如何幫助鑄造故事。同樣地，衛生專業人員，當他們停下來想時（在臨床日子的緊要關頭大部分人不會），就會發現他們在聆聽這些報告時限制了講和聽。在急診室中忙碌的外科醫生、在病房巡查的產科醫生、在工會或工業界診所中的內科醫生、在州立療養院或私人診所中的精神科醫生、外出發表生物倫理意見的教授──全以不同的方式參與。他們點頭、坐立不安或看患者的方式，影響患者述說他們的故事。而且，醫生的優先次序會導致他對患者的報告做選擇性的注意，因此某方面會被仔細聆聽進去（有時候它們沒被說出來），而另一些事雖然說了──甚至重覆──卻完全沒被聽到。醫生所接受的訓練也鼓勵這種危險的錯誤，對最好做隱意性了解的報告，做過分字面性的詮釋。

我把這些現象當做是「臨床真相」──要明確地為手邊的問題下定義，又感知別人對如何實施治療有所期待。這個臨床真相因不同的衛生專業人員與不同的患者，在不同場合的交互作用，而有不同的結構。財政問題，資本主義社會無所不存的底線，成為一種不是很隱密的利害關係，在臨床事務中大量浮現，常常會

53

扭曲臨床上的溝通和治療。臨床醫生（還有研究者）必須解開他
們自己那個充滿個人與文化偏見之詮釋計謀手提箱，他們也必須
重新思考他們所創造的臨床世界的見解。他們必須確定，治療的
利益在那一方面已因學理上的效能、研究報告或僅僅是爲維持生
活和職業上的升遷而有所改變。專業人員對某一類討人嫌的典型
長期慢性患者的偏見〔例如「廢物」（crocks）、「瘋子」
（trolls）或「你這一型的疼痛病人」〕是另一種例子。這些人類
的利害關係必須成爲詮釋者在進行整理病人故事時之自我反省主
題，要確定他們說出的病痛經驗詮釋沒有非法的企圖，不妨礙有
效醫療。在長期慢性病患的臨床診治與研究上，這實在是一個極
大的問題，一直不曾被適當地加以陳述。

　　在這第四層病痛意義上，愛麗絲的醫生們不想聽到或見到她
士氣低落。否認常常成爲一種社會行爲。她對她的病情會走向殘
酷的下坡路（一個他們與她共有的預期）所持的緘默解釋模式令
他們深感害怕。愛麗絲短期內停止放棄，她再度適應一次嚴重的
損失。她洞察她自己放棄的傾向及其危險錯綜的牽連。她的醫生
們與他們自己挫折的無力感妥協。陶利士醫師，一位西班牙裔美
國醫生，學習改變他對新英格蘭北方美國人的種族偏見，也就是
說，他們是冷淡無情的。他終於看出愛麗絲既不冷淡，也非無
情。於是他明白，他是以這種刻板印象來逃避他自己對她的情況
的哀傷。我當顧問精神科醫生，必須克服我不管相反的證據，堅
持診斷爲可以治療之精神疾病的傾向，以及想讓愛麗絲服用抗抑
鬱藥物的慾望，我幻想它會導致痊癒。

　　在病痛走向劇烈殘障之下坡路時，我相信重振士氣不是由一
種特殊的技術，而是由許多臨床行動聯合造成的。我已經強調過
移入同情的見證。這是實質的專心對待病人，並使他或她順利建
立病痛故事，使這個經驗變成有意義和有價值。但醫生也努力建
立勇氣，並在別人身上看到它。醫生也要用暗諷、似是而非的議

54

論、幽默，並竭盡他們的智慧——包括要知道什麼時候停止——
去認可苦痛。我把這個看成是行醫和病痛經驗的道德核心。把治
療者與病人的關係商業化，成爲一項經濟交易，不能定量這方面
的關係，它做爲一種共有的美德，不是由費用／受益程式，或財
政底線所能捕捉的。它無寧是上天對治療者，也是對患者的賞
賜。

　　詹姆士（ 1847～1910 年美國有名的心理學家和哲學家——
譯者註 ）一八九六年的 Gifford 演講，變成至今仍具影響的傑
作。他在《宗教經驗的多樣性》（ *The Varieties of Religious
Experience* ）中，對聚集在愛丁堡的傑出聽衆提到經驗上兩種實
際的個人觀點。他帶著對受苦問題，以及對他的聽衆可能持有歐
洲人世故、美國人天眞的典型想法之一分敏感，適當地將經驗特
徵化地描述成一次生（ once born ）和二次生（ twice born ）。
詹姆士認爲一次生者是天生的樂天主義者：充滿希望、積極、有
秩序、進步。相反的，二次生比較悲觀。它們傾向集中注意經驗
底下較黑暗的一面。二次生者被社會不公和個人痛苦的疑問所併
吞。

　　長期慢性病痛的經驗常常把一次生轉變成二次生。像蘇俄的
異議分子，現在的流亡詩人雷涂辛斯卡亞（ Irina Ratushins-
kaya, 1987: 19 ），沈思她艱苦贏得的智慧，諷刺地將它寫入她
一首有關監獄殘暴經驗的詩中：

　　　　這樣的賞賜只能發生一次
　　　　或許一個人只需要它一次

　　病痛所提供的道德敎訓是，有一些不想要和不該有的病痛必
55　須要度過，在事物自然秩序正面溫和的樂觀主義下，對黑暗、川
流不息的否定性事務和困擾要有更深一層的了解。身體所經歷的
改變、無常和紊亂，對我們被敎導去信仰的——需要去信仰的

——秩序挑戰。殘障和死亡迫使我們重新考慮我們的生活和我們的世界。人類轉化、固定或超越的可能性，有時候就是由這個難堪的觀點開始。行為和行為源的寫實主義者可能因此要求更有組織、更具形、更自省的世界觀。那個應該使「供應與需求」成為經濟人冷靜智慧的理性計算法，似乎蒙蔽了受苦的人瀕臨危險的自覺。對重病的人，洞察力可能是身心受苦的猙獰生活之智慧結果，雖然偶而是光明的。對家族成員和醫生來說，道德的洞察力可以從感覺得到的同情憐憫經驗中浮出。我把這個特殊的知覺看成為長期慢性病痛和醫護的內在道德意義。

　　這四種病痛意義，和我在這些頁中追踪尋出的次級類型（subtype），並不表示毫無遺漏。當然還有其他類型，但我相信我已涵蓋了最重要的種類。我一直企圖展示一種我們可以用來分析真實長期慢性病例的理論格式，因此由前幾章勾繪的問題中歸納出來。在人類病痛的情況中，經驗是由兩者之間的辯證，一方面是文化類別和個人涵義，另一方面是由異常生物過程的殘暴具體性所造成的。生理學上的故事和故事上的病理學之再發效能，是生活經驗的形式與份量的來源。那個可以感覺得到的世界，結合感覺、思想和身體作用成為一個簡單有力的結構，是病痛持續與改變之基礎。與這種人類的辯證妥協，轉化我們對長期病痛所引發之艱苦人生問題和它們如何得到最好治療之了解；它也改變我們對所有醫學和衛生醫護的了解。現在我要轉向，詳細描述一些有特殊病痛問題的真實病患之病痛經驗。

第三章
疼痛之脆弱性和
脆弱性之痛苦

56

對正在疼痛的人，它如此無可爭辯無可妥協地呈現，以致它可能會被想成是所謂的「有確定性」之最令人戰慄的例子，然而對其他人，它如此不可捉摸，以致「聽説痛」可能是「感到懷疑」的最初模式。因此疼痛無共識地來到我們之間，它既不能被否認，同時也不能被承認。

——Elaine Scarry

（1985：4）

……我困住了
被一輪採掘自己淚水的火
像融化的鉛一樣燒燙

——William Shakespeare
King Lear (IV. vii, 46～48)

長期疼痛在北美社會是公共衛生所關心的一項要事（Osterweis 等人，1987）。不管它的形式是使人無能的慢性下背疼痛，或是嚴重的偏頭痛，或是比較不普遍的影響頸、臉、胸、腹、雙臂、雙腿的形式，或全身的形態，長期慢性疼痛徵候群在我們的時代是一種越來越普遍的傷殘因素（Stone, 1984）。

自相矛盾地，醫療對長期慢性疼痛者是危險的。醫療會助長對麻醉止痛藥的依賴，助長加入引起嚴重副作用藥物的合併給藥（polypharmacy，多種用藥），助長過度使用昂貴和危險的檢驗，助長會製造嚴重傷害的不必要手術，並助長脫離殘障角色的種種障礙。同時，殘障系統也因不積極鼓勵患者復職並恢復工作而對此造成重大影響。這兩個系統為患者和家屬製造了憤怒和挫折（Katon 等人，1982; Turner and Chapman, 1982）。

如果有一件單獨的經驗是由全體長期疼痛患者共同擁有的，那就是在某個時候他們身邊的人——主要是醫生們，但有時也會是家人——會懷疑患者疼痛經驗的真實性。這個反應嚴重造成患者對專業治療系統的不滿，影響他們去尋求變通的治療。長期疼痛揭露，衛生專業人員的訓練和方法顯然防礙他們對長期病人做有效的治療。增強的敵對叫罵隨即發生，對主角們造成傷害。

長期疼痛牽連人類世界性病痛經驗中最普遍的功能之一，一項我要以不優雅、揭發性名稱「身體轉化」（somatization）來稱呼的作用。身體轉化是個人和人際問題在苦惱的身體慣用語與行為規範（pattern of behaivor）中之溝通，這個行為規範強調尋求醫療援助。身體轉化是一種社會生理連續經驗：一端是一些案例，其中患者埋怨身體有病卻缺乏任何病理學的身體症狀——可能是意識作用（例如：裝病，但此種情況較少且極易被識破）或實際生活問題的潛意識表現〔例如：轉化症（conversion），多數情形屬於此類〕；另一端的案例，則是正經歷身體或精神疾病的異常，他們的症狀和傷害顯示病情已擴張到超過可以解釋的程度，而患者通常無感於它們的嚴重性。在後一類患者中，此類人數最多，有三種影響會加強病痛經驗和鼓勵過分利用醫療服務。它們是鼓勵表現苦惱的社會（特別是家庭和工作）情況，用身體怨訴語言去表現個人和人際問題的悲情文化慣用語，和個人的心理特徵（常常是焦慮、抑鬱或個性異常）。

　　輕微的身體轉化是我們每一個人在日常生活中都會碰到的。當我們處在相當的壓力下時，我們的自律神經系統、神經內分泌系統、和邊緣系統（limbic system）會被激活。結果，我們的生理狀況會改變，出現廣泛的各種壓力症狀，包括心跳、呼吸加速、不易入睡、眩暈、發抖和手腳麻痺、耳鳴、頭痛、腹部不適、便祕或腹瀉、頻尿、口乾舌燥、吞嚥困難、消化不良、胸口抽緊、經期改變。並非每一個人都經歷所有的這些不適。對某些人，可能有一、二種最成問題，對另一些人，可能範圍較廣。而且在壓力下，我們更會常常細查我們的身體功能，對身體的改變極為注意。我們還焦急地注意這種改變，認為它是潛在嚴重身體問題的徵兆。我們胸上輕微的壓迫感會是心臟問題的預兆嗎？我下腹感到的抽痛嚴重嗎？我這個頭痛應該吃藥嗎？衛生紙上的血是痔瘡引起的嗎？我應該為這種問題去看醫生嗎？

　　當然我們所有人隨時都在經驗身體的感覺。大部分的時候我們極少注意這個刺痛或那個抽痛。可是當我們正在經歷我們生活中的壓迫性事件時，當這些事件妨礙我們的平衡，使我們感到憂慮和恐慌時，當症狀帶有潛在的重要文化意義（例如，大便中的血是不是直腸癌的早期跡象？）時，或當症狀有特殊的個人涵義（像氣喘病人輕微的充血，或脊椎盤退化的病人後背肌肉痙攣）時，我們會對它們極為留意，而不會視為平常。在這個擔憂的過程中，我們擴大症狀的經驗並採取一些行動。我們可能避免某些情況（留在家中不去上課或上班，取消約會、旅遊），改變我們的飲食和運動形式，服藥，看醫生。社會活動和問題，隨著轉化成自覺或非自覺的身體經驗。當我們的個性是屬於這種對身體功能誇大壓力涵義或焦急沈思的類型時，身體症狀就會增強。我們的認識型態、感情狀況和言辭與非言辭的溝通都會造成影響。

　　像我在前面幾章所提過的，在壓力發生過久，在身體或精神長期異常出現處，存在的病理可能會被情況與關係之意義，或制

度之限制，像殘障之要求，加以誇大。不過這樣的身體轉化也是由先前的症狀經驗，和我們當前對症狀加劇有預期的恐懼和加以控制的需要，而產生出來的。也就是說，對有氣喘、心臟疾病、關節炎、糖尿病、和長期慢性徵候群的患者，身體轉化(somatization)慣常發生，而與其相反的，症狀之縮減與否認，也常發生。長期病痛經驗以對症狀的兩種反應方式，提供個人訓練。醫生以數種方式影響身體化：他們可能幫助患者確定疑慮，眞的是有值得擔心的事；或者他們可能把個人或人際問題醫療化，在過程中漠視引起怨訴的壓力，只重視怨訴本身。家人也常常因反應形態拙劣而助長身體化，因而無意中鼓勵某種形式的怨訴。

　　在我們馬上要看到的案例中，問題被放大了。長期慢性疼痛徵候群幾乎附帶確定的情況，病理的程度似乎不能說明感受到的疼痛之嚴重性，或疼痛在身體功能上所造成之限制。在這種情況中，患者感受到要說服自己和別人相信這份疼痛是眞實的壓力──因此許多疼痛患者不願意接受心理社會學（ psychosocial ）的解釋，這種解釋顯然否認，他們的疼痛是一種「眞的」肉體經驗，他們應該接受肉體的醫療，成爲合法的病人。

　　在這段介紹之後，我們準備檢視疼痛患者的生活，做爲長期疼痛不同意義的實例，以考量意義（文化的、個人的和情況的）對疼痛和疼痛對意義的交互影響。過去十五年，我治療和研究過二千個有長期疼痛徵候群的病患。從這些案例記錄中，我選擇了三個人的生活，它們描述了我們討論過的某些病痛意義和身體化經驗。我當然會凸顯他們生活中之相似性，但更重要的是相異性。因爲我的論點是，長期病痛雖然由於擁有共同的問題，創造了不可否認的相似性，它雖然也使人類某種一致的認識力變得敏銳，但它卻像生活經驗一樣因人而異。因爲最後它「是」不同的個人生活經驗。第一個簡短的案例是描繪疼痛成爲一種生活方式。像狄金遜（ Emily Dickinson，她自己就是個疼痛患者）所

寫的：

> 疼痛——有一種空白的元素——
> 它無法重新追憶
> 當它開始——或假如
> 它不開始時——
>
> 它沒有未來——除了它本身——
> 它無限的領域包括
> 它的過去——啓發去領悟
> 新時期——的疼痛

（摘自 Johnson, 1970：323～324）

　　讀者應該明白，我在詮釋這些疼痛患者的故事時，每一個人的生活經驗是我揭露的重點。我沒有花許多時間在他們的治療上，我也沒有推薦在這種情形下的特定治療過程。在第三至第五章中，我的目的不在提出特定的治療範例。在第十五章中，當我重新再討論其中某些案例來看如何能解除他們的苦痛和減輕他們的傷殘時，我會清楚地提出。

脆弱的警官

　　我對霍華・哈里士的第一印象是脆弱受傷。這位六英尺七英寸高，肩膀寬闊，臉富稜角，將近六十歲的男人，有稀疏的淡棕色頭髮和鐵綠色的眼睛。他僵硬的姿態控制著一種探測性、裝模作樣的步伐。霍威——達拉威小城的人都這樣稱呼他，他是城中的警官——不說一個字，幾乎全用手勢傳達他的傷殘。到那兒他都一手帶著依他下脊椎形狀做成的白色靠墊。他的另一隻手摸觸每一個硬體家具的靠背，好像要確定萬一突然跌倒，他可以依靠

61

它來支撐。當他坐下時，同一隻手常會撫摸旁邊的椅子，讓觀察者以爲他正在比較它們的骨幹和他自己的脊椎的穩固性。

霍威坐得筆直，兩腳在地板上分開約一英尺，他的下背和上身僵硬。每過幾分鐘他會皺眉，每過二、三十分鐘他會僵硬地站起來，輕緩地轉動他的脊椎，由一邊到另一邊，一面緊緊地握住他先前已判斷過穩固的椅背。每隔一段時間，當他受到疼痛的襲擊時，他的眉會皺得更深，他的嘴張成幾近完美的橢圓形，他的眼睛充滿淚水。看著他，你覺得他正在盡其所能地忍住不叫出聲來和———一旦你了解他心中的印象——不眞正分裂。幾秒鐘後，他的手小心地碰觸他的下背，並開始輕揉肌肉和脊椎。他的凝視中有一分持續的警戒，一種高度的警戒暗示他預期，他的背沒有任何理所當然的事，而減輕疼痛和其影響的防禦策略，最好在疼痛再次襲擊前使用。霍威的行動好像表示，他的脊椎隨時可能坍塌，這與他認爲要是他沒有好好保護他容易受傷的背，它可能會「斷裂」的深度恐懼完全相稱。

「我就是這樣覺得，好像它會斷裂，而我會摔倒在地上，感到極度疼痛。我的背會裂成片片，無法重新復合，而且會痛得無法忍受。」這是我們第一次見面時，他告訴我的。這些會面是長期疼痛研究計畫的一部分。

霍威‧哈里士爲了他的長期下背疼痛，過去二十年間，做過每一種可用的正統與變通治療。他說它「破壞了他的生活」。他看過幾打醫生，幾乎每一科都看過：骨科醫生、神經外科醫生、神經科醫生、麻醉科醫生兼疼痛專家、內科醫生、家庭科醫生、復健專家。他還看許多環繞疼痛診所的其他衛生專業人員：開業的護士、復健治療師、針灸師、醫療催眠師，以及生物回饋法、靜坐、行爲醫學、按摩、水療法方面的專家。他上過疼痛診所、疼痛教室、和疼痛聚會，他讀過背部方面的醫學與自助書籍。哈里士警官在脊椎上動過四次重要外科手術，而且不顧每次都是變

得更壞的感覺，正害怕地打算做第五次。

「你看，融合手術（fusion）做得並不好。我的背不穩定。在我看起來好像脊椎正在分裂。我所需要的是一種膠以便把碎片黏在一起。」他計算過，他一共幾乎還吃過五十種疼痛藥，包括強力止痛劑，其中有數種他已成癮了。這種藥還有其他嚴重的副作用：最明顯的是貧血和過敏性紅疹。霍威·哈里士現在每星期接受神經阻斷法，他從前帶電刺激器以阻斷疼痛由脊椎傳入大腦。他還穿過各種鋼架和緊身衣。他睡特別的床，坐特別設計的椅子，每天花三十至四十分鐘做體操、「加強姿勢的」運動，和靜坐。除了生物醫學專業人員之外，他還請教過數位骨術師、健康食物顧問、一位磁性治療師、一位做魅力治療的原旨教主義派牧師和一位韓國功夫專家。我們面談的那兩年，霍威請教過數位心理學家、一位精神科醫生和一位中醫。他還用過極多由家人、朋友和同事推薦的不同的自我療法，包括熱敷、冰鎮、塗藥擦揉、敷芥茉、敷草藥糊、吃補藥、特殊飲食、穿矯正鞋、休息和活動，這只是提出其中幾件而已。

某種程度的疼痛每天出現，但它時時會極度加劇，迫使他躺在床上，有時對著枕頭尖叫。他最常用來表達其疼痛的字眼是「放射的」、「燒痛的」、「在我背部的正中央感到僵硬」、「震一下扯裂神經和肌肉的疼痛」。霍威讀完《麥克吉爾疼痛疑問手冊》（*McGill Pain Questionnaire*）所提供的一列形容詞，那是用來評估疼痛性質、程度和規範的標準核查表。他圈出「跳動的、一閃而過的、刺痛的、尖銳的、咬痛的、燒痛的、熱的、叮痛的、柔弱的、耗竭的、可怕的、刑罰的、煩擾的、扯裂的、囌嗦的」來描述疼痛給他的感覺。在最壞的情況，這個疼痛是「可怕的」，比他所經歷過最嚴重的牙痛、頭痛和胃痛還壞。突然的移動、抬起和走動都會使疼痛惡化。在他所接受過的所有治療中，只有冰鎮、休息和服藥能使他的疼痛減輕，但任何一種都

63

不能使它完全消失。某一程度的疼痛（在 10 分的標度中約 3 至
4 分）整天困擾他的背部，更嚴重的一連串疼痛會連續幾天或幾
星期。這種連串的大痛最多一個月發生數次，最少幾個月一次。
「非常的疼痛」只延續幾小時，而且不太常發生，霍威提到它
時，眉頭深皺，眼睛張得很大，帶著淚水緊張地凝視前面，好像
正面臨恐怖。它雖不常發生卻非常可怕。他有次向我吐露，死還
比那樣再痛一次好──雖然他馬上又加上一句：「我是個重生的
基督徒，絕不會考慮自殺。」它使他落到畏縮、受驚的倖存者狀
態，感到完全的無助與受到蹂躪，僅能苟活而已。

　　疼痛在動作之時或之後出現。在廚房伸手取東西，彎下身去
提起垃圾袋，起身接電話，開車時身體傾錯了方向，幫他太太提
雜貨袋，淋浴時伸展脊椎，在警察局不平的地板上絆跤，在超速
的警備車中被甩來甩去，在桌上取文件時彎錯了方向，甚至在做
治療體操時──都可能觸發一閃的疼痛，從他後背腰部向上下射
出。霍威不知道這些常常出現震一下的疼痛，那一個會變成陣
痛，他對每一個的反應都像它可能是個壞預兆，有示病的感覺，
好像要開始另一個激烈的疼痛循環。事實上，霍威並非完全當做
預期加以反應。他是在等待疼痛。他尋求它最早的感覺。他企圖
「早些抓住它」，「使它不再發展下去」，「防止它變壞」。

　　霍威・哈里士一度曾是當地高中足球隊善於衝撞的前鋒，原
本是個建築承包商，慣於背負一百磅的重擔走上長長的工地斜
道，又是鄰近酒店的跳躍家和手臂角力冠軍，是接受過勳章的韓
戰退役軍人，一位自以「像指甲一樣強硬」而感到驕傲的警察。
他已因病痛而變形了。

　　　　它改變了我。我已變成恐慌，害怕傷害我的背。過去
　　　我從未想過、擔心過受傷。但現在我所想到的都是那個要
　　　命的疼痛。我不要它惡化。我不能忍受它。我害怕它。是

的，我，我害怕它。我會對你誠實，我從未告訴過別人，
醫師，我想它使我變成了懦夫。

霍威常常說不出是什麼使疼痛惡化，但他回顧性地拼湊出一
個大約如何發生的影像。在他的想法，疼痛可能是在辦公室中壓
力非常繁重地工作一天，在家做了比應該做的還多的事，向兒子
們投降與他們投球，而沒有不斷的警戒，沒有準備防衛他容易受
傷的脊椎的結果。疼痛最會在家中干擾他：當他和家人在一起
時，在離家之前或從外面回家之後，快下班回家時，或當他正在
想他要如何度過下一個工作天時。

疼痛使他畏縮、孤立。他進入他的房間，鎖上門，拉上窗
簾、關燈。然後躺在床上，他嘗試休息，尋找一個「減低肌肉壓
力」的姿勢，他的背靠著冰袋以「冷卻燒熱的神經」。在這種時
候他不能和別人說話，否則疼痛會惡化；他不能忍受噪音、亮光
或「壓力」。他甚至不能忍受他自己的思想：

> 我只要一切空白、黑暗、沒有思想。然後慢慢地我開
> 始感到輕鬆起來、緊張減低。我感到肌肉放鬆、疼痛慢慢
> 減輕，不過這時我知道它會更好。這可能就是我感到最解
> 脫的時候。我可以放鬆。我能感到它在改進。但有時候要
> 花幾小時或幾天才能達到這種狀態。這時我感到疼痛減
> 輕，起先非常輕微，隨著越減越多。

疼痛在霍威加入警界前，當他正在離家一段距離的一個城中
協助建造一座教堂時開始出現。建築進度比預定的落後，霍威感
到趕進度的壓力。一部重工具發生問題了。霍威不願等待協助，
怕工期更加延誤，他企圖自己抬它。

65

　　我抬起了它，沒問題，但某個東西似乎折斷了。我隨
即痛苦地倒在地上。所有的 X 光片和檢查都看不出什麼
——除了肌肉痙攣。但我知道正中央發生了壞事。我知
道，我知道，即使它似乎好得相當快。在此之前我是個不
同的人，我高大而且強壯，可以做我感到想做的任何事。
此後我知道有什麼東西裂了，我真正傷到了我自己。我必
須留心我的背，保護它。在此之前我不曾感到容易受傷：
在酒店，在軍中，在工作中，從來不曾感到。幾星期後，
我正在投球給我小兒子，我猜我轉得太快，結果，哇，我
感到一閃的疼痛，就在我後背的腰部上。當時我就知道一
切不會再一樣了。我必須嘗試弄清楚我能做什麼，不能做
什麼。現在我能做的不多。

　　霍威因為害怕再度受傷，離開了建地。他沒有拿傷殘休假，
欣然抓住一個機會，加入了警察局。薪水較少，但他覺得做這個
工作較少有再度傷害背部的機會，而且這個工作未來比較有保
障。霍威在當初受傷時，他的家庭生活正處於某些壓力之下。他
的太太剛生了雙胞胎，感到照顧雙胞胎、一個大兒子和她衰弱的
姑媽（她中風後身體衰弱，剛搬來和他們住）的壓力。霍威違背
她的希望，離家去經營遠處的工程。把她留在這種困難的情況
下，他有一分罪惡感，而當工程進度落後時，他的罪惡感就加重
了。「我們一直有溝通問題。我一向不多說話。而且我不和她討
論我的工作決定。我就是這樣去做；它牽連一大筆錢，我就這樣
去做了。」

　　過去數年，儘管霍威背部惡化，他在小警察局中卻逐步升至
警官，成為副隊長。他認為假如他不是因疼痛和手術常常請假，
他可能已升任隊長了。不過，奇怪的是，他並不因工作經歷而感
到挫折。

　　看，我甚至高中都不曾畢業，我實在不應該當副隊
長。我算是出人頭地的，我知道。我僅能勉強勝任文書工
作。我並不真的想負起這個責任，我不要任何更多的壓
力。有這樣的背，我必須竭盡所能去完成每天的工作。我
擔心我是否耽誤了太多工作——因為我的背，你知道，並
非因公受傷——他們會要我提早退休。我有一個孩子在上
研究所，而雙胞胎在上大學，我無法靠退休金過日子。

　　即使傷殘撫恤金比警察局一些人領的退休金有利，對哈里士
家來說仍是很重的經濟負擔。
　　工作很緊迫，不只是因為疼痛，還因為被夾在一個愛咆哮、
缺乏效率的上司與一隊只有一位好的卻有數位不適用的警力之
間。

　　這全是耍政治。老闆完全沒有能力。他只知道如何阻
擋在下位的人，把事情真正弄糟。他得到這個工作是因為
他認識的人……但他弄亂事情，少有幫助，你知道，他的
個性絕對難以相處：非常自大，總得照他的意思做，不可
以說不。他視我如塵土，他對待每個人都如此。但有些日
子，真是，你知道，忍無可忍。他讓我非常憤怒和挫折。
而我必須留意我的背。我幹嘛生氣？

　　過去這些年，霍威對工作的看法已經改變。剛開始加入警界
時，他努力要成為一位出色的警察。現在他把自己看成是僥倖留
下來的人，只想留任，不要請太多假，不要犯任何嚴重的錯誤。
「脆弱」是他用來形容他的工作和他的背部的字眼。可能是受到
財政與人力的限制，它們似乎每年緊縮，不然他可以提早退休。

霍威・哈里士的看法坦白得可怕：「我必須盡可能延長留任。對我而言，每天都是一次成功，但如果我在小孩畢業前失去我的工作，那就沒有任何意義。即使之後，沒有這份工作我要做什麼呢？在我這種年齡，帶著我的背，誰會雇用我？」

工作情況是他覺得勉強可以應付的一件事。「我勉強過得去。男孩子們都知道我的背，當情況嚴重時他們為我掩護。我不應該做案頭工作，但那是我弄來的。而大部分外勤警察都很棒，他們幫助我做成功。」他安排一天的工作以便減輕背部的傷害。因為疼痛在近黃昏時會惡化，他設法提早開始工作，提早下班。他把體力上困難的工作委派給他的助手。文書工作繁重，他感到他所受的教育不足，他認為他正盡力而為。在家時，他不是被疼痛，就是被他的工作弄得心神疲憊。他在想他無法控制的身體問題；他在準備自己以便忍受第二天的工作壓力；他努力控制他對上司漸增的憤怒；而且他不是在擔心如何掩飾他的缺陷，就是在擔心最後大家，尤其是他的上級，都明顯看出後會怎麼樣。

他的妻子坦誠地說：

> 在家裡有兩個霍威。一個擔心疼痛，另一個擔心工作。他完全被這兩件事併吞了。他沒有留下任何部分給家人，來享受好時光，或簡單的大笑一番。我們似乎已有好些年不曾一起大笑了。瞧他！瞧他的臉，他的眼。你也看得出來。

這段話總結表示他們的家庭生活已變得非常苦悶。伊蓮，霍威三十五歲的妻子，是個高姚、迷人、頭髮淺黃的獨斷女人。當他們在一起時，她主控談話，口齒伶俐，想什麼就說什麼。在他們婚姻的前十年，她是個家庭主婦，勉強設法度過丈夫經常不在，有稚齡小孩和姑媽須要照顧的日子。在壓力下，她變得抑

鬱，並威脅要離婚，但隨著她設法恢復自己。「當霍威變壞時，我變好了。我回學校，修完我的學位，為我自己找了一份工作，一份好工作。對霍威我已放棄了。我不再等待他來請我出去。我會永遠出不了門。我開始自己和朋友出去。」

伊蓮對她丈夫的病痛頗有怨言。

> 它是可悲的。它破壞了我們的家庭生活。他沒有時間給孩子們。不能忍受噪音。不能和他們一起運動。甚至不能參加家庭野餐和旅遊。而且他對我也不會更好，雖然現在我們的溝通比較好。他獨處。我知道他疼痛。但每天嗎？它可能永遠都那麼壞嗎？我想他本身就是問題的一部分。他有點像疑病症患者。他一旦開始擔心疼痛，他就不能從中脫逃。我們沒有私人生活。因為他的背，我們幾年沒有性關係。結果我失去了興趣。我為他感到難過。當我們年輕時，他完全不同。但我也為我和孩子們感到難過。我憎恨這麼說，但他知道這是事實：他們沒有父親。對，我感到怨恨。如果你處在我的情況，你也會。

68

伊蓮也擔心霍威會失去他的工作，但她害怕的理由似乎與他的不一樣。她覺得如果他整天在家他會吃不消。工作分散他的注意力，使他走出家門，給他某些疼痛之外的東西去處理和談論。霍威也認清這一點：「我要做什麼？疼痛會惡化。如果我整天在家，我會整天想它。現在當我在家時，我就是在想它。工作有趣，我喜歡，而且它使我的心思從身體上移開，至少移開一陣子。」

霍威的三個孩子怨恨他們的父親。近幾年，小孩已逐漸加強表示他們對他的挫折和氣憤。大兒子說：「他是個鬼，我們從來見不到他。在他的房間裡，去上班，在他的房間裡。他從來不花

時間和我們在一起，他似乎像個陌生人。」

「我無法忍受聽到他的疼痛，」雙胞胎之一埋怨道：「我們怎麼知道它是不是真的像他所說的那麼嚴重？我的意思是，我相信他，但你看不見它。他並不是正在死去或處於類似的情況。」

霍威慣常會遭遇別人——家人、同事、醫生——懷疑的態度，懷疑他的疼痛是否像他所說的那麼嚴重。「這是有關疼痛最壞的一件事。你看不見它。你不會知道它像什麼，除非，天見可憐，你受過疼痛之苦。我覺得人們時常不相信我，這令我生氣，真正的生氣。他們到底以為我是什麼東西，一個裝病的人？」依霍威的看法，那些手術有一項清楚的正面作用。它們為他的陣痛創造了插畫——傷疤，他可以顯示給人們看，他也可以撫摸向自己證明，他的背確實有某種「肉體上的毛病」。每次手術之後，他覺得他的家人，警察同事和醫生都會變得更同情。雖然他對手術的全部判斷都是它們使事情惡化，但當他還打算做另一次手術時，這個手術的潛在社會功能是造成決定的一大因素。

霍威·哈里士極度悲觀。他相信，沒有任何東西可以治癒他的問題，甚至恢復任何傷害，疼痛會慢慢而且不可避免的惡化。

69　每次疼痛加劇後都需要更長的時間去恢復，而且每日疼痛的底線都在提高，這就是明證。最近數年，他每年都請假一個月以上。今年他甚至請得更多。他似乎沒有辦法阻止情況惡化。他每星期去看一次醫生，接受神經阻斷治療，注射麻醉止痛劑，拿最近的疼痛藥處方，重做神經與骨骼的評估。

在我們多次面談的過程中，他報告他放棄祈禱了，因為他覺得它沒有用。他不認為他的傷殘是神的懲罰或考驗。在過去十小時的面談中，在幾次較放鬆的時刻中，有次當我問他上帝在他的病痛中扮演什麼角色時，他曾露出少見的衰弱微笑說：「他有更重要的事要考慮，如果他沒有，他應該有。」

霍威·哈里士像百分之五十的長期疼痛徵候群患者，也像多

數的一般長期病人，已達到公認的重抑鬱症標準。但他的抑鬱顯示，他的士氣低落是由疼痛生活，而非由其他方面產生的；他的睡眠、胃口和精力受到擾亂——甚至他的罪惡感、低自尊和想到死（全部公認的診斷標準）——都能直接追溯到他嚴重的疼痛經驗。因此很難知道他是否真的患了分離性精神異常症，或者更像是，由長期身體問題引起之單純的深度沮喪。疼痛專家曾經給他用過抗抑鬱藥物，卻對他的疼痛和沮喪不生效用。這個事實使第二種可能性看起來更合理。另一方面，他的家庭史包括他父親和祖父有抑鬱和酗酒的毛病，又把他放置在這種精神擾亂的高危險群中。顯然地，霍威正如多數長期疼痛的病人一樣，其抑鬱的心理狀態是長期疼痛的結果而非導致疼痛的原因。

霍威·哈里士來自荷蘭家庭。他的父親是水電工，酗酒、打妻子。當霍威五歲時，他與妻子離婚。從此霍威不曾和他見面。「我從未真正認識他。我從家人口中聽到他的壞事，但我幾乎記不起曾和他在一起。我帶著一種沒有父親的感覺成長。」

當霍威九歲時，他母親再婚。他覺得她自第二次婚姻的第一天就從他身邊隱退，變成疏遠冷淡。她和第二任丈夫生了兩個孩子。霍威十二歲時搬去與遠親同住，直到二十歲加入陸軍。這些年，他與母親的關係冷淡到這樣的地步，雖然他們住得只離幾里路，他過去只見過她一次。他與他繼父不曾發展出親近的關係。

霍威形容他自己年輕時一直是個強壯而獨立的人，在長期疼痛的壓力下，變得依賴和衰弱。霍威·哈里士一直是安靜、緘默、鬱悶的。「我在家中從不多說話。只有生病時我才會受到注意。」他的母親過去常受背痛之苦。當疼痛嚴重時，她會一次躲進房中幾天。「概括地說，她是個易怒的母親，當她感到疼痛時，如果我們太靠近打擾了她，她就會對我們尖聲大叫。我們學會了避開。」霍威還學會了對疼痛的怨訴仔細留意，把它們看成是身體與情緒狀況的預兆。當他自己的疼痛開始時，他母親並沒

有同樣加以注意。

> 當我和她說話時，她告訴我有關「她的」病痛，「她的」糖尿病，「她的」高血壓，「她的」背痛，但她從不問「我的」。我住院時，她不曾來看我。一次也沒有！當我見她時，我沒什麼好談的。她仍是令我害怕而非生氣。她像指甲一樣強硬。我想在她看來，我可能不如死去的好。

（引人興趣的是霍威曾數次誤稱她母親為「我的繼母」，「我的繼妹」。）

他緘默的個性與他太太正好成對比。「她真是個愛說話的人。她不停地說。過去我慣於漠視她的話，不過我已學會了聆聽。」當一件重要事情發生時，伊蓮馬上跳入，霍威則退縮。「她通常很快就能控制事情，不過假如不能，她就會變成歇斯底里。我保持冷靜，想辦法慢慢解決事情。我的判斷力比她的好。但後來我感受到背部的影響——壓力使它從此變壞。」雖然伊蓮一直是這個家庭的中心角色，她卻也逐漸主控了他們的關係。（例如在他們一起來面談時，霍威總是尊重伊蓮，雖然當她長篇大論地談論他時，他看起來很不舒服。）霍威知道，他的妻子像他的兒子們一樣認為他軟弱，並且因而不喜歡他。

在他的個性方面，因疼痛而轉化的是，他對別人的信任，和他對自己和身體的信心。「這對我是很可怕的。我知道，即使如此我還是無法改變它，我變得緊張、難為情和無助。我容易受傷，覺得別人不尊敬我。」雖然霍威不曾對我用這個詞彙，但我好幾次覺得他可能會加上「沒有脊骨」（spineless）一詞——這個形象是他如何看他自己的一部分。例如，他太太曾催促他去上學，修個學位以便遷升。霍威爭辯，雖然他很想做這些事，但他

的背部問題妨礙他讀書。連他自己也知道這只是個顯而易見的託詞，而且有一次他承認，背痛不是他不求遷升的唯一原因。前面已經提過，在工作上他覺得他已在他的能力範圍內過分伸張了。

韋伯・梅遜，霍威原來的基層醫療醫生，對霍威的治療深感挫折。他相信他的患者是個身體化症者（somatizer），誇大他的症狀和傷殘。他發現哈里士是個問題患者，在考驗他的耐心，時時激怒他。

> 他很可憐。他是他自己的一半問題。他基本上已經放棄了。我能做什麼？他帶著疼痛來看我，我總得給某些東西。我不覺得我們還有什麼可以做的，真的。我在診所不能忍受看到他的名字出現在求診者名單上。我想，在我經常看他的那兩年裡，他一次也沒說過他覺得好一點，或笑過，或樂觀過。疼痛問題使他消沈，而且明顯地影響到他的家庭，也逐漸影響到我。我覺得無路可走了。我已送他去看盡了各種專家，用盡了各種最新的藥品。我不認為我們仍在對付一種疾病；這個疼痛已變成了他的生活方式。

詮　釋

霍威・哈里士的疼痛，其主要意義是顯而易見的，事實上每個人都可以看出來。極為脆弱的感覺與為了防止疼痛發生嚴重意外和併發症他對自己生活所加的種種嚴密限制，主控了這些意義。每個刺痛和痙攣都要加以仔細追蹤。每一分鐘的變化都要謹慎觀察，如此，他的整個生活就是疼痛。疼痛控制了他。

壞掉的脊椎終究會分裂，這個中心機械印象（central mechanical image）形成他疼痛怨訴與行為的基礎。如果知道這

個印象，如果能了解霍威多麼相信它，那麼他的大部分病痛行為都可以了解。但衰弱的脊椎和容易崩裂也是另一套恐懼的隱喻，與下列事項有關：霍威的工作，他的婚姻，他的童年經驗——成長時沒有父親，與母親感情疏遠，他個人對不適任、缺乏效率和依賴的恐懼。病痛從霍威的生活世界中承受這些意義。我不知道這些意義是否真正造成疼痛的發作，但它們當然影響他的疼痛過程。他的婚姻，不管是扮演什麼角色，如果有，可能是在早期的疼痛中扮演了一角，現在他的疼痛行為就像伊蓮對她丈夫的銳利批評一樣，即使不直接，也清楚地表現了那些緊張。

疼痛本身無法直接衡量，但它對霍威的（和對伊蓮與別人的）行為所造成的影響卻可以。對患者和家屬來說，當他們談到痛苦時，這種問題的深度挫折、自敗（self-defeating）循環就是痛苦。排除痛苦就是排除這些傷痛的經驗和絕望的關係。長期疼痛甚至也在霍威前任醫生的表情和行動上刻下記痕，他完全與病人和家屬一樣，變得挫折憤怒與無助。病痛到底在那裡？在背上，對。但霍威在自覺中，在他對童年的詮釋中，在他與伊蓮和他母親的關係中，在他對孩子的反應中，在他的工作背影中，在他的醫生身上，所表現的又是什麼？疼痛是溝通與協商網路的中心語言。在某種意義上，這個網路就是疼痛。

在有關疼痛的書籍中，或在長期疼痛的專業研討會中，大部分的時間都花在神經生理學和生理病理學上，有一些時間花在精神學上，逐漸有一些時間花在行為上。但在與數百位像霍威這種疼痛已滲入生活每一層面的人面談過後，我覺得有理由發問：那個把長期病痛當作一種生活方式的書籍或研討會在那裡？我相信，了解疼痛的意義和在疼痛患者豐富的生活中探尋有力的身體化，可以讓所有願意看的人看出（患者、家屬和醫生已經看得太多了，因此常常不願看了）沒有所謂的「這個」疼痛患者（或者說有任何一類長期病痛的「這個」患者）。一心一意要為所有而

非幾個不合定型的病例尋求單一的理想治療方法也會正好成為一個危險的神話。患者的改善，需要改變意義和經驗的惡性循環，它們深深影響（也受影響）患者當地的社會系統。

　　我們需要的是一種與現在例定、可用的完全不同的醫療。對霍威‧哈里士，這表示他需要的治療要同時談論他的行為損害、他在社會關係上的困擾、他的士氣低落和自敗的個性規範。治療應該由對他生活經驗中的心理社會危機做系統性的評估開始。它應該包括，針對主要問題，每一個都做治療性的干預，並在對疼痛做臨床性了解中統合起來。這樣的手法不只尋求控制，也特別尋求防止長期性和傷殘性。霍威‧哈里士之醫療給予者的沮喪與憤怒對醫療造成不利影響。甚至這些也應該在這個廣泛的工作架構中被描述和討論。

　　事實上，我相信這個以及隨後的其他疼痛生活，教導我們，我們的科學像我們的臨床醫療一樣，都重覆犯了不了解疼痛及其原因的錯誤；我們不願意像看待疼痛生物學一樣，認真地看待疼痛意義。這些意義有殘酷的真實性，它在霍威‧哈里士的世界中是看得見的、有根據的，我們可以精確可靠地談論它們。這就是說，疼痛科學必須包含社會科學詮釋與生物醫療解釋。它必須受經濟、政治智識，和疼痛的社會心理面的影響。

　　不過要求比病痛意義所提供的更多之病痛意義詮釋，也可能使社會科學的論點變成嚴重的空想。精神分析和詮釋性的文化分析，常常使它們自己對隱藏的意思陷入過分的沈思和缺乏保證的 74 確信。或許與認識病痛不同意義同樣重要的，是認識詮釋的限制性。在霍威‧哈里士的疼痛故事中，比我冒險提出的，還有更多東西可以讀出來，無疑的，讀者會如此做。他由於與父親的形象缺乏親密關係造成了消極的依賴。他的疼痛是否與消極依賴有關？他母親的疼痛模式是她生活中唯一的一面，他曾象徵性地用來表示他極需認同。他的疼痛是否與他母親疼痛的鮮明模式相

關？小時候她只在他生病時才照顧他，對他的背疼她極少注意。這個事實是否表示疼痛的持續是一種憤怒，極度渴望愛的呼號？他的婚姻繼續存在，因為它在家庭系統中製造了一份奇異的平衡，否則它會崩潰。他的疼痛是否是他婚姻中自敗、消極、敵意的溝通系統之一部分？

　　我們所有人都應該對任何詮釋發問，包括這個，它是否恰當？在恰當性不確定時，我們應該樂於停止。這兒有四種恰當性正面臨危險：與事實相符，首尾一貫，在某一個人問題情況中有用處，和美學的價值。每一種都能把我們引向不同的方向。對臨床醫生來說，第三種最為重要。如果詮釋在病患的治療中對減低傷殘和痛苦有用處，那它就是恰當的。對研究者，其他的可能同等，甚至更為重要。在這個病痛故事裡我僅是搔到表面的意義問題而已。

第四章
生活之痛苦

75

我想到鳥巢掉落深草中，
烏龜在公路滿佈灰塵的碎石中喘氣，
中風的人愣在浴缸裡，水正升高，——
所有無辜、不幸、棄絕的事物。

　　　　　　　　　——Theodore Roethke
　　　　　　　　　　　　（1982：227）

在純潔的環境中無法觀察社會的因果，因此不確定之殘
渣蒙蔽所有的因果法則——不是因為因果本身一直保持
不確定（對自然事物，也有這種情況）而是因為鑑定此
一關係內之元素問題是天生不確定的。

　　　　　　　　　——Robert Heilbroner
　　　　　　　　　　　　（1986：189）

　　假如霍威·哈里士的故事是疼痛主控生活，那麼魯道夫·克
利士提瓦的故事幾乎相反：是生活主控疼痛。魯道夫是三十八歲
的白人，有保加利亞—猶太背景，患慢性腹痛達十五年之久。他
在西海岸一個重要研究機構的薪資部當會計員。在近三年的觀察
中，魯道夫·克利士提瓦輕微程度的持續腸痛，過一段時期就會
變得嚴重，令他感到虛弱。他還說肩膀、胸壁會有陣痛，同時有

頭昏、衰弱和便祕的現象。這疼痛及其相關症狀，不會導致他曠
職，或對他的工作與生活的主要方式造成干擾。我們將會看到，
在一個充滿恐懼與挫折的生活中，它們只是一項附加的擔心泉
源。

76　　疼痛第一次發生時，魯道夫感到衰弱和腹部嚴重不適。當時
他是西岸一所大學的研究生，專門研究法國阿爾薩斯地區的社會
與政治。原先的醫療檢查結果是陰性的，表示查不出確切的病理
因素。醫生只針對症狀加以治療，三星期之後，魯道夫的症狀消
失了。一年後，當他在阿爾薩斯從事人類學田野工作時，第二次
疼痛發生了。這一次疼痛更為嚴重，而且拖了一個月才逐漸改
善。經過一連串的胃腸 X 光片和其他檢驗，仍舊找不出一個可
以治療的原因，治療的方法包括清淡的食物和止痛藥。

　　魯道夫說他這段時間的生活很複雜：雖然他很喜愛法國的生
活，並結交了一群好朋友，但他的田野研究「陷在泥淖中」。他
對自己只顧享受社交生活，花那麼少時間做研究有很大的罪惡
感。他有一份很好的獎學金，日子過得比他在美國時好，但他懷
疑自己能否做到足夠的研究以完成他的論文。他為此相當困擾。
「我有某種心理障礙。我從來不能展開自己的工作，但我確實有
很好的經歷。」魯道夫的疼痛似乎是在感情最矛盾的時候，在他
退出不成功的學術研究前發生的。

　　第三次的陣痛六個月後在舊金山發生，這次的疼痛和隨伴而
來的衰弱延續許多個月，而且和前一次一樣嚴重。醫學評估發現
魯道夫有憩室炎（diverticulitis），他服用適當的藥品。然而，
炎症消除後，持續的疼痛很快又回來了，並且繼續微微痛了數
年。「那段時期，大部分時候我個人的生活一團混亂。失業、勉
強被雇用，經常孤獨不愉快。」論文工作「沈悶」，「我到處可
以聞到頹喪的氣息。我覺得它是個辦不成的工作，像薛西弗斯
（Sisyphus 希臘神話中的一位國王，被罰推石上山，石頭推上

又會滾落——譯者註）。我覺得論文是狗屎，而我是個學術騙子。」

魯道夫在長期失業之後，找到了工作，先是當管理員，後來當職員。這段時間他始終和遠親住在一起（他的近親住東岸），他們供他吃住，有時還提供感情與經濟的援助。工作深深影響魯道夫：

> ……很多很多的不愉快——徹底的絕望。我還玩弄論文，但是我的精神早已離開了學術界，甚至離開了中產階級的世界。我找不到任何事情做。一種悲哀、自我敗壞的生活方式。然後我從事藍領工作，感覺受到無意義之工作、敵意、甚至率直的反猶太主義者的摧殘。從童年起我就感到自己懶散、心不在焉、記不住細節。我的家人和老師在稱讚我「有才氣」的同時，都這樣告訴我。我有這種感覺，我缺乏實際的知識和技巧，無法自己完成事情。失業、我所找到的工作和人家對待我的方式（像個傻瓜），都讓我認為那些否定性的事都是真的。而且我的論文工作當然就足以證明。

值得注意的是疼痛和衰弱只在他重回阿爾薩斯探望朋友的那段時間消退。到了一九八二年，魯道夫在失業與無法接受的工作間交替一陣後，找到了現在的職位，在一個大型研究基金會的薪資部當一名低層職員，薪水不高，而且他不喜歡他的工作，但至少，他察覺，背景與學院非常相似。而且他已有能力自己租房子。這個工作開始不久後，當魯道夫被分派到現在這位上司手下做事時，症狀又短暫地復發了一次。魯道夫與這個年輕主管的關係非常難堪。「我的工作情況雖然相當不滿意，但這次的疼痛並不像上一次那樣經常很恐怖。」但過一段時間，辦公室中就會出

現令人氣喪困窘的模式（pattern）：「他要開除我。」

在對他的自尊與對工作未來不能確定的所有隱藏之傷害中，魯道夫的主要煩惱來源是「對愛滋症之逐漸恐慌」。魯道夫是個同性戀者，在法國和美國過著雜交的日子，他覺得自己注定會得愛滋症。他對自己做學術研究缺乏效率——特別是不能完成博士學位——以及對低身分工作之自我嫌惡都因「這個我無法接受的」同性戀而加深了。恐慌之感消失了，但魯道夫仍然夢見他會染上愛滋病，隨著「甚至會更進一步衰落到生存的最低線，死得像隻被追捕的野獸。」

78　　　當我在工作上遭遇更大壓力，或在擔心愛滋症這檔事時，疼痛會明顯惡化，但一些更長久性的問題也會使它加遽。當我開始想到我對同性戀，對沒修完博士學位，對現在所處的低層次工作，對缺乏人際關係之自我輕視與自我嫌惡時，所有這些事都會使疼痛惡化。不過疼痛是我能忍受的，我的生活的其他方面才是真正更大的問題。我記得我很早就感到自己有些不對勁——人家總是說我有天分，卻從未表現出我的潛力。我認為自己是失敗的。疼痛只是另一項挫敗，個性上的一個弱點，你必須掩飾，因為它損害你想呈現的形象。

疼痛並不是每天出現。當它出現時，中午前後比較嚴重。那是一種「緊拉或伸張的感覺，好像某種東西正在斷裂。當疼痛變嚴重時，我好像看見腸子碰撞，發出聲響，一陣痙攣，有時像一陣白熱。」魯道夫在疼痛訊問表上圈出下列形容詞描述他的疼痛：「顫抖的、發脹的、抽痛的、扭痛的、熱的、重的、溫和的、扭裂的、可怕的、煩擾的、噁心的。」他的醫治方法是服止

痛藥。儘管魯道夫說他的疼痛是「低層次」的，他幾乎仍然每星期去看醫生。看醫生時，他大部分時間都在談他的工作壓力和其他的生活問題。放輕鬆、離開工作和不去想它，能舒解他的疼痛。上班使它惡化，周末疼痛減輕許多。在三年的觀察中，魯道夫在陣陣中度惡化與改善之間循環，幾乎完全與工作、家庭和其他生活壓力之惡化與改善一致。有一次，當報紙突然刊登有關愛滋症的一些報導，對這個流行病蔓延之大與快速做過度反應時，魯道夫的疼痛變成那麼嚴重，他必須去急診室。

人　物

　　魯道夫・克利士提瓦是蒼白、看起來神經質的男人，有短而修剪整齊的鬍子，濃眉、和曝露永遠皺起顯眼之眉頭的後傾髮型，還有侷促不安，似乎永遠不能靜止的明亮眼睛和雙手。他的身體像他的眼睛和雙手，甚至坐著的時候也有移動的傾向：垂頭、扭動、一下站起一下坐下，突然站得筆直。而他的嘴像他的手和身體一樣，不斷在動：微笑、噘起、冷笑、忍住哈欠或打嗝，但大多時候是快速激烈地說話。魯道夫穿著一條磨損發亮的淺灰色長褲，縐得很厲害的棕色蘇格蘭外套，一雙老舊卻經常擦得發亮的西班牙歌德華皮鞋，一條相當單調寬大，看起來像一九六〇年代產品的領帶。他像個年紀老大的研究生或努力保持紳士外觀的窮職員。但這個形象，正如魯道夫・克利士提瓦生活中其他許多事物一樣，是一種偽裝；在這個表面下存在著一個個性極為複雜的人物，有驚人的想像力、世界感、愛說話。魯道夫・克利士提瓦有銳利、聰明，常常是屬於淫穢的(scatologically)滑稽機智。他對種種見解、原因，尤其是人，充滿感染性的熱情；他對精緻的法國酒、阿爾薩斯烹調和普羅旺斯（Provence）的香

79

料有行家的喜愛，因為供不起這些奢侈的嗜好，使一切顯得更為珍貴。或許最令人印象深刻的是熱情豐富的自我反省（結果，像他所說的，是終生的心理分析──自學的、專業的，和在我的種族集體潛意識中的），這些反省從光明的道德洞察到殘酷地做自我否絕的個性剖析。好多位精神醫生和心理學家，對他這種複雜化的個性要歸入那一類才能準確表達它的特徵持不同的看法。但所有的人似乎都同意，魯道夫有長期和衰弱的個性異常。在我們面談的過程中，我看到了一種強烈的強迫性（obsessional）與懷疑性氣質以及種種奇癖，此種特質一定會激怒上司，並使新識者疏離。但我很難對魯道夫的個性做公平的描述。他在愉快的自戀與嘲諷的自我輕視間急速擺動。他常有類似典型的消極攻擊型行為，反覆破壞摧毀他的士氣。他接近類似焦慮恐懼的無底井，如此深沈低落，當一個人聆聽時甚至會違背自己的最佳判斷，和他一樣有一種終究無望之感。魯道夫形容他自己是「神經質的、衰弱的、寂寞的、脆弱的、過分自覺的和長期感到罪惡的。」雖然魯道夫青少年時有過一次「崩潰」，卻很快恢復，除了嚴重的個性問題外，看不出有任何其他精神疾病。

與魯道夫的人格異常最明顯相關的是他認為他是個流浪漢的感覺：「我無所屬，我是個局外人。我覺得我躲著別人。人們基本上不會注意我。我是狗屎。」這個感覺主控他的自我觀念。儘管魯道夫對自己有許多可以說的（雖然通常不說）正面事情（譬如，「我有很好的幽默感；我喜歡與別人在一起；我是個會說話的人，也許不是個嚴肅的智識分子，但是個詞彙豐富有教養會思想的人；而且我是個認真工作的人，至少在我被分派到重要工作時。」），但他認為他自己是個有腐敗身分的流浪漢。疼痛做為另一個差異（difference）之源，與那個自我諷刺畫相配。

魯道夫·克利士提瓦一九八五年賺一萬三千美元。他住在城中破舊區一間小得可憐的單人樓閣公寓裡。公寓中有一張床，四

張破椅子，一張非常小的桌子，一個二手貨音響，書籍的數量意想不到的多，並有一個附帶浴缸的廚房區。公寓骯髒沒有加以妥善照顧。天花板的灰泥潮溼，牆壁剝落。窗戶骯髒，即使熱天也緊閉著，使房間幾乎沒有空氣；然而當窗戶打開時，這個房間正對著喧吵的街道；路人說話的聲音很容易聽到，而重機械的怒吼壓過其他聲響。他似乎就住在街道之中。這個未加裝飾，顯然缺乏吸引力的房間──魯道夫的世界──有這種被束縛局限的悲哀感覺，當我進去時就認爲我有了魯道夫內在生活可以觸摸的象徵。我覺得我一開始就有要盡速跑開的衝動，不想受這個房間沈悶喪氣的影響。然而魯道夫與人有緊要接觸時就會明顯釋懷。我一旦放鬆，成了魯道夫嘲諷性幽默及明顯釋懷的受益人後，就覺得我只要離開幾小時，魯道夫就會落入自我毀滅的絕望之井中，那個絕望之井在我們談話時似乎一直存在著。有時候我認爲我們每週一次，後來變成每月一次，又變成間隔更久的那些面談，如果不是魯道夫揭露人性的主要排洩口，至少它們對他也顯得比一般研究面談對象來得重要。魯道夫非常的寂寞，他的家人住得很遠。他沒有朋友，有一位會侮辱又會恐嚇他的上司，他帶著這種勉強拼命留住的感覺，人格中溫暖、可愛的成分都被鎖住關在壓抑的自我嫌棄之籠中，自我嫌棄主控了他的生活。無論如何，疼痛不是個小主題，它有分心的特質，是經驗的一部分，打破他的孤立以證明他是眞實的。而且疼痛帶領他去與城中唯一會關心的人類接觸，他與這些人類：他的護士、醫生，現在是一位疼痛研究者，已發展出一種關係。

81

工作情境

魯道夫・克利士提瓦的症狀傳遞他的工作經驗。他的上司是

一位比他年輕的人,教育程度比他低;他對魯道夫的學術背景與
工作慾望感到威脅。他經常批評他,似乎很喜歡把魯道夫當成落
魄、失敗的智識分子。他控制魯道夫的工作,什麼時候休息、工
作的進度和工作的成果。他企圖在每一個領域中折磨他,這是魯
道夫所謂的醞釀(以前是公開的,現在是暗中的)開除他的一部
分。雖然他的工作低於他的智識層次和野心,但這是他目前僅能
擁有的;他為保持它而奮鬥,曾經越過上司成功地申訴上司的計
謀。「我覺得我好像永遠無法討好他,好像我做錯了什麼事。現
在年紀大了,我要工作有保障。我已失去了早期遠大的事業目
標。但他貶低我的身分;如果我偷聽到他說我的大部分話,我會
被激怒。」留在這個工作上使他更加自我嫌棄,或者更確切地說
應該是他的工作變成與這個可怕的感覺合而為一了。

　　然而,魯道夫仍不知道未來有何展望。「我覺得正處於地獄
的邊緣,一個十字路口。」他覺得如果失去這個工作他無法承
受。「我就是向自己證明我無法應付。」但保持這個工作增加他
每日的壓力。「我的上司故意讓我不好過。他不想要我。每天都
非常不愉快。」這雙重的束縛是持續緊張的泉源,使他在每天工
作進行中,真實地感到他的腸子聚積了壓力。「只有在家時我才
能解除壓力,感到放鬆。」他回家後所做的排泄行為已經變成是
在舒解他工作所聚積的內在壓力。排泄物就是他所加入的所有由
緊張和罪惡感主控的活動。

　　雖然他的症狀並不很影響他的家庭生活,但他的家庭生活也
是苦惱的來源。很少有朋友或家人來他家。他幾乎每晚單獨吃
飯,沒有人可以談話。魯道夫閱讀,接著聽法語錄音帶、民謠,
終於睡著。然而這種情況總比他的工作環境略勝一籌。他每隔一
段時間會寫論文,但他承認:「我到底在騙誰?它不會,它不可
能完成。」

82

家庭生活

　　我的生活扼要重覆我父親的。他一直害怕我會成為一個失敗者，就像他認為他自己那樣；他不是，但我是。他創立的燈飾事業從來不曾擴展。他咆哮大叫，情緒混亂，因為他不能控制他自己無效率之感。他有太高的責任感和標準，他無法達到。我們確實都這樣……他在我身上製造他自己的問題，缺乏自尊。對他而言，我是他的另一項失敗。

　　魯道夫說他的母親是個有能力、努力工作的女性，她使他父親能繼續工作，穩定他反覆無常的情緒。她是個經常疼痛的榜樣，特別是頭痛。魯道夫‧克利士提瓦愛他的雙親和五個姐妹。「他們是我僅有的。我不能和他們談論我的病痛，他們會難過。」同性戀是個禁忌的話題，雖然魯道夫相信他的父親知道。

　　他會把它看成是他的過錯，另一項失敗……我總是受到不同的待遇，我感到我無所屬，有什麼地方不對勁，無法達到期望……我父親對他的關節炎與長期便祕保持緘默。所以我對我的問題也持一樣的態度。

個人的病痛經驗

83

　　在魯道夫對病痛經驗之理解與對人生之一般看法中，有滿足的悲愴性以及啟發的諷刺性。他使人聯想到長期的無用、激怒、失望、侮辱、羞恥、被生活打倒、沒有多少選擇——他生活上許多方面所經歷的感覺，而病痛只是其中的一部分。不過魯道夫知道他自己加深了這些感覺，而且他也毫不遲疑地嘲笑自己。他還以他的醫療問題洞察其他患者的經驗。

　　　　我像我遇見的許多患者：我們的要求很高；我們的表現並不出色；我們輕視自己，挫折、失望，因為我們是完美主義者。我們太容易擔心；我們太容易為生活所傷，也許因為我們感覺太深，才會如此失望和絕望。或許我們對人生的看法才是正確的。生活是痛苦的、令人喪氣的、恐怖的。總而言之，醫藥對我們的幫助不大。為什麼我們仍然不斷回來看病？我不知道，或許疼痛是我們請求援助、保護、要求某個比較強大的人照顧我們的方法。

　　　　當我情緒不好時，我把我的生活看成是一項失敗。我沒有親近的朋友，有一份可怕的工作。我賺的錢幾乎不夠用，我又遠離家人——而當我接近時，我又無法融入。我在精神上也感到不滿意。不過當我情緒轉好時，我也看得見某些力量：我與我的姐妹親近。生存下來本身就是一種成功。我做了一些仁慈慷慨的事。我有強壯，即使是腐蝕性的智能。我最大的成功，我想是憩室炎緩解（但願是真的！），有自己的公寓和自己獨立的生活，即使無力還能生存，事情普遍看起來已不那麼壞了。不過我也重覆了我

父親的問題。我對自己沒有信心，而且它與一種偽裝的過分自信交替。我對我的寫作和同性戀有心理障礙。如果經濟轉讓我會很容易失業。疼痛呢？它只是我生活中的另一面而已。它令我擔心——我會惡化，染上癌症——但這些並不比我的工作、我的社交生活、愛滋症等更令我擔心。

詮　釋

　　所有的病痛意義都在此案例描述中呈現了。克利士提瓦的疼痛為他的世界打開了一扇窗子，洩露了個人與人際之豐富涵義。而且當我們看到他腹部症狀的想像來源和他認為他腸子所聚積的壓力都是由於工作上無法表達的工作問題引起的，我們就知道他的症狀對他有特殊意義。愛滋症在西方社會擁有強大的文化意義，做為最新最致命的性天譴，做為現代傳染病，它的社會性結構是我們所有人已經在報章雜誌上讀到，在電視上看到的。那個文化意義在魯道夫的心中是個深沈的恐懼，就像它在整個同性圈並逐漸擴展到其他社會一樣。最後魯道夫·克利士提瓦的個人解釋病痛模式包括他對他生活痛處的自省詮釋，甚至包括他所相信的長期疼痛患者由病痛引起造成的心理特徵之說明。他的洞察在我看來和許多研究這個問題的學生一樣好，不過在長期疼痛的臨床與研究報告中，這樣的洞察不會被包括進去。我們也很容易看出緊緊隨住魯道夫生活的長期人格異常如何強烈地為他的病痛經驗加上色彩，並且與他的工作和其他社會問題加在一起，使病痛加劇。

　　我發現魯道夫·克利士提瓦之病痛的人類學詮釋，把它當作北美文化長期疼痛的範例特別有用。克利士提瓦是美國社會的一個失敗者。他沒有成就。事實上他的職業與收入已從他父母的中

產階級身份，即使是脆弱的，往下移至勞動階級的生活方式。無疑的，他的心理問題也造成這個下降的社會身分，不過這個下降的結果，使他曝露在剝削的勢力中。這剝削勢力在資本主義的低層領域特別多，中國專寫人類悲哀的偉大短篇小說家魯迅，說它會「吃」人（1981：4）。因為無法控制的壓力，無法流通的支持，各種病痛和死亡，使得社會的無力感正處於更大的危險中（Berkman, 1981; Black, 1980; Cohen and Syme, 1985; Mechanic, 1986）。我們的經濟與社會系統把壓力放在我們所有人身上，但因為無力，地方社會系統並不（或不能）扭轉或減輕那些
85 壓力對個人的影響。失業、半失業、和敗壞的工作情況造成惡性循環，處於其中，那些對當地資源最缺乏門路的人就會遭受從未有過的更大經濟壓力和他們無能為力的不公平壓抑關係。這些地方環境引起或加強無望的感覺，並使這種感覺擴張，由一個特定問題變成個人生活的全部，製造苦惱、喪氣、和絕望（Brown and Harris, 1978）。由生物性傷害或疾病引起的長期疼痛徵候群，因這些可悲的惡性循環而惡化和延長（Osterweis 等人，1987），原先存在的心理問題和精神病顯然可能會使這些循環永遠繼續，雖然精神狀況也會由這些循環產生。魯道夫·克利士提瓦的生活正好趕上這樣的一個循環。

我們在中國從事研究時，也在社會主義者之社會的無力生活中，發現了相同的現象（Kleinman, 1986），而閱讀跨文化的文學作品使我相信，我們正在談論的是一個全球性的人類困境。我們所描述的案例暗示精神醫學、公共衛生和社會工作的干預能減輕地方循環的力量，甚至可能打破這些循環，即使必須伴隨著社會改革才能做到。從這一方面來看，在魯道夫·克利士提瓦的情況中，最不幸的或許是他病態的被動性、他的偏愛責怪自己而不能更有效率地運用他的地方社會狀況，以及他的神經喜好重新創造造成他自己困擾的必備條件。無論如何，魯道夫·克利士提瓦

的疼痛指出現代生活中心某種更普遍的東西，對越來越多的人是造成疏離的原因，對長期病痛構成影響。這個中心腐敗的某種東西，這個生活的痛苦，完全像它所造成的問題，應該成為醫學和社會科學研究的主題。

　　魯道夫・克利士提瓦案例中的兩個主題需要進一步的討論。淫穢的隱喻，在他的用語中常常出現，也是他父親喜愛的苦惱慣用語。他的同性戀和腹部苦惱也包含在這個語義網絡中。或許我們應該把這個關聯看成是象徵性排放臭氣的特殊例子，正傳遞他的社交世界與生理學。果真如此，那麼這個綜合的徵象—實物詮釋，因其完全否定的涵義及其多重的溝通管道（文字、視覺、嗅覺、腹部知覺、例行的澄清工作）而令人印象深刻。除非我們找到使象徵與自我、聲音與生理、知覺和感性產生關聯的方法，我們永遠無法了解這個關聯，更無法反轉它的陰鬱方向。

　　還有克利士提瓦的種族問題。在我看來，魯道夫有時正像伍迪・艾倫的創作品，一幅原型的猶太人特徵漫畫。不過在這個膚淺的猶太主義之下，有更深的層次。魯道夫的博士論文田野研究與阿爾薩斯的納粹有關。他正在從事某種阿爾薩斯人不願他挖掘太深的事。阿爾薩斯位於德法邊界，有長久的猶太主義與反猶太主義歷史，是法國軍官德烈修斯（Dreyfus）的故鄉，因此是法國本身反猶太主義與愛猶太主義之分裂歷史象徵。克利士提瓦以猶太人的身分處在這種地方，開始以勇敢的路線探查誰成為阿爾薩斯納粹，以及他們在被佔領的法國和戰後扮演何種角色。他拿不到他想要的檔案文件。有人扯後腿，文件遺失，長期拖延，不願接受訪問。有人告訴他要避免擾亂脆弱的平衡。最後魯道夫有條件地投降。他為了享受他喜愛的生活風格而付出了代價。他應該努力揭發他的猶太同胞，甚至他一些遠親的謀殺者。他應該挖得更深，然而他卻停留在表面的事情上。如果有單一的主題可以用來描述現代猶太人意識的特徵，那就是對表面的事實深度不信

任，連帶地會有熱切的慾望要去挖掘隱藏的動機與意義。馬克思、佛洛依德、卡夫卡，李維史陀，以及數千個其他人都在探尋這個恐懼與憎恨如此殘暴地混雜在一起的隱藏區域而豐富了現代智識生活。魯道夫·克利士提瓦不曾做到他相信他應該爲他族人，爲我們大家所做的事。結果他個人的罪惡感，在他看來，已與那種袖手旁觀運牛車裝滿人驅入黑夜之中的實質罪惡感合併了。

87　　　文本因爲它必須說出的而有意義，但也因它爲讀者打開了更廣的聯想情況而有意義。讀者會對它產生一連串詮釋的需求與情境。生活有任何不同嗎？對患者—醫生關係這會是有用的類比嗎？對對象—研究者關係是否也有用？在這個案例中研究者還是個猶太人。我在大學時代曾到過阿爾薩斯，而且還是在陽光普照、混亂的夏季，我像魯道夫一樣喜愛我在那兒的日子。我在那兒時根本不曾注意阿爾薩斯在一九四〇年代時，只是十年前的歷史，直到有一天，我走在阿爾薩斯一個小鎮外一條可愛的水道旁時，碰到了一場驟發的大雷雨。雨一開始時，我跑出樹叢。爲了躲避傾盆大雨我跑得那麼快，結果撞上了一個高大生銹的精製鐵門。它受到我身體的撞擊而打開了。當我通過時，我注意到上面有顆大衛之星（六角星，猶太民族之象徵——譯者註）。我碰到一座大理石紀念碑，我靠著它喘氣躲雨。我正在一個墓園中，一個猶太墓園。這個紀念碑是羅賓家族的，我記得上面有十一個名字。從不同的生日你看得出誰是祖父母，誰是他們的子女，誰是孫子。羅賓家所有人的死亡日期都一樣。慢慢地，我開始感到我的胸中升起一股恐怖緊張的感覺。一個大疑問和它可怕的答案同時來到我的心中，我戳破了光亮的表面看到它黑暗的內部。當魯道夫·克利士提瓦告訴我，作爲一個道德的見證人，作爲一個受罪惡感折磨的研究者，他在探查他族人的，我們人類的大屠殺眞象之一小部分的失敗時，我解除了這個內在的不眞實感覺。如果

你願意,你可以稱之爲反移情作用。我卻比較喜歡魯道夫的稱呼
「道德見證人」。疼痛見證人——家屬、醫生、研究者——的故
事對痛苦的生活是不可或缺的。

　　大部分的長期病痛患者,像我們其他人一樣,在每日掙扎的
生活中安靜、平凡地過著日子。我們的痛苦和我們的欣喜一樣,
都是小的、內在的、簡單的。病痛和生活沒有偉大的時刻。然而
病痛與其他形式的悲哀合起來,有時會給人類帶來一種熱情和知
識,可以刺激生活。對某些長期病痛患者,疼痛和苦難對生活的
影響——尤其是對生活黑暗、恐怖的一面,因此加以否認——比
對疾病過程還要重大。或許治療者和家屬,像研究人類不幸的歷
史家,必須要讓自己聽到——在症狀之中和病痛背後,尤其是對
我們這些最普通之人的怨訴——哀泣聲。

第五章
長期疼痛：慾望之挫折

疼痛像放任的火漫遊通過我的骨骼；現在什麼在焚燒
我？慾望，慾望，慾望。

——Theodore Roethke

（1982：246）

知識和企圖是社會界的主要部分，因此所有的行為都帶
著一個意志元素，不管這個通常可能如何被淹沒。

——Robert Heilbroner

（1986：193）

疼痛和自由

安娣歌妮・派格特是一位五十七歲的畫家，她過去八年半後
背上部和頸部一直疼痛❶。她是緊張、外表易受傷害的女性：高
而脆弱，皮膚細白，面部表情繃緊、雙眼外角有深刻的皺紋；他
看起來比實際年齡老十歲。派格特太太走路僵硬，常常轉動脖
子，好像她正在努力消除僵硬或抽筋。偶而，她臉上會露出愁眉
苦相——轉瞬即逝，她既不出聲也不加以說明。我第一次和她面

談是在一個非常寒冷潮溼的冬日。但不管這令人發僵的寒冷，她堅定有禮地要求我關掉我辦公室的暖氣，因爲她擔心暖氣可能使她曝露在一股氣流中，使她的疼痛惡化。

疼痛是持續的，有時會短暫惡化；不痛的時間最長一小時。派格特太太說，疼痛像「波動的、令人厭煩的、尖銳的、緊迫的、煩擾的、刑罰的。」每日的肌肉痙攣使疼痛複雜化，它們使疼痛嚴重惡化幾分鐘的時間，再非常緩慢地以一小時的時間解除。可待因（Codeine，一種嗎啡類藥物——譯者註）和各類止痛劑及消炎藥都沒有什麼用。疼痛對氣流、伸張雙臂的動作、身體的活動像運動或激烈的體操，極爲敏感。早晨疼痛溫和，下午三、四點較嚴重。因爲這個疼痛，派格特太太對未來感到煩惱害怕，工作受到阻礙，而且憂鬱；她「對事物」失去「喜悅和興趣」之感。疼痛也助長了下決定的長期困難。它剛開始時，使她停經的熱潮惡化，現在則造成不斷的壓迫感。而且它在每天結束時使派格特太太感到衰弱、疲憊。

安娣歌妮・派格特的疼痛是車禍造成的。一九七五年聖誕節前一天，她和一位朋友從她位於芝加哥的家開車一小時去買過節的禮物，他們由一條主要公路回來。

　　　　我想我正在思考過去，思考我所面臨的問題，而且正

---

❶這個案例是數個長期病患的經驗與故事的混合。它們非常相似，我認爲將他們合而爲一呈現是合適的。我給這個患者安娣歌妮（Antigone）的假名有兩個原因：首先因爲這個名字的諷刺性。眞實主角（派格特太太）不能選擇，因此使她自己，或許還有別人的痛苦惡化，而神話上的主角（Sophocles 的 Antigone）的選擇也絕對是最後的，因此爲她自己和別人引來一連患悲劇的結果。第二，我想暗示，按照艾瑞克森（Erik Erikson, 1958）治療馬丁・路德的方法，解決個人疑問的方法可能表現，或者也能幫助文化的困境。

疑惑未來該怎麼辦。聖誕節似乎使所有的家庭問題顯得更
真實。突然，一部車子衝到我們的前面。它的後輪爆胎。
我的朋友必須急速轉開以免撞上他，我們滑行冰上，我朋
友的車子先撞上護欄，隨著旋轉進入對行的道上。我不知
道我們是如何設法沒被正面撞上的。我的朋友沒事，但我
的身體扭傷了，肩膀嚴重青紫。但我在震驚的情況中，根
本不曾感到或想到我受傷了。我想我了解我非常容易被撞
死，而我卻似乎還活得好好的。疼痛第二天才慢慢開始，
在幾星期內天天惡化。起先我感到背部有蟲爬行的感覺，
一個月後我有了現在這種疼痛，只是第一年情況嚴重得
多。我想我的身體頂著斜肩的安全帶，以很大的力量被摔
動，驟然被摔向不同的方向。

派格特太太如此描畫她的疼痛之源：　　　　　　　　　90

　　一大塊──紅熱的──肌肉、神經、筋腱在我後背上
方結成一團。在被拉向不同方向之後，感到每樣東西好像
都被扯裂了，發生了許多拉扯。感覺疼痛似乎是出於緊
繃、緊張之中。疼痛發射到我的頸部，頸部有時感到僵
硬，其他時候則容易受傷、衰弱，好像會折斷。
　　我希望它會逐漸改善。但我害怕它會越來越惡化，變
成嚴重的關節炎和退化。它已經限制了我的身體活動，影
響我的工作，但我覺得它會嚴重傷害到我所做的事。它不
會消失令我感到洩氣。不，那不是正確的字眼：我感到非
常失望，非常挫折。

重覆的醫療研究證明軟體組織受傷，有幾點會引起肌肉痙
攣，但沒有嚴重的骨骼與神經系統的傷害。精神評估顯示，安娣

歌妮・派格特有低度長期抑鬱，它在車禍的第一年開始發生；她的健康情況曾受到幾次嚴重抑鬱與驚慌異常的襲擊，每次持續幾個月，對服用抗抑鬱藥物和短期精神治療有反應。使抑鬱和驚慌複雜化的是一般化的焦慮期。車禍之前她不曾經歷精神病痛，雖然她形容她自己是個經常焦慮的人，從童年起就曾抱怨過各種身體不適──這些怨訴被她的醫生認為是精神性之身體徵狀（psychosomatic）。小時候她患過風濕性心臟疾病，這使她的心臟留下低度的雜音，但沒有症狀和臨床證明顯示她當前有心臟疾病。

　　當我處在壓迫的關係中時，許多事情就會緊繫在我的脖子上，就有一種拉扯的感覺。我好像看到一個地方──纖維捲成一個圓球──那兒有許多拉扯。我覺得好像兩條長繩索正被拉扯。我把它們看成是紅熱的線，很多。在我繪畫時，如果我不小心，顏色混在一起，形成一個斑點，破壞了畫面。我把它看成那樣。

　　疼痛在她工作日的重要時刻惡化。她只能在她的畫室中工作兩小時左右。當她在壓力下完成一幅畫或掛它時，她感到她的脖子僵硬，當天必須停止工作。

91　　在我和派格特太太面談的十八個月中，疼痛對她的主要意義，她在數次面談之後才向我表達出來；最後在我們發展出信任之關係後，她終於告訴我，疼痛與她生活上的其他問題如何關聯。

　　它控制我，它立下界限。我只能走這麼遠，接著疼痛使我停下。每當我必須做某種耗費體力的事或應付充滿壓力的情況時，疼痛就可怕地增強。我必須停止思考我在婚

姻上必須做的決定，放鬆，以控制疼痛。當疼痛嚴重時，我不能應付我的經濟和事業的需求。

對我而言，獨立、不放棄是非常困難的，因為經濟上沒有保障使整個過程變得更加困難。我沒有我能完全獨立之感，而且我對造成家庭破裂也有罪惡感。另一面是自由，照管我自己的生活。現在事態平衡。我感到有點抑鬱。

你知道我在想什麼嗎？僵硬的脖子是一種象徵，一幅我需要變成的肖像：堅忍，脖子僵硬。這個衰弱、容易受傷的脖子——它正好相反。這是真正的我，或是我所害怕的我。脖子僵硬或是脖子衰弱？它是疼痛的結果，或疼痛只是表現我生活中心之緊張的工具？我不是說疼痛不是真的。不過它存在那兒，攜帶、表現這種意義。我會繼續帶著這個隱喻。你看過文藝復興時期和中世紀那些耶穌柔弱地掛在十字架上的圖畫嗎？頭部下垂，脖子承受那麼重的壓力，雙臂伸出。那正是我停下來觀看我的圖畫的姿勢，把壓力放在我的脖子上，帶出最嚴重的疼痛。

被釘在十字架上！我猜想這就是這個最後形象的意義。正如她所說的，不是被疼痛，而是帶著以疼痛做為其他某種東西之象徵被釘住了。當我們了解安娣歌妮・派格特的其他生活時，這個其他某種東西就鮮明地浮現。不過首先，她表達的主題值得強調。這是她要獨立、堅強、照管她自己生活的掙扎，不要被疼痛或它所象徵的其他任何東西主控。她有強烈的被壓迫之感，並有同等強烈的要站起來之需求，正如她另一次所說的：「從終生銬住我的束縛中解脫出來。是的，自由就是這個衝突的目的。」

派格特太太所加入的與這個主題相關的生活問題，一開始就與她的家庭與童年歷史有關。派格特太太是第五代挪威—美國

人，是強烈獨立、重視家庭，在明尼蘇達州北部定居的新教徒移
民後裔。她的祖先——遠近二者都是有技藝的工人，安娣歌妮是
家族中第一位上大學和最早離開封閉的郊區家庭者之一。最疼愛
她的祖母常告訴她，因為她是女人，生活會是冷酷不受感謝的。

　　她的祖先是信守宗教，頑固、改變緩慢的。她的父親是火車
服務員，一直想當律師；但他只是個高中畢業生，因此家庭的傳
說使他必須因過分擔心家人——安娣歌妮和她的兄弟姐妹的健康
與個人問題而安頓下來。「當我們有症狀時，他把它們看成大問
題。並不是他很會監督我們的治療，而是他會變成焦慮，甚至害
怕可能的後果。」一般說來，家庭風氣嚴格、疏離、「緊張」。
當小孩生病時變得更緊張。

> 　　在活動上也有許多禁忌以防止我們生病或受傷。我們
> 不旅行很遠，不過夜，而且當大雷雨出現時，我們同樣必
> 須留在家中受保護。我不准有男朋友，或晚上去朋友家。
> 這實在可笑。現在聽起來全部非常逼迫，尤其當我想到我
> 如何對待我的四個孩子。但當時我接受，就像事情本該如
> 此，是當然的。我不曾反抗，一次也沒反抗。

　　安娣歌妮十歲時染上風濕熱。她父親的焦慮加上她的家庭醫
生的保守醫療意見使她一整年大多躺在床上以求復元。後來她沒
有留下任何症狀和限制，然而她父親仍要求她就讀當地的大學，
住在家裡；甚至畢業後，由於擔心她的健康，由於須要她父母的
保護，也要她留在靠近家的地方。

> 　　我屈服。我不能忍受我所感到的罪惡感。（我是否應
> 該說，我是被迫感到的？）假如我不照被期望的去做，我
> 父親，還有我母親會非常不高興。而我被期望留在家中，

91

要把家庭放在我個人之前。我有這種脫離的渴望，拋開一切自己獨立。經過數年感覺無法脫離，無法決定之後，我終究脫離了。不過那是後來的事。

　　從童年起我就知道不要讓父親不高興，因爲他是個那麼會擔心的人。我不知道是人家曾告訴我擔心會使他生病，或者只是擔心會使他更加神經質。但我覺得如果我讓他太擔心了我會傷害他。

93

宗教在此很重要。

　　我們是基本教義派信徒（fundamentalists）。我被訓練去相信罪惡之眞實性、自我控制和懺悔之需要和上帝的榮耀。我被教導，服從上帝的法律是好的。我完全相信魔鬼，覺得如果我不控制我的感覺，他就會控制我。我記得大學如何改變了這一切。現在那些見解成了隱喻，但是它們一點也不是象徵，它們是眞實的東西，而且它們增強逼迫控制之感。我對我的宗教疑問保持祕密。我對我自己之需求和抗拒，事實上對我自己，保持祕密。

　　我對這個——對保持強大的秘密，對忍住需求不爆發、不叛逆，有一種模式。當我七歲時，有個鄰居開始，他開始，猥褻我。我嘗試告訴我父母，但他們不相信我。最後他停止了。但我始終學會了保持祕密。我保持了一個隱密處，很不會表達我的需求，我的苦惱和傷痛。我不曾解決這個問題。我知道，我內在有許多無法表達的憤怒。對於這個，對於我父母過分保護我的方式，我內心深處仍有這種感覺，假如我批評我的父母，他們就會發生某種可怕的事。好像言語本身會奇蹟似地使某種可怕的事情發生。

　　最後，安娣歌妮真的脫離了。「我起來決定變成遠處某個浪漫地方的時裝設計家，住到義大利。啊，我沒有住到義大利，但我真的去了芝加哥，真的在一家畫廊工作。」這是派格特太太脫離她父親逼迫控制所採取的最強烈行動。「這把他嚇壞了，而我擔心他會多麼不高興。」不過她真的自己生活了，至少實現了她一小部分的夢，並幻想更獨立的生活。

　　「終於，我又屈服了。我離開芝加哥的工作，不過是在我已開始接受畫家訓練之後。我回家，碰見了我丈夫。我至少已經開始我自己的事業，雖然我走得不遠。」

　　安娣歌妮回顧多年的婚姻生活，她相信當她結婚時她沒有個體化，沒有發展出足夠強壯的自我統合（Self-identity）。「我年紀夠大，但我尚未發現自己。現在優先權不一樣，但他們仍不是我的。從前是我父親的恐懼排第一，現在是我丈夫的學術事業佔優先。」派格特太太在一次流產之後三個月變得抑鬱，有憂愁、易怒、衰弱、疲勞、失眠和沒有胃口的症狀。回顧起來，這些症狀表示派格特太太已出現了嚴重的抑鬱型異常。但當時她並沒有被診斷出來。經過數年沒有結論的醫學診斷研究以及數種缺乏效率的醫療，症狀消失了。

　　　無論如何，它真的使我改變了。有某種悲哀、傷痛深深埋在我的內部，一種內在的疼痛。過去這些年有時候，因為抑鬱，我覺得它會噴出來。一種大悲哀，一種寂寞，一種失去、受傷和絕望的感覺。然後我會放開自己，不是嚎啕大哭，是一種深深的哀傷。

　　在她和她丈夫領養他們的大兒子僅僅六個月之後，她的病痛導致她重覆住院。原存的罪惡感因這個經驗而加重了。這表示她

有幾個月無法照顧她的兒子。當她提到這個罪惡感時，她哭道：「我想成為最好的母親，當我想到我犯了錯誤，我就感到苦惱。我不懂母子情結（bonding），這對他有不良影響，他退卻、遲疑。我覺得那是我的錯。」

派格特太太的丈夫，像她的父親，期待他的妻子順從他，而她做到了。在婚姻早期他們經常搬動，為他的學業、他的研究職位、他的教職、他的事業發展。安娣歌妮‧派格特對這些決定很少加入意見。她被期望要容忍這個規範，而她做到了，把苦痛保留在自己心中。

> 車禍使我想到我自己的死亡，和我正如何過我的生活。我不大和我丈夫談論疼痛。它好像變成我生活中很不相干的事——某種可怕必須保持緘默的事。但某種東西已經改變了。身體的疼痛感覺，變得如此強烈，帶著另一種涵義——內在的痛苦，而且它使我需要做點什麼，需要行動。

車禍之後第三年，她決定和丈夫分居。接著她自己生活，辛苦地靠繪畫生活；孩子們現在已經成長，他們先和她住，然後去和她丈夫住。最近，他們不是獨立生活，就是離家上學。他們都希望他們的父母復合。現在安娣歌妮正處於做決定的關鍵，要回到丈夫身邊或與他離婚。「很難回答決定會是什麼。當我接近要回去時，我變得非常害怕，我們永遠無法在真正的深層次上做真正的聯繫，而事情會很快回復到以前的情況。」

她說導致分居的主要原因是：

> 疏離、缺乏溝通、真正的怨恨，在表面之下，無法與不快樂和無能感妥協以解決衝突……現在我非常寂寞。但

　　從前，我覺得被別人控制，沒有力量，自己不能做決定。
我感到被遮蔽、抹煞。好像我的丈夫是我的父親——他做
所有決定。我讓它發生。

　　當我們談論這個安娣歌妮‧派格特一再拖延的朦朧決定時，
她在最後變得非常不高興。她問：「做為精神科醫生，你知道這
個領域。我有可能做下選擇，解決這件事嗎？」

　　我明確感到，她的疼痛，帶著它對她的自立與自由問題的所
有意義，雖然是非常可怕的一種經驗，欲使她不必對婚姻做下最
後的決定。這畢竟是一個做起來太痛苦的決定。安娣歌妮‧派格
特不能解決她的衝突，失敗傷害她的自信心，加強她的痛苦，使
她與她的世界疏離。她不能面對她在家庭與自己之間的選擇痛
苦；交互地，疼痛使她不必做脫離家庭的可怕選擇，或抑制她自
己。

　　下面是安娣歌妮所說的，她生活之這些方面與疼痛的關係：

　　　如果我看見自己不疼痛，那是有人在更高的精力層次
起作用。我看見自己出去做更多參與，進入新的領域。關
於我的創造工作：車禍之後我在畫室有一些改變，我不再
像從前那樣喜愛我自己的工作。畫室與疼痛之間有明確的
關聯，因此在畫室工作帶來疼痛。

　　　我看到疼痛干擾我開放我的生活，干擾我解放沈默和
隱藏於內的東西，干擾我對別人開放自己。當我想到要做
結束婚姻的明確決定時，我就想到新的關係。我對自己與
其他控制我的人的新關係有一種矛盾的感覺，我又有了罪
惡感，不准有這些感覺。疼痛控制它們。我唯一能想的是
它有多痛。

　　　我沒有把握我自己能放手一試。寂寞並不太壞，但當

我孤獨時，疼痛惡化，難以抗拒。經濟上我可以勉強維持
生活。在畫室，寂寞、真正的疼痛、我的選擇的痛苦、缺
乏組織、所有我感到威脅我的欲望，它們妨礙自我約束和
完成工作。

　　這個痛，我是說我的婚姻問題，是我不能回去讓我的
丈夫主控我。帶著這個痛我變成更加不快樂，因而需要為
我自己做一些事。我控制不了我的婚姻，就像我控制不了
我的身體。我無能為力。我想不管我對自己有何觀感，我
終究會失去。我仿效我的祖母，她總是順從我的祖父。分
居後，我開始恢復力量。

　　我最後一次和安娣歌妮・派格特交談時，她的疼痛惡化許
多。有關搬回去與他丈夫試住一段時間的判決已經延期。她無法
在畫室工作。她的未來完全和我們剛開始面談時一樣不確定。

詮　釋

　　每個患者都帶給醫生一個故事。這個故事使疾病陷入意義之
網，只有在特定的生活情況中才顯得有意義。但為了了解那個生
活以及它所創造的病痛經驗，我們必須把生活、病痛與文化情況
聯繫起來。醫生受到這些故事，也受到依患者之生活世界詮釋它
們之機會的吸引和排拒。他們受到吸引，因為有可能了解一個人
與其世界如何影響異常和受到異常影響。他們排拒，因為害怕故
事會使他們陷入混亂，可能遮蓋疾病的線索（因此使診斷更加困
難）或干擾詳細擬定的疾病特殊治療計畫。

　　安娣歌妮・派格特的口述故事應該可以幫助我們更清楚地看
出，為什麼患者的故事是行醫的中心。我在這個案例中所扮演的

96

角色只限於當記錄這個故事的研究員。但做爲一個治療者，我確
97 信，對派格特太太，有效的臨床工作必須同時把疼痛當作身體的
經驗和個人的危機來加以處理（必須把後者看成是受到中心文化
壓力和患者個性同等的壓迫）。只注意身體或個人的痛苦扭曲這
個問題的心身完整性。在我的臨床經驗中，我曾經看到這種目的
分歧的醫療一次又一次使問題加重而非解決問題。在安娣歌妮‧
派格特的案例中，解決的方法必須考慮長期疼痛與爭取自由──
她的病痛的統一主題的交互影響。對這位患者的治療必須包括心
理治療（而且或許也應該做家庭治療），集中在這個主題以及它
與她的病痛經驗之關係上。而且這個心理治療必須成爲醫療的主
要部分，而不是與身體治療分開的個別活動。在第十五章中，我
草擬了一個醫學心理治療系統，創造時心中即想著安娣歌妮‧派
格特及書中所描述的其他患者。那個系統特別強調經由眞實見證
患者的病痛經驗和詮釋其主要意義，來達成重振道德精神(re-
moralization)的工作。對派格特太太，心理治療應該需要哀傷看
得見的損失，並對她癱瘓的婚姻選擇給予實際解決方法之輔導。
安娣歌妮‧派格特過去雖然接受過心理治療，但它並不針對其病
痛經驗緊急情況中的這些疑問；因此它不成功是不足爲奇的。

安娣歌妮‧派格特爭取自由的努力代表她個人生活故事的原
動力和她做爲一個階層之患者代表的角色。在家庭生活之傳統期
待與因現代社會壓力而加強之慾望之間，存有不能解決的衝突。
能清晰說出苦惱身體慣用語的美國中產階級婦女，將她們特殊的
生物和心理問題與這個衝突之共有文化壓力銜接起來，以體驗個
人的自由。安娣歌妮要有她自己的生活之矛盾要求的文化場地與
社會原動力，需要更仔細的研究，不是我用這幾句話就可以公正
98 判斷的❷。現代美國中產階級社會中，有許多女性受到特別的壓
力，這樣說就已足夠了。一方面，文化的期待要她們發揮個人的
潛能。在表面的層次上，這表示她們要尋找一份事業，或至少受

雇於家庭之外。在更深的個人層次上，這個訓令指定要去尋求確實的自我統合和它的表現（所謂的自我表現），它近幾十年來已經被強調而成爲美國文化中的個人核心道德要求（Bellah 等，1984）。這個期待是消費社會的近代商業理念基礎，但它常被誤認爲是電視廣告虛構的故事。這是文化極力傳遞給兒童的信息——它帶領他們修正他們內在的發展和他們改變的世界。對成人，它指導他們對他們和別人的身分做評估：「盡你所能地表現。」這是一個我們每個人都已內在化的信息，然後不知不覺投射到我們四周的經驗上，因此最後我們發現它是「眞實」世界「自然」的一部分。

　　對女性而言，最特別的是，這個文化理想與同等有力的深情期待——建立、投入和穩定家庭，發生衝突。對職業婦女，這相反的道德信息如果不是侮蔑也已是矛盾了。事業對婚姻，在勞動界工作對家管，自己表現對別人的愛與支持——這些陳腔爛調清楚地說出了同一核心文化衝突，一種由應如何行事的對立價值觀所造成的雙重束縛。安娣歌妮・派格特正被困於此：在進退兩難之間，這個困境已變成了她同齡伙伴的危機。使困境轉變成悲劇的是，會加強個人需求之特殊個人原動力，以及爲了達成兩種目標在資源上所造成之相關損失。壓力以不同的方式呈現——從沈默的絕望到爆發性的憤怒——但身體的苦惱慣用語很普遍，足以使它成爲北美社會中醫生應該精通的東西。

　　安娣歌妮・派格特的決定是要不要離婚，是否要爲她精神上的好處忍受破壞家庭的痛苦，或爲了家庭而壓抑自己。不是這個孤獨的選擇令她脆弱，而是她在選擇前原本如此。她的疼痛表現

❷關於過去一百五十年英國女性之文化困境以及它與精神和身心異常之關係之進一步討論，參看休沃特（Showalter, 1985）。其因果和我所描述的那些現代北美女性相似，正暗示更長遠深沈的西方文化困境。

她的猶豫並使她有資格猶豫。她知道，一個判決對她的丈夫、子女和父母將是致命的，可能無法解決個人問題。這個個人問題可以追溯到她早年的生活、她的祖先和西方社會結構。義務（她很少提到的字眼）和權利，忠誠和叛逆，在她心中有同等分量。她的義務對自治與社會秩序有終生及歷史性的衝突。她明瞭疼痛從這些源頭取得意義。她的病痛意義一致，前後一貫，在我的經驗中是不尋常的。病痛，像她的生活，接受那個一再創造核心衝突之同一強力衝動的指令。不管心理分析家如何分析這個案例，那個衝動並非神經性的反覆，但社會界與個人經驗間之爭執，卻堅持佔用她的經驗之每一個新形態去為這個衝突效勞。要了解她的長期病痛意義，就要了解這個心理文化的動力。也就是說，她的生活細節與共有的文化形態聯合起來壓制她的病痛經驗。疼痛象徵兩者；治療需要探查兩者。

第六章
神經衰弱：在美國與中國
大陸之衰弱和耗竭

100

在稱為神經衰弱的飄溢症狀長袍中，駐留著一位焦急抑
鬱的人類。但包圍這個人類的文化壓力與家人期待，只
加深和延長了症狀。

　　　　　　　　　　　　　　——G. F. Drinka
　　　　　　　　　　　　　　（1984：235～36）

神經衰弱有兩個來源：患者個性之體質的（生物的）基
礎與社會性的力量。

　　　　　　　　　　　　　　——一位中國精神科醫生
　　　　　　　　　　　　　　（個人聽聞，1986 年 10 月）

　　現在我們轉向今日北美洲雖然很普通，卻已不時興的一種病
痛行為。在一九○○年，它倒是那個時代醫學的注意焦點❶。
「神經衰弱」被認為是神經的衰弱又是神經性的耗竭。神經衰弱
（neurasthenia）是一個合義詞，結合了同類的長期慢性疲勞、
衰弱徵候群，以及被推定是由神經方面所引起的無數身體與情緒
之相關怨訴，在當時和現在，它都被說成是一種「眞正的身體疾
病」。這個術語是紐約的神經科醫生貝爾德（George Beard）在

────────────────
❶神經衰弱的歷史性討論摘自凱博文，1986：14～35。

內戰後不久創立的；不過這個現象在其他名稱之下已在西方受到很久的注意。在貝爾德給予它新名稱之後五十年，神經衰弱成爲整個西方最時興的一種診斷。貝爾德原先稱它爲「美國的疾病」，他宣稱由於現代文明的「壓力」，它大量增加，特別是在十九世紀晚期的美國。德林卡（Drinka）運用進化論（社會達爾文主義者）和電力的隱喻，來抓捕貝爾德所描述的維多利亞時代典型的神經衰弱男性，進化論和電力隱喻形成這一時期病痛醫學模式之主要文化象徵：

> 一個有神經質傾向的人爲了成功被迫去思考、工作、拼命。他壓迫他自己和他的生命力至於極限，用盡他的電路。像負荷過重的電池，或像爲了偷神火爬得太高而耗竭的普羅米修士，不堪負荷的電力系統損壞，冒出火花和症狀，引起神經衰弱症。（1984：191）

在北美洲這段因工業現代化威力而大轉化的時期，密契爾（Weir Mitchell）是最成功的名媛醫生。他強調，由於特有的父道政治，維多利亞時代的女性文化形態導致女性走進神經衰弱的境遇：不快樂的愛情事件、失去社會地位和財富，「每日生活的焦愁與煩惱，在通過少女時期之後，失去了它們明晰的目的與目標。這些目標，在男人的生活中，就像機器飛轉的輪子有穩定的影響力。」（引自 Drinka, 1984：201）

施克曼（Sicherman），一位美國十九世紀晚期的歷史家，說神經衰弱正表現這段時期的主要緊張：「負荷過重的電路和超支的帳戶。」神經能源的供應被認爲僅是有限度的，而且就像金錢和商品在資本主義者的商場上一樣，社會壓力對「那個供應」做出「不尋常的要求」（1977：34, 35）。被診斷爲神經衰弱的許多患者之中有威廉・詹姆士（William James）、亨利・詹姆士

(Henry James)、佛洛依德(Sigmund Freud)和達爾文(Charles Darwin)，無疑的貝爾德自己也會接受這個診斷，假如他青少年時神經衰弱已經流行。

費士坦（Howard Feinstein）在他所寫的威廉・詹姆士的傳記中，對神經衰弱的文化先例與社會重要性有一段扼要的敍述：

> 在十九世紀中葉的新英格蘭，它（neurasthenic invalidism，神經衰弱性的慢性虛弱）將浪漫的與清教徒式嚴苛的特質結成一種持久的社會角色。以工作獲得救贖、譴責生病、懷疑快樂，以及相信受苦導向榮耀，乃來自清教之源。堅持自我表現、高估休閒和讚賞精巧敏銳的感性，則湧自浪漫之源。在如此強而有力的交流中，病痛有相當的實際用途。它提供了社會性的解釋，認可歡樂，為健康開出休閒的處方，保護不受過早責任的侵犯，強迫別人來關愛，並在表現不被允許之感受的同時保護重要的個人關係。（1984：213）

102

在這個社會非常快速發展的年代，對今日流行上與專業上所謂的「壓力」，神經衰弱和其他醫學標籤替代了宗教分類。社會變得較為世俗，助人專業（helping profession）在解釋個人問題上佔了上風（Lasch, 1979）。雷夫（Rieff, 1966）稱這個發展是「神經衰弱的勝利」。隨後，在北美洲和歐洲社會會有更多有關苦惱的心理怨訴與詮釋，替代有關神經衰弱的身體怨訴。

德林卡（Drinka, 1984：230）說神經衰弱患者是這個時期的問題患者：他們的症狀持久，他們不容易治癒，他們和他們的醫生默認這個病有文化表徵（cultural cachet），同時有社會性的實際用途，使人能在困難的關係中取得隱退或磋商的資格。德林卡舉出，「可敬的」丈夫氣質與女人氣質之嚴格雙重標準，對

選擇安全職業與精明地經營之看重，以及保持家庭財富與聲名之責任，做為黃金時代中上階層間個人與群體苦惱之社會來源的例證。

神經衰弱不再是個時髦的診斷。事實上，這個一度的「美國疾病」現在在北美洲已不是公認的一種疾病，以致公認的美國精神科診斷系統《美國精神醫學會的診斷與統計手冊》（ *Diagnostic and Statistical Manual* ）第三版（ DSM—III ），已經把它從正統的疾病學分類中排除，而以現代的歇斯底里症名稱、抑鬱和焦慮異常，以及各種心理社會和心身名稱來替代。神經衰弱這個術語，雖然仍可在世界衛生機構的《國際疾病分類》第九重修版（ ICD—9 ）中找到，但在西歐也已不流行。不過持久性的各種文化凸顯之怨訴，像「疲勞」在法國、「神經質」和「耗竭」在英國及北美洲，表示其現象本身並未消失，只是取得了新名稱而已。

在世界某些地區──例如東歐、日本、印度和中國──神經衰弱繼續以原意被運用，是重要的診斷標籤。我曾在中國大陸主持過田野調查，那兒的情況特別值得注意。因為在那兒，神經衰弱，本世紀初由西方引介進來的醫學診斷，是所有精神科診斷中最常見的，也是普通醫科最常見之十種診斷之一。抑鬱和焦慮異常在那兒反而不廣被診斷。內人是研究中國的學者，一九八〇至一九八三年間，她和我在湖南醫學院──舊的中國雅禮醫學院，中國主要的精神科中心之一──主持研究，以斷定神經衰弱與抑鬱之間的關係。我們發現，中國的神經衰弱患者抱怨許多貝爾德和密契爾所說的與神經衰弱相關的典型問題：缺乏精力、疲勞、衰弱、眩暈、頭痛、焦慮和廣泛的各種其他重複而曖昧的身體怨訴。我們也知道，這些患者大部分可以用美國 DSM—III 的分類以抑鬱與焦慮異常的病例重新加以診斷。不過他們的長期神經衰弱怨訴即使在接受有效的抗抑鬱與抗焦慮藥物時仍舊持續不

變。只有那些解決主要家庭或工作問題的患者情況改善。政治、
經濟、工作、家庭和個人問題，在病痛的發作與加劇上也扮演了
一角。我們發現，神經衰弱作爲一種長期慢性病痛，對患者當地
的生活世界和廣泛的社會系統所發出的影響極爲敏感。這也是十
九世紀北美洲出現的情況。

　　雖然今日北美洲的基層醫療或精神科醫療已很少再作神經衰
弱的診斷，但這種怨訴徵候群仍會被發現，並且似乎普遍假託爲
「壓力徵候群」。診斷的標籤不同，治療這些怨訴之患者的方法
也不同。我要描述兩個神經衰弱病例，一個來自長沙，另一個來
自紐約市。我的焦點仍是放在症狀和行爲對患者、家屬及醫生之
意義上。每一個病例都爲這個特殊社會之文化與地方系統帶來一
面鏡子。我對兩個病例之詮釋，將尋求了解兩個非常不同的社
會，它們對神經衰弱的發作、過程與結果之影響，以及神經衰弱
對這些生活背景的遞迴影響。不管社會中公認的醫學辭典是否把
神經衰弱當作眞正的「疾病」，長期慢性耗竭徵候群是個無處不
在的「病痛」行爲，可以被描述和詮釋爲特定的個人在特定的文
化情境內參與特定的情況和關係。事實上，在神經衰弱這個醫學
術語被引入中國語言之前很久，神經衰弱作爲一種長期行爲問題
在傳統的中國醫書上已有所敍述。而當它在北美洲已長久失去公
認的身分後，臨床醫生卻在治療它。

　　首先我要簡略敍述我們在湖南醫學院精神科研究計畫中的一
個病例，然後伸張病例的描述以詮釋現代中國重要的一面，最
後，我要同樣處理北美洲的病例。將兩者加以比較可以對病痛的
意義提供附加的洞察。

104

中國大陸的神經衰弱病例

　　袁光珍是湖南郊區小鎮一位四十歲的教師。她聰明、口齒清
晰、非常抑鬱。她看著地板，不動地坐在我們對面的木椅上。她
略帶白絲的黑髮緊緊地綁在後頭梳成一個髮髻，她好看而顴骨高
起的臉，在眼角四周有深深的皺紋。她緩慢地向我們細說她的長
期慢性神經衰弱的故事。頭痛和耗竭是她的主要怨訴❷。袁同志
105　坐在我們面前，散發著厭倦和疲勞。她看起來比實際年齡老，時
而好像無法支撐她的身體。她的聲音衰弱。

　　　有幾個原因。在文化大革命前我外向、活躍、有高自
　　尊。少年時代我是地方共產黨團的書記，我夢想從事政黨
　　工作，接受好的教育。我的家人和朋友都期望大成就，我
　　有野心和高目標。隨後在文化大革命時，我受到嚴厲的批
　　評。我必須離開青年團的工作，被下放到偏遠貧窮的鄉下
　　❸，我無法適應這種情況。工作太辛苦了，吃的東西很

❷這個病例是由凱博文，1986 年出版的書中 134～137 頁的一個病例改寫
　而成的最新修訂本。我初寫這個病例時強調頭疼的怨訴，不強調其他怨
　訴，以加強長期慢性疼痛徵候群。最近的描寫更充實，資料更新。

❸在文化大革命期間，上百萬的青少年被迫離開都市的中學，至貧窮偏遠
　的鄉下跟隨當地的農夫從事農業勞動。貧困且粗重的農事對缺乏經驗的
　青少年而言，是一件艱難的工作。同樣的，對當地農夫而言，這群青少
　年只是徒增當地有限資源的消耗罷了。這種文化危機成為許多中國作家
　的創作之源（Chen, 1978; Link, 1983; Barme and Lee, 1979），也可以
　在流亡國外之中國作家的傳記中看到（Frolic, 1981; Liang and Shapiro,
　1983）。Thurston（1987）對文革時受害者的生活有精彩描述。

少。到處都是臭味，沒有一樣東西是乾淨的。可怕的生活
條件！

　　當她知道她的志業已無法維持，甚至返回都市也未必可能
時，這一切就變得更加無法忍受了。袁光珍是知識分子的女兒，
家中好幾代都是專業人員，她對失去上大學和在黨內工作的機會
有極深的感觸。在中國這是社會升遷的資源。她與家人和朋友、
書本和報紙斷絕，起初又不太為農民所接受，她變得孤立。當文
化大革命加劇時，她在自我批評大會上偶而首當其衝。有一次一
位郊區醫院的護士拒絕為她打針，罵她是「臭知識分子」。她開
始經歷個性的改變。袁同志不斷感到士氣低落，替代了原本的樂
觀主義，她感到她生活各方面普遍無望。她只期待更壞的事情發
生。她變得內向，對她所認為之農民與同志們批評和拒絕的眼光
極為敏感。首先她貶低她的目標，接著貶低她自己。袁同志對她
一度有主見的事猶豫不決，對她一度熱愛的事缺乏信心，她認為
自己無法適應，而以更為限制她的生活來應付。她孤立她自己。
最後她在偏遠的小鎮得到小學教員的職位。當她固有的才能受到
同事們注意後，他們要選她當校長。但袁同志婉拒，因為她害怕
擔負責任。她不要她自己再度曝露於可能招致失敗和忍受更多損
失的處境。

106

　　她與一個當地人結婚。她的丈夫原是一個礦坑的幹部，現在
是個農夫。他們分開居住，她顯然寧願如此：他住在遠處的一個
村莊，她住在一個小市鎮。他們有三個孩子，兩個青少年兒子和
父親住，一個女兒和她母親住。袁同志氣她的丈夫不曾復職，恢
復幹部的職位，她的丈夫已經放棄，宣稱他絕不可能重新獲得原
來的身分。這是一個挫折的長期慢性根源，另一項令她感到沒有
辦法的難題。

　　她的第三個生氣根源是她的女兒。

　　我真的不想要她。我想要單獨一個人。我已有足夠的
孩子。當我懷孕時，我用力撞了好幾次牆，希望我會流
產。但我的丈夫要孩子，我不能決定去醫院墮胎。因此當
我生下一個有一支手臂殘的女嬰時，我責怪自己。我覺
得這是我造成的❹。

　　這個女兒長得美麗又非常聰明，是個傑出的學生。但她的母
親為她的畸形難過。「在中國沒有人會和殘障者結婚。雖然她什
麼事都會做——燒飯、打掃、運動——我知道她結婚會有困
難。」我們之間有張桌子隔開。面談至此時，患者默默地流淚，
眼光注視那張桌子下的水泥地。

　　袁同志的丈夫陪伴著她。他看起來比袁同志老，而且對這個
107　他僅到過幾次的省都瞪大眼睛。他那久經風霜的粗糙容貌與他妻
子比較精緻的樣子成為對比。當她繼續談他們的女兒時，他公然
與她一起哭泣：

　　她沒有希望。雖然她是這所高中最好的學生之一，她
不能參加考試上大學。她的學校校長和地方黨部書記決
定，只有健全、正常的孩子才能參加考試。我們向縣政府
陳情，但他們支持這個決定。沒有辦法。我們的女兒只能
住在家裡，做她所能做的事❺。

　　接下數分鐘，患者嗚咽哭泣，無法繼續說下去。最後她告訴

---

❹從生物學的觀點來看，先天的不正常不太可能是袁同志懷孕期間的行動
　造成的。但她對自己極欲中止懷孕的罪惡感，卻因為傳統中國民族醫學
　相信母親懷孕期間的思想、情緒與行為會象徵性地印記在成長的胎兒身
　上而加重了。

我們，她和她丈夫如何安排他們的女兒與附近小鎮的另一位「殘廢的人」相識。但她的女兒決定，她絕不和另一位畸形的人結婚，她寧可保持獨身。

袁同志向我們吐露她完全無望的感覺，她常常想到她寧可死掉。她的頭疼和長期慢性疲勞使她不與人交往。她不能面對任何更多的「壓力」，這太難過了。「我的健康太不確定。我不能太操勞。我只想我的頭痛，不想過去和未來。」袁同志嚴格限制她的世界，除了主要責任，她完全隱退不管。她不能出門，「因為天氣、噪音、人群對她的健康有不良影響」。即使有限的出力，她都會感到耗竭。她形容這個情況像一般性的缺乏元氣、衰弱、眩暈、冷淡。

由於她失敗與無望之悲觀感覺，她把她的生活限定在學校和宿舍房間裡。她只偶而在周末探望她的丈夫。她的女兒和她住在一起。他們有如兩個隱遁的人，正在哀傷他們不同的損失。現在袁光珍的世界是疼痛與耗竭：體驗她的苦痛，等待它，害怕它，談論它，把她的問題歸罪於它，因它而感到耗竭，以睡覺和休息求解脫。疼痛、相關的衰弱以及其他怨訴使她能合法地從工作和家庭生活中隱退。這些相同的怨訴核准她孤立和士氣低落。長期慢性疼痛和耗竭是多重損失所造成的抑鬱之無益表現。在我們離開前她寄了一封信給我們。　108

> 我對病這麼久一直感到傷心。我覺得頭疼、眩暈、不想說話、對事情缺乏樂趣。我的頭和眼睛覺得腫脹。我的頭髮脫落。我的思考變得遲頓。當我和別人在一起時症狀會惡化，獨處時好轉。我做什麼事都缺乏信心。我以為我

---

❺最近數年對殘障學生的歧視政策已經改變。現在原則上殘障學生已經可以上大學了，但與殘障相關的污點仍然廣泛。

為了這個疾病失去了我的青春、許多時間和一切。我為失去的健康哀傷。每天我必須和別人一樣做許多事，但我前途無望。我想你們無能為力。

三年後我接到袁光珍的另一封信，答覆回診所接受追蹤面談的要求。她有禮貌地婉謝回來，並提到她的症狀沒有改變。她就是沒有力氣旅行，長途坐汽車與問話使她的頭痛惡化，她無法接受另一次面談。她必須休假一年停止教書，並且正在申請殘障身分以便減少教書時數或獲得提早退休。她已接到返回她成長的都市的許可，但她的雙親已經衰老，她沒有力氣照顧他們。即使寫這封信也令她疲憊，使她的頭鼓動。她正在接受一位專治元氣（vital energy）不順的傳統中醫的治療。

中國文化中的神經衰弱

神經衰弱在現代中國所扮演的角色類似十九世紀轉二十世紀時它在北美洲的角色。它為個人與社會苦惱的身體表現合法地提供了一個能被共同接受的身體疾病，否則無取得身體生病的資格，或者更嚴重地會被貼上情緒問題與精神病的標籤。精神病在中國文化中帶有強烈的烙印，它與西方精神病的烙印不同，不只影響病人，還影響整個家族。有精神病成員的家族被認為是帶有道德敗壞與體質脆弱的遺傳性污點。子女結婚和在社區中保持家庭地位都會有困難。因此在中國，個人和家族都用委婉的說法或掩飾的暗喻來描述精神社會類的苦惱，這樣他們才能避免帶上精神病與情緒問題的標籤。在現代的北美洲社會，為了達到這個目的，壓力語（the language of stress）已經取代了神經衰弱這個慣用語，在中國神經衰弱卻找到了一個新而受歡迎的家❻。

　　另一個神經衰弱在中國流行的原因是，它迴避運用類似「抑鬱」的名稱，「抑鬱」傳達一種社會政治學與心理學的疏離感。例如，在文化大革命的混亂期間，毛澤東說這類精神病痛與其說是疾病，不如說是政治思想錯誤。所以「抑鬱」標籤在中國直到最近一直是一個詭詐的標籤，因為它間接傳遞了政治不滿的意思。在中國熱烈的政治情境中，每個人都被期望奮力參與集體政治運動和地方政治團體，因此對許多人政治不滿是一種不被接受的感覺。（見 Kleinman, 1986）

　　最後，神經衰弱做為一種概念，很容易與傳統的中國醫學融合，中國醫學自古就對衰弱疲勞這類問題極感興趣。這些皆歸因於氣（vital energy）的流動或結構，或體內陰陽元素的平衡問題。經過幾乎一世紀，神經衰弱與此概念系統同化後，傳統的中國醫生運用它時，有如它並非舶來品而是中國醫學系統的土產。

　　袁同志的經驗啟示，強大的社會威力（政治標籤、群眾運動、根絕和遷徙、貧窮等等）和心理因素（抑鬱、焦慮、個性問題）會引起神經衰弱並使它加劇。在相同的壓力下並非所有的中國人都會染患神經衰弱，這表示基因的素質、家庭情況和個人的發展使某些人處於高危險群中。地方的社會環境影響社會威力對 110 脆弱者所造成的撞擊。有些環境會保護、岔開、或使政治迫害與經濟剝削的影響效果減到最低程度。另一些環境則對特定的人或某幾類人（例如，政治上不被喜愛的）加強這些效果。

　　神經衰弱在現代的中國有威信(cachet)。它是認可病人取得傷殘福利的一種診斷，它能證明提早退休的正當性，它使人能調換工作，或由鄉村遷至城市──在極權系統中不容易做這種改變。現在神經衰弱在北美洲不再有這種威信，必須用公認的長期疼痛、抑鬱性異常、傷後壓力徵候群，或特殊的身體疾病診斷，

❻「壓力」（stress）剛開始在中國流行，主要是在專業人員之間。

才能獲得這些社會性結果。在北美洲,個人一定要有殘障、醫療、法律、和其他組織機構證明的合法身分。

　　袁同志的醫生對我們所檢討的事大部分非常了解,雖然它通常不直接加以討論。這些臨床醫生為了治療神經衰弱的症狀會開出特定的養生治療法,就像他們在做這項診斷時有他們本土的規範。有趣的是,中國的神經衰弱患者與北美洲的長期慢性疼痛患者佔有同樣的地位:他們都被認為是問題患者,他們不可能治癒,又讓他們的醫療給予者感到挫折。針灸、傳統草藥、現代生物醫藥對神經衰弱都不太有效。或許我們正在檢視一般長期慢性病痛對所有醫療系統難有反應的一面。我與一位傳染病同事在台灣一起做調查的結果發現,甚至民俗治療者——在非西方社會據說他們對病痛行為問題能產生有效的治療——手中也有許多神經衰弱患者（ Kleinman and Gale, 1982 ）。問題可能是各類的治療者在長期照顧那些帶有無法治癒又擁有強大社會用途與文化意義之病痛之患者時,都遇到了困難。

　　現在讓我們轉向北美洲一位有衰弱、耗竭、和心理生物性苦惱的患者,我們因此可能會想到這個問題,在美國神經衰弱都到那裡去了?

111　曼哈頓城中區的神經衰弱,一九八六

　　依麗莎・柯特・哈特曼是個苗條、蒼白、大眼、長髮、表情愛睏的二十六歲女性。她為了生活,白天當臨時秘書,晚上和周末追求她的專長,當高音簫和木簫吹奏者。她的個性可愛、敏感、帶著古典的魅力和古怪的滑稽感,但既不強壯也不獨斷。她的動作風格有某種倦態感,讓我想起十九世紀歐洲所謂的「閒暇」。她的個性中還有某種脆弱,使她定期會猶豫、有點慌張、

有時甚至像犯罪的樣子。她向我吐露的第一件事是，她疲勞、耗竭的怨訴被認為是一種長期慢性病痛，這個術語傳遞傷殘性、嚴重性、甚至對生命的一種威脅，令她感到難堪。然而她很快又向我保證，她的症狀正慢慢地「殺」她。她用來描述她的情況的字眼是一個字接一個字說出的，每個字之間都停頓一下，好像要給她時間從冗長的精神表中品嘗選擇：「疲倦」、「衰弱」、「持續」、「煩人的喉嚨乾燥」、「喘不出氣來」、「常常覺得正要染上流行性感冒」、「不曾感到舒服過」、「精疲力竭」。最後一詞，說時特別加重中間兩個字，並無力地嘆了一口氣，連帶滑稽地垂下眼瞼、嘴唇和頭。伊麗莎追溯她的情況，首次發作在二年半前一次單核血球病（mononucleosis）的襲擊。

　　我讓自己過分勞累而得了單核血球病。我在曼哈頓一家餐廳當全職的女侍。我去那兒來回各要走四十五分鐘的路。但回家之前，我先去離我的住處一個半小時的一間頂樓獨自練習高音簫和木簫，然後與小樂團練習合奏。我們非常認真。那年夏天，我們要參與紐約北部一個小型音樂饗宴的演出。有時候我們練習到半夜，然後我的男朋友和我走回我們租來的小公寓。這更累人。我們正處於分手的過程，每晚我們醒著的時候都在吵架。我睡眠不足。有時候我就在頂樓睡覺。來回走路回家，使我受寒並曝露在風雨之中。我想這也與生病有關。

　　單核血球病把我嚇壞了。我不知道什麼地方有毛病。我一天比一天難過。我衰弱到走過幾節建築物就感到筋疲力竭。我的身體疼痛，喉嚨非常乾燥。我感到身體沈重，並有了現在這種感覺，移動困難，要比從前用力。但不管這些，我有鋼鐵般的意志和決心。我努力繼續下去。我的心先到達那兒，然後把我拖在後頭。但有一個月無法持

112

續，完全沒有作為，不能工作，不能與朋友在一起，不能演奏音樂。因為我是個獨立的單身女郎，這種情況把我嚇壞了。

問題是，你知道，我從未完全恢復元氣。我沒有時間。我必須回去工作，否則我會失去我唯一能找到的工作。我已在我的身體裡建立了這種缺乏元氣的形象，無法排除它。我回頭去作同樣耗竭的例定工作，從此一直生病。我真的需要時間，許多休息的時間，以完全恢復元氣，以恢復我的力量和健康。如果我保持現在的日程，我不知道——它太可怕，我似乎無法克服。如果我中了彩票，那我就能休息並轉好。保持合理的日程，不做過多的事。只作重要的：我的音樂。如此而已。我擔心的是，我覺得我好像會再感染單核血球病，真的病得很重。我無法再挨一次——它太可怕、使人孤立、很難重新開始。我無法支持。

伊麗莎覺得她好像正在「腐朽」、「浸蝕」、「沒有力量」、「枯竭」。她的喉嚨讓她不斷有「紅腫裂開」之感。這些症狀幾乎每天影響她，每次頂多暫停兩、三天。早晨通常不錯，但「到了下午三點，我感到被拖出來，我的喉嚨疼痛。」假如晚上睡不足八小時，那早晨也會不好。「假如我不說話，假如我休息，假如我睡得好，並自處幾小時，假如我不過度練習，我就會轉好。」但伊麗莎並不覺得她對她的生活能擁有這樣的控制權。結果，她相信她的抵抗力永遠是低的，因此經常會「冷」，使她更加衰弱。

伊麗莎不喜歡她這個祕書工作。她發覺這種工作「無聊、機械化、枯燥……但我不能不工作。它是我唯一的經濟來源。」由於她的虛弱情況和需要全職的工作，她必須犧牲她的音樂。她帶

著極大的失落感退出樂團，並減少練習的時間至最低的程度。即使經過這些慎重的調節，她仍感到她每日無法找到足夠的時間休息以恢復她的體力。

伊麗莎為了她失去的健康，曾諮詢過各種醫生，最值得注意的是那些掛牌作整體健康診治者——對整體健康，她是個堅定的信仰者——以及健康食品顧問；世俗的各種輔導顧問：按摩專家、靜坐和瑜伽、一位接骨師兼食品營養學家；一個長期病痛患者的自助團體，而最近連續找了一位反射學家、一位聲音治療師和一位中國草藥專家。伊麗莎試過各種食品療法，通常是素食、生食和不加糖。她的藥櫃中排滿了大量的維他命、補藥、治療用的草藥和數種舶來品，像來自香港的虎掌、來自北韓的人參。按照每年一萬七千五百美元的收入，除了房租與食物之外，伊麗莎用在健康上相當大量的金錢成了她的主要花費。

我在電話上與在生物醫學方面照顧她幾乎已經兩年的基層醫療醫生談過。他列出伊麗莎的問題：如「不適、疲勞和時常發作的咽喉炎」。當通訊問卷上有一題要圈出身體的那一部分受到她的病痛影響時，他畫了一個圓圈圈出了全部。他把她的症狀列入「非常嚴重」，但她的身體傷殘「溫和」，而且他認為心理問題和感情苦惱聯合成為一種心身異常。這位事業正在發展中的臨床醫生對伊麗莎的醫療處理有信心，但同時也表示了他的憂慮，說醫治她「非常困難」。他告訴我：在過去我想伊麗莎會被診斷為神經衰弱或是某種感染後衰弱徵候群（post-infection debility syndrome）。

伊麗莎主要的幫助（和困難）來源是她自己。

> 我想過去我不斷向人們尋求協助或保證，但它並非一直有用。我抵抗我的症狀已經兩年了——一直在擔心，想盡辦法要再恢復健康。我那個令我生病的高成就者之規範

仍舊在運轉。我對生病、落後感到羞恥，我需要推動我自己。我需要讓自己生病，不強求自己健康，這沒有用。你不能只看到感覺如何影響你的健康就跳起來控制它們對你的影響。你需要在身體上表現那些感覺，你需要創造空間和時間哭泣、生氣、大笑，真正將它發洩出來。然後改變才不再成為一種掙扎。

　　當我從事某種事，像表演時，我完全投入第二天要做的事裡。我真的睡不好。我感到骨頭疲憊，我的喉嚨疼痛。大部分時間我都在擔心。我不能休息、放鬆或獲得足夠的睡眠。我有可能做出令我變好的事嗎？

114　　　我的醫生和他的專科同事對我過去的單核血球病、不能恢復和疲勞，看得不夠嚴重。我最近去看一位感染性疾病專家，覺得好了一些。也許他們找到一種濾過性病毒，像 EB（Epstein-Barr）病毒，那麼，我會比較信任我的醫生。他沒有叫我去檢查，是我自己去的。

　　伊麗莎形容她的症狀是「全身疲憊」。她認為自己脆弱、疲勞、無力氣、非常的衰弱，好像她過度伸張自己，或沒有獲得適當的休息。這種脆弱感不斷強烈地影響她每日的各項決定和生活風格。當她開始練習高音簫和木簫時，她常感到一陣疲勞通過她的身體。如果疲勞持續，她覺得她必須放下她的樂器去睡覺。不過，有時候是乾燥的喉嚨干擾她的吹奏。沈睡解除喉嚨不適（也解除疲勞），溫暖也會，在溫暖的地方休息（「像長時間悠閒地洗溫水澡」），「覆蓋躺著」。睡眠和休息不足、受寒、吃糖或麥，以及吹奏管樂器太久使她的症狀惡化。

　　當我生病時，我不能停下來休息，克服它。我照顧我的男朋友，不是我自己。我工作、工作，沒有學會如何照

顧自己。我對我的病痛非常懊惱：它完全不是我能控制
的。我會病這麼久令我感到羞恥。我真正害怕的是我會再
次真正生病。必須再從頭開始，然後會中斷，妨礙我花很
長的時間才慢慢達到的進步，也許要再花五年的時間我才
能再恢復我的健康。

她的歷史在心理檢查中引出的是合乎情緒障礙（dysthymic
disorder）──與她的疾病有關的長期低度抑鬱和士氣低落──
的診斷。這個大略已變成她的病痛與生活很重要的一部分，因此
它似乎就是她的個性成分。她覺得寂寞、憂愁、憤怒，並對她的
不健康和她不滿意的工作、放棄音樂、缺少男朋友感到絕望。有
時候她有罪惡感，爲她的情況怪罪她自己；另一些時候她怪罪她
的問題引起她孤立、不快樂和偶爾無望的感覺。

伊麗莎常做的臨時秘書工作是低層次的打字。她稱呼這個工
作「反覆、無聊、缺乏報償」。對她而言它是個挫折的持續來
源，使她只有很少的時間從事她「真實的工作」，她的音樂，因
爲她的工作用去她這麼多的時間。她的工作趕不上她的職業水
準，薪資也不好；但它是她所能找到的足以維持她獨立的工作。
然而，她在工作時感到失去人性和疏離。她覺得她缺乏精力去尋
找更好的工作，但由於她害怕會失去她所擁有的，使她甚至躊躇
不敢與秘書經紀人商談加薪或減少工作時數；雖然改善工作情況
對她想創造的生活方式有益。她把她不能接受的處境歸因於缺乏
自我效能（self-efficacy），不夠堅忍，不能在這個需要積極的
世界中獲得成功。

伊麗莎的敍述，有關她的家庭生活和童年發展如何影響她現
在的問題，在兩種相對的布局說法中來回擺盪。在一個說法中，
她的父母被怪罪過分保護她，使她沒有準備好（現在仍然沒有）
去面對「真實生活」的實際困難。在另一個說法中，她的父母

115

（和其他人）被怪罪沒有給她足夠的時間、金錢和實際的幫助以充分復原。她的敍述與其說是她的經驗描述，不如說是對她所認爲的把她打出預期的生活軌道，把「我留在地獄邊緣」的一連貫失敗之辯白。

伊麗莎是一個德國天主教移民與一個貴格教派（Quaker，或稱教友派）家庭主婦第二次婚姻的獨生女，她總結她在哈特曼家中早期的經驗說：「我被寵壞了。鄰居的孩子們痛恨這種情況，他們對我非常苛刻。這是在父母告訴我的生活與生活之眞實情況間，我的第一個矛盾經驗。」

她大部分時間都和她的父母在一起，

> 在我自己的世界中：沒有很多朋友，單獨一人。我是個好學生，卻害怕我會做不好。
>
> 我從我父母得到這樣的信息：你永遠會受到照顧。我在中產階級的生活方式中被養大。我擁有想要的每一件東西，卻造成了它一直會如此的感覺。沒有人告訴過我生活──工作會是如此殘酷艱辛；你必須發展你的堅毅與力量去面對問題。有一天你要自立，獨自一人，除了你自己沒有別人可以依賴。無論如何，當事情眞正變壞時，我並沒有受到照顧。我爲了這種感覺怪罪我的家人。我的母親從來不必面對我當單身女性與音樂家所面對的問題。她不曾爲我準備好面對生活。她從來不必面對事業、賺錢，她來自有特權的中上階級背景。而我父親只是差不多一樣地繼續下去，他應該懂得多一些。我對我必須脫離，變成獨立的困難感到怨恨。
>
> 成長期間，我不曾有自己的生活。我做別人要我做的事。我包在繭中，只是現在才破繭而出。我跟隨別人的做法。不曾有人教過我適當地照顧我的身體、約束我自己。

116

我肥胖邋遢。

　　伊麗莎像一位修正派歷史學者，幾乎完全透過她現在的問題和她認為她的父母不曾為她準備好如何處理病痛、每日沈悶的苦役、單獨一人的知覺，重新詮釋她的傳記。她覺得她的父母從未接受她的病痛和她的長期慢性病人的角色。她相信他們要她參與他們，一起對她的耗褐，尤其是她的心理狀況保持緘默。伊麗莎在大部分童年及青少年時期，常常有輕微的病痛，在學校缺課很多。現在她明白了，每當她感到壓力重大時，她就會加強怨訴，尤其是疲勞和腸胃的症狀。她的父母，她斷言，從未接受她自認的脆弱與衰弱形象，但他們卻讓她不去上學。

　　　　我是由祖母扶養長大的，她什麼都為我做。我從未有自我效能之感，即使在音樂方面我也常懷疑自己。我的生活中隱藏著我不喜歡承認的壓力——而我只在別人照顧事情時才感到舒服。像當朋友們在我的公寓中作事時我覺得很好。我有這種事情被完成和世界太平的美好感覺。但當他們留下一些工作要我做時，我有這種無法抗拒的恐懼，它假如不是不可能，也一定很難。我大約不會完成它，它可能會殺了我——這使每天起床變得有些困難。我就是不相信我能活著完成它。

　　伊麗莎常常為她在處理自己所面對的真實世界問題之這種依賴和缺乏效率感辯解，因為它們是由她的病痛造成或加重的。她的病在事業與關係之正常發展上給她一種落後、達不到標準之感；而它又提供了一種解釋，為她的情況辯護。「我感到沒有時間從事我的專長。我每天虛擲光陰，只在恢復元氣：只求肉體上的生存。」

伊麗莎也相當能站在一邊嘲諷地觀察她的失敗和損失。

117

　　有時我認為社會如此有組織，以致我們每一個人都必須花所有的時間求生存，我們不應該有時間打破我們在競爭中的注意力去看世界的原來面目。我們所做的是以各種固定的細節和各種要做的事填滿我們的眼光和思想。那就是我，好吧。病痛、工作、經濟問題、練習吹奏音樂。我的日子就是這樣。沒有時間四處觀看，看胡蘿蔔和木棍，分析事情。我們每一個人都需要一位人類學者。

　　伊麗莎在許多理論與持續的怨訴下，堅定地相信她基本上缺乏元氣，中心衰弱——她的活力有問題，來源耗竭，作用普遍衰退。當我比較中國與美國的神經衰弱病例時，我會再回過來討論這份堅信，以及她對其症狀之策略運用與有力的非語言溝通缺乏洞察。

詮　釋

　　我們對伊麗莎比對袁同志擁有更多的資料。然而我們看得出兩人有重要的相似與同等重要的相異。他們身體的苦惱症狀相似——衰弱—耗竭—士氣低落的群體症狀——與喬治‧貝爾德於曼哈頓，在伊麗莎（住在同地區）和袁同志（住在千里外完全不同的社區）之前一百年，所描述的神經衰弱古典型規範相配。這些相似並不令人驚異，因為苦惱和士氣低落的生物學（包括腦部邊緣系統、神經內分泌系統、自主神經系統以及心與血管和腸胃生理之改變）潛伏在這個徵候群之下。袁同志的情況承接了中國文化中一般性與專業性共有的神經衰弱觀念之意義，但北美洲社會

的畫面卻更爲複雜。伊麗莎・哈特曼對「神經衰弱」的意義大概缺乏概念，她對其病痛的解釋拖引出令人迷惑的各種生物醫學、變通醫學以及一般資料。譬如，她的缺乏活力之看法正好與她參加的整體醫療中心相配，那兒特別強調一個「重新賦予活力」的課程。那個課程的觀點交互加強了伊麗莎在這方面對她的病痛的興趣。但她附帶地又運用了病痛壓力模式中的觀念、冷／熱的民俗病痛理論、心理分析之心理治療以及其他許多東西。伊麗莎接受過在曼哈頓中國城開業的傳統中國醫生的治療。這是我們這個時代社會間知識與商品的交流！

　　在兩個病例的因果關係中也有重要之結構相似。伊麗莎和袁同志兩人都捲進了惡性社會循環中，創造並加重了士氣低落與其身體上的形式。在他們每個人的生活、工作、家庭和個人問題之中都是可利用之前因與後果。在此我們有人類身心狀態一種永恆元素之證據，在湖南與紐約相似。利用病痛經歷從中取得好處也是人性共有的一面。

　　另一個重要的相似是兩位患者都認爲他們的病痛是身體引起的。對伊麗莎，新生物醫學在慢性病毒疾病方面的興趣爲她的慢性疲勞徵候群提供了最新的解釋，消除個人之責任感，同時助長了這個希望，即生物醫學研究會發現一種能治療她的技術干預（technical intervention）。在美國醫學界存在一種爭論，長期慢性病毒感染是否眞正會引起長期慢性疲勞和抑鬱，或衰弱以及其他類似的神經衰弱徵候群是否源自患者對生活問題之心理反應和尋求社會更能接受的醫學藉口。這個爭論不像北美洲在此世紀早期環繞神經衰弱之爭論；也思考一下最近的一些爭論，低血糖與食物過敏是否會引起疲勞，或肌肉激發點（muscular trigger point）是否會引起疼痛。在現代的中國社會，神經衰弱爲那些會引起嚴重個人責任之道德問題取得合法的醫療；因此疾病標籤爲袁同志和伊麗莎・哈特曼扮演同樣的角色。

但兩個病例也有極大的差異，特別是在社會政治、經濟和文

119　化系統上的差異，它們使中國和美國成爲完全不同的社會。這兩
位患者的地域環境、個性、對世界的看法、對病痛的反應和結果
也有顯著的差異。袁同志是禁慾的，有絕不胡來的實際性；她生
活在粗俗的語言條件，粗糙之道學農村風氣與大部分個人問題必
須忍受的期待之下。她的情況與伊麗莎・哈特曼成爲明顯的對比：
伊麗莎非常會表現，有心理導向（psychological orientation）；她明
白缺乏實際的經驗，而以她過分世故、都市、中上階層的詞彙機
靈地討論生活問題；她期待大部分的個人問題可以改變。因此病
例之分析導向不同的方向：袁同志的比較傾向她的社會情況，伊
麗莎・哈特曼的比較傾向她內在的自己。這項差異，使袁同志的
醫生集中注意力把神經衰弱當做身體的傷殘，而伊麗莎的醫生則
大部分強調心理因素。

兩人都不曾深入了解在生活中她的長期慢性病痛表現和幫助
解決緊張之方式。這點可能全世界都明顯相似。長期慢性病人受
到他們問題緊迫之擾亂；他們對其結構因果有什麼洞察，他們不
應該說出來。這是社會擬定的病痛角色。病人，爲了合法擁有這
個角色，不應該清醒地知道她想從中得到什麼，它有什麼實際的
用途。

在北美洲，治療神經衰弱的方法，心理治療是個適當的干預
（intervention）；在中國，幾乎沒有（我們）西方所謂的心理
治療。在兩個病例中社會干預都會有幫助。但在資本主義或共產
主義下，以適當的社會改變減輕特定的社會問題似乎是不可行
的。事實上，重大的社會轉變助長袁同志的問題。不過，這些問
題有若干可能會對改變工作、或在工作場所與家庭中高度集中干
預，有所反應。兩個病例都需要這種干預、附加心理與醫藥治
療。然而兩種文化中的生物醫療結構都傾向於排除這種必要的社
會干預。

　　袁同志和伊麗莎，像其他我詳細講過他們故事的長期慢性病患，對他們各自的醫療系統來說都是問題患者。在長期慢性病人 120 的照顧上這種跨文化的相似有數種原因。當然患者、家屬和醫生的挫折可以歸因於單純的長期性、不良的結果、複雜性、高花費以及其他許多圍繞這群病患之有效醫療的許多困難。不過在醫療上有一種問題的來源接近這本書的主題。長期慢性病人之醫療帶出固有的潛在問題，因爲患者對病痛的照顧與醫生對疾病的主要興趣牴觸。而且是經常牴觸。在下一章中我們要以觀察醫療過程中一般與專業解釋模式之相互作用，來檢視這種衝突。

第七章
長期慢性病人醫療中互相
矛盾之解釋模式

121

我們……部分正住在一個世界中，它的成分我們能夠發
現、分類，並且能夠依合理、科學、細心計劃過的方法
行事；但部分……我們……正沈浸在一種培養液中，正
好到了我們不可避免地把它當成我們自己理所當然的一
部分之程度，我們不會也不能從外觀察；不能認定、衡
量、和尋求操縱；甚至不能完全了解，因爲它太密切地
進入我們所有的經驗中，它本身與我們本人和我們所做
的，全部過分緊密地交織在一起，已無法從這股潮流
（它是潮流）中提出，然後把它當做物體，帶著科學的
超然去觀察。

—Isaiah Berlin

（ 1978：71 ）

　　解釋模式是患者、家屬和醫生對特殊病痛事件所持的見解。
這些有關病痛的非正式描述有極大的臨床意義：忽視它們可能是
致命的。它們反應這類問題：這個問題的特性是什麼？它爲什麼
影響我？爲什麼是現在？它會有什麼變化過程？它會如何影響我
的身體？我要接受什麼治療方法？對這個病痛和治療方法，我最
害怕的是什麼？解釋模式對緊急的生活產生反應。因此它們是實
際行動的辯解大過理論和嚴酷本質的陳述。事實上，它們最常緘

122　默，或至少部分如此。它們的內容常常包含矛盾與變更。它們是我們生活經驗之文化潮流代表；所以，像此章題詞提示的，當那股潮流和我們對它的了解在某一種情況中固定起來時，它們凍結並且解開糾纏，只是在另一種情況中又溶解了。而且，這些模式——可以把它們想成是有認識作用的地圖——停泊在強烈的情緒和感覺之中。這些情緒和感情很難公開表達，又強烈地為一個人對另一個人的解釋模式反應加上色彩。

　　引出患者和家屬的解釋模式能幫助醫生在安排臨床醫療時重視患者的觀點。醫生對他們的模式之有效溝通會輪流幫助患者和家屬做更有用的判斷：什麼時候進行治療，找那位醫生，選擇什麼治療方式，在什麼樣的花費與效益比例下選擇。患者與醫生對模式上凸顯的衝突加以磋商可以消除有效醫療的重要障礙，而且幾乎常常能為更富同情和道德的治療出力。醫生對患者和家屬解釋模式之忽視，相反地可能表示對患者不尊重、面對變通觀點過分自信和不能把心理層面當做有關的醫療。這種明顯的輕視妨礙醫病關係，破壞醫療的溝通基礎。下面的短文描述解釋模式的最大臨床意義。這個病案故事也揭示患者和家屬對治療過程所做的主要貢獻。

威廉・史迪爾的病案

　　威廉・史迪爾是個四十二歲的美國白人律師，有兩年的氣喘病史。他的氣喘從首次發作後不斷惡化，現在史迪爾先生遵從擴大的醫藥食物治療，包括每天服用二十毫克的生醣型腎上腺皮質類固醇（prednisone）。他睡在溼冷噴霧器旁，白天用各種支氣管
123　擴張劑吸入器，並喝很多的水分以保持支氣管的分泌潮溼。他做過過敏檢驗，並對花粉和灰塵過敏做過過敏減除法（desensi-

tization），卻沒有效果。史迪爾先生的家族不曾有氣喘病史，他小時候也沒有氣喘，雖然他常有上呼吸道感染。

　　他的醫生，詹姆士・布連嘉，是位內科醫生，擔任他的基層醫生。布連嘉醫師向史迪爾先生解釋過，氣喘是一種支氣管收縮異常，使患者呼吸困難；它的原因不明，但過敏、壓力，有時候——在史迪爾先生的情況，遺憾地——運動造成激烈的發作。他向史迪爾先生清楚表示，氣喘是無法治癒的長期慢性異常，但適當服藥，生理作用可以控制良好。過去兩年間，布連嘉醫師向史迪爾先生指示，吸菸斗和喝紅酒一定會導致病情加劇。史迪爾先生兩者都戒了。史迪爾先生和太太向布連嘉醫師請教有關針灸、自我催眠和長壽飲食法（macrobiotic diet）的意見。他們得到的資料是沒有科學證據可以證明這些民俗療法有任何好處。他介紹史迪爾先生去看兩位專科醫生：一位胸腔專家同意布連嘉醫生的評估與治療方法，並提議隨後給這個患者做一套肺功能檢查，而一位精神科醫生診斷出氣喘與生醣型腎上腺皮質類固醇所造成的續發性抑鬱，他建議服用抗抑鬱藥物和做心理治療。布連嘉醫師卻躊躇不贊成心理治療，他說：「患者是個潘朵拉的盒子（Pandora's Box）；誰知道一旦打開會發生什麼事？」他倒接受提議開始用低份量的抗抑鬱藥（Tofranil），但當患者抱怨口乾、眩暈、便祕的副作用時，即停止使用。

　　在布連嘉醫師看來，史迪爾先生逐漸惡化的過程和沒有早期症狀卻在中年急性發作是令人困惑的。他覺得可能有某種過敏原，他正考慮做進一步的過敏檢驗和過敏減除法。史迪爾太太深為她丈夫的情況所苦。幾個月後，在史迪爾太太的堅持下，布連嘉醫師終於介紹患者去給第二位精神科醫生治療。這位精神科醫生引出了下面的故事。　　124

　　從史迪爾先生的觀點，他的問題，首次發作和不幸的過程兩者都是可以解釋的。他的氣喘在他四十歲生日的第二天早上以大

聲喘氣開始。他生日那天，他出庭辯護一個困難的案件，而他因為沒有提供足夠的資料遭到法官數度的批評。結果，他和他的委託人起了爭執。當爭執變得不能控制時，委託人突然解雇他。那晚威廉‧史迪爾、他的妻子和三個孩子（從十歲到十四歲）慶祝他的生日。他記得對達到「中年」感到極為矛盾；他在律師業務（這時沒有他預期的成功）和家庭生活（他與妻子、大兒子和岳父母的關係越來越緊張）兩方面正處於實質的壓力下。

　　我感到好像每件事都不對勁。我的事業進行不順利。我的太太和我的關係越來越壞，我受不了她的父母，他們從一開始就反對我們結婚，並且不斷告訴我太太我不會成功。我的兒子——噢，天啊！我童年時有某種學習問題。但他的問題甚至比我的還嚴重，上了高中後會有許多困難，這令我憂鬱。似乎連與孩子有關的事也進行得不順利。

　　嗯，那一夜，宴會之後，我就是睡不著。我輾轉反側，自問，我，我們所有人會怎麼樣。假如我不成功，我太太會離開我嗎？我的孩子會瞧不起我嗎？如果我死了會怎麼樣？我有這種在生命中成功的夢想。你知道，我想成為一位偉大的律師。我生日那天確認了我的恐懼。我必須放棄我自大學時代起就持有並且非常努力要達成的夢想。我該怎麼辦？我感到迷失，然後睡著了。

　　嗯，那晚我做了這個可怕的夢，像個惡夢。在法庭中，和我在一起的有我的委託人、法官、還有我的太太、我的岳父母和我的兒子。我站起來說話。法官告訴我，我犯了一項大錯誤。我的委託人為了同一錯誤插進來吼叫。接著我的太太、我的岳父母、我的兒子，他們全部加入，大叫：「錯誤！錯誤！失敗！失敗！」然後法庭中爆發大

火，燒光了我們。我醒來一邊咳嗽，透不過氣，我的氣喘
就這樣出現了。你不能告訴我，它們不相干。我認爲這就
是起因。

　　從此壞事一件接著一件；我覺得我好像已經完了。不
能控制我的氣喘，我不能控制我的生活。我請了那麼多
假，我的法律事務所的合夥人正蓄意待發。我吸著噴霧
器，咳嗽，揮開他們的菸煙。我簡直不能工作。在家中我
只想一個人沒有壓力地留在我的房間裡。我每天和我的太
太及孩子爭吵。我受不了了。氣喘會殺了我，或者我會殺
了我自己。

125

史迪爾先生的妻子對他的病也有看法。她帶他去過天然食品
商店，鼓勵他嘗試長壽飲食法。最近她介紹他去看一位草藥兼針
灸專家。她相信氣喘嚇壞了他並使他抑鬱，它改變了他的個性。

　　它是我們婚姻的大災難。我們不出門。我們所談的都
是他的病和藥。他甚至害怕與我發生性關係，因爲它可能
會進一步傷害他的健康。而對孩子，他無法忍受他們正常
的行爲。他們爭吵，然後他開始氣喘。我們兒子的學校問
題不好；他讀字困難，比爾不知如何反應。他只會躲起
來，從前不是這樣的。他變得恐慌，完全被他的症狀併吞
了。如果這樣繼續下去，我不知道要怎麼辦？

威廉·史迪爾如此描述他的氣喘：

　　你知道，發作時很可怕。好像你正在沈溺、窒息。你
不能呼吸。我花許多時間擔心它。我盡力避免它。一有氣
喘的跡象，我就增加我的藥量。我什麼事也不做，因爲害

怕運動，像過去一樣，會惹起它。我該做什麼？我感到無
望。也許他們就是應該把我帶出去斃了。

史迪爾先生提到，他一開始氣喘，即使非常輕微，他也會有
恐慌的感覺，害怕他會死掉。結果他會服下比處方更多的藥，然
後出現中毒的跡象。他深切了解這種惡性循環，但由於過分害怕
他會因不能呼吸死去，他沒有辦法逃出這個循環。

史迪爾先生在他的醫生不知道的情況下，有幾次曾變更他的
治療計畫。有一次他完全停止服用一種藥，因為他覺得它使他非
常焦慮，同時他加倍服用另一種藥，這產生了中毒反應。另一次
他聽從草藥針灸專家的勸告，停止使用口服支氣管擴張劑；結果
他陷入氣喘大發作，進了急診室。

史迪爾先生和太太二人都相信，個人、工作和家庭問題使他
126　的病惡化。但當他們對布連嘉醫師提起這個問題時，他們覺得他
低估它的涵義；他並不鼓勵他們尋求輔導。當他們的婚姻和家庭
問題惡化後，史迪爾太太堅持要布連嘉醫師送他們去作心理評
估。當布連嘉醫師延遲送他們去作心理治療並拒絕試用第二種抗
抑鬱藥（前面已經提過，第一種藥已因副作用而停止服用）時，
在史迪爾太太的堅持下，他終於送他們去給第二位精神科醫生治
療。

史迪爾先生的孩子有他們自己對他的病的看法。大兒子害
怕，他在學校功課不好和他有學習障礙的診斷使他父親的病惡
化。小兒子以為他們經常互相爭吵使他的父親呼吸越來越困難。

史迪爾先生的岳父母認為他的氣喘有強烈的自願性成分。他
們說他利用症狀爭取同情並控制他的妻子和孩子。他的岳父母來
自中西部民粹派（populist）背景，屬於相信聖靈感動的天主教
宗派；他們直言不諱地反對專業者。他們推薦自然飲食法、同種
治療法（homeopathic cure）和宗教治療。他們說：「上帝正為

某事懲罰他。當某種宗教問題存在時，醫藥治療不會有效。我們一開始就感覺他是那種人。」

　　經過六個月的心理治療、婚姻輔導和服用一陣抗抑鬱藥後，史迪爾先生在氣喘症狀與精神狀況上都有了顯著的改變。他服用的藥明顯減少，完全不服用類固醇（steroid），接下幾年，他的婚姻關係改善，而且他在事業上做了一個重要的改變。他放棄律師業，加入他的父親與兄弟，從事魚類批發。史迪爾先生在他的故事開始後四年，停止服用所有的氣喘藥，而且不再出現症狀。

　　　　你知道，我想我是對的。它不是過敏，是我的生活。我處在這樣的壓力下，讓我一想到它就覺得可怕。我知道我在法律方面沒有前途。我必須放棄我的夢，但我放不開。我更努力，但事情由壞變成更壞。我想我的身體正在告訴我，我必須做個大改變。心理治療非常有幫助，但生活的改變才是決定性的。現在我在家庭事業中，覺得很好，不會感到要成為某種我做不到的人物或做到某種我做不成的事情的壓力。我覺得更能控制。

127

　　此時史迪爾太太的看法與她的丈夫一樣，但布連嘉醫師卻不同。他提出，氣喘因為心理社會性原因而完全消失是極不尋常的。他還指出，氣喘在四十歲首次發作很不常見。他爭辯，或許有一種暫時性的過敏原（寵物或新花粉或環境污染物）造成這個氣喘，而現在卻消失了。最先評估史迪爾先生的精神科醫生也不完全接受史迪爾夫婦對這個良好結果的理論。他雖然相信減少壓力、改善社會支持和治療潛伏的抑鬱對這個結果有幫助，但他也認為一定還發生了其他的生理改變。第二位真正治療史迪爾先生的精神科醫生，比較傾向接受心身症的解釋，但在他看來，抑鬱是症狀的主要因素，其治療是復癒的主要原因。史迪爾先生的岳

父母則相信，結果是上帝造成的。在這個個案中，家屬和患者的
解釋模式不一樣，事實上，這些模式的衝突也對史迪爾家的問題
造成影響。但不管這個戲劇性的復癒，這個個案有特殊的涵義，
醫生的模式既拒絕接受患者對結果的貢獻，也不接受心理社會性
干預之有力影響。

　　布連嘉醫師也不同意史迪爾夫婦相信變通治療或自我治療的
功效。他似乎對心理社會治療在長期慢性內科疾病上的地位保持
最矛盾最壞的坦率敵意。他是一位資深、受尊敬的臨床醫生，對
患者的身世或患者與家屬的觀點很少加以注意。這些觀點由輔導
的精神科醫生首次引發出來。對布連嘉醫師來說，醫療就是開藥
處方，但這不是史迪爾太太或她丈夫的看法。布連嘉醫師因為不
了解患者的顧慮，無意間在不抱怨與心理社會性苦惱的惡性循環
中成為共謀，加重了氣喘，並使醫療成為問題的一部分而非解決
128　的方法。在此我們見到了醫療所顯露的有害之心身二分法，認為
只有生物方面的病痛才是「真的」，只有生物治療方法才夠「強
硬」足以產生生物性的改變。雖然威廉・史迪爾的奇異結果是不
尋常的，但在長期慢性病痛的治療上專業正統派無意間造成患者
及其家屬更加默從與精神低落卻是太普遍了。

專業解釋模式與長期慢性病痛
作為疾病的架構

　　下面的交談是一位研究助理跟隨一位染患牛皮癬的患者吉
兒・羅勒太太進入一位皮膚專家的辦公室時錄下的。羅勒太太是
位三十五歲的女性，染患牛皮癬已經十五年了。她很有此項異常
的知識，讀過醫學教科書，甚至最新的研究報告。她對生活壓力
與病痛之關係還持心身症觀點，這個觀點受到大部分行為與社會
科學家以及越來越多醫生的認同。她因為最近搬到一個新城市，

正第一次造訪這位以新技術干預治療牛皮癬的皮膚科專家。

> 羅勒太太：我與瓊斯醫師有約。
>
> 接待員：坐下來填寫這份有關你的保險和最近健康問題的
> 表格。
>
> 瓊斯醫師：你染上牛皮癬有多久了？
>
> 羅勒太太：噢，大約十五年了。
>
> 瓊斯醫師：它從那裡開始的？
>
> 羅勒太太：我在大學時，處在一大堆考試的壓力下，而且
> 有皮膚問題的家族歷史。那時是冬天，我穿厚羊毛衣，
> 它似乎干擾我的皮膚。我的飲食——
>
> 瓊斯醫師：不，不！我的意思是你最先注意到你皮膚上那
> 裡有病？
>
> 羅勒太太：我的肩膀和膝蓋。但有幾次我的頭皮有問題，
> 我不曾——
>
> 瓊斯醫師：過去幾年的進展如何？
>
> 羅勒太太：這些年一直是艱苦的。我的意思是我在工作上
> 和個人生活中都一直處於極大的壓力下。我—— 129
>
> 瓊斯醫師：我的意思是，你的皮膚問題進展如何？

　　讀者對這個面談大約已經有充分的一瞥，足以認同患者要說完故事的挫折感。這位牛皮癬專家對病痛的興趣只限於為疾病發生的情況提供線索的範圍。他的風格是權威性和質問性的。他不知道患者的長期慢性異常經驗已使她成為各種專家，她的見識可能是有用的。事實上，這個面談至此，瓊斯醫師正開始激怒他的求診者，難怪她決定不再回來。查爾士‧瓊斯醫師，我稍微認識，並不像這個簡短對話所顯示的那樣感覺遲頓得令我吃驚。不過他是位非常忙碌的臨床醫生，這是他第一次與新求診者見面，

他希望盡可能迅速認定求診者的疾病問題，以便決定他的新治療方法是否適合她的病情。我相信這樣說並不誇大，在瓊斯醫師專業的眼光中（以及許多醫學專家的眼光中），沒有患者可能對疾病及其治療的臨床判斷做出貢獻的概念。在急性問題的治療上，為幫助醫生診斷出可能有辦法治療的疾病並盡快開始有效的技術互動（interaction），質問的方式可能是必須的，特別是對威脅生命的健康問題。但它不能過分加以強調，因為它用在長期慢性病人身上是個不合適的臨床方法。

米希勒（Elliot Mishler, 1985），一位在醫生與患者溝通之社會語言學上有長期研究經驗的哈佛行為科學家，把這種互動視為是醫學與生活世界對話之情境。他的研究和他檢閱其他許多學生之臨床報告顯示，醫學的聲音太常以在患者看來常像是不尊敬、甚至是不能忍受的方式，掩蓋生活世界的聲音。因為疾病的診斷根據病史，並且是一種將外行說法轉化成專業性分類的語意學行為（semiotic act），所以仔細聆聽病痛始末是必要的，即使130 故事是根據狹隘的專業目標加以檢視（Hampton 等人，1975）。當賦予患者和家屬能力成為醫療的一個目標時，設身處地地聽他們的病痛故事必須成為臨床醫生的一項主要治療工作。

醫生間接傳給患者及其家屬的信息是這樣的：你的看法實在不太重要；做治療決定的是我；你不必暗中參與，對那些決定做影響和判斷。這是醫生本位的看法，越來越與患者和家屬所要的以及今日對長期慢性病痛所「期待」的那種醫療衝突。記住，患者和家屬所說的話是原始和最基本的病痛始末，它組成醫生詮釋的文本。我對醫生說，回到那原始所說的話！我們生活在一個極為關切醫生對患者的要求加以反應的時代，但醫療的基本不是那個反應，而是患者對病痛所說的話。醫生說他們聆聽那些話以診斷疾病（「聆聽患者，他正在告訴你診斷。」是教導醫學院學生的一句名言）。它是很重要的，然而醫生必須超越這個關係，回

到他們剛當醫學院學生的時候，腳踩在外行與專業的世界中，極努力聽他們第一位患者的話，帶著某種幾近敬畏的心聽患者用他或她的話說出故事，並對人類受苦的情況帶著極深的同情。對我而言，這個似乎就是在行醫中達到了解病痛經驗和對它加以重視的最佳方法。

對記錄疾病的專業影響

　　在病歷上記錄病案似乎是一種無害的描述方法，事實上卻是一種深遠、例行的轉化行為，由此病痛被改造成疾病，人變成患者，專業性的價值由醫生轉至這個「病案」。經由這個寫出患者所述的行為，醫生把病人由「主體」（subject）變成「客體」（object），先是專業性的調查，最後是操縱的。患者的紀錄是正式的報告，採用生物醫學的語言，有法律與官方的意義。醫學院的學生接受如何寫病案報告的訓練。他們被教導如何記錄病狀和病史，如何將它們重新詮釋成為權威性醫學分類中正式的診斷實體。每一位學生學習重新製造一份符合嚴格規範和標準格式的報告。評鑑學生的表現有一部分即根據這些報告。在臨床事業上，醫生學習以專業標準和可能受法律與官方機構評鑑的眼光寫下紀錄，因為紀錄會被其他醫生，還有護士、同事評鑑委員會、醫學倫理委員會、臨床病理評鑑團，以及──假如出現訴訟──律師、法官和陪審團閱讀。

　　從人類學的觀點來看，記錄病案是世俗儀式的實例：它正式複製核心價值已重新講明的社會真實，然後以反覆標準化的格式應用在人類健康的中心問題上。世俗的儀式像宗教儀式，表現和操縱那個連接共有的一套價值、信仰和實際行動之主要象徵。由把個案寫成病歷這方面觀察，我們應該可以更清楚地看到專業性

價值（以及專業性的個人喜好）在長期慢性醫療上的影響。為了達到這個目的，首先我要提供一段醫生／患者的談話，然後描述醫生正式在患者病歷上寫出的文字。我不以為下面的例子足以作為代表；事實上我相信它所描畫的職業性感覺遲頓程度是不尋常的。不過我相信，醫生對疾病感興趣而不重視病痛，遺憾地，是常見的。（我只觀察一長串紀錄的一節，整個紀錄可能會給人相當不同的印象。）

132 　　這段對話的二位主角是梅麗莎・佛羅兒絲太太和史陶頓・李查士醫師。佛羅爾絲太太是個患高血壓的三十九歲黑人，有五個孩子。她和她的四個孩子、她的母親以及兩個孫子住在城中的貧民窟中。現在她在一家餐廳當女侍，不過她會定期失業，靠救濟金生活。她結過兩次婚，但兩個丈夫都遺棄她。結果，她成了單親的一家之主。佛羅兒絲太太是當地浸信教會活躍的成員，許多年來教會對她和她的家人一直是個重要的支持來源。她還是社區行動團的會員。在一家八口中，她是唯一會賺錢的人。她的母親密兒茲蕾，五十九歲，因中風而部分癱瘓，那是長期高血壓未善加控制的結果。她的大女兒瑪蒂是個未婚媽媽，有兩個年幼的孩子，現在失業而且懷孕；過去，她有服用毒品的問題。佛羅兒絲太太十五歲的女兒瑪西亞，也懷孕。他們十八歲的兄弟傑弟在坐牢。泰迪，十二歲，有曠課和輕微的犯罪行為問題。艾蜜麗亞，十一歲，家中的老么，據她母親說是個天使。一年前，佛羅兒絲太太的長期男伴艾迪・強生，有次在酒吧間與人爭吵被殺。最近，佛羅兒絲太太因為思念艾迪・強生，擔心坐牢會對傑弟產生什麼影響，害怕泰迪會像他的哥姐一樣服用毒品，而越來越難過。她還擔心她的母親殘障的惡化情況，其中包括了她所害怕的可能是癡呆的早期跡象。

　　李查士醫師：哈囉，佛羅兒絲太太。

佛羅兒絲太太：今天我覺得不太好，李查士醫師。

李查士醫師：什麼地方不對？

佛羅兒絲太太：我不知道。也許是我的那個壓力。我頭
　　痛，睡不好。

李查士醫師：你的血壓有點不好，但和過去的情況相比並
　　不太壞。你是否照規定服藥？

佛羅兒絲太太：有些時候有。但有些時候，當我沒有壓力
　　時，我就不吃。

李查士醫師：啊呀！佛羅兒絲太太，我告訴過你，假如你
　　不定期吃藥，你會真正病得像你母親一樣。你必須每天
　　吃藥。鹽呢？你是不是又吃了鹽？

佛羅兒絲太太：為一家人煮東西不放鹽很難。我沒有時間
　　只為我一個人煮東西。中餐我在餐廳吃，而查理，他是
　　廚子，他每樣東西都放很多鹽。

李查士醫師：嗯，現在，這是個真正的問題。我的意思是
　　低鹽飲食對你的問題是緊要的。

佛羅兒絲太太：我知道，我知道。我有意遵守這些事，但
　　有時候我就是會忘記。我有那麼多其他事情，似乎全會
　　影響我的壓力。我家中有兩個懷孕的女兒，而我母親的
　　情況嚴重了許多。我想她可能衰老了。然後我擔心傑
　　弟，現在又來了泰迪開始有同樣的問題。我——

李查士醫師：你感到呼吸急促嗎？

佛羅兒絲太太：沒有。

李查士醫師：有任何胸痛嗎？

佛羅兒絲太太：沒有。

李查士醫師：你的腳腫脹嗎？

佛羅兒絲太太：腳有一點腫，但我在餐廳站上一整天——

李查士醫師：你說你會頭痛？

133

佛羅兒絲太太：有時候我認為我的生活就是一大頭痛。現在這些不算太壞。我已經痛了很久，幾年了。但最近幾星期比從前壞一些。你知道，一年前的上個星期日，艾迪‧強生，我的朋友，你知道。啊，嗯，他死了。而──

李查士醫師：頭痛的地方和從前一樣嗎？

佛羅兒絲太太：是，一樣的地方、一樣的感覺，只是更頻繁。但，你知道，艾迪‧強生總是告訴我別管──

李查士醫師：你的視力有問題嗎？

佛羅兒絲太太：沒有。

李查士醫師：噁心嗎？

佛羅兒絲太太：不。啊，當我喝醃黃瓜汁時有一點。

李查士醫師：醃黃瓜汁？你一直在喝醃黃瓜汁？那裡頭有許多鹽。它對你，對你的高血壓真正危險。

佛羅兒絲太太：但這個星期我一直感到壓力，而我母親告訴我，也許我需要它，因為我有高血壓，而且──

李查士醫師：噢，不，不能喝醃黃瓜汁。佛羅兒絲太太，不管什麼理由你都不能喝它。它就是不好。你不明白嗎？它有許多鹽，而鹽對你的高血壓不好。

佛羅兒絲太太：啊嗯，好吧。

李查士醫師：還有其他任何問題嗎？

佛羅兒絲太太：我的睡眠一直不太好，醫師。我想這是因為──

李查士醫師：是不是睡不著？

佛羅兒絲太太：是，而且早上很早起來。我一直夢見艾迪‧強生。常常想念和哭泣。我感到真正寂寞。我不知道──

李查士醫師：還有其他任何問題嗎？我的意思是身體上的

　問題？

佛羅兒絲太太：沒有，除了疲倦的感覺，但這已經幾年
　了。李查士醫師，你想擔心和想念某個人會使你頭痛
　嗎？

李查士醫師：我不知道。假如它們是緊張性的頭痛就有可
　能。但你不曾有其他問題，像眩暈、衰弱和疲勞吧？

佛羅兒絲太太：這正是我所說的！疲倦的感覺，已經有一
　段時間了，而壓力使它惡化。但我想要問你關於擔心，
　我讓自己擔心一大堆事。我感到消沈，好像我已無法再
　控制它了。現在錢是真正的問題。

李查士醫師：嗯，我會要求社工人員馬太太去和你討論財
　務問題。她也許能幫忙。現在我們何不做個身體檢查，
　看你的現況如何？

佛羅兒絲太太：我的現況不好。連我都能告訴你。有太多
　的壓力，它使「我的壓力」不好。而且我一直為自己感
　到真正傷心。

李查士醫師：嗯，我們很快就會知道實際情況。

做過身體檢查後，李查士醫師在病歷上寫下下列摘要。

1980 年 4 月 14 日

　　39 歲的黑人女性，有高血壓，每天服用 100 毫克的
hydrochlorothiaziade 和 2 公克的 aldomet。現在的血壓
是 160／105，有幾個月曾經是 170～180／110～120，定
期服藥時變為 150／95。有輕微的充血性心衰竭證據。沒
有其他問題。

印象：(1)高血壓，控制不良

　　　(2)不順從造成(1)

134

(3)充血性心衰竭——輕微

計劃：(1)將 aldomet 換成 apresoline

(2)送去見飲食專家以強迫實行低鹽飲食。

(3)為經濟問題諮詢社會工作人員。

(4)固定三天見一次，直到血壓下降穩定。

簽名：史陶頓·李查士醫師

李查士醫師也送了一張簡短的會診單給飲食專家，上面寫道：「三十九歲的黑人女性，有控制不良的高血壓，不遵守低鹽飲食。請協助安排二公克鈉的飲食，並向她解釋鹽與她的疾病的關係，她必須停止吃高鹽食物和加鹽烹調。」

詮　釋

這個具體寫在記錄上的病案與這位女病人在交談稿中所說的似乎相當不同。梅麗莎·佛羅兒絲被省略到只提她的高血壓，她的不按時服藥，她的早期心臟衰竭跡象和她服用的藥。在病歷上
135 看不見梅麗莎·佛羅兒絲是個處在極大社會壓力下的病人，因困難的家庭問題而擔心、消沈（見 Dressler, 1985 ）。這些問題反映社會的崩潰、暴力和美國下階層黑人之資源不足、生活機會受限。雖然我們不可能期待李查士醫師把佛羅兒絲太太這些多重不幸的社會因素寫進病歷中，但他未能把她的生活問題，包括多重的家庭困難、過長的哀悼反應和她困擾的社會環境所造成的心理影響寫進去，是可悲的。（事實上，我相信為了詳細說明所需的社會性改變，一個病案可以描述病痛的社會因素，以防止和治療這種生活苦惱。）但值得關切的是，李查士醫師不是沒有追問特定的問題，就是實際打斷了佛羅兒絲太太的苦心思考。也就是

說，李查士醫師只准佛羅兒絲太太談她的疾病，不准談她的病痛。身體的怨訴被認可，心理或社會性的怨訴卻不被認可。這個診斷，事實上是面談有意的扭曲：只有與疾病及其治療相關的事實才被尋求、准許浮現和聽到。人類的苦難是這個長期慢性病痛很重要的一部分，卻被沈默以待，而且似乎被否認了。

文化問題一個接一個准予溜過，只有生物性問題才會被視爲純粹的臨床不當。佛羅兒絲太太用「壓力」和「高血」的稱呼，是屬於低階層美國黑人社會之民俗病痛說法（見 Nations 等人，1985）。這些觀念可以幫助解釋李查士醫師所謂的不順從；例如，高血壓，民俗相信是血升到腦部引起的，被認爲會引起頭痛，而以醃黃瓜汁治療（「降低」、「沖淡」、「減少」）。假如李查士醫師注意到這個變通的信仰系統，他對佛羅兒絲太太的行爲就會有更精確的了解，也就會有機會解釋生物醫學的觀點，並與佛羅兒絲太太商談改變潛在的危險行爲。當佛羅兒絲太太用「壓力」這個字眼時，她是引用心理及社會壓力與血壓相關的整體概念。生物醫學理論勉強承認壓力在高血壓中所扮演的角色，只承認它是一個慢性長期壓力刺激物，不是短期波動的重要因素（見 Blumhagen, 1980）。最後，不順從對李查士醫師是一種道德語，指患者不「遵守」醫生的指示。這個看法是根據醫生／患者關係的一個專業性看法，是父性和片面的，已越來越受一般人的排斥。現在一般人要求的是更平等的關係，在這種關係中做決定時患者被當成伙伴。

對話與紀錄，面談與寫成的醫學紀錄之間的差異，就是病痛是患者的問題與疾病是醫生的問題之差異。傳統生物醫學的核心價值結構可以在這個把病人變成個案的轉化中看到。嚴格的生物醫學手段對急性疾病常是合適和有效的，因爲神奇的子彈可以爲它提供治癒的方法，而揀出特定的疾病則是使用正確子彈之根本。即使對急性加劇的慢性異常，其中有威脅生命的問題必須加

136

以控制的，它也有它的地位。不過為此書所說的全部理由，它在長期慢性病痛的長期醫療上是不合適的。幸而，過去非常普遍的狹隘專業手段，即使在醫療業中也已變得不太被接受了。不過它仍然很常見，特別是在上階層醫生對待下階層患者的情況。在那種關係中，社會的一般階層關係在實際的醫療接觸中複現，而政治經濟應為他們像此主角的影子走進診療室中負責。假如佛羅兒絲太太是白人，是李查士醫生自己社會階級的一員，他是否會如此感覺遲頓是值得懷疑的。

這是重要的，讀者應該了解這個面談與臨床記錄的結構並非李查士醫師特有的，而是他接受訓練融入專業文化的結果；它重造他所學到的，也是我和其他許多醫生所學到的面談特定寫法。我嘗試顯示的那個專業模式是對於異常之特性、醫學工作，以及長期慢性病人醫療中明顯有害的人類特性之特定一組價值之反映。不過將醫療問題推置一旁，單就人類來說，我們應該強烈批評使醫生與患者同時失去人性的治療方式。

第八章
熱望與勝利：應付長期病痛　137

年輕時心中不曾學會希望、愛──和信任生命的人，真
是不幸啊！

──Joseph Conrad

（〔1915〕1957：338～39）

　　前幾章我所重述的故事，讀者看來可能好像過分病態與陰
鬱。許多有長期慢性異常，甚至嚴重殘障的人，都過著值以成為
勇氣楷模，而且常常是非常穩定成功的生活。這樣的患者不必做
心理評估。即使未加選擇患者的人類學研究，也可能因為把焦點
放在生活問題最困難、治療經驗最反抗的患者身上而產生偏差。
描寫一位適應病痛極為成功，病痛問題有效地與個人和醫療環境
妥協，其生活是烽火下達練優雅典範的患者來平衡記錄是重要
的。而對沈重的逆境保持個人的熱望，努力成功地對抗病身每日
對強盛氣魄的攻擊，在造成殘障的長期損失與威脅中保持勝利──
這些對我們所有人都是教訓，都是我們共有的人性中最好的榜
樣。我們每個人，即使最佔上風的，也需要我們所能找到的全部　138
好榜樣。這點或許要在我們必須面對苦難時才顯得最真實，因為
只有長期經歷每日苦難的人才能證明。

　　我非常有幸能認識幾位熱望不但未被長期慢性病痛破壞，反
而加強的人，而他們帶病的生活可以說是勝利的。他們的生活未

加浪漫化，因而他們每日的掙扎未被扭曲。培迪‧伊士波西托光輝的生活首先出現在我心中。

為了提供這個故事和它為我保持的道德力量，我必須把舞台安排得像我剛遇見培迪‧伊士波西托前的模樣。那是一九七三年，我正在新英格蘭一所大學的教學醫院當住院醫生。時值初冬，日子灰色、寒冷、白晝短。秋季的（和專業訓練起始的）熱誠已讓給了陰沈的認知，冬天（以及剩餘的訓練）將是一段漫長難挨的時光。一種倖存主義者的精神狀態開始出現。實習醫生和住院醫生是冷酷的倖存者：自負的懷疑論者，不穩定地在遭輕視的醫科學生之「軟性」熱誠與被渴望的老臨床醫生之「硬性」智慧間，求取平衡。他們的精力與耐心如此經常遭受攻擊，他們已不是大部分患者希望在醫院中打交道的憐憫典範。事實上，長期睡眠不足，加上處於一個延長的青春緊張期──模稜兩可，夾在職業生涯與個人生活之中──導致脾氣暴躁，眼光短小。這就是我當時的情況。

我成了住院病人復健部的連絡員，當時這個部門專門照顧四肢麻痺與下身麻痺的青少年。我的責任之一是組織並主持一個每週一次的小型團體治療聚會。在一間大復健室中，六至八個癱瘓的青少年患者，有的坐輪椅，有的躺在病床上，圍著我被安排成一個大弧形。這個聚會的目的，至少原則上，是要幫助這些嚴重受傷的年輕男女適應他們非常廣泛的官能損害──有些病案，雙腿不能移動；另一些，頸部以下完全失去感覺，不能移動（包括大小便的控制）；還有一些，甚至不能自己呼吸。事實上，這個聚會一直在對嚴重損失的悲哀與復健挫折的憤怒做集體的發洩。提出的忠告似乎在將嚴重的存在真象平凡化；這群人並不提供相互之支持，卻寧可互相鼓勵不加抑制地咒罵他們的命運、他們的醫療給予者和我。我因為能組織這個一小時至一小時半的仇恨發洩聚會而受到全體同事的稱讚，據說這個聚會可以包容仇恨，或

139

將它重新導向更積極的方向。但我對成果深存疑懼，我不知道這個團體該如何運作。

在最苦惱的一次聚會中，有一個人決定談論自殺。他認為在這種幾乎完全無法接受的束縛與淒涼的展望中，自殺應是一種合法的可能性方式。在傾聽了十至十五分鐘全然陰鬱的言論後——我覺得這個團體聚會經驗所帶給的傷害將多於益處，而且會打擊每個人的士氣——我對本身的不安與絕望有所反應，於是開始重溫標準的案例，爲什麼自殺是個無益、甚至是懦弱的，而且處於他們現在復健的情況中，是個令人無法忍受的選擇。我一陣雄辯，大談勇氣和希望。現在想起來很令我臉紅，我甚至說了，隨著時間的消逝，他們會接受他們的情況，並帶著它一起活下去。

時間已晚，而且我非常疲倦。我想以正面的語調結束這場聚會；當時是星期五下午五點，我前一晚在急診室待了一整夜後，那個週末不必值班。我正盼望帶我的妻子和孩子去覆雪的鄉村。這時，一位下脊椎折斷，因不斷表現敵意而令全體職員與他疏遠的十六歲年輕人，突然對我大叫：「××× ，凱博文醫師！×××！你下半輩子不必這樣過活。你怎麼知道在我們這種情況下會是什麼樣子？你怎麼敢告訴我們該怎麼做。如果你是我們，你會想死，也會想自殺。」這陣咆哮針對我帶來一股憤怒與哀傷。

聚會後我回家，多少處於震驚狀態，我確定那個年輕人是對的，而我是錯的。我重新檢驗過去幾星期和未來幾個月的聚會課程。我不能確定。我找不到答案。我就是無法想像當我處在那個死巷時會有什麼感覺。殘障如何產生意義？這個問題在我的經驗中引起回響，威脅到我努力計劃要向長期病人保證的意義。

培屈克（培迪）・伊士波西托幫助我走出我所退守的治療懷疑主義。怎樣才能對培迪做出最好的描述呢？他三十歲，非常高瘦，幾乎永遠穿著一套藏青色的燈心絨西裝，領上帶一朵紅色小花（他說那是表示慶祝，因爲「每一天都是一個好日子」），他

140

留著鬍子，長相勇猛，但他大而富於表情的雙唇以及棕色的眼睛隨時帶著感染性的微笑。他稱不上英俊，但他一進門幾乎就能引起每個人的注意。不過他的出現令你感到舒適。他的個性有一分溫暖、開朗和高尚的禮貌，以及深厚的寧靜感。古代的中國人會說他充滿「氣」，在生活中找到了「道」，而且培養了「仁」。

　　培迪是市郊一所小型醫院的悼亡顧問（bereavement counselor），他的時間都用在輔導臨死的病人和家屬上。就像他過去常說的，他對「用字遣辭頗有一手」，他帶著特有的自嘲幽默感，將此歸因於他的義大利—愛爾蘭遺傳。他單身，卻有一群朋友。培迪染患一種神秘的進行性炎症（myocarditis，心肌炎），破壞他的心臟肌肉。他幾乎永遠呼吸急促，但許多人說這是他最不值得引人注意的事情之一。雖然他有嚴重的殘障——局限他的活動，引起嚴重的症狀，最後並導致他在一九七六年去世——他卻很少提起它。甚至當他是住院病人時，常常與他談幾分鐘話，你就會忘掉他所有的問題，只感到他對你本身的困難極爲坦誠。這分特性使即使不太認識他的人也願意向他傾訴他們個人的困難。他似乎是那種天生的治療師（therapist）。

141　　他又是位內在極爲寧靜的人，在我看來，是個眞正有智慧的人。培迪在法學研究院讀完第二年，被診斷染患心肌炎後不久退學。他一直想旅行世界各地，特別是印度、尼泊爾和東南亞，因爲他對佛教有強烈的興趣。他在亞洲過了三年，大部分時間住在印度教賢人隱居所與佛教的廟宇裡。這個經驗對他有極大的影響。他自己承認，生病前他一直是靜不下來，極具野心和自負的。回來美國後，他的健康惡化，但依他巧妙的措辭，「我變得更好了」。

　　他決定他的人生角色是服務他人，帶給別人他所找到的寧靜與智慧。這就是爲什麼他變成了悼亡顧問。這個工作不簡單。當時北美救濟院運動尚未開始。大醫院不肯用他，因爲他自己嚴重

生病。但他堅持下去，也可以說他發展了他自己的方案（program）。他是位出色的顧問，但因為他的自謙與安靜，他不對人宣揚他的成功。他的聲名只限於他的朋友圈內，他清楚地表示過，他不在乎讚譽。他並不很排斥我們這個時代的自我膨脹，不近人情的自我形象，雖然他對這些非常冷淡。他從不看電視，也不讀報紙。被問到此事時，他會開玩笑地向問話者提起李爾王（King Lear）對柯德莉亞（Cordelia）所說政治野心和社會身分與快樂和愛不相干的話❶。

　　隨後培迪通常會表示，慾望是不快樂的泉源而損失是超越的基礎。他說，熱望只應該為小的人類福祉：友誼、內在的寧靜、

142

_____

❶我想培迪心中想到的是李爾王和柯德莉亞重逢時，李爾王轉變的快樂，
　即使當時他是個囚犯：

　　不，不，不，不！讓我們到監牢裡去。
　　我們兩人將像籠中之鳥一般唱歌。
　　當你求我為你祝福時，我要跪下來
　　求你饒恕；我們就這樣生活，
　　祈禱，唱歌，說些古老的故事，嘲笑
　　那些披著金翅的蝴蝶，聽可憐的無賴們
　　講些宮庭的消息；我們也跟他們一起談話，
　　誰失敗，誰勝利，誰在朝，誰在野，
　　並研究各種事情的祕密
　　就像我們是上帝的間諜。我們會厭倦，
　　在監牢中，那些偉大的黨徒
　　隨著月亮升沈。（V.iii，8～16）
　培迪的意思或許是，他那威脅生命的疾病就像李爾王和柯德莉亞的監
牢。即使生病，一個人仍能過得有活力和快樂。事實上，他的意思可能
超越這個：疾病本身甚至可以成為此活力與快樂的一部分；它可以成為
智慧的泉源，不是僅僅短暫的一次。有趣的是，另一位長期疼痛患者，
一位英國文學教授，根據李爾王的悲劇，承受他自己的苦難，結果聲稱
他的不適因而減輕了。

助人的喜悅、尋找我們能賴以為生的意義，而在心中燃燒。但培迪並不蓄意強調他的佛教思想，我從未聽過他強迫別人接受他的看法。事實上，他似乎對簡單的眞理和公式化的答案感到懷疑。活出自己的「方式」才是重要的。他的個性是頑皮，而非嚴肅的；他對目標認眞，但他的態度溫和。他很容易開懷大笑，有一次他告訴我，想到我們社會的領袖們對防止無價值的物質之貪婪與消費，僅是東西而已，所表現的莊重嚴肅，實在非常好笑。他又說：「而我被認爲不現實。爲什麼（我可以聽見他不恭敬地大笑）崇拜東西會是清醒與明智的呢？」

培迪的經濟情況並不穩固，他死後必須發動募捐以付他的喪葬費。結果發現他把他有限收入的極大部分捐給慈善機構。他過著效法釋迦的生活；當他經濟窮困時，他說生不帶來，死不帶去。他的生命是人，不是物質。

我對他所知不深。事實上，我對他的認識大部分來自他人。不過，當他的病剛進入末期時，我們在醫院中有一次長談。那時我告訴他青少年脊椎受傷團的故事，以及面對如此毀滅性的人生境況，我不知該對困惑與意義的問題如何反應。我記得，他雖然病得很嚴重，卻大笑並告訴我，就是處於吐露絕望與末期的境況才能創造出眞實的意義。他說了如下的話：

> 如果你處在他的境況，你對他就不會反應困難。那些孩子太年輕而且過分被寵壞了。他們不能了解事情。也許這就是我們的文化。這個你應該比我清楚。我們拒絕面對實在的苦痛與死亡。我們有強力的科技，卻沒有智慧。當科技失敗時，我們被留在破滅中。可惜我不能對那些孩子試一下。我有一些東西想教他們，一些我學到的有關一般人性以及我自己的特殊東西。

143

接著培迪告訴我他的身世。他在南加州一個工人家庭中長大，是兩個孩子中年幼的一個。他的姐姐在十多歲時出現癲癇症，隨著腦膜炎發作。他姐姐癲癇發作令培迪感到困窘，他設法避開她。有一次她在他們學校附近起痙攣。他記得他看見她倒到地上，眼睛向上翻，四肢抽動。人們圍著她，不知道該怎麼辦。培迪深感羞恥和恐懼，他假裝沒看見發生的事，走開了。他不想引人注意。他還感到癱瘓無助。他不知道該怎麼辦。

「你讀過康拉德的（Joseph Conrad）的書嗎？」培迪在告訴我下面這個故事後問我（我將意述，因為我沒有將他的話錄下來）：

　　你知道，康拉德寫過《吉姆爺》（Lord Jim）和《勝利》（Victory），有關平常人被安置在個人勇氣面臨考驗情況之故事。兩個人都像我一樣，一開始就失敗了。他們失敗，因為他們不能看穿包圍青少年與年輕成人之表面能力恐懼與自我認同的問題。他們對他們自己和他們對事情的反應過分專注。他們在大考驗中嘗到敗績，從此對他們的懦弱深以為恥，結果逃開了。他們跑開以躲避那些將他們與別人捆住的責任。但他們無法躲藏，即使在南海之中。在他們每個人的生活中，當他們無可避免地與別人建立了新連繫時，考驗重新出現。這些連繫，這些新關係是可怕的。他們站起來接受挑戰。這就是我們每個人的最大考驗：服務別人，並由此而使我們自己變得更好。這也就是我。我因自私而失敗得悽慘可恥。我也得到了第二次機會，一個把我的生命轉成一種勝利的機會。也許不是偉大的美國式成功之夢。讓我們稱之為小小的成功吧。嗯，不管你相不相信，就是這個被詛咒的病痛給了我第二次機會。

　　我已說過，我認識培迪不如我想要的深入。一位認識他相當清楚的人告訴我，他認為培迪最後那幾年是道德生活之一種光明典範。我不知道該給他貼上什麼標籤。但我相信培迪對其病痛的反應是我們內在最好的表現。正如貝特（W. Jackson Bate）對強生（Samuel Johnson）生平所下的結論：「他給了他們一個人所能給別人的最珍貴禮物，那就是希望。他遭遇那麼多困難，144 證明完成這種奇異的人生冒險，並以對人性表現敬意的方式度過是可能的。」（1957：600）

　　我甚至無法確定培迪的克服方式（多麼平凡的字眼）是否為別人提供了有用的榜樣，因為我們之中很少人有此品質和紀律去實現它。然而我認為他的一生是那些青少年癱瘓患者所留給我的極度困擾之問題之一種解答。意義是在嚴重的病痛情況中，由那個形成我們個人與社會窘境的東西創造出來的。對殘障或死亡威脅所造成的一股真相感到震驚後，我們轉向那些賦予生活世界活力的意義之源。意義是無可避免的：也就是說，病痛總是有意義的。當病痛不造成自我破壞（self-defeating）時，病痛經驗就可以成為──即使不常如此──一種成長的機會，一個轉向更深更好的起點，一個好的模型。

　　我在臨床工作和教學中很少用培迪的故事。也許是因為它太特別，大部分患者無法和他產生關聯。就這方面說，它甚至可能為他們加上一個我們之中很少人能達到的理想負擔。不過，我雖然只遇過一位培迪，我卻覺得生病的人有其他方式能夠（而且常常真正能夠）成功地應付長期異常。這些方式適中溫和，卻又非常個別。何況，成功地應付並非一蹴可及，斷然不變的。患者和家屬，還有醫生，也每天在應付。我們星期二應付得很好，星期三早上不好，星期三下午好些，星期四又更好一些，諸如此類。〔見第9章史都華（Gordon Stuart）的故事〕。除去個人在特殊

地方情況中的特殊經驗，在一般意義上應付成功的意義甚至是不確定的。清楚的是，長期病痛是一種持續的過程，其中個人的問題不斷出現，向科技控制、社會秩序、與個人的駕御能力挑戰。它像其餘的人生，雖高度專注強化，必須全盤接受，不能珍視一部分而排拒另一部分：我們是勇敢而軟弱的。在廣大的意義上，我們之中很少人算是英雄；但在小而平靜的形式中，在道德而非軍事的意義上，長期病人之中卻有真正的英雄。懷德海（Alfred North Whitehead）說：「將具體的成就知覺引向其現實之中；用大燈照射在其珍貴相關處。」（引自 Bate 1975：xix）。對我們大部分人來說，應付長期病痛的每日挑戰可能就是這段話更確切、更近人情的實例（和考驗）。一天遭受挫敗，第二天帶著希望，長期病痛這個大災難帶著許多損失與威脅，確實是一種道德教訓，它甚至可以防止我們中最難教的人步入絕望。

145

第九章
由病痛到死亡

146

噢上帝，賜與每個人他自己的，事實上是他的死亡，源
自同一生命的死亡，在他一度擁有的意義、愛和需求的
生命中展開。

—— Rainer Maria Rilke
（from Enright, 1983：46）

他們（一小羣有名的行為科學家）建議要使死亡和快樂
和解。一個和平的人，來自一個有幫助的社會，一個未
被無意義、無疼痛或苦難，以及終究無恐懼之生物演化
想法扯裂、甚至未被過分煩擾的社會，死亡必須簡單地
成為他謹慎而尊嚴的出口。

—— Philippe Aries
（1981：614）

善　終

患者葛登・史都華，是一位三十三歲的作家，因癌症而垂
危。醫生黑利・艾略特，是一位五十多歲的家庭醫生，他和當地

的療養院合作。艾略特醫師出診看史都華已經六個月，爲他紓解疼痛和其他症狀。現在葛登・史都華的病已進入末期，直腸癌轉移全身。我聽過艾略特醫師出診看他時的錄音帶。依照史都華先生強烈的意願，他要死在家中。在這些最後的時刻裡，艾略特醫師的照顧一直是讓史都華能留在家中的關鍵。我從未見過葛登・史都華，但我覺得我已經由這個錄音訪問中認識了他。我像他的醫生，對他極爲敬佩，他表現了某種偉大的價值。我也敬慕黑利・艾略特，他給臨終的人提供了我希望我能接受到的照顧，依我的經驗，那是罕見的。

在訪問過程中，史都華先生備受咳嗽摧殘。他的胸部有響聲，他大聲喘氣。他說話的聲音微弱卻清晰。他中斷，然後重新開始。在這段錄音選稿中我不曾企圖進入這些引起共鳴的死亡之肉體徵象。

葛登：我現在快死了，是不是？

黑利：是的，你是。

葛登：我能望進我的花園，看到陽光。我知道下星期，也許明天，它會照耀得一樣明亮，一樣美麗，但我不能參與了。我將不在這兒了。你知道，你能想像那樣表明，並且知道對你而言這是真的，你正在死去，是什麼樣——什麼樣的感覺嗎？

黑利：我想我能，但我不確定。

葛登：那些有關臨終情況的著作，全是胡說，好像有種種完全的轉移——一些房間讓你進入、通過，然後永遠離開。真是爛扯。憤怒、震驚、悲傷——它們是每天不可分的一部分，而且沒有特定的秩序。誰說你以你的方式努力，最後就能接受——我不能接受它！今天我不能接受。昨天我部分接受。星期日，我的情況是：有點神志

昏迷，等待著，準備死去。但現在不是。今天所有的恐懼又出現了。我不想死。我才三十三歲；我還有整整的一生要活。我不能現在就被斬斷。這不公平。爲什麼是我？爲什麼是現在？你不必回答。我現在只是心情不好。等待結束令你傷感和精神衰弱。我通常很好，不是嗎？只是有時候某種年輕和可怕的事情會爆發。否則我已變成了老人，爲自己準備好了──不過只是幾星期，而非幾年。……

至少這是我想走的方式：在家中，在我的家人，我的書籍的包圍中，而音樂就在近處。花園──直到現在我仍把花園當成某種你可望進去以逃避你自己的唯我論（solipsisim）的東西。東西移動而你看見了它們。這反映我的職業。寫作是經歷幻想，表現見解，努力選擇正確的字眼和辭句。不過現在我把我的花園當做一個場地，你在其中投射你的感覺以便將它們組織起來。你以窺視一個外在、有秩序的空間來整理內在。有意義嗎？或是我正在說些莫名其妙的話？

黑利：有意義。很有意義。

葛登：你記得，我早先告訴過你，我不能忍受，假如它影響我的心智。感謝上帝，至少到現在爲止，它不曾受到影響。

（接著有一段長時的沈默。）

我想起我在處理我生命中之大問題時總是先跑開，然後，在精力蕩盡之後，思考它們。現在不逃跑了。我躲不開它。我逃不開我正在死去的感覺。你知道它有一種感覺。一種明確的內在感覺，事情逐漸衰退，越來越脆弱，正在失去某種元氣。我不知道這樣說是否準確，但它就存在那兒。

148

當他們第一次告訴我癌症時，我出去喝得爛醉。我不能認同。我覺得相當好。唯一的跡象是便中帶血。我認爲這是在「癌症」這個詞彙，一種死刑，與我當時的感覺之間，一個極大的矛盾。噢，十八個月後，我猜想這個人已符合了這個診斷。我看起來恐怖，也感到恐怖……

我一直嘗試寫下我的感覺，但不是缺乏精力就是無法集中精神。我忘記我所經歷過的事。所有花在診所、候診室和醫院的時間，一個檢查結果比另一個更令人沮喪。冷靜無情的過程。那種有某種非我存在我之中的感覺，一個「它」，正在啃噬身體。我是自我破壞的創造者。這些癌細胞就是我，卻又不是我。我被一個殺手侵入。我變成了死亡。我真的不想死。我知道我必須，我將，我會死，但我不想死。

（又有一段長時的沈默。）

黑利：你要我把錄音機關掉嗎？

葛登：不，不要。這個幫助我感覺到我身後會留下某些東西。不太符合我過去要跳過一切障礙的雄心，但不管怎麼樣，總是一些東西……

我要感謝你，黑利，爲了你所花的時間，你所做的事。我知道，沒有你，我不能在這兒。我不能忍受死在醫院裡。它違背我所珍視的每一點：富有人情和溫暖的自然、家庭、生命。謝謝你，黑利。

黑利：是你在實現它，葛登。

葛登：這個我知道。沒有人能替我死……當我聽到「癌」這個字時，我就知道它是個死刑。但有種種死法，種種死法。我懷疑，如果我們有所選擇，我們全要走得快。癌症令我想到一種拖延的苦刑，從內部被啃噬。而我就是這樣。

（這時葛登・史都華和黑利・艾略特討論實際問題：藥的份量、葛登的現行遺囑、葬禮計畫書，葛登寫好要黑利送給朋友和療養院職員的信。）

葛登：我還想談別的事，黑利。

黑利：說吧，葛登。我有時間。我喜歡聽。

葛登：我想，太多可能造成死亡。就拿我的父母來說吧。我很少見到他們。他們無法忍受。等我走了之後，他們會非常難過。我們出生，花很多時間成長，然後我們走了。如此不斷循環。新面孔替代舊面孔。這幾乎令你相信靈魂的遷移。即使像我這樣的無神論者也必須認為它有一些意義。會不會是我們正在解決某種仍然未知的進化難題？我們所有的失敗與煩惱一定有某種目的。我的生命、我的病、我的死亡有何目的？我仍在努力思索這個問題。它當然不可能是——在炮火下保持優雅，或獲得什麼大了解。它一定是某種更親密的東西。死亡也許就是生命的意義。只有當我們以確切的字眼想到我們的死亡時，我們才了解這終究是恰當的。你知道，黑利，死亡使我變成哲學家。也許因為你是一位這麼好的聽眾，我和你說過後才會有這麼好的感覺。我想我已準備好了，黑利。如果我能做決定，我要現在死去——在話說一半的時候，諷刺性地，留下最好的部分未說。現在你可以走了，黑利。你今天做得很好。

149

葛登於這次訪談後十天在家中去世，黑利・艾略特陪伴在旁。黑利・艾略特告訴我：

　　葛登有個善終。他至死頭腦清醒。他剛毅有個性,清
醒地死去,非常清醒。他的憤怒沒有減低,他不接受死
亡,但他保持了他的諷刺感、他的措辭方式。他似乎長大
變成了他想成為的人物。他的死亡認可他的生命。如果你
不在場,你會說一個三十三歲的人,在事業正開始時死
去,是個悲劇。但對我們這些有幸在場的人,悲劇是錯誤
的字眼。無論如何,這是葛登厭惡的字眼,雖然它感人;
而死時,他把事情安排得那麼好,心中已不再有話。他是
我的楷模。我希望自己死時能做同樣的安排。

致命的死亡恐懼

　　朱利安・戴維士是一位六十三歲的建築師,他已經第二次心
臟病發作。他的身體一直很好,到了五十九歲生日後不久才開始
出現心絞痛。一個月後心臟病發作。他復癒順利,兩個月內他回
去工作。他的生活「回到常軌」,直到四年後第二次心臟病發
作。他的心臟科醫生山繆爾・梅爾德要求我去看他,因為梅德爾
醫師覺得他的患者已經放棄。朱利安・戴維士不顧穩定的生理情
況,沒有嚴重的後遺症,不肯參與復健計畫。我在戴維士先生心
臟病發作後三星期見到他。

　　戴維士先生是個矮胖禿頭的男士,穿著睡衣與絲質浴袍,坐
在他市郊家中的大皮椅裡,他點頭和我打招呼,目光下垂。他的
太太在他的四周來回走動,拉平他膝上的氈子,為他的水瓶注
水,叫他不要過分出力,還對我存著明顯的戒心。

150　　　我先問戴維士先生他的身體情況,他向我保證,他沒有感到
任何疼痛或任何其他嚴重的症狀。這時我告訴他,在我看來他有
些沮喪。他聳聳肩。我問他是否感到絕望。他點頭。我問他是否

放棄了。他說：「也許。」我問為什麼。從我進到這個房間後，他第一次抬頭直接看我。他告訴我，他知道他會因他心臟的情況而死去，因此他認為沒有理由去遵循復健計畫。戴維士先生伸手抓住我的手臂。他雙眼瞪大，臉上出汗。他似乎很害怕。

他是害怕。朱利安・戴維士細聲告訴我，他怕死。他哭了。他雙手抱著頭。他公然為他預期的死亡悲傷。他的太太進來干涉，警告他的丈夫心情變壞了，而我造成了他的壞心情。戴維士先生揮手叫她離開。他和我又談了二十分鐘。這段時間，他反覆陳述他的悲觀，他好不了了，以及他對死亡的恐懼。我問他，為什麼他對心臟病發作的反應第二次與第一次如此不同。他說，第一次那麼輕微，他從未相信他的心臟科醫生的警告——那是一次「真正的發作」。事實上，恢復工作後他決定不照復健計畫行事，因為他不相信他的心臟有什麼嚴重的毛病。第二次心臟病發作改變了一切。疼痛嚴重，住在醫院的頭幾天他感到如此衰弱，使他相信他的心臟已經發生致命的傷害，他無法活下去。這個認知令他驚慌。他感到震驚，輕微的壓力或過度活動可能致死。他害怕從事復健活動，甚至負起照顧自己的責任。

戴維士先生的母親在他十一歲時因難產而去世。他回想起他母親的過世，認為是對他們家可怕的一擊，是一個決定性的損失，讓他深受傷害。他的父親在二十年前心臟病發作後，拖了很久才去世，在數月間越變越衰弱，出現心律不整，隨著心衰竭，最後死於肺栓塞。戴維士先生對我吐露，他感到絕望，無法阻止他的情況跟隨他父親所走過的下坡路程。他晚上驚醒，害怕他會停止呼吸，或睡著死去。他被恐懼纏住了。 151

戴維士先生無法和他的太太談他驚慌的想法。他接受她深度的關懷和母親似的照顧，把它看成是他的情況危急，或如他告訴我的是「末期」的另一種跡象。他無法接受他的心臟科醫生的一再保證，他認為那是一種職業性的欺瞞。我在離開戴維士先生之

前，特別問他，他是否認爲他會死。他又帶著恐怖的眼光告訴
我，他相信。我嘗試要說服他除去這個堅信，但很快發現我正白
費力氣。

　　我回到辦公室後，打電話向梅德爾醫師表示我對戴維士先生
的掛慮，他事實上已經放棄，並荒謬地認定他會死掉。我讀過英
格（George Engel, 1968; 1971）有關這個問題的文章，並會診
過兩位堅信他們會死，結果原因不明地死去的患者。我的經驗留
下難以抹滅的印象，我知道這是個緊急情況。我建議住院做短期
精神治療，而且必須儘快安排。梅德爾醫師去看戴維士先生，卻
無法說服他住進精神科醫院或再見我。我打電話到他家，但他太
太拒絕讓我和他說話。

　　兩星期後，梅德爾醫師打電話告訴我，戴維士先生死了。在
他爲他做過檢查，發現他的情況沒有變化之後，第二天，突然，
沒有清晰的原因，死了。那次檢查時，戴維士先生把梅德爾醫師
嚇到了，他極激動地跪下來，要求醫生用過量的藥結束他的生
命，這樣他才不必如此苦惱地慢慢死去。同一天，梅德爾醫師企
圖說服戴維士太太讓我或另一位精神科醫生到他家出診，以便斷
定戴維士先生是否有精神病，需要強迫住院。戴維士太太拒絕這
項請求。她告訴梅德爾醫師，她知道她的丈夫快死了，這個題目
太可怕了，他們無法談它，她要他最後的日子在家中平靜地度
過。梅德爾醫師無法改變戴維士太太的心意，即使他對她再次舉
出醫學證據，下結論說戴維士先生並不在致命的危險中，而是出
現了強迫觀念（obsession）。梅德爾醫師深受其患者死亡之影
響，他問我，是否有「心理性死亡」（psychological death）之
病例。我們將於此章末再回到這個問題。

另一個國家中的死亡

　　時間：一九七七年。地點：台北，台灣。當我聽到我所認識的一位資深醫師宋明圓（Dr. Song Mingyuan）在幾個月前被診斷染患胰頭轉移性癌瘤時，我正在主持田野調查。他是台灣最前進的醫學教育家之一。他的病情已近末期。一個星期日下午，我買了一小罐山茶，帶著它和一份我最近開始主編的學報去他家。他已成年的子女、孫子和兄弟都出來見我。我的中國同事非常客氣地接待我，並問我為什麼突然來訪令他深感榮幸。我開始告訴他，我聽到他生病的事。這時他的兄弟突然打斷我的話，告訴我宋醫師很好，我不必掛慮。接著的一小時我們談了許多事，但絕口不提癌症、治療方法，或許我們大家都看得出的宋醫師惡疾嚴重病得快死的事實。在我離開之前，我設法問宋醫師他的治療情形。我的問題似乎令他感到尷尬。我用英語重述一遍，以為他聽不懂我的中文。「不要問我這些事。我一點也不清楚。這事由我的家人負責。」當我離開時，我問他在隔壁房間的兄弟關於他的病情。我們低聲交談。他們告訴我，所有的治療方法，包括傳統的中醫和西醫，都無效。他們知道，他們的兄弟快死了，而且他們已經開始籌劃喪事和其他的家庭財物問題了。我問，宋醫師是否知道。也許，他們說，不過這種事現在他不插手。這是家屬的責任。他們提醒我不能在他面前講這種事，好像我是個感覺遲頓的青少年，不懂禮儀和習俗。

153

　　宋醫師數月後去世，在他死前我不曾再見他，但兩位見到他的同事──兩位都是他的朋友──有相同的經驗。家屬，沒有任何一位是在醫學界，做了所有的關鍵性決定。宋醫師表現得好像他並不知道有什麼事在進行，雖然他清楚地知道他快死了。

詮　釋

　　這裡我們有三個在長期病痛過程中死亡的實例。在第一個實例中，葛登・史都華邀請我們見證他最後的日子。他的醫藥治療無法阻止癌症蔓延，但他與他的醫生之關係一直保持到他死去的那一刻。艾略特醫師改變目標，由治療患者的疾病轉成處理長期的苦痛。最後，醫生的工作是協助患者善終。這是西方醫學的傳統工作，雖然它已爲醫學科技不問任何代價要維持患者生命的使命所篡奪。葛登・史都華和黑利・艾略特同意不讓葛登的末期變成科技化。葛登・史都華獲得協助，在他的家的親密感中帶著尊嚴去世。這個臨終照顧使醫生的個性與患者─醫生之關係變成治療的主要旋律。

　　然而，不在乎治療技巧卻能使患者或家屬或醫生準備好面對最後的時刻。葛登・史都華與黑利・艾略特間的談話錄音，值得注意的品質是參與者保持平實，避免情緒化的努力，否則以其他方式會表現出不眞實，一種集中注意力於最實質問題的關係。黑利・艾略特對葛登・史都華的問題不作答。葛登也不期待，甚至不要黑利嘗試回答。這位極富人情的醫生爲他的奇特患者所提供154 的是專注的傾聽。移情的見證是一種道德行爲，不是一種技術程序。艾略特醫師的技巧在於他能傾聽葛登的故事，反應問題的力量，允許他的患者保有嘲諷和批評分析感，並且在面對他自己身體之完整性受到最後攻擊時所創造出的詞彙中建立試驗性的了解。

　　在葛登的生命情況中，臨死的方式產生極大的意義；它對我們其他人也許不適當，對我們，較符合個別宗敎或較少強烈自覺的方式會更合適。醫生、家屬和臨死者，斟酌他們自己的感性，

必須努力找出一個適當而想望的面臨死亡方式。醫生一定不可以
強迫患者走向一些患者在生活上不願意和無效的臨終模式。我怕
這種事常會發生，我鼓掌稱讚葛登・史都華對臨死階段之機械式
模式之負面評價。面臨死亡沒有單一不變之最方便通路。一個人
的死亡過程，就像生命一樣，可能有數打的曲折，繞回起點，或
進入事先未知的狀況。醫生無法預知患者的走向，或怎麼做最
好。作法與過程應該從醫生與患者的關係中浮現，或者應該由臨
死者與家屬決定。醫生不會（不能）從醫學中提出目的論（一種
最後原因與最終意義的學說）。如果這一種目的論由醫生提出，
那是源自宗教與文化背景，而非源自醫學❶。

　　並非每個人都想採取葛登・史都華的過程。有些人會因他自
我硬加的要求而感到驚慌或嫌惡，他要在最後時完全清醒；他的
死亡要像他的生命一樣絕對個人化，而且最後的演說也是他自己
的。在此，文化的作用强而有力。葛登・史都華臨終的軌道與宋
明圓醫師正成對比。在中國文化中，在像宋醫師這種傳統動向的
家庭間，家是責任的重心所在，這個重心延伸包括了一個人在西
方被認為是個人神聖不可侵犯的種種方面。宋醫師不顧自己是唯
一具有醫學資格，甚至是個長期病痛專家的事實，把他的癌症過
程的所有決定全部移交給他的家人。甚至我的說法也是種族中心
主義的：宋醫師並沒有「移交」責任；責任屬於他們，不是他。
最後，宋醫師是永恆工具之一部分——這是中國人對家族的感受
——它在他出現前就已存在了，他在其中只佔據短暫的位置，而
且在他離開之後，它會帶著他的後裔與祖先繼續存在。在那種文
化上有組織的家庭情況中，死亡的論說和意識與葛登・史都華的

155

❶愛曼紐爾（Ezekiel Emanuel）為我澄清了目的論在醫護上的角色。麥克
　因泰爾（MacIntyre, 1981）萊福（Rieff, 1966）和拉士克（Lasch,
　1977）也有很相似的看法。

經驗根本不同。（雖然葛登在他父母、朋友的環境下死於家中，但他們在他的經驗中影響不大，他的經驗終究是一個孤立的個人死亡。中國人常常發覺，這方面美國式的人生奇異而可憎。）這個結論可能會遭到反對，因爲我既不認識葛登·史都華，也不得接近宋醫師內心的經驗。我同意。但其他經驗和閱讀文獻使我相信，我們正在觀察北美與中國文化間之主要分歧❷。

　　朱利安·戴維士還顯示了對死亡的另一種反應：害怕與恐懼。他雙親的死亡故事有力地影響他個人的反應，但仍有其他的因素。戴維士先生和他的妻子，對他的情況生出一種無言的感應性精神病（ folie à deux ）❸。或許因爲嚴重的抑鬱或其他精神問題，朱利安·戴維士變成相信他會死，他已經放棄了；他正處於惡性驚慌狀態。心因性死亡（ psychogenic death ）下的病理作用存在極大的爭議❹。對有嚴重心臟異常的患者，突發的嚴重心律不整、肺栓塞、急性心衰竭或其他直接由疾病本身引起的病變顯然可能發生。這些雖然可能獨立發生並導致突然的心臟病死亡，但羅恩（ Lown ）和他的同事（ 1980 ）卻證實精神生理學的因素往往應對此負責。因爲不曾驗屍，我們不知道戴維士先生這個案件實際發生的情形。不過對心因性、自願、巫毒教

156

❷證據來自心理學家（ Bond, 1986 ），精神科醫生（ Tseng and Hsu, 1969; Lin and Eisenberg, 1985; Kleinman and Lin, 1982; Tseng and Wu, 1985 ），社會科學家（ Hsu, 1971; Liand Yang, 1974; Parish and Whyte, 1978; Potter, 1970; Wolf, 1972 ）；和歷史學家（ Metzger, 1982 ）的論文。中國文化中對死亡的傳統觀念和反應在人際關係的範圍內已被華生（ Watson 印刷中 a；印刷中 b ）仔細研究和檢討過。但中國人之臨死與哀悼做爲個人的經驗，據我所知，卻不曾被研究過。

❸folie à deux 是兩人或更多人之間一種共有的幻想系統，甚至是一種共有的精神病。

❹這個爭論延伸到心因性死亡（特別是自願與巫毒教的說法）是否確實發生的問題（ Lewis, 1977; Reid and Williams, 1985 ）。

（voodoo）或奇異的死亡，醫學與人類學之文獻存有一個爭議性的主體，表示個人會變成相信他們在社會上已經死亡——他們社交圈中共有的一種信仰——因而在社會生理性的反應中死去。英格（Engel, 1968, 1971）在羅傑斯特大學主持研究，確認在帶著嚴重長期病痛的患者中，一種「放棄，放棄」的情結與不明原因的突然死亡相關連。黑凱特（Hackett）和衛士曼（Weisman）（1960; Weisman and Hackett, 1961）在麻州綜合醫院工作，發現強烈相信他們會死的開刀患者事實上比其他開刀患者較常死亡。戴維士先生似乎集合了這些症候群的數種：他相信他會死，他放棄了，而且他對死亡有病態性的焦慮。

我描寫這些個案以作為長期病痛意義特別重要之一面的實例。病痛可以表示死亡之威脅或臨死的經驗。在我的經驗中，怕死——雖然不是戴維士先生這種失神的病態程度——在長期病人與其家屬間是很普遍的。對許多長期病痛患者，恐懼以模糊、虛無的沈思出現，當患者進入末期或當症狀嚴重惡化時，它們才變成非常清晰。千萬要記住，大部分長期病痛患者並沒有緊急威脅生命的問題，而且許多人，或者大部分人，不會死於他們的長期病痛。事實上，醫生中有句老話，大意是說，教一個人長壽之道沒有比經歷長期病痛更為有效。對某些患者，確信將死或放棄，並非他們對現狀的幻覺，而可能是早期的預兆和對必有一死極為敏感的認知，然而潛意識、肉體上改變了。在嚴重而非威脅生命的長期病痛灰色地帶，這種知覺可能是特殊心理生理感性的準確反映。無論如何，對大部分人而言，這種第六感，會對情緒、個人風格、生活情況、甚至文化背景有所反應（例如，猶太人對症狀和死亡的威脅比美國北方佬顯得更為害怕）（Zborowski, 1969; Zola, 1966）。

157

假如病痛有一面可以教導我們重視我們自己生命，那就是如何面對和反應我們每一個人，必有一死的事實；這就是培迪・伊

士波西托的教訓（第八章）。我曾經好多次把長期病痛看成是一種道德教訓，是在跨文化的人情狀況中，一種無情的啟發性種子❺。我這話的意思，沒有比病人逐漸與死亡妥協更好的實例。如葛登·史都華的經驗所示範的，這是個複雜的真相，一個人無法（也不必）縮減爲一個簡單的答案。如果我們由聆聽葛登·史都華的最後談話學到任何東西，那就是死亡是一個令人敬畏的過程。不斷製造意義，經由這些意義我們構成並表現出最獨一無二的人性和我們自己❻。

---

❺雖然在第8章和這一章中，我清楚地描述臨死患者的個案，但死亡卻是此書出現之大部分患者生活中的一個問題。死亡與臨死之歷史性與跨文化的主題，在一些精良的書籍與文章中曾被論及（參考 Aries, 1981; Schieffelin, 1976; Bloch and Parry, 1982; Levy, 1973; Keyes, 1985; Obeyesekere, 1985; Madan, 1987）。這些人類學與歷史學的說明揭露死亡被想像和反應的多種方式；但它們也揭露了相似的挫敗、苦痛和社會秩序等問題，這些必然代表在經驗和社會生活核心要求中環球心理生物作用之文化細則的束縛（參看Kleiman and Good, 1985）。

❻考慮另一個例子，諾爾（Noll）被史特爾恩斯沃德（Stjernsward）等人所引用的話：「我知道我得了癌症。他們建議開刀而我拒絕了，不是因爲英雄主義，而是因爲它不合我對生命和死亡的見解。我別無辦法。他們一定會拿掉我的膀胱，用放射線治療我，而整個事件給我百分之三十五的存活率，殘缺不全而且存活時間有限。我們全都會死。我們之間，有些人很快，另一些人較慢。我的經驗是：假如我們順其自然，我們的生活可以過得更好，也就是說，活有限的時間。當一切消失死去時，生命能延續多久也就無所謂了。」（1986：1）

第十章
病痛之烙印與羞恥

正常者和加上烙印者不是人而是觀點。

——Erving Goffman

（ 1963：138 ）

我的出發點一直是一種派系感，一種不公平感。

——George Orwell

（ Crik, 1980：406 述及 ）

烙印的本質

語源學很少能有效地解釋現代名稱的涵義，stigma（烙印）
卻不然。從希臘人開始，「加標記或火印」，stigma 指使人公
然受窘的印記。高夫曼（Goffman）討論烙印的書，對長期病痛
非常適用，他說：「記號被刻入或烙進身上，以告示這個帶印記
的人是個奴隸、犯人，或叛徒———一個有污點的人，在習俗上受
到污染，必須避開，特別是在公共場所。」（1963：1）。在後
來的意義中，有宗教涵義的烙印，被當作上帝恩賜的肉體標記，
以及醫學的定義，那是疾病的跡象，病理上看得見的烙印（例

如，特定形態的皮膚疹預示天花）。最後，stigma 改變意義，指有殘缺、瑕疵，或醜陋標記的人。高夫曼（1963：2）說，近代 stigma 所指，已更偏向於羞恥而非實際的肉體標記。這個意義的改變，在西方是一種比較一般性的心理化經驗過程，苦惱的隱喻和其他人類問題一度是肉體上的，經由這個過程就變成了精神上的。

　　假如烙印來源是公開看得見的，那烙印就「非常不名譽」；假如隱藏不爲人知，那烙印就「可能」帶給承受者「不名譽」。不管是那一種情形，它都內在化成爲「腐敗的證章」，一種下等、被貶抑、脫離常軌、可恥的與衆不同的感覺（Goffman, 1963：3）。高夫曼還指出：「有特定烙印的人，往往在他們的苦境中有相似的學習經驗，在自我概念上有相似的改變──一種相似的『道德經歷』。」（1963：32）。他指的是這類問題：像結腸造口術、腦性麻痺、癲癇、智障、和破相與殘障的苦惱，在自我呈現上製造問題，在坦白與合宜之間製造衝突。

　　疾病對病人有力地蓋上不實的文化意義，所加的烙印就像 Hester Prynne 的紅字（紅 A 被當做通姦的標記），繡在納粹集中營犯人衣袖上的黃色六角星，或中國文化大革命公開批鬥大會中智識份子被迫帶上的圓錐形紙帽。烙印一詞在古希臘文的意義也許是實際刻入皮膚；像麻瘋使鼻樑塌陷，四肢斷缺，那是極不名譽之疾病的活生生畫像。身體變形殘缺和花樣百出的精神病怪異行變成烙印，因爲它們破壞了什麼是可以接受的表現與行爲之傳統，同時也引發了其他所謂醜陋、恐懼、外來、或不符人性的文化類目。

　　烙印常常帶有宗教意味──承受的人被看成是有罪或邪惡的──或軟弱與不光榮的道德內涵。因此，加了烙印的人被認爲是其他的外來人，他們的人格投射出這個團體認爲與他們所珍視者相反的特質。在某些社會中，文化對患者所加的病痛標籤如此有

力，它影響患者的全部關係，並且可能導致放逐：麻瘋就是這
樣，在印度鄉下，它甚至比賤民更甚；今日北美洲的愛滋病亦是　160
如此。在中國，精神病的烙印如此有力，它不只與嚴重的精神病
人，還與他們的家屬相關聯。原則上，傳統的中國人認為，如果
一個人精神有病，他的祖先無疑也染患了，他的兄弟姊妹就共同
分擔了這個家族的道德污點，而他的後裔有危險。因此，媒人會
將精神病患的兄弟姐妹與子孫排除在適婚男女群之外。在十九世
紀和二十世紀初的歐洲，智障、癲癇、精神病被認為是「低進化
層次」的家庭數代傳下的一種變壞特色，優生「科學」企圖阻止
他們繁殖。

　　在加上烙印的病症中，烙印可能會以社會對此狀況的反應開
始，也就是說，一個被如此貼上標籤的人，雖然不會遭近親卻會
遭他周圍的人避開、嘲弄、不認可和貶抑。最後，被加烙印的人
變成期待這類反應，在它們尚未發生前，甚至在它們不發生時，
預期它們。到了那個地步，他已在深刻的羞恥感與腐敗的認同中
完全將烙印內在化，此時其行為發展受其否定性自我觀念的影
響。瓦克絲蘿（Nancy Waxler, 1981）表示過，在斯里蘭卡，被
麻瘋桿菌（leprosy bacillus）感染的患者如何學習感覺和表現得
像麻瘋病患。患者可能拒絕加了烙印的證章，也可能接受它，不
管是那一種，他的世界已經根本改變了。

　　第四章中魯道夫・克利士迪瓦的案例描畫出另一種被加烙印
的過程。烙印並非由社會對他的反應，而是由他自己接受了加了
烙印的證章開始。在那種情況，烙印並非經由病痛標籤的文化涵
義加到人的身上，而是魯道夫・克利士迪瓦的同性戀、種族和人
格異常對病痛行為添加了烙印，為他蓋上了與眾不同、有缺陷、
最後是不名譽的印記。在下面幾段非常簡短的描述中，我要概括
地畫出加了烙印的病痛與其他健康狀態（可見與隱藏的）對個人
的影響。然後我要轉向相關的情況：一些實例，其中患者感到差

恥，並非因爲病痛的文化意義，而是因爲家人，特別是衛生專業人員的反應造成的。患者可能對任何與醫療給予者相牽制的病痛感到羞恥（參考 Lazare, 1987）。長期病人（以及畸形和殘障者）的家屬和治療他們的衛生專業人員，必需對烙印與羞恥保持高度敏感。這分敏感對發生危機的長期病人醫療是一種承諾：換句話說，就是願意協助承受苦難之生活經驗重擔。

161

六位承受病痛羞恥的人

哈羅德・唐德

哈羅德・唐德是新英格蘭一位二十八歲的糕餅師傅。他天生有一大塊破相的紅色胎記——所謂的暗紅酒斑（port wine stain）——幾乎蓋滿了他的左臉。哈羅德有解剖學上的異常卻沒有活動性病程。胎記在健康上既無意義也不會遺傳。何況，哈羅德從未說胎記是一種疾病，也不認爲它是一種疾病。然而爲了應付這巨大的皮膚斑塊，他還是展現了一套病痛行爲。臉部破相已變成了終生的「負擔」，在哈羅德心中是一種「殘障」。

他告訴我，他最早的記憶是家人凝視和碰觸他的胎記。他回憶，當他的兄姊注意它時，他的母親顯然感到尷尬。他記得偷聽到父母討論他在學校會受到學生和老師如何對待：他們害怕他會被迫感到與衆不同，會不容易交到朋友。他們的恐懼應驗了。哈羅德回憶說，他覺得他在人際關係上的羞怯與困難就是從那個時候開始的。他說，他上學第一天是「悲慘的」。其他的孩童圍著他，嘲笑他的胎記。第一個星期，老師必須干預其他孩童來協助哈羅德參與活動：「沒有人要我。」之後，情況雖然改進，但哈

羅德已習慣了他所謂的「每一分鐘都自覺與衆不同——讓沒有見 162
過我的人震驚」。他知道任何一次會晤都會有那種反應。他等待
它，預期它，並在它發生時感到羞恥，就和他二十三年前第一天
上學時所感到的一樣。

　　哈羅德遇見過其他臉部破相的人，他們似乎對他們的畸形調
適得相當成功。可是他仍舊相信他自己的一生被它「破壞」了。
他內心有一種「醜陋」、「有印記」、「奇異」、「不正常」、
「不是我們中一分子」之感。這個加強了他對拒絕的敏感。雖然
他中學時交到了幾個好朋友，但他覺得他們接受他，就像他的家
人一樣，是例外的。困擾哈羅德的並非親密的關係，而是當他進
入任何新社會團體時，他與新銀行職員、新女侍、新郵差的交互
作用。他們全都盯著我瞧，而舊的恥羞感就會回來。哈羅德告訴
我，如果斑塊可以用衣服遮蓋，它的影響就比較有限，但當斑塊
是看得見的破相，就沒有辦法了。

　　哈羅德認爲，他的胎記應該爲他生活上所受的重大束縛負
責：他無法在經常要會見新面孔的場所工作；他從來不能與他所
仰慕的少數女性發展出親近的關係；而且他通常避免參加一些可
能會有別人對他凝視的活動。他跟一位心理學家做過行爲治療以
輕減他對斑塊的敏感，結果並不成功。哈羅德承認，他的問題能
夠以較自信、較不病態過敏的方式接近別人獲得控制；然而他從
不能照此行動。每一個新場合總讓他感到丟臉，對脆弱的自我認
定產生懷疑。「我終生被戮上印記。我望著鏡子，感到羞恥。我
也像別人一樣凝視我自己。它摧毀了我的一生。」

何雷西歐・葛林巴

　　何雷西歐・葛林巴是一位三十二歲罹患愛滋病的同性戀教
師。當我一九八五年初訪問他時，他正要出院。他的疾病部分減

輕，但他的生活一團糟。當他染患愛滋病的事傳出後，他被解雇了。隨後他的女房東命令他搬離他的公寓。最後，他的父母告訴他，他不能回家。他正在與他的私人保險公司打官司，他不能確定那家公司是否會付他的醫藥費。在極度沮喪下，他被推薦來尋求精神科醫生的幫助。葛林巴先生對別人對待他的方式感到憤怒。

> 「護士們怕我；醫生們帶口罩，有時帶手套。甚至牧師看起來也不太急於與我握手。到底是怎麼一回事？我並不是麻瘋病人。他們想把我關起來槍斃嗎？我沒有家人，沒有朋友。我要去哪兒？我要怎麼辦？上帝，這太可怕了！祂正在懲罰我嗎？唯一讓我繼續下去的是我尚未瀕臨死亡——至少，現在還沒有。」

蘇姍・米蘿

蘇姍・米蘿是一位二十五歲，富有魅力、高䠷、未婚的白人秘書。她罹患潰瘍性結腸炎，最近開刀切除了一大斷結腸。她正在接受教導學習如何清理照顧她的結腸造口術（colostomy）。想到她未來的生活，她變得抑鬱。她告訴我：

> 這個讓我感到非常難堪——這個東西。它看起來那麼不自然，那麼骯髒。我不習慣它的氣味。我害怕弄髒我自己。那樣我會感到非常羞恥，我會不敢抬頭看任何人。我見過四、五位做過結腸造口術的患者。他們似乎過得很好，但沒有一位年齡與我相仿，而且未婚。誰要一位像這樣的太太？我怎麼能夠出門而不感到無法直視人們的眼

晴，告訴他們真相？一旦說了，誰會想和我做朋友？我的
意思是親密的朋友。甚至我怎麼能夠考慮把我的身體暴露
給別人看，發生性關係？現在他們告訴我，結腸炎，連同
我的腸子一起除去了；但我被留下來帶著這個什麼東西？
對我而言，它是個大災難。我感到恐怖，像個怪物。我見
我的家人。他們流淚；他們為我感到非常難過。他們不能
談到未來。什麼未來？

丹尼・布朗

　　丹尼・布朗是個大一學生。他告訴我，在診所中患者多麼容
易產生羞恥感。衛生專業人員，如何無意間助長了恥羞的動力。
丹尼的身體上很大部分長了嚴重的濕疹。

　　　當你脫掉衣服，而且，而且，而且脫得精光時，你首
先就會感到羞恥。對你的外觀，對你暴露了這麼隱私的部
分感到羞恥。對醫生和護士如何看你感到羞恥。你羞恥，
因為你不正常，不像別人；而且，嗯，因為，因為你還有
什麼地方會暴露在別人眼前？但診所的護士與醫生對你如
何感覺似乎非常麻木不知。有時候當我裸身站在他們前面
時，他們不停地交談。當女性盯著我的皮膚瞧時，我感到
不自在。有一次，他們甚至叫了一群醫科學生進來。那是
最糟的！我覺得像個怪物，你知道，就像一個——象人。
我想把臉藏起來。那群人中有兩三位女性，只比我大幾
歲。噢，太可怕了。我在宿舍裡大多避免有人在時淋浴。
我不想讓每個人看見我的皮膚有多壞。我多麼不同，多麼
醜陋。我必須站在醫科學生面前，像個，像個讓人呆看的

164

東西。那個混蛋醫生，讓我經歷這種事。他從未考慮我可能會有什麼感覺。我只不過是一個「有趣的病例」。

年老的麻瘋病人

我記得我第一次訪問麻瘋病院。那是一家很大的麻瘋病院，外觀破舊，極具象徵性地坐落在台灣。一個大斜坡將它與馬路隔開：切斷、隱藏、孤立。我去其中一間診所，即使我擁有醫學訓練，我仍被所見嚇到了：這麼嚴重的創傷和毀形。我想探訪患者住的小木屋。我記得一位年老臉部變形、沒有手指的女人如何對我掉頭離去。我以為她是對我的闖入生氣，但她不是生氣而是羞恥。她不要「外國貴客」看到這麼恐怖的畸形。她的家人排拒她，即使她已不再具有傳染性，而且原則上，已可自由回家。她拒絕出院，因為她無處可去。她告訴我，她不為外界所接受。她的家人不要別人知道她和「嘲笑他們」。她在醫院已學會了自己過活。其他患者和她一樣畸形。她像他們一樣，是個麻瘋病人。這是她所屬的地方。

醫院的主任告訴我，這類患者不可能重入社會。麻瘋病的恐懼太大，家屬會受苦。患者了解，因此他們放棄了離開這兒的想法。他們希望避開兒童的訊問、羞辱的凝視、咒罵和恐懼。身為中國人，他們對羞辱特別敏感。他告訴我：而現在，他們罹患了他們認為最可恥的病症。

保羅・沈沙包夫

他高而且非常瘦，永遠穿戴同樣的黑色西裝、紅色領帶和捲邊圓帽。他的笑容似乎也是表情不變的一部分，不過它也使他顯得與眾不同。他永遠朝下或朝旁看，從不直視你——就像一個太

難為情的孩子，不敢直視你的眼睛。他這種不尋常的行為有兩個原因。第一，他不喜歡別人看見他腦部手術留下的疤痕。第二，他答話有困難，對他自己說話和了解緩慢感到尷尬。保羅·沈沙包夫在發生意外因而動腦部手術前，原本是個典型的年輕丈夫和父親。他已經結婚五年，有兩個小孩，在一家保險公司當職員。一部卡車撞上他的車子，把它壓扁在一個鐵護欄上。醫生說他能活著實在是令人不敢相信的幸運。他昏迷了幾星期。至少發生過一次嚴重的生理休克，它被認為是與他的額、顳葉受傷一樣，引起很大的個性改變與心智敗壞。他變得孩子氣的衝動和笨拙。他表達思想有困難。他的妻子說，他好像已經變成「思想簡單」。

保羅沒有能力工作；他的妻子說：「家中好像有了第三個孩子。」沈沙包夫的太太感到難過，但她還是與他離婚了。她有她自己和她小孩的生活要照管。她和孩子對保羅感到非常羞恥，因此他們上法院設法中止他的探望權。現在他從不去看他們。

他獨自生活，住在大醫院附近，像雜草叢生般出現，專門招覽無處可去的精神病、智障與酗酒者的坑人旅舍之單人房間內。他的救助金直接寄給旅舍的經理，經理也是他的合法監護人。他給保羅零用錢，還要確定他有足夠的食物，他的房間保持清潔。

有幾個月的期間，我每周見保羅一次。起先，我翻閱他冗長的病歷，不清楚他固定看醫生的原因。後來我才知道，醫院是他的世界之一部分，看病是他每周的主要活動。

他的日子如此單純，當他描述給你聽時，你實在無法相信。但它就是：起身、沐浴、穿衣，走出他的房間，向旅舍櫃檯後的經理道早安，走過街買每日的報紙。他告訴我，買報是他每天的主要趣事。經營報攤，每日賣他報紙的黑人路易，溫馨敏感：他叫保羅「帥哥」，問他為什麼穿得如此整齊，他要去那裡。這種寒暄持續了幾年。保羅感到很自在，能稍微抬頭做簡短的回答。事實上，保羅因為視野問題，不太能讀報。我相信他買報紙是為

166

了這個每日固定儀式的重要性，而且相當單純，也是因為每周六日，這兩三分鐘的交際是他的主要人際接觸。然後他去醫院的自助餐廳吃早餐。那是一個洞穴般，與個人無關、不討人喜歡的飯廳。那兒每一個人都認識他，但沒有人跟他講話。他獨自坐在巨大而光線不佳的飯廳旁邊。他花很久的時間吃早飯。吃完後，他「散步」：在城中他所住的一帶徘徊很久。他回到他的房間，正好在午餐前梳洗一下。然後他回到匿名的醫院自助餐廳。之後，是他的午睡時間，接著他在附近幾排房舍間做短程的散步，然後在他的房間看電視。晚餐又把他帶回醫院。吃過晚飯後，他有時坐在醫院的前廊觀看和聆聽別人講話，不過永遠不是直接的，他的臉總是藏在雜誌或報紙的後面。走回旅舍之後，他通常留在房間裡。過去他喜歡在黃昏時散步，但在我會見他之前幾個月，他曾遭一群青少年搶劫。他們不斷罵他「怪物」、「笨蛋」和更糟的「半個腦袋」。因此他留在家裡看電視。旅舍的經理每周一次檢查他的房間，給他零用錢，並向他解釋他的帳戶中還有多少錢。保羅估計，這大約要花十五分鐘的時間。

他的每周大事，他所期待的事，是去門診。他為這個場合，在他的外套下加穿一件黑色背心或灰色毛衣；有時候他在醫院的禮品部買一朵康乃馨，並請義工幫他別在西裝領上。我由我的前任手上接下保羅，而且我又把他交給我的繼任者，無疑地，過去幾年他已被移交了數次。保羅沒有多少話好說，但他喜歡每周重覆的相同問話，而且變得很會回答它們，只要以同樣的次序慢慢問他。任何新出的問題會使他失去平衡。只要重新安排問題的先後，就會對他的注意力與記憶力造成過重的負擔。他告訴我，其實他只喜歡坐著聽醫生講話。過了一段時間，在讀過他大疊的病歷，並以偷偷加入新問題，讓他有長時間對它加以思考回答之後，我終於能夠對保羅了解很多。

我獲得的最重要資料可能是，他非常容易感到尷尬。他知道

他「腦筋不對勁」，而他努力掩飾他的損傷，因爲，他每周至少告訴我一次，他「不要人們嘲笑」。保羅僞裝他過著正常的生活，他是「獨立」的，而且「自己過活」。他拼命想要被看成正常，就像在自助餐廳吃飯、上醫院或向路易買報紙的其他人一樣。但他缺乏能力的情形如此明顯，甚至他自己都必須承認他不正常。他會加上一句：「不過也不是那麼與衆不同。」

　　我每次見到保羅都感到非常哀傷，一種生活竟然如此寂寞，如此缺乏與人接觸之感。不過我想保羅的看法並非如此。他只是努力在做他所必須做的一切事情。他的感覺不是哀傷而是羞恥，因爲他知道他與衆不同，每個人都認爲他如此，而他雖然知道自己不適當，卻仍希望被看成有能力。只要一整天過去，他相信沒有人凝視、嘲笑或待他「像個小孩子」，就是他的一個好日子。

　　我終於了解他如何常常感到羞恥：爲了醫院中的兒童像傻瓜似地凝視和模倣他的舉止，爲了患者家屬避免靠近他坐下，爲了醫院的警衛人員在他走過時扮鬼臉，爲了帳檯的女人會說「快點，移動，我們不能整天等你算你的零錢」；而最糟的是，爲了工人叫他「木頭人」。我發現我自己無意中也助長了這個規範。我有這麼多患者要看，和保羅實在沒有什麼與醫學有關的事情可談；我會在談話時從中切斷。這時我會在保羅臉上看到這種羞辱的表情，好像在說：「我答得不好，是不是，醫師？我甚至不知道怎麼當個腦部受傷的患者，是不是？」保羅的個性變得不成熟，他的認識能力有限，但他對別人之反應的敏感卻不曾受到損害。他不斷努力，要向別人和他自己表現，他並不比他們缺少人性。我時常懷疑：醫院被組織起來，在肉體上保護那些坐輪椅、瞎眼、需要氧氣或特別飲食或別人協助照顧他們的患者；但醫院中，別提外面的世界，是否有任何保護患者羞恥感的東西？

　　像左拉（Zola, 1982）等其他人所表示的，殘障使殘障人士處境困難。他的世界不再一樣。別人對他的反應極其矛盾，從草

率的不加注意到令人難堪的過分關心。一般人、家屬或衛生專業人員很少能站在殘障者的立場接受殘障人士。他們期待他努力「掩飾」、「混過」或正常化他的狀態。保羅的腦部創傷使他喪失了一些生活日常技巧，但他爲自己鑄造了一個世界。他經常告訴我：「我是個成人。我和別人一樣。我會照顧我自己。」在他看來，那個世界最重要的是他需要看起來「像其他人」，不要看起來與衆不同，不要成爲笑柄、被拒或被迫感到不近人情。

有一年多的時間我每周會見保羅四十五分鐘。我記得只有一次的交談遠離固定的問話範圍，這些回答他已用僅餘的記憶暗記很久，當他重述時他一面品嚐，好像這些回答是他送我的禮物。一個寒冷的一月天，我坐的火車因大雪而延誤。當我抵達時，候診室坐滿患者，保羅已經等了數小時。我盡力爲自己辯解，然後帶保羅進入我的辦公室。我向他致歉，表示因爲時間有限，而等待的患者這麼多，我只能和他說幾分鐘的話。他似乎不能了解。

169 我唐突的態度和縮短分配給他的時間傷害他。他嘗試告訴我，這個會談是他每周最重要的一件事，是他帶著極愉快的心情在等待，一周生活都環繞著它安排的一件事。而且他有一件非常特殊的事情要告訴我：他又被搶了。他說時顯得那麼驕傲，起先我不相信這件事確實發生。我以爲它可能是他在電視上看到、夢到，甚至是幻想出來的一件事。最後當我明白時，我告訴他，必須等下星期再說。現在沒有時間。

他看起來嚴重受到傷害，像個失望的小孩。我不知道該怎麼辦。護士不斷聒噪，說還有一些必須立即見我的患者。可是我仍覺得我不能讓保羅如此受傷地離去。我向他解釋我的困境，對此他說了如下的一段話：

　　　　沒有關係，凱博文醫師。我已經習慣了。我只是個小
　　　人物。我幾乎已不再是個成人了。我知道眞相。（現在無

辜的笑容從他的臉上消失，他開始哭泣。）我從這兒以
上，不再完整。像他們所說的，我只有半個腦袋，對不
對？對我來說，這個世界太快，對不對？人們太大了。當
他們生氣時，他們會傷害你，對不對？對我來說，這實在
是個太危險的地方。也許我應該住進一個家中，你知道我
的意思，一個給我這樣的人住的家。

　　我感到一股強烈的哀傷如海浪般衝出。我想我的眼睛有淚；
我可能應該與他一起哭泣。接著我感到生氣——幸好不是對保
羅，而是對在此食人族的世界中因衰弱、膽小、容易受傷害所造
成的不公平經驗。我隨即安慰自己，這並不是整個故事。保羅本
身是體恤醫療的受益人。但我仍然忍不住覺得，應該感到羞恥的
是我，不是保羅。

第十一章
長期性之社會境況

170

在我的長期病痛中，你一直欣然對待我的溫柔，我希
望，不論健康或生病，都不會令我忘記；而且你應該不
會，在我們分離之後就從我的心中消失。不過一個病人
除了他生病之外，又能説什麼呢？他的思想必須集中在
他自己身上；他不能接受或給予歡樂；他所追求的是疼
痛的緩和，他所努力的是抓住一些短暫的安慰。雖然我
現在靠近山峯，你卻不能期待任何有關它的奇觀、山
坡、河流、洞穴，或礦產的報告；不過我要告訴你，親
愛的先生，希望你聽到時不要感到不滿意，過去大約一
星期，我的氣喘已經比較不苦惱了。

—Samuel Johnson

（摘自 Boswell [1799] 1965：1347）

雙重束縛

亞歷山大（Linda Alexander 1981；1982）作為一位人類學
者，在一家洗腎中心工作時所寫的一系列有深度的論文中引用貝
特遜（Gregory Bateson）之社會關係中之雙重束縛理念來描寫

醫療給予者加之於重病者的衝突要求：首先要獨立，不要消極和
依賴，要積極參加你的醫護；「但是」，當你情況變嚴重時，就
要順從地把你自己交給我們，而我們會因你所做或沒做到的事而
怪罪你加重了你的病情。經由案例的描述，亞歷山大顯示了雙重
171 束縛如何誤導患者，製造罪惡感。那些反應與有效醫療互相衝
突，有時會使患者和他們的家屬士氣低落，因而使病拖延。龍荷
佛（Jeffrey Longhoffer, 1980）描述了骨髓移植病房中患者與家
屬極為相似的現象。或許問題出在高科技，特殊治療場所的結
構。在門診看病時，患者被期待成為積極的醫療合作者，可是一
旦需要進入急診室或住院治療時，他們被期待回頭成為消極順
從，整個治療完全由護士與醫生控制。這些患者行為的進取與後
退時期，在長期病人之醫療以及患者與家人和朋友的關係中有它
們相似之處。

馬修・丁穆利是個三十六歲的黑人郵差，有糖尿病引起的長
期慢性腎臟疾病。丁穆利先生對他在洗腎中心的醫護說了如下的
話：

> 信號不斷改變。他們告訴你與球一起跑，而且要幫忙
> 計劃球賽，然後當情況改變時，他們從你手上將球拿走，
> 並告訴你不要參與決定，留給專家負責。這可能帶來很大
> 的挫折感。我要全權交給他們呢，或是我要參與？當我情
> 況好時，他們不斷驅策我多多參與負責醫護。當我生病
> 時，他們告訴我，我就是做得太多才使自己變成這樣。你
> 沒有辦法贏。

菲利浦與琦妮亞・威爾遜在琦妮亞生了一個多重缺陷嬰兒，
出生不久即夭折之後，去他們當地教學醫院的遺傳諮訊門診中
心。琦妮亞如此描述他們去那兒的情形：

坦白説，那是非常慌亂不愉快的。他們對你解釋得很足夠，所以你應該能爲你未來的懷孕做決定。但有那麼多的未必，那麼多建築在可能的基礎上，沒有完全的資料，你感到非常不確定。我們如何能做決定？我們不是醫生。他們不是把你當成嬰兒，好像你什麼也不懂，就是把你丟進水池中，沒有足夠的課程和練習，要你自己游泳。他們沒有將你的感情計算進去。生了一個這麼多問題的孩子是非常難過的。我們感到耗竭、被叛、對她的死感到哀傷。在那種壓力下，你無法以一種客觀的方式聽進事情，更別説有系統地作出決定了。我想這是一種假相互關係。我們要某個人表現得像個真正的醫生，在我們實際的生活中幫助我們做決定。不要把每一件事都丟到我們身上。然後怎麼樣？如果事情變壞，是我們做的，我們應該受到責備，不過我猜在法律上他們是可以脱身的。

172

凱文・歐曼尼克士是一位五十二歲的美國愛爾蘭裔保險業主管，有長期阻礙性肺部疾病，他的家人和醫生都相信是吸菸太多超過三十五年引起的。他的妻子瑪莎，是個受過大學教育的家庭主婦。三個女兒及一個兒子均已成年。她評論凱文的疾病對家庭的影響：

他不斷給我們加上束縛。一方面他如此專注於他的問題，他似乎與我們疏遠了，卻仍要我們注意。另一方面，當我們要他，不，是求他，停止吸菸時，他叫我們不要管——這是他的問題，但這並不是他一個人的問題。這也是我們的問題。假如我們對他沒有反應，他會怪我們不管他所發生的事。怎麼辦？我們要縱容他？或者我們應該大叫

爭論我們的觀點？

歐曼尼克士的兒子喬治，是一位法律系學生。他把加之於家屬的這種雙重束縛看成是病症長期性的一部分。

> 總之，這完全是我們家的結構。爹是獨裁的，然而有時候他對待媽就像她是他的母親，這時他要我們幫忙或接管。事情一直都是這個樣子，病痛只是使一切顯得更清楚罷了。我認為這樣不好。這使他繼續吸菸，並攪亂了治療計畫。如果你想知道我的看法，我會說，這種冷熱循環是問題的一部分。我確信它使他情況惡化。對我們來說，它是不能忍受的。

（稍後我們在此章中會回來討論家屬對長期病痛的反應。）

在疼痛中心

我有幾年曾負責監督一個嚴重長期疼痛中心之精神科相關事務。這個中心的住院部，每周舉行一次研討會以檢閱病案的情況。研討會由一位麻醉科醫生兼疼痛專家主持，會中包括了其他十五位參與者，來自相關的領域：復健醫學、心理學、護理、社會工作、物理治療、職業治療、精神科，以及其他醫學專家（例如，對特定的病案，骨科或神經外科）。治療計畫企圖結合生物醫學與行為手段來對付傳統醫學與外科手術治療無法治癒的嚴重疼痛患者。許多患者的住院費由州政府工人賠償金專案或其他殘障專案付款。

每周一次的聚會在一個狹長的房間舉行。這個房間有一組窗

子向外，另一組對著病房本身。它是患者與家屬白天的休息室。裡面的座位常常不夠我們這一群人使用。座位被排成細長的橢圓形，擠得幾乎到了動彈不得的地步。聚會由麻醉科醫師主持，他是疼痛住院部的負責人。他背對一扇向外的窗戶而坐。他的左右，圍住他，坐著行為心理學家，他們負責這個部門大部分的治療。然後是復健科醫生和其他醫學專家，接著是護士、社會工作人員、物理治療師、職業治療師。非醫生的專業人員傾向於背對向病房開的窗戶而坐。精神科醫生常常與護士和社工坐在一起，有時與其他專科醫生，偶而則以墊子或凳子坐在橢圓形的中央。當病案進行討論時，患者的圖表由一個專業人員傳到另一個手上，患者被描述，一下由生物醫學的觀點，一下由行為心理學的觀點，一下由物理治療的觀點，如此繼續。剛入院的簡單病案，其討論時間不超過十分鐘，困難的病案可能超過半小時。

　　這個結構安排，在疼痛患者的處理上，對結構張力是個不錯的隱喻。麻醉科醫生和他的生物醫學模式負責一切。但，事實上，在大部分的病案中，行為評估和治療計畫是患者醫護更重要的一面。因此，行為觀點一再受到生物醫學觀點的挑戰，反之亦然。護士、物理治療師、職業治療師和社工，常常比醫學專家有更重要的資料可以提出，但他們的身分顯然比較低，因此為醫科疼痛專家所壓制。他們象徵性地背對病房的患者而坐，雖然在另一個場合他們是患者事務的擁護者，但在這個單位，他們卻退出他們的道路，認同專業人員的觀點。聯盟會凍結和溶解不同的學科。精神科在醫學的邊際地位反應在座位的安排上：一周與醫學專家坐在一起，另一周退出與非醫科專業人員坐在一起，偶而獨自坐在這群人的中央。

174

　　雖然大部分患者沮喪、焦急，這些精神問題卻為疼痛專家所輕視，或被當作疼痛行為的結果和長期性的附隨物來加以詮釋。等到病案討論繞圈移到精神科醫生時，醫學和行為疼痛專家已經

用盡了大部分可資利用的時間；其他所有學科的人想發表意見，
卻只有一點點的時間剩下。可笑的是，接著患者的精神狀態、病
痛意義和經驗，幾乎總是勉強地，在最後一兩分鐘的病案討論中
被提及。

　　行為心理學家經常能夠幫助那些已經放棄希望的患者。他們
嘗試在他們強硬的談話中凌駕醫生，並企圖表現得冷靜和科學
化。例如他們稱這個部門所從事的心理測驗為「頭骨的X光片」
（X-ray of the headbone），詮釋它就像它對患者之企圖、恐
懼和慾望提供了一個有根據的記載。這些當然不是紙張和鉛筆的
問卷所能揭露的。他們談長期過程惡化與維持的環境刺激。他們
稱疼痛為一種行為，而非一種經驗。在他們看來患者和家屬互相
操縱，並操縱醫療系統。我常發現他們的評斷草率，只為自圓其
說，比生物醫學方法更缺乏人性。因為在行為治療師的分析中，
患者往往被剝去生病角色的保護，被看成與操縱者和裝病者差不
多。

175　　醫生和心理學家都不曾多花時間去思考疼痛對家庭或社會網
路的影響。討論到家庭時，它（以及工作場所）常被看成是脫軌
的溫床。我不想讓讀者留下生物醫學與行為處理方法沒有助益的
印象。像我提過的，他們對情況嚴重的患者常常有助益，然而他
們經常不能適當地檢視此書所描述的問題。我心中以為這項失敗
顯然限制了醫療的價值，導致了可以預期的濫用，並助長了對所
知非常少、成功非常有限的問題，做出近於無所不知的危險聲
明，甚至社工和護士也提出患者缺乏社會性的畫像，留下的大部
故事都是他們的疼痛如何影響他們的生活經驗和受到他們生活經
驗的影響。在一兩分鐘留給精神科醫生說話的時間中，他沒有機
會適當地涵蓋這個範圍；當他嘗試如此做時，麻醉科醫生和行為
專家清楚地表示，他們真正要精神科醫生討論的是適當的精神藥
物治療。

　　這個房間有鬼。我確信，因為討論每個病案時，家庭悲劇和工作場所中喜劇與通俗劇演出者的陰影似乎在屋角浮動，看不到也聽不見。因為疼痛的社會世界沒有適當地加以檢驗，行為干預少有機會能認同疼痛經驗最重要的一些決定要素，所以患者一旦離開完全人為的醫院環境回到真實的世界時，那些可能傷害治療的問題就會支配一切。就這一點來說，現在生物醫學和行為範例支配了疼痛治療計畫，疼痛在其中被約制和治療的方式影響了問題的長期性。在這兩種觀點中，患者被當做一顆在撞球檯上的球，受到看不見的力量撞擊，或被當做一隻社會病態的蜘蛛，使照顧者、殘障專家和家庭成員陷入他自織的網中，拉緊網絲，一下操縱這一派人，一下那一派人，把他們全部吸乾。

　　想想看這個計畫案中一個患者的病例。海倫‧溫士洛普‧貝爾是位牧師太太，今年二十九歲，來自喬治亞州的鄉下。她的手臂已經長期疼痛了六年。她動過八次手術，用過兩打以上的藥——其中兩種藥方有麻醉劑，她曾短期上癮——而且換過四位不同的家庭醫生。她已經對當地兩個疼痛診所失望。貝爾太太在疼痛部住院快滿一周。疼痛研討會花了三十六分鐘討論她的病案。首先，麻醉科住院醫生檢討過去的病史和 X 光、神經和肌肉、血液和各種身體檢查的結果。然後一位行為心理學家讀出成套測驗：抑鬱、焦慮、身體成見（bodily preoccupation）、歇斯底里個性特徵以及實質憤怒的結果。每個人都刻意搖頭，有幾個人還以笑話來表示貝爾太太是個非常懷敵意和難纏的患者。明顯的，疼痛似乎是個她對丈夫表示生氣的有效方法。社工報告說，貝爾太太非常難訪談。她否認全部問題，即使病歷中寫了她不喜歡牧師太太的生活，並且曾瀕臨離婚的邊緣。而且還有報告說疼痛評估和治療已經用盡了家庭保險和儲蓄，而她與丈夫的關係冷淡疏遠。資深的心理學家附加表示，這對夫婦的性關係據說已經停止，而且據病房人員的觀察，她丈夫來訪時她的疼痛會惡化。

他詮釋，這是患者「用」她的疼痛來操縱她的婚姻關係之證據。這時護士們突然加入，對貝爾夫婦的關係提出進一步的印象：結果，證據非常矛盾。他們曾經看到他們爭辯，但也看到他們握著手一起祈禱。復健科醫生，以乾澀譏諷的口吻，表示他的懷疑，這位患者正嘗試努力做復健治療，他認為這是她恢復的主要關鍵。但他懷疑，她手臂舉起的高度和她練習的時間（從不超過十分鐘）表示她已盡了最大的努力。他暗示，她正在傷害她的復癒，沒有人願意「招呼她做復健」，因為他們害怕她生氣。復健治療師們加強確定了他的看法，雖然其中一人表示她有所懷疑。職業治療師有完全不同的看法：她相信這位患者是做得太過分、太努力了，因此給她的手臂加上了太多的壓力。

　　隨著在座十五位專業人員引起一場爭論，九個人贊同第一種觀點，其他的人則贊成另一種。（通常疼痛病案不會引發如此強烈差異的觀點，它們也不會被表現得如此激烈。總之，當熱烈的討論在這個部門真正出現時，它們常常會升高、揭發核心組織的緊張和個人的敵對，主要是因為這部門的主管優柔寡斷，不受尊敬。）神經外科醫生建議，即使貝爾太太已做過八次手術——而這些，如果有什麼作用，只是使疼痛惡化，明顯地限制了她移動的範圍和功能而已——但她可能仍需要考慮做一種新的、尚在實驗中的手術，這個手術會「攻擊問題本身的源頭」：也就是說，她腦部會傳遞和增高疼痛信號的那個區域。有位住院醫生開玩笑地問，那個手術是不是也能除去她的生氣中心。骨科醫生強力反對他的神經外科同事。他下結論說，這個女人已經做過太多手術，她現在所受的苦，大部分來自手術造成的傷害。神經外科醫生反駁說，他的意思只表示實體策略（stereotactic）腦部手術的「可能性」不應該被排除。麻醉醫生主任承認，似乎沒有一種治療是有效的，包括切斷神經和止痛藥。年輕的行為心理學家指出，總之，在患者的疼痛日誌上，雖然行為治療計畫只使疼痛由

8減到6，但她的治療程序才開始不久，因此這個趨勢是個肯定的
方向。他還加上，患者用她的憤怒破壞治療計畫。關於這一點有
一場爭論，因為護士中有一人覺得，患者「捏造報告」使疼痛在
紙上看起來不那麼嚴重，其實她的「疼痛行為」和她剛入院時一
樣。另一位護士插入道：「我們全知道長期疼痛患者是什麼樣
子：他們全都憤怒、自我破壞。貝爾太太有什麼特別？」護士長
說，她特別，因為她如此懷有敵意和消極。她建議，也許我們應
該在引起嚴重問題前讓她出院。麻醉醫生主任問：「你們精神科　178
醫生有什麼話要說嗎？」他提醒道：「我們只有幾分鐘的時間，
因為我們還有三個病案要討論。」

　　這就是一九七九年春天一個下午我加入這個疼痛研討會的情
形。我可以告訴這一群人，貝爾太太可以歸類於嚴重抑鬱症的診
斷，是個可以治療的精神異常。但她已被歸入這類病症三年，並
且有幾次曾服用過適量的抗抑鬱藥物，但對她的抑鬱或疼痛都無
顯著的效果。我可以告訴他們，我也訪談過他的丈夫，發現他甚
至比他的妻子更為沮喪。當他說到他與一個健康、外向、活潑的
女人結婚，結果在他們的婚姻生活中，她大部分時間都在生病和
治療時，他哭了。他的精力，以及個人和經濟資源已經枯竭。她
的疼痛影響他們生活的每一面，嚴重損及他的牧師工作。他知道
這是不敬的，但他覺得上帝令他們失望。他無法接受這個疼痛的
長期性，它逐日逐年破壞他們的精力。他的妻子變得如此可怕地
專注於疼痛，她根本不知道他所經歷的事，也不注意他們的兩個
孩子。她甚至不能做最輕微的家事。她每天有很長的時間退避到
她的房中，無法忍受任何噪音，或一個年輕家庭普通的騷動。貝
爾先生對未來和醫療系統已經失去信心。他也開始對他自己的未
來感到懷疑。

　　我可以告訴這群人有關我對貝爾太太的訪談。那是她與醫院
人員交際相當典型的方式。貝爾太太不要和我說話。她告訴我，

除了疼痛，她沒有精神問題及任何其他問題。她否認心理因素加重她的疼痛和疼痛引起的殘障。她告訴我，她的婚姻和她擔任母親的角色沒有問題。行為治療計畫把她當「犯人」看待，物理治療師要求她的身體做它無法忍受的事，她對兩者發怒。我問她，
179　她如何學會應付「疼痛」引起的憤怒，這種憤怒在我看來如此明顯。貝爾太太大聲叫我離開病房，指責我觸犯她，並大叫她絕對「沒有」生氣。

　　我與數位照顧過她的基層醫生談過，他們每一位都告訴我，在幾次失敗的治療和一些手術與藥物的副作用發生之後，她最後都帶著極大的憤怒離開他們的照顧，他們以為她會控告他們，不過她並沒有。結果他們也對她非常生氣，當她離開去找別的醫生時，他們感到如釋重負，因為他們覺得他們對她懷敵意會妨礙進一步的醫療。我可以在研討會中報告這些談話。

　　我還可以報告我與海倫‧貝爾的姊姊阿格莎的一次暢談。她告訴我，海倫一生都在生氣。在這個疼痛之前，是海倫與他們父母以及與她的關係引起海倫生氣。她還告訴我，怒氣常常是直接經由長期慢性的身體怨訴表現出來：起先是頭痛或背痛，後來是她的手臂和肩膀疼痛。阿格莎‧溫士洛普告訴我，在他們家中，個人或家庭問題是不可公開說出來的。

　　我決定，分配到這麼有限的時間，檢討這些問題不可能有進一步的收穫。我寧可告訴我的同事們，在我看來我們就是部分的問題。我指出，現在疼痛中心本身已採取加入了表現貝爾太太生活特徵之憤怒、自敗關係。我們現在的處境與她的許多醫生、她的丈夫、她的姐姐，以及其他家人一樣。雖然私底下我確信更充實地了解她的個性會有幫助，但了解這個困難病案的方法並不是取得更多有關貝爾太太的資料，而是研究疼痛在社會關係中成為一種溝通的語言。在分配給我的一兩分鐘內，諷刺地，竟然可能檢討這個主題——對她的病痛如此重要，對我們的討論卻如此只

沾了一點邊緣——因爲我們對她的社交世界所知極少，所以可悲
地只有很少可以討論。她的疼痛，像某些人所建議的，當做隱喻
看待可能有用，但那一種隱喻我們沒有一點概念。我們的理解不
可能靠訪談貝爾太太來完成，但假如我們能使她長期放鬆她的抵
抗以告訴我們，她的想法會是畫像的一部分。我們需要一個她與
丈夫、子女、姐姐以及當地社區主要人物之關係的小型民族誌
——一個疼痛意義在那些關係中的系統性描述。我很快又加上，
這樣的一份民族誌需要花一些時間去拓展，也許等她回家後會比
較容易完成。畢竟，家，而非人爲的（artificial）醫院環境，是
她疼痛的眞正場所。

　　我不能更進一步說下去。麻醉醫生主任感謝我的插入，提醒
我時間已經用完了，並問我是否眞的不要看到她接受最新的精神
藥物。他溫和地責備我的理想化建議。貝爾太太正在這兒住院，
「現在必須爲她做點什麼」。

　　我重述這個病案的目的是要舉例說明所謂長期慢性疼痛患者
整體、多重學科醫療之主要限制，一種在其他長期慢性病痛之醫
療環境中同樣會出現的限制。這種限制是沒有適當地評估病痛發
生的眞實社會環境所造成的，因爲傾向於避免面對治療部門並非
患者地方社會系統之唯一成分的事實而使它複雜化了。何況，在
門診中所獲得的患者資料是偏見的。

　　長期性並非單純是病理在一個孤立的個人身上所造成的直接
結果。它是生活在與別人有特定關係的環境中造成的。長期性部
分是由面對面的交際中共同擁有的否定性期待製造出來的——這
些期待束縛我們的夢想，刺傷並抑制我們的自我意識。患者學習
表現得像個長期病例；家庭成員和醫療給予者學習保持這個觀點
來對待患者。我們共謀一起去建築牆壁，拆散橋樑。我們把複雜
的個人放在簡單、單一面的角色中（殘障、威脅生命的），好像
這就是他們原本的樣子，是他們唯一能做到的。我們變成士氣低

落情況的一部分，而且添加了威脅和恐懼的無益感覺。

181　　要了解社會環境對長期性、對症狀的擺盪和障殘的影響，我們必須要能看出患者懸掛在構成生活世界之關係網中的實際情形，包括與衛生醫護人員和殘障系統的關係，這些系統常常阻礙、損傷角色恢復正常的社會身分（參考 Kleinman, 1986; McHugh and Vallis 1986; Osterweis 等人，1987）。長期性被此書之數位主角看成是感情與人際之地獄邊緣。患者與家屬把這個挑逗而不被欣賞的名稱當什麼意思是復健的關鍵。他們的意思是一種直覺，病痛包含在不同社會世界間通行之習俗。社會理論家把這種行動定型成為「軌道」（Strauss 等人，1983）和「文化表現」（culture performance）（Frankenberg, 1986），但我比較喜歡患者旅行穿過地獄邊緣的想像。

長期病人常像那些陷在邊境的人，在一個所知不夠的邊界地帶，慌亂地流浪，急切地等待重返他們的故鄉。對許多人，長期性是危險的邊界跨越，是要走出去重返每日正常生活之冗長等待，是一個人到底能否重返之永久存疑。通過這個地獄邊緣的世界就是穿過一個「神經過敏的」系統，一個險惡不確定的領域。對某些人，這個通道不太困難；對其他人，它變成例行事項，很像生活中其他許多事務，然而對另一些人，它卻包含了被絆在一個自己變成痛恨與恐懼之處的絕望。每個比喻應該使我們對長期性的社會特性提高警覺：出入的正式手續，簽證、不同的語言和禮節，邊境跨越處的警衛、官吏和小販，特別是那些親戚和朋友們，把臉靠在窗上憂傷地揮手道別，有時攜帶最重的行李，坐在同一等候室中，甚至旅行過同一地獄邊緣、經歷過相似的擔憂、傷痛、存疑與損失。為長期病人推行的社會運動，在分離、轉移和重新結合的儀式中來回，如加劇導向緩和，然後又繞回惡化等等。

醫生對長期性的想像必須由不同的病痛與病人，以及可以直

接觀察之處建立起來。醫生毫不意外地會了解患者與家屬的病痛　182
意義觀點是對一個複雜、變更之真相之詮釋，這些不同層面的真
相在不同時間對過程與結果更有影響。缺乏這種病痛與醫護情況
改變之小型民族誌，我們對有可能挽救之苦惱與疾病之社會源無
法了解。大部分衛生醫護在黑暗中進行，就是為了這個原因。因
此，不足為奇地，衛生專業人員慣於無效地運用病痛知識，這些
知識如果有系統地加以採集和詮釋，會對長期病人的醫護產生深
遠的影響。在第十五章中，我將特別回到這個問題，提出一種臨
床民族誌研究方法（ clinical ethnographic methodology ），醫
生應該將它併入他們的長期病痛患者醫護中。

病痛對家屬的影響

　　在我們這些長期病痛有意義的經驗故事中，主角一直是患者
和他們的醫生。但是像這些故事中有幾個所證明的，家屬在病痛
戲劇中，往往是個主要演員。當我們對患者聆聽時，因為此章開
頭引自山繆爾·強遜那段話所捕捉的長期病痛經驗只注意自我和
孤立的品質，我們可能聽不到家屬的話。然而當家庭成員被問到
時，病痛對家人的影響是不容置疑的。

　　達爾頓·慕爾是位七十三歲的退休律師。他的妻子安娜大約
十年前出現了阿耳滋海默症。慕爾先生因為有錢，所以一直雇得
起護士住在家裡幫忙照顧他的妻子。慕爾先生因為下決心要在家
庭環境中照顧他的妻子，所以拒絕把她安置在療養院中，這是個
經常受到推薦的作法。他已成長的子女報告說，他奉獻他大部分
的時間照顧慕爾太太，雖然她已不認得他是她的丈夫了。

　　　我不能讓安娜去住療養院。也許這是我的自私，但我　183

認為這是她想要的。當這個討厭的疾病開始時,她這樣告訴我;她說:「達爾頓,如果情況變壞,請不要把我放到慈善機構中。」我答應她我不會。看到她神志不清令我心碎。這就像,我幾乎說不出口,她已經走了。她不認識我或孩子們。如果沒有護士,我不知道我要怎麼辦。我自己應付不來。我學會了餵她,給她洗澡,甚至帶她上廁所。我已經放棄了我所有的興趣和我們的朋友。我想人們認為我這樣做是愚蠢的。但我們過去那麼親近,我和她是對方所有的一切。我非常相信家庭的意義,我的父母也是。我的祖父母死在家中。我的兄弟和我在最後一段時期照顧我的父母。但這是最壞的情況。看到神志消失,因此沒有記憶,這,嗯,先生,這是個活地獄。

我們的孩子來。他們哭,我也哭。我們述說往事。我們嘗試回憶此事發生前安娜的樣子。但我看得出,只來這兒一兩天就令他們疲憊不堪。他們有他們自己的煩惱。我不能進一步要求他們的幫助。我?它把我變成了另一個人。如果你十年前見過我,我料想你會認不得我。我覺得我至少比實際年齡老十歲。我害怕要是我先走了會發生什麼事。十年來我從未有過半小時不擔心和傷痛的時候。這個病不只毀壞了安娜的心智,它也殺了我內在和家中的某些東西。如果有人問起阿耳滋海默症,告訴他們,它是個全家的疾病。

瑪薇絲・威廉士是個四十九歲的建築師,有三個孩子。她是單身的一家之主,八年前她和結婚十五年的丈夫離婚。她的大兒子,安德魯,二十三歲,罹患遺傳性肌肉失養病(muscular dystrophy)。他現在坐輪椅,逐漸失去語言、手臂和上半身的控制。這個病症在他九歲時首次出現,但在他二十歲時才嚴重加

劇。他的神經科醫生的診斷是，三至五年中慢慢會喪失活動能力，隨著心智敗壞和死亡。

我不是經由臨床會診而是在一項田野調查計畫過程中會見威廉士太太的。我對她做過數次問卷調查以探究她對其子病痛的反應，並取得她對這個病痛影響他們家庭的評估。

　　凱博文醫師，我希望你不在意我這樣對你說，但我發現這問卷滑稽可笑。我填了全部的小格子，但我認為問題很膚淺。你真的想知道我兒子的病痛有什麼影響嗎？好，那麼你必須知道它扯離我們，將我和我丈夫分開，影響我們每一個人，我們的計畫和我們的夢想的情形。當問卷上說：「你和你的配偶的關係是否受到影響，或你的小孩的情況是輕微、中度、嚴重」時，或上面說的任何事──你知道我指那些問題──這與已經變成一大鍋的一個家庭，與怒氣的爆發，與吸乾你眼睛的每日哀傷，與帶著傷痛和空虛離開，有何相干？你應該研究的是它的整體影響，它所全部包含的。尤其是它的絕望與失敗的深沈趨勢。在我體內有一股小小的聲音，如果我與你熟悉一些，會對你大叫：「醫師，它謀殺了這個家庭。」

　　不穩定，我們不能解決它。安德魯的病不會停止。它折磨他，也折磨我們。我的丈夫約翰怪我。它似乎是來自我的家族。約翰崩潰了，真正的崩潰。他無法面對它，不能為我們任何人，甚至他自己做任何事。他跑開，喝酒。他不能有所幫助，一點幫助也沒有。但我不能真正怪他。誰能期待碰到這樣的考驗？要贏過它是每日的掙扎。我怪自己絕對、完全不能將自己的任何一部分與安德魯的苦難分開。我沒有自由的空間，沒有可以逃避，稱得上是我自己的隱私、保護場所。它已經奪走了我所有的一切。一個

184

母親能怎麼辦。在這個恐怖與工作維持家庭之間，我實在已經沒有——沒有——時間了！沒有一點點時間留給自己。

看看芭芭拉和金（她的其他子女）吧。他們的生活像什麼？罪惡感，因為他們是正常的。憤怒，強烈的憤怒，因為安德魯用去了我那麼多的時間和精力。我必須承認，我只剩下極少的時間留給他們。但他們對此不能有任何表現。當這個肇事的人正一天天，在你眼前慢慢地死去，你怎麼能呢？因此他們不能對他表現，他們將它發洩在我身上！像約翰所做的，像安德魯所做的，也像我想做的——因為已經沒有其他人強壯得足以忍受它了。

好，告訴我。你如何將它轉換成＋3或－3的回答，成為一個小數？你如何拿它與別人的反應比較？我堅持比較是不合理的。我們不是東西。這不是一種「人際問題」，一種「家庭苦惱」——這是一種災難！我並不誇大。在安德魯的災難前，我們像其他人一樣：日子有幾天好，有幾天壞。然後我們有了問題。不過回顧起來，那是一種天堂，我不敢相信是真實的。現在我們燒乾了。有時候我認為我們全都正在死去，不只是安迪而已。凱博文醫師，甚至連我的父母、兄弟、姐妹也不僅僅是受到「影響」而已。你轉頭看看你的四周——你瞧！這個，你所看到的，這個墳墓，我們家的墳墓。

珍妮‧黑斯特的經驗幾乎與瑪薇絲‧威廉士所經歷的相反。黑斯特太太是個五十六歲的家庭主婦。她的丈夫山繆爾罹患淋巴癌——一種淋巴系統中成長緩慢的癌——已經十二年了。珍妮有二個孩子，四個孫子。她相信她丈夫的瘤，她總是這樣稱呼它，「挽救了我們的婚姻——也許是我們的家庭。」

她在同一研究計畫過程中告訴我：

> 在山姆被診斷得病前，我和他正打算分手。我們正走
> 著不同的方向。他有他的興趣，我有我的。然後，這個瘤
> 被發現了。那是個震撼。我嚇呆了。我們哭了又哭，而且
> 我們又開始像我們結婚早期那樣談話了。我們已經很久不
> 這麼做了。我開始以不同的眼光看他，我想他也是如此。
> 我們半睜著眼睛。他不同意我的說法，但有時候我真的認
> 為上帝這樣做是為了使我們復合。嗯，不管上帝是或不
> 是，我們真的是結合在一起了。而且不只是山姆和我，孩
> 子們也是。他們本來已經離開，有他們自己的生活。你知
> 道當你二十四、五和八、九歲的情形。你開始鬆開繩結。
> 你會越來越少想到你的源頭，越來越多想到你現在所處和
> 你未來要去的地方。他們進入新的事業，開始有他們自己
> 的家庭。嗯，奇妙地，這個東西，這個瘤，對他們產生了
> 對我一樣的影響。他們開始打電話，探望我們。他們突然
> 非常看重家族團聚。而且孝敬──我的天，是的，他們孝
> 敬。我們拿這個開玩笑，山姆和我。也許孩子們心中沒有
> 準備一個瘤，我的意思是一種癌會繼續很久的時間。他們
> 以為可能是一年或兩年。但現在它已十二年，幾乎十三年
> 了，而山姆仍然活得強壯。但最好的，非常好的事，是
> 「我們」真正活得強壯；我們大家一起進入這個情況。

185

長期疾病是多樣的，就像我們生活之多樣與不同。這就是為
什麼，假如我們要了解病痛的意義，我們不能把注意力集中在內
容上，那太多樣性了：有珍妮・黑斯特、瑪薇絲・威廉士以及無
數其他人，每一個人的病痛故事都不同。我們必須探究病痛意義
的「結構」：病痛在其中顯得有意義的舉止，創造意義的過程，

決定意義以及爲意義所決定之社會情況和心理反應。

　　病痛的家庭影響有這個共同點：每個家庭都必須使他們的經驗變成有意義，來和它妥協。如此作時，所有使一個家庭顯得獨特的事情會在傳達意義給經驗的過程中被驗證。文化和種族差異、社會階級和經濟束縛，以及其他一大堆因素會在使病痛成爲家庭眞實結構之一部分的作業中顯現出來。了解病痛對家庭的影響必須了解家庭本身，不只是病痛而已。當家庭變成焦點時，病痛對關係的影響會顯得與它對個人的影響一樣深遠。

　　在這一章中，我檢視了病痛存在的三種社會境況：使某一群長期病人受到雙重束縛的一些治療場所、一個多學科疼痛中心和一些家庭。我這樣做是要提示，病痛並非單純的個人經驗；它是交互、溝通、極具社會性的。病痛意義的研究並非只是對一個特定的個人經驗，它也要對社會網路、社會情況和社會眞相的不同形式多加研究。病痛意義是共有和磋商出來的。它們是生活在一起的生命總體。如果我們檢視工作場所、學校和其他主要社會機構，我們就會得到相同的觀點。病痛深植在社會世界中，結果它無法與構成那個世界的結構與程序分開。對醫生和對人類學者，探究病痛的意義就是進入關係之旅。

第十二章
造病：人爲之病痛

187

> 對一個受傷的靈魂，誰能忍受？……想像你能對什麼害
> 怕、憂愁、憤怒、哀傷、痛苦、恐怖……鬱悶、驚嚇、
> 厭煩……這還不夠，非常不夠，沒有舌能說出，沒有心
> 能想出它。這是一個地獄的縮影。

——Robert Burton

The Anatomy of Melancholy, 1621

　　有少數病人爲嚴重的精神問題所苦——除了親密之人，通常
對所有人隱瞞——爲了各種原因他們在自己身上招來病痛。招來
病痛的行動可能包括自己放血、自己注入各種細菌，在尿和大便
樣本中加入血液以仿造嚴重的病症，給體溫計加熱假造發燒等
等。個人會掩飾這種行爲，結果常常接受精心的生物醫學評估和
治療，高度浪費醫療系統。過去爲這類行爲所貼的標籤是曼喬生
徵候群，根據 Baron Munchausen 男爵（1720～97）而取的名
稱，他是一位以功勳幻想故事而聞名的冒險家（編註：指德國人
Rudolph Raspe 所著故事中的主角名。被用於指說大話的
人。）；在現代精神語言中，這個問題稱爲人爲之病痛
（factitious illness）❶。對許多罹患者，這種不正常的行爲變成　188
長期性的一種生活方式。它不像裝病（malingering），不能取得
經濟性或其他社會性的利益。它反而會使原本已經極度紊亂的生

活更加複雜。

蓋斯‧依車維拉有這種問題。當我第一次會見他時，他是一位三十歲的歷史學家，正住院做與貧血有關的呼吸異常評估。他的生物醫學檢驗結果如此矛盾和奇異，他的醫生認爲似乎只有至今未知的一種肺病或自造的病痛才說得通。他住的那家醫院以其有系統和完整的醫學評估聞名，而蓋斯‧依車維拉爲判定他病痛的確實性質做過許多不同的檢驗。不足爲奇的，數種檢驗出現了極爲複雜的結果；胸骨骨髓樣本顯示他的胸壁有深度感染，而由缺乏經驗的住院醫生所做的肝切片檢查引起了內出血。在這段冗長複雜的住院期間，蓋斯變得極爲抑鬱，要求和精神科醫生會談。那天我碰巧是值班的精神科醫生。

當我抵達他的病房時，蓋斯要求我們找個隱密的房間以免我們談話時受到忙碌的醫護人員干擾。當我們進入房間時，他要求我盡快把他弄出病院。他洩漏出他的恐懼，住院醫生在努力尋找其問題之原因時會疏忽地殺了他。在他向我坦白，他以自己放血和把食鹽水倒入氣管造成他自己的病痛後，我設法把他轉進精神科住院部。

下面是蓋斯在醫院和一年的精神治療過程中所告訴我的故事。一年後他不再接受治療，所以十五年前他告訴我的故事並沒有結局。我重述蓋斯的故事，因爲他的故事，本身奇異，對於長期症狀與人類不幸的關係有足以啟發我們的東西。

蓋斯是芝加哥一對波多黎各父母所生的最小孩子，住在美國最聲名狼藉的城中貧民窟中。他的母親在四十多歲，生下倒數第

---

❶ 人爲病痛可歸類在故意自傷之微候羣下，它包括重覆自我毀傷的行爲，如割破和灼傷皮膚（參考 Favazza, 1987）。這些微候羣可能發生在嚴重精神異常的情況，如精神分裂症、邊緣型人格異常或自律性異常；或者它們可能並非由病痛引起，而可能是文化上定出的行爲，例如儀式性的戳剌（ritual scarification）。

二個孩子數年後，才生下他。她稱蓋斯是個不想要的「鬼」（spirit）嬰，並告訴他和別人，他因而會不一樣、艱苦、注定將來命運不好。我記得她在電話中也向我說了同樣許多話，還加上：「鬼嬰是固執、壞脾氣和邪惡的。看他對我所做的。」

依車維拉太太是個貧苦、辛勤的女人，有妄想狂的氣習。她從蓋斯小時候就告訴他，她生他時中風，導致右手衰弱，右腿更為嚴重，有點麻痺。結果她走路時明顯跛腳，不能完全使用她的右臂。這個結果依車維拉太太認為該由蓋斯負責。她重複告訴他，這是他造成的。她還告訴他，他是一項錯誤，她的不幸，而且他毀壞她的生命，他可能也會毀壞他自己的。從蓋斯四歲起，依車維拉太太去幫傭時就把他留在家裡。她通常一大早離開，很晚才回來，有時候一次離開幾天。當她離開時，她把蓋斯鎖在小公寓裡，要求他照顧他自己。當她回來時，如果他弄髒自己或房子，她就會打他。有時候他的兄姐會在家幫助他，但他們大多常常不在家。他的父親失業有毒癮，很少在家。當他在家時，他打蓋斯和他的母親，而且拿走他所能找到的食物和金錢。蓋斯害怕他的母親，對他的父親則感到恐怖。他從很小的時候就自立了。六歲起他就自己購物，甚至煮蛋和簡單的飯菜。七歲起他開始擦皮鞋、打雜、做零工賺錢。

蓋斯小時候是個矮胖、謹慎、沒有朋友的孩子，少有和別人一起玩耍的經驗；他相信假如他不是那麼小就自給自足，他可能已經因營養不良和整體遭受忽視而死去。他是早熟的。他的老師們很快就發現他的才智。學業成績變成他的生活重心，但他仍謹防大人和其他兒童。他的隔離行為、對書本的熱烈興趣和缺乏朋友，使他成為同學的笑柄，他們嘲弄他身體的衰弱和天賦的才智。羞辱的一大原因是他父親的行為。有一次，他的父親吃過街上販賣的毒品後，在藥物的影響下走進蓋斯的教室恐嚇老師。蓋斯的同學們，認出這個聲名狼藉的人物，辱罵蓋斯，直到他跑

開，發誓他痛恨他的父親和母親，要自己過活。很快地蓋斯驚人地完成這個誓願：在十四歲時自己找了一個房間，靠下課後和周末打工維持自己。

　　蓋斯因為對他母親將她的殘障歸罪於他感到極為苦惱，十三、四歲就開始常去當地醫學圖書館，盡他所能了解地大量閱讀有關中風及中風與生產關係之書籍。他告訴我，他必須查明「我母親的問題是否真該怪我」。受到同一需求的驅策，他在他母親生他的那個醫院找到一份職員的工作。他努力爭取門路以接近收藏在病歷室的表格。有一天，他找出放置他母親舊表格的地方，他開始想辦法讀它。然而他又無法確定，它到底是確認了他母親的指控，還是免除了他深受傷害的罪惡感。蓋斯洩露，回顧起來，他看得出這種感覺敗壞他的自我意識，扭曲他的思想和感情。

　　當蓋斯大約十八歲時，罪惡和自我憎恨的感覺變成陣痛和失眠，街上販賣的藥無法解除。蓋斯會整夜不眠，一部分時間用來唸書，剩下的時間則用來沈思他的過去。痛苦和自我輕蔑的感覺如此強烈，令蓋斯感到一種傷害自己的衝動。對著他租來的空乏小房間的牆壁撞頭已經不夠。有一天他從醫院偷了數支靜脈穿刺針。他站在洗臉盆前，在手臂上綁上止血帶，刺進腫起的血管，把血放出來，大約十三年後，他宣稱直到那一天他沒有在自己身上造病的意思。不過他發現，刺進血管，看血流出，解除他的壓迫感。終於，在數周每日放血後，他開始感到衰弱和耗竭。他去醫院門診，但他沒有告訴檢查他的醫生他的故事，他反而表示他不知道他怎麼會變成如此貧血。

　　蓋斯為了診斷性評估住院許多次。他記得他高興地看著醫生「到處跑，卻找不出毛病。」蓋斯覺得他正在為他母親所發生的事對醫生報復。這種只是復仇的心態在數十次住院中維持不變。蓋斯已進入了自致病痛（self－inflicted illness）的途徑，符合

他的原始想像。蓋斯的學業才華為他贏得大學獎學金，出色的大學成績單，並進入南方一所著名大學的歷史研究所就讀。過去數年，當蓋斯引發貧血，接著養成可怕的習慣，將食鹽水倒入他的支氣管造成重覆出現肺炎，最後導致肺組織慢性纖維變性（fibrosis）時，他的人為異常升高了。在美國數所著名的醫院中，醫生常常懷疑自致病痛，但蓋斯從未被抓到或受直接的指責。有時候蓋斯會在詳細的檢查時從醫院跑掉。但大部分時候，即使住院嚴重干擾他的學業、經濟和個人生活，他在醫院中都住很久，直到造成混亂，引起調查。

蓋斯在每一次情況中，都覺得他完全能夠控制他的症狀。他小心控制他吸進的物質，製造明顯但有限的病狀，使他的醫生們擔心，卻不會嚴重危害他的生命。但他在我們相遇的那個醫院的經驗是個例外。在那兒他感到他對事情已失去控制。他告訴我：「我覺得直到我死去，驗屍得到結果，他們不會放棄。」

病痛多少使他與他的母親接近了一些（他的父親已因濫用毒藥引起併發症去世）。當蓋斯住院時，依車維拉太太會將她有害的妄想狂，從她兒子身上移開，加到他的醫生們身上。她還會幫助兒子從病痛中恢復，常常把他帶到她的家中，在復癒期間照顧他。然而，她保持固定的觀念，堅信他終究該為她生他時可怕的併發症負責，而且他是她的鬼嬰，他的命運因他所帶的邪惡個性注定失敗。

蓋斯・依車維拉學會了過兩種完全不同的生活。在大學裡，他看起來不只是個優秀的學者，而且是個學術界負責任的成員，他花時間指導少數民族學生，在當地城中社區伸援計畫課程中擔任教職。在此同時，蓋斯的個人生活變得越來越奇怪。他有許多表面的朋友，卻難得有任何一位親密的，當然沒有一位他可以與之談論他的問題。從少年時代起，他一直保有一個受西班牙主人拷打的赤裸美洲印第安人雕像。這個受害土著之施虐受虐淫者雕

像是他童年唯一的知己：像他一樣，它是孤獨和受人排拒的。對蓋斯而言，它已由愛物變成偶像，他每次搬家都攜帶，而且他學會與它交談他內心的創傷。有一天，他向我自白，他的「朋友」觀看他表演戕害自己身體的施虐儀式，而且安慰他這種殘忍的贖罪行為。

在治療會談開始時，蓋斯有精神病型的抑鬱。他有自殺傾向和活動的幻覺與妄想。但這個階段靠抗精神病與抗抑鬱藥物及談話治療的幫助很快過去了。然而在一年的治療過程中，他顯然變成為人格異常所苦，這個現象沒有改進。自致病痛第一次停止了九個月——這是自他十八歲以來間隔最長的一次。在精神治療中，我們努力在他生活故事的痛苦細節中前進。蓋斯將他強大的幻想力和專業性的歷史技巧轉用，拿來詮釋他罪惡感難以緩和之家庭因素與儀式性贖罪之病態崇拜。當我了解他的生活後，我開始看出雖然是不可接受，卻是可以給他自殘行為加以解釋的種種關聯。我感到一種急於拯救他的慾望——在治療中最危險的信號。我可以肯定他的痛苦，卻不能肯定他的殘酷自責行為，我堅持它必須停止。在那一年快結束時，我感到他不敢告訴我，他又開始要求可怕的報仇。當我面對面向蓋斯質問我的疑慮時，他生氣了。他告訴我，他不再依賴我們的關係，他要獨立決定他什麼時候停止。告訴我這些話後，他就不再來了，結果我與他完全失去了聯絡。

對蓋斯・依車維拉來說，長期病痛有深沈的特殊意義，只有處於那種特殊內在生活之疏離情況中才能了解。我在一段連續之沈痛悲劇性結束時見到他。病痛的個人涵義永遠是重要的，但它常受到我前幾章所描畫之種種文化和社會涵義之支配。然而在許多人身上，心理意義在病痛過程中最具影響力。即使在這一類群患者中，自致病痛也是非常不尋常的。

我在獻身長期慢性病痛的經歷中接觸過五十件「人為病痛」

的案例，只有幾位像蓋斯・依車維拉一樣奇異。他的故事可能令我全身寒顫，讓我自己的眞實感受到挑戰，然而它敎導我不管如何脆弱和不完全，憐憫可以克服突然的反動，爲完全不同的生活世界搭建橋樑。這是臨床醫生遲早要學到的一個敎訓，通常是經由更世俗的實際方式，在照顧一般生病的人時獲得。「人爲病痛」指出某種較黑暗、較迫切、較不緩和、較不能全心把它純粹當作病痛認知與反應重新加以詮釋的某種東西。每個「人爲病痛」案例都揭露我們內在世界深沈的裂縫，驚駭的靈魂要求受苦經驗恐怖地重演。「抑鬱」、「焦慮」、「罪惡」和「憤怒」，這些字眼無法對深住於內，製造和加強病痛經驗的種種心理力量，做公正的處置。其中仍有種重要的東西保留沒有說出來，我們個性獨特的一面通常甚至會對我們隱瞞，這會使生活變成一個活地獄，使病痛變成一種生活。

第十三章
疑病症：諷刺性疾病

194

臨摹起源於此

——Clifford Geertz

（ 1986；380 ）

依照定義，疑病症（ hypochondriasis ）是其中沒有疾病的疾病。在現代精神病學中，它被歸類爲一種長期狀況，病人處於其中，不顧相反的醫學證據，堅持他的罹病恐懼症（ nosophobia 害怕疾病 ）：患者害怕他有疾病，但醫生在病理上找不出患者的恐懼有實際存在的病變證據。在生物醫學之二元論術語中，這個患者有病痛經驗卻無疾病的生物性病變。要診斷疑病症，醫生必須變成相信患者所害怕的那個他正染患的疾病是不存在的。疑病症變成長期性時，醫生還必須不能說服患者相信這個事實，因爲假如患者變成接受證據，相信他沒有染患他所害怕的正在經驗的這個疾病，他就不再有疑病症這個疾病了。就此書的宗旨而言，疑病症是有趣的，因爲它描畫出患者和醫生間意義與經驗之轉移關係。在疑病症中，外行人與專業人員之意義與經驗有差距。這個語義和實質的分歧，在更大的壓力下，爲醫生與患者間帶來可以預期的緊張。其結果是挫折和衝突，但也有諷刺性的領悟。

疑病症使者埋怨病痛(illness)，醫生診斷疾病(disease)的原型醫療關係顛倒。在疑病症的情況中，是患者埋怨疾病（「 我怕

我得了喉癌」，「我相信我要死於心臟病」，「我知道，我就是知道我得了自體免疫疾病」。），而醫生只能確認病痛。

在傳統教科書的描述中，疑病症患者不應該懷疑他罹患疾病的恐懼，這個疾病醫生是不相信的。但在實際上，極少疑病患者處於這種精神狀態❶。因此，他們對他們相信是錯誤而醫生相信沒錯的這個差距有某種程度的領悟；疑病症者持久的恐懼並非基於妄想的確定性，而是基於特久懷疑之深度不確定性。他不相信自己，也不相信疾病是「不」存在的臨床診斷。這就是疑病症導致這麼多無益的生物功能檢驗的原因：疑病症者知道，沒有一項檢驗有能力足以在疾病最早期、最幽微的階段，完全或精確地將它判定出來，因而能絕對肯定地說他沒有疾病。諷刺的是，疑病症者面對醫學界的不信任，被迫表現得好像他們沒有偽裝（irony）❷。罹患疑病症的人在日常生活世界中，可以是個非常具有幽默感的人，但在醫生的診所中，他是頑強、自以為是、不能嘲笑自己的。假如他在醫療接觸時露出諷刺性的微笑，他就不能把他的問題表現得像個嚴肅的問題。他和醫生兩人就會對他們衝突的明顯荒謬大笑。因此，疑病症者必須維持社會性的虛構故事，不對他自己的疑慮表示懷疑，或許疑病症最紊亂的部分就是患者倔強的懷疑他的信念是對的。當然，某些有這種狀況的患者，對他們的怨訴似乎真正缺乏偽裝感——他們原本就對身體過分認真，缺乏幽默感，而且帶著畏懼。

患者常常聲稱，他的病痛行為是獨特的，因此他覺得它不適合以既定的生物醫學分類來歸類，但事實上對臨床醫生來說卻太

196

---

❶有一種不尋常的疑病症形式，其中患者缺乏病識感，而他的罹病恐懼症有幻想的所有特徵（別人不認同的堅固錯誤信念）也就是單微狀疑病性精神病（monosymptomatic hypochondriacal psychosis）。這個異常最值得注意的是精神病只限於此經驗之單一面。

❷「假裝無知」是 irony 的古希臘文原始意義。

明顯了，疑病患者的行為明顯的是他所見過的其他每一位有此毛病之患者之語言與經驗的翻版。患者認為這個病是獨特的此一直覺與醫生認為這個疾病是教科書範例翻版的反直覺，對疑病症是個永無止境的衝突：在長期病人的醫療中，許多醫生與患者的關係重新製造這個主要的緊張。這種矛盾在治療關係的溝通上製造了可以預知的問題。事實上，患者與醫生的知覺都是對的。衝突發生是因為他們正在談論體驗真實之兩種不同模式。患者的行為表面上複製他們與其他罹患相同病症者所共有的。然而，患者的行為也表現了他們生活中的特殊意義，此特殊意義把病痛經驗塑造成絕對是他們自己而非其他任何人的。長期病人有效醫療之要素是將獨特與複製的重新統合成為整體醫療❸。

　　疑病症的治療包括說服病人，他們並沒有染患他們所害怕染患的疾病，他們是因精神異常而在受苦❹。疑病症對醫生可以成為一種啟發性的諷刺（edifying irony）。他知道它並不像美國精神學會（American Psychiatric Association）公認的（DSM-III)診斷分類所宣稱的，是一種疾病實體（disease entity）。它是在廣泛的各類精神狀態中，從精神分裂和抑鬱到焦慮和人格異常，可以找到的一種症狀。生物醫學醫生也知道，他助長了這個問題，因為他被訓練成要表現得好像他永遠無法完全確定患者的症狀不是隱藏的生物性障礙引起的。不斷懷疑最根本的檢驗尚

❸近年來或許沒有一個字比 holistic（整體的）更被濫用。這個字很流行，解釋為在心理社會學上受到注意，同時在生物醫學上也獲得合格的照顧，但它已有目的地被轉化成為銷售一家醫療保險的商業標語。我用的是 holistic 較早的意義。

❹以肉體疑病症開始的患者，漸漸會轉變成心理疑病症者。在我的經驗中，這是個危險不良的改變，因為在精神病學中極少衡量的標準，不像其他醫學，可以反證患者（或精神科醫生）所擔心的某種疾病並沒有出現。

197

未做，是醫生做為醫療偵探之職業懷疑主義的一部分。因此，疑病症者的懷疑與醫生的懷疑完全相等，醫生心中明白，儘管嘗試說服疑病症者持相反的看法，他自己卻從未完全確定患者沒有疾病。臨床工作是一種或然率問題，像生物而不像物理（Mayr,1982）。醫生從來不能百分之百肯定，通常百分之九十或九十五就已經很好了，但永遠有懷疑的空間。疑病症患者引發醫生的疑慮，使他明顯感到不自在。也許這就是醫生常常發現這種患者令人厭煩的原因之一。

　　下面的病案例證我的觀點。病案描述只包括四位患者生活中那些表現病痛意義諷刺性的生活面。

隱藏的異常

　　阿尼‧史布林格是一位三十八歲未婚的系統分析員，在一家小電腦公司服務。阿尼因為擔心他罹患腸癌而看了十四個月的醫生。這段期間，他諮詢過他的家庭醫生二十次以上。那位醫生最後介紹他去看胃腸科醫生，做了上下胃腸道的X光片檢查以及胃鏡、乙狀結腸鏡、腸內診鏡檢查（那是在光纖內視鏡直視下觀察整個大腸、直腸和胃）。阿尼‧史布林格自己又去看了另外兩位胃腸科醫生，他們重覆做了這些檢查，並且給他做胃腸道ＣＴ掃瞄（電腦斷層掃瞄，一種更準確的X光檢查）。阿尼是由一位外科醫生介紹給我的。他曾向這位外科醫生請教剖腹術（外科試探腹部）是否可能偵測出癌的成長。

198　　　阿尼‧史布林格和他的家庭醫生已走到了絕境。

　　　　基本上他是個好人，而且我知道他是個夠格的醫生
——至少我認為他是——但他就是不相信我可能罹患腸

癌。畢竟有許多小腸不是內診鏡和 X 光技術所能看清楚
的。他怎麼能夠確定我沒有癌症？一旦考慮到腸子的不同
層次，以及假如腫塊真的很小時，就無法確定。好吧，告
訴我，沒有把整個腸子翻出用顯微鏡檢查——事實上，如
果我想在最早的階段發現瘤塊可能需要用電子顯微鏡——
沒有這樣做，他或你或其他醫生怎麼能夠確定，我的意思
是百分之百的確定，我沒有癌症？

當他的醫生們挑剔批評阿尼對待疾病的態度，並談論或然率
（probability）時，他們可能站在堅固的科學基礎上，但在阿尼
看來他們已是輸的一方。

　　你看，即使百分之九十九點九確定某個檢查可以證明
沒有癌症，其中仍然存在那麼一小點的不確定，不是嗎？
就是那麼一丁點，它就足以成爲疾病。而且，當然，就腸
子來說，任何地方都沒有一項檢驗可以做得如此準確。

阿尼對另一種醫療計畫也非常有準備，那個認爲他的問題不
是癌症而是焦慮問題的醫療計畫。他在我們第一次見面時就清楚
地表示了。

　　我知道你是一位精神科醫生，凱博文醫師。但，你知
道，我的問題不是精神而是肉體的。我有許多胃腸症狀，
我擔心我可能罹患癌症，腸癌。到現在爲止，各種檢驗都
正常。不過，嗯，我是説我最近看的一位醫生，路易士醫
師，一位外科醫生，建議我去看精神科醫生，因爲他——
像我的家庭醫生和其他我所看過的專科醫生——認爲我的
憂慮是，嗯，不合理的。我的意思是，他們覺得我被我可

能罹患癌症的恐懼纏住了。現在那才是問題。我知道我對
此感到焦慮，不過假如你像我一樣感到有罹患癌症的可能
──假如早發現有可能治療──但你卻不能說服你的醫
生，你不會焦慮嗎？

阿尼‧史布林格對腸癌沒有妄想。

　　我並不完全確定它的存在。事實上，有這些否定性的
檢查結果，我常認為它不可能存在。但隨後我開始感到懷
疑。你越在意這個東西，你越感到懷疑。我是個應用物理
學博士和系統分析師。現在當我閱讀偵測癌症的醫學文獻
時，我嚇壞了，我的意思是真正嚇壞了，有那麼多可能會
出現錯誤的否定性結果（種種檢驗因為沒有偵查出存在的
病症而錯誤地導致正常的結果）。科學並非真的全都那麼
好。而或然率這個東西，啊，對物理學家來說，問題重
重。我的意思是，在物理學中我學到依法則行事。生物醫
學沒有真正的法則。現在假如你要估計一個問題出現的頻
率，或然率是夠好的，它或許在一羣人中很盛行。但當你
要一個人絕對相信時，或然率真的是不能接受的，至少對
我來說，它是不能接受的。

事實上，阿尼‧史布林格偶而會嘲笑他對腸癌的強烈成見。

　　真是荒謬。我幹嗎要向專家們的診斷挑戰，要對別人
都以為是我幻想虛構出來的東西擔憂？我的意思是，它是
可笑的，真的是可笑的。或者假如我不曾花這麼多時間和
金錢，我自己的錢，在這個東西上，它會是可笑的。
　　我知道這是一種先入為主的強迫觀念（obsession）。

199

我真的懷疑我自己的憂慮。我會觀察我所做的，然後對著
自己想：「這個傢伙瘋了。」但症狀真的足夠，雖然可能
不特殊。而憂慮存在著，我不能排除它。有時候——我可
以告訴你，但絕對不能告訴我的醫生們，否則他們會把我
丟出他們的診所——我對我自己變得這麼不快樂，把我的
憂慮看得如此認真，大吃一驚。另一些時候，我覺得我必
須說服他們，否則他們不會相信我。這個處境多麼荒謬
啊。當他們告訴我「沒什麼好擔心的，你很好」時，我懷
疑他們；當他們告訴我可能有點問題，他們需要做更多檢
查時，我懷疑他們。照 X 光畢竟是危險的，診鏡甚至會貫
穿你的結腸。在說服他們為我做某些事後，我隨即又擔心
我說服他們去做的事可能會製造問題。我真的知道我來這
兒和你談話是有道理的。

阿尼‧史布林格患疑病症已有很長一段時間。十年前不斷頭
痛使他相信他長了腦瘤。三年後他才接受醫生所做的長期慢性緊
張性頭痛的診斷。之後，他出現了他患皮膚癌的恐懼。阿尼因為
有許多黑痣，所以重覆做了許多次的切片檢查以排除長黑色素細
胞瘤的可能性——所有切片都正常——而且他甚至請教過整形外
科醫生有關進一步的皮膚移植術。他回憶，他甚至從小就害怕他
可能罹患「隱藏的異常」。

就是這個東西，凱博文醫師，我的感覺是，這個東西
是隱藏的，而我們必須把它找出來。它潛伏在黑暗中。那
是個可怕的感覺，有些像你小的時候，站在樓梯頂端，害
怕黑暗。我是個系統分析師，你知道，我一直在嘗試整理
東西，使它們更有秩序（order）。我想你可以說，即使
在職業上，我也不喜歡異常（disorder）。

200　　　隱藏的異常之暗喻瀰漫在他的怨訴之中。「我有一種模糊、絞痛、怪異的感覺，好像我的小腸有壓力，你知道，隱藏的那一部分腸子，胃腸科專家無法看得很清楚，那一部分可能有隱藏的腫塊，癌。」幾乎永遠與把癌症當做隱藏殺手的想法有關聯。

　　　　你看，假如我們沒找到它──我的意思是，假如它保持隱藏，然後長大、轉移──默默地，你知道──它會殺了你，我是說我……你看，凱博文醫師，我無法接受，在一個像我們現在科學進步的世界中，我們竟然無法確定身體沒有隱藏的殺手。以我們所擁有的科技，我要知道，而且我要控制這個可能性。

絕對認真的憂慮者

　　　伍夫・西格是個四十一歲的失業商人，強烈地相信他有嚴重的心臟疾病。過去十八個月中，他進入當地醫院的急診室十次以上。每一次他都抱怨胸痛、雙手麻木、呼吸短促和心跳急速。他覺得他好像快死了❺。

　　　「他們認為我是個瘋子，我知道他們真的這麼想。我感覺得到我快死了。」

　　　伍夫・西格擔心許多事。他擔心如何找到一份適合他技藝的工作。他還擔心他所加給他太太的壓力，她是個銀行高級職員必須養活他們兩人。他擔心他的父母，他們已逐漸年老；擔心他的投資，最近情況不好。不過伍夫（「就叫我伍夫（Wolf），事

───────────────
❺這些症狀前後一貫全部出現陣痛，焦慮異常之一種形式。從前這個被稱作換氣過度微候羣；現在驚慌異常被認為是引起換氣過度的原因之一。

實上我只是一隻穿戴狼皮的羊，不過叫我伍夫」）最擔心的是他的身體：「它正在敗壞。年齡是部分原因；運動不夠。我太愛吃。膽固醇：它造成我父親的心臟問題，而我的正處於正常的高限。」伍夫過去擔心換氣過度──一種長期慢性毛病──氣喘（他沒有，但他的祖父和兄弟有）以及糖尿病（「它在我母親的家族中重覆出現過」）。他甚至擔心焦慮：「我是個絕對認眞的憂慮者，如假包換的憂慮者。除非你見到我，你不懂得什麼叫憂慮。」不過十八個月來，他主要的憂慮是他的心臟：「他們告訴我，我是正常的，完全正常。眞是胡說：假如我正常，我怎麼會胸痛、心跳急速或雙手麻木呢？他們認爲我是正常的。天啊！我知道我不是。」

伍夫看同一位內科醫生幾乎已經十年了。他是醫治伍夫父母的同一位醫生。

> 現在哈利，我的醫師，和我有問題。他說我對心臟的狀況過分認眞。我應該放輕鬆，不要擔心那麼多，不要理它，它就會自動消失。他說：「小狼（他認識我很久了），不要擔心。你的心臟沒有問題。是你的神經在作怪。放輕鬆。帶你的太太出去吃飯享受一下。」你會以爲他不認識我。當我有問題時，我擔心。這是個問題，所以我擔心。他是否在告訴我，這不是問題？

與伍夫・西格談話是個怪異的經驗。你開始想你快要大聲笑出了。他就像疑病症者的漫畫人物，而且帶著異敎風格。不過，過一會兒你就了解，至少伍夫在我辦公室的時候，絕對是認眞的❻。伍夫對於他對疾病的恐懼，毫無幽默感。對別的事，他至少可以說，眼中會閃出淘氣的亮光。他喜歡敏捷的對答，他帶著可愛而懷偏見的俗氣，爲他的話加油添醋。但對他的症狀，他帶著

201

敬意,表現得非常無趣。他不停地說,往往重覆數次,完全爲它所佔據。

我告訴伍夫·西格,他的問題是心身性的,一種心跳急速、疼痛與它們的生理併發症之混合,我提出,治療他的焦慮異常以及助長焦慮異常的人格特性可以減低或實際消除他的疑病症。他表現得好像很吃驚的樣子:

202

> 　　醫師,你的意思是,你看了我三次,而「你」也以爲沒有什麼好擔心的?我的憂慮是個人格問題或焦慮異常?如果你喜歡,我同意你說我是個憂慮者、焦慮的神經病患,但一個疑病症者?我?伍夫·西格願意交出右臂以免除這些痛苦的發作。我是一個堅忍的人,不是一個疑病症者!如果這話你聽起來好像誇張──這是不是你用的字眼?──我可以向你保證它感覺起來並不如此。我擔心的是我身體上的眞正問題。我沒有時間擔心心理問題。我不會去擔心它們?也許我在此強調症狀,你就會知道它到底是怎麼一回事,我正在經歷──刑罰。這就是我的感覺。沒有多少人能忍受我所經歷的。心臟才是問題所在。其他的憂慮,它們是另一回事,暫且不管它們。我帶著眞正的問題來看你,我的心臟疾病,而你像哈利一樣的對待我。你不相信,這令我難過。讓我告訴你今天吃過午飯後的種種症狀──而且我也沒有去急診室……

❻我認爲伍迪·艾倫(Woody Allen)在「漢娜姐妹」影片中的表演讓人聯想到伍夫·西格,但並不那麼滑稽。

一心一意的翻譯員

　　葛蕾娣絲·「娣」·依斯花漢迪安利安是一個四十九歲、未婚的亞美尼亞裔美國人，她為首都華盛頓的一家國際機構當翻譯員。她在俄國出生，能流利地說七種語言：亞美尼亞語、英語、土耳其語、波斯語、法語、義大利語和俄語。她有十五年以上的胸部不適：壓迫的、輕微的、模糊的、尖銳的疼痛，不過大部分是一種「不適」的感覺——這個辭她用她的七種語言表達。「這些詞多少相似——一種模糊、不定、憂慮的感覺，在我的胸中，好像環繞著心臟。」十五年來，大部分時間她都有這些症狀，娣因為害怕她有心肺疾病而看過數位醫生。

　　　可能兩者都有。依斯花漢迪安利安家族重覆出現過這種病。我又吸菸，因此這是……是令人驚異的，幾乎不可置信，但這些年沒有一位醫生找到任何毛病。我做過許多檢驗。有時其中一個會出現一點不正常，但結果都沒事。這是一種可怕的經驗，經歷這些年的病痛，卻只能帶著它過活，什麼？我該怎麼說呢？不被認同。你可以說，在地獄的邊緣。我既非健康也非生病。我的病痛沒有名稱。噢！人家告訴我它「與壓力有關」、「是心身性的」、「疑病症的」身體徵狀——換句話說，就是我想像出來的。真是胡扯！如果是腦筋的問題，我會在胸部感覺到它嗎？太可笑了！那麼我為什麼來看精神科醫生，而且還不是第一次呢？塔哈迪醫師說是要看看「心理因素是否扮演了一個角色，是否可以治療」。好吧，除了和精神科醫生交談，我還有更好的打發時間的方法嗎？原諒我的暴躁，

203

不過我很高興與你會面，與教授交談當然可以獲益，我的
問題在我的胸部，不在我的腦部。

娣是一個迷人、見過世面、旅行過許多地方的職業婦女。但
她每一個造得很好的句子，開始和結束，不是描述她的症狀就是
重述她對她身體情況後果的恐懼。

我可能會死掉。他們會說我活得太短了，來不及讓醫
學弄清楚這個病理的性質。他們或許會稱它「依斯花漢迪
安利安疾病」，因為我似乎是第一個罹患此病的人。不過
這個想法太傻了。我的家族有許多人有同樣的毛病。他們
告訴我，在老家這是個普通毛病。如果我不因它死去——
我不像病得那麼重的樣子——我將會失去能力。它已經佔
去我許多時間，干擾所有各種活動，甚至我的翻譯工作也
受到妨礙。

不要告訴我有關壓力的事，醫師。而且不要提到抑鬱
和焦慮。這些不是問題，我向你保證。問題在這兒，就在
這兒，在我胸部的中央——心肺受傷了。你為什麼需要知
道我個人的歷史？它和心肺疾病有何關係？

我正在考慮把我的身體捐出做科學研究。或許只有到
那個時候才能判定細胞與組織有什麼毛病。但多麼可悲
啊！因為等疾病發現時，我已經死了。對我來說太晚了。

在我們數次會面中，我發現要把談話轉向娣的感覺和個人生
活是非常困難的。最後我得知她的「心肺疾病」是因為她與她的
長期男友尼奇‧卡西里不平靜的關係而惡化的。卡西里似乎永遠
都在要娶她的階段，只是會突然中止，要求更多的時間「對它加
以考慮」。

他在考慮什麼呢？考慮了八年？對，對。尼奇可能是我疾病惡化的一個原因。你是對的。看他對我的心臟，還有我的肺臟做了什麼。他是個無賴！在《魔山》（ *The Magic Mountain* ）中湯瑪士·曼（Thomas Mann）的一個主角說，熱情是疾病，或類似的話。但我不相信它是起因，它只是我疾病惡化的許多原因之一。

在我們三次會面的最後一次中，娣恭維我：「我很高興看到你現在問我，我的疾病讓我感到如何？所以你現在知道，你正在處理一個有真正疾病的人。你一定要寫信告訴我的醫生們。你可以幫助我說服他們，我是一個心肺患者！」在那次會談中，娣告訴我：　204

> 你正嘗試用一種方法詮釋我的病痛，另一種方法詮釋我。我覺得翻譯中有一個問題，而我是這方面的專家。我說的是身體的感覺──不適、壓力，一種模糊的不適感覺──你說的是隱喻和雙重協定。這不是語義學的疾病；它是我身體內的一種疾病。心智能夠存在肉身內嗎？我不相信。不過，我們說熱情是存在心中的；假如熱情是一種身體狀況，或許它會使已存在那兒的疾病惡化。你把我弄糊塗了。問題比你想的簡單。它是一種心肺異常。

死亡的陳情者

菲利浦·賓曼是西岸一所大學的人文學科教授。他非常瘦高，有一頭剪得很短的灰髮、顯著的黑眉，戴著金屬框眼鏡。他

結著蝶形小領花，因而使他的大臉顯得更大。賓曼教授自從他太太因白血病去逝後，六年來用他自己的話，一直「為自己即將死去的偏激認知所纏住」。他相信他的病狀是：

> 不平衡，賀爾蒙分泌基本上不平衡。這就是問題所在。我罹患甲狀腺疾病已經很多年了。我看過的醫生只有一位查出它。它似乎是短暫的，非常輕微的。就我所知，它可能只是因老化過程而促進的。但我的體力衰落。我感覺得到生命力正在消失❼。

然而賓曼教授馬上又說：「煩擾我的並非這個疾病。我們所有人一定都會死去。我覺得自己正在面對死亡。我知道我正在不可改變地走向墳墓。我每天想到死，這是個可怕的負擔。一隻冷手抓著我，不肯放開。我感到死亡在我的皮內，在我的骨中。」
205 賓曼不合於抑鬱或任何其他精神異常的分類，不過害怕疾病的疑病症多少也不能捕抓他真正的關切，他真正關切的是死亡而非他所相信的疾病。

> 我是個死亡的陳情者。像中國古代的文人，為了各種影響儒家地位的問題向皇帝寫陳情表，我聽到我自己陳情死亡。我看見它以那麼多不同的方式逼近。我感覺到它緩慢、穩定的移動。我不是幻想或幻覺，我只是對一個我確知會影響我們所有人的過程非常敏感。我希望把它安置妥當，或拖延它的進行。我是，我是第一個承認，害怕死亡

---

❼賓曼可能從未有過甲狀腺疾病，但他在作的十多次甲狀腺檢驗中有一、兩次不正常的結果。這與實驗室無意之錯誤可能性符合。我從他的現任內科醫生得知，化驗證明沒有甲狀腺亢進的疾病，臨床上也沒有懷疑這個疾病出現的理由。

的人。我看到我的妻子死去。它震撼我。隨後我開始感到它在我身上。當我去看醫生時，我能說什麼？請救救我，我快死了，我很怕死？或者我應該說，我對其他人所偽裝的看得太清楚了。不過在我的情況，這個疾病可能老化得太快，死亡來得太早。

　　有那麼多諷刺存在。我認識文學，有關死亡的偉大作品。我一再閱讀它們：柏拉圖、西塞羅、奧里利亞士、早期的教會神父們、莎士比亞、甚至現代的作家。這有什麼用處？這當然不能解除我的恐懼；這可能使事情惡化。我也知道這是衰弱、道德的衰弱、精神生病、被死亡纏住了。但我似乎已經認同身體的強烈感受，那些我由此走向死亡的內在蛻變。「認同」是錯誤的。我應該說學習領會，而且我現在無法停止觀察。我覺得像個自然主義者正看著花園進入冬季。我感到皮查克（Petrarch）的「在夏季裡凍結」，但這不是愛和肉慾，而是死亡，相當簡單的死亡，我覺得。我不知道對這種事你給予何種幫助，害怕死亡的肉體經驗——不成熟、過早的恐懼。但它控制了一切。我不再是個從外面觀看死亡的歷史學者；我就是一個死亡的歷史本身。

詮　釋

　　寫出患者的病史，或像在前面這些病案中，選擇、整理病人所說的話來表示特定疾病的典型徵兆與症狀是可能的，而且對受過這項訓練的醫生來說，是非常容易的。我相信，醫生用來寫病案報告的同一過濾網，在他聆聽和探詢患者問題時也會用上。從澎湃的苦惱中，典型的疾病如雕像一樣被塑造出來——在此情

206　況，是一種重造。假如我把這些病案極為複雜的情況描寫出來，
它們之間的差異就會變得更為明顯。熟練的開業醫生要決定首先
要診斷和治療疾病，好讓患者得到適當的生物醫學治療，然後又
把它看成是他在生物醫學象徵形式中所接受之診斷訓練的一項加
工品。科技干預可能改善，甚至治癒疾病，但不是病痛。要治療
病痛，治療者必須有勇氣面對處於紛擾、混亂、生活經驗永遠特
殊的患者。

　　疾病是心理生物的翻版過程：它複製徵兆、症狀和行為。人
類病症怪異之處就是，從如此普遍的過程中，出現了某種對文化
來說是特殊，對個人來說是特異的東西。當然，阿尼・史布林
格、伍夫・西格、娣・依斯花漠迪安利安以及菲利浦・賓曼，同
樣都有罹病恐懼症和其他疑病症的屬性。然而這個對疾病的恐
懼，被苦心經營成為「隱藏的殺手」、「絕對認真的憂慮」、
「依斯花漠迪安利安疾病」和「一個死亡的歷史本身」。在共有
的文化情境中，每個人都以非常相同的方式，從相似的衣著、禮
儀、食物、審美偏好，以及（在這個案例中）疾病中，創造了獨
特的認同或認證（original identity）。我認為，病痛意義說明
了個人由群體中、獨特由一般中發生轉變的情形。那些意義創造
了具有轉化作用的辯證思維方式（dialectic），也為這種方式的
創造，也就是這種思維使伍夫・西格和娣・依斯花漠迪安利安變
成了他們現在這個樣子。

　　阿尼・史布林格的病痛經驗有美國重要文化主題受到癌症挑
戰的強烈意味：對世界世俗的機械性看法，精確控制物質環境與
身體的期待，不願意承認生命本來就是危險的，害怕我們細胞中
（以及我們街道上）隱藏的殺手。菲利浦・賓曼似乎還可以找到
膽怯的西方文化形象：在肌肉發達軟柔的青年時期以及強壯的壯
年時期過去之後，我們步向漫長的下坡路，底下有死亡等待著我
們。現在的西方，老化已經成為一種疾病；賓曼教授精緻卻病態

的敏感是那個由正常變不正常的文化轉化，和個人功能的創造物。伍夫和娣的表現比較有種族性，因此複製較特殊、較不普遍的用語與隱喻。不過，從複製中獨創的過程卻是相同的。

207

醫生和家庭醫療給予者正處於複製與獨創的夾縫中。當他們只認識複製時會有危險。醫學報告和講座常說「疑病症患者是……」，「所有罹病恐懼症患者是……」等等。但即使我對個人的詳情只做極有限的素描，阿尼・史布林格、伍夫・西格、葛蕾娣絲和菲利浦・賓曼仍可以被看成是同一標題下奇異的一群人。他們不可抑住的人性像一個差異驚人的聯歡會不斷迸發出來：不只在於他們是誰，也在於他們如何度過他們的長期病痛。沒有一種診斷規程應該獲准片面地，以看起來相似的漫畫來描述那些個人和他們的病痛經驗。相似的漫畫會被帶過來變成對待他們有如他們是相同的。診斷系統的目的畢竟是以公認的模式來指導疾病的治療。它並不意味就是個人類型一個完美的代表，或是他們生活問題的一個照顧指南。這也是事實，複製不可否認，診斷不可拋棄，以免疾病得不到治療。疑病症患者的恐懼有相似之處，假如這些恐懼適當地加以診斷，假如醫療給予者受過訓練知道如何處理，恐懼是可以治療的。不過要提供富有人情的醫療，治療者一定要看到每位患者特異之處。

疑病症最具諷刺的是，它提醒我們，生命問題之特性與對它們加以反應的專業和家庭系統之間的緊張。精通治療技藝——不管是由醫生或由患者的配偶來做——就像精通其他技藝一樣，以諳記規則，模倣範本開始。熟練的開業醫生（和有成就的家屬）所學到的是，如何承擔例行治療過程中的許多危險，從那些範本中隨機應變，如何超越因襲化與漫畫化，走向復癒，這基本上是一個人性化的藝術。

治療疑病症以困難出名，很容易看到醫生和家屬以開患者的玩笑來減輕他們自己不適任和失敗之感。不只是患者的疾病，連

208　醫生和家屬的反應也是一種抄襲。那個抄襲的治療性關係常常被貶抑和拒絕。甚至善意也可能助長患者的病情惡化：過分的關心會鼓勵不必要的住院、昂貴的檢驗、危險的治療方式和各方面的挫折。我能做什麼建議呢？

　　我發現保持一個人本身的諷刺感可以防止在治療上感到無望和氣憤。直言不諱地與疑症病患者及其家屬一起努力，增進他們對我們所檢視過的那些多元諷刺的了解，可以減輕這個長期情況的傷害結果。我強力主張要把疑病症當作一種苦惱語言看待，而且照顧者要被教導去使用那個語言，用患者所用的相同隱喻。生活緊張和內心的壓力加強患者對疾病的恐懼和他們對自己以及對醫生的懷疑。接近疑病症的語言，對探測這些緊張與壓力的心理治療是有益的補助。有系統的探測疑病症之病痛意義，可以變成一種治療法的基礎。這種治療法還將注意力集中在主角諷刺性的地位上，同時把他們當成演員和旁觀者。這種治療法仍有一段漫長艱苦而不確定的路程。許多病案能勉強設法度過難關，有一大部分就是因為他們定期靠諷刺感恢復元氣。

第十四章
治療者：行醫之各種經驗

209

寫處方是容易的，但與人互相了解卻是困難的。

——Franz Kafka

（〔1919〕1971：223）

作為醫生，我知道對無助、受傷的人移情會如何疲憊與
恐懼。當一個人付出的精力完全無法對抗命運之流時，
我知道保持同情有多困難……作為患者，我感到更孤
單、更無助、更恐懼，而且比現在我認為我必須表現的
更為憤怒。

——Judith Alexander Brice

（1987：32）

只看外表的人認為，健康是生命的附屬品，而且常與我
們生病的身體狀態爭吵，
但我看到人最內在的部分，而且知道懸掛的布匹纖維如
何軟柔，我常常懷疑我們並非永遠如此，
而一想到導向死亡的千重門戶，我實在感謝我的上帝，
我可以只死一次。

—Thomas Browne
Religio Medici, 1643

八種醫療生涯

下列八位醫生之醫療生涯的簡單素描很難對醫治長期病人的多面工作，或對長期病人所接觸的各種醫生做出公平的判斷。須要一整本書才能描寫出臨床醫生的各種經驗。不過即使這截短的報告，也能逼人認識：長期病人的醫療是困難的卻也是特別有報償的；對醫療，醫生是怎樣的一個人就像患者的個性一樣重要；照顧那些長期受苦的人與投射在我們社會中所盛行的科技和經濟衛生醫療形象差異極大。

大部分對於行醫的社會科學研究，不是檢討醫生在醫學院和住院訓練期間的社會活動，就是檢討專業的正常規範和個人成見對患者與醫生之接觸的影響（見 Hahn and Gaines, 1985）。他們研究醫生如何學會處理不確定和失敗（Fox, 1959; Bosk, 1979）。他們研究應用科技的問題，或行醫的德道困境（Reiser, 1978; Veatch, 1977）。他們研究醫療的語言（Mishler, 1985），或正式之教科書知識轉化成普通之專業工作技術智識的情況（Freidson, 1986）。研究行醫經驗就像研究病痛經驗，主要是表象的報告，比較注意社會力量（它們的確是有力的）的影響，而較不注意實際的醫療工作。在醫療成為主題的地方，醫生與患者的關係才會適當地移到舞台中央。

醫生常常覺得，這些形式主義者的學術報告，雖然具有分析能力，卻忽視了對他們來說非常顯著的東西：也就是內在感覺得到的行醫經驗，治療者到底像什麼樣子的故事。醫生轉而以小說來傳達這個臨床醫生內在的世界。醫生的醫療民族誌大大落後於病痛經驗的現象描述。我們沒有用來捕捉醫生經驗精華的適當科學語言。醫生感到最瀕臨危險的事物——對行醫最為相關的——

從我們粗糙的分析表格中溜走了。

檢討長期病痛的意義，不加入治療者的意見，醫生的說明，是危險不完備的。在第七、第九和第十一章中，我已概略地描述了數位醫生，他們的行醫方式不是便利，就是妨礙了長期病人的醫療。現在我從醫生的觀點寫醫療。因為我也有此經驗，所以這也是我的觀點。或許，假如我能直接從治療者的觀點將它表現出來，那麼我們對什麼會使長期病人的醫療有時如此成功令人振奮，有時如此失敗令人洩氣之了解，就能達到更高程度的鑑別。 211

受傷的治療者和有所用處的需求

保羅‧山繆爾士是中西部大城的內科醫生。他開業，與其他三位醫生聯合起來，在晚上、周末和假期中輪流值班。他每天大約在診所和醫院中看二十五至三十位患者。他每天六點半開始工作，先到醫院巡視病人，下午七時在診所結束一天的工作。星期六他只在早上看病患。星期三下午，他在醫學院的綜合診所教導醫學院的學生，然後去圖書館看書，閱讀新出的專業性文獻。每隔四天和四周，他在晚上和周末值班，接聽這群醫生所有患者的電話。

保羅‧山繆爾士的主要興趣是醫治有嚴重身體異常的患者，他看的主要是這類患者。保羅把這項興趣歸因於在他成長期間，他父親罹患了糖尿病，隨著這個疾病惡化產生併發症。保羅父親在他十二歲時去世。他還相信，他自己從十二歲就得氣喘病的經驗也使他成為對長期病人更富同情和更有效率的醫療給予者。

> 當我父親垂危時，它像青天霹靂一樣出現。從此我一直帶著它過活。你可以說它是我的第一位臨床教師。事實上，我認為我的病和我對我父親的經驗使我成為醫生。

不，是醫學使我成爲醫生（doctor）。但那些經驗使我成
爲治療者（healer）。

　　我花了數年才學會控制我的病痛。氣喘使我在少年時
代感到與眾不同：猶豫和脆弱。起先我不能與它和平共
存，我對生病感到難堪。但是，像爹的去世一樣，我必須
努力排解痛苦和損失。最後，我做到了。我知道，即使它
仍存在，我已戰勝了它。我想那個經驗中存在幾個大教
訓。首先，我學到病痛是個生活負擔，對你的自信和控制
感是個威脅。然後我學會與它共存，獲得足夠的休息，環
繞著它計劃我的生活。避免引起發作的事物。當奧士勒
（Osler）說長期病人學會活得長久時，他心中想到的一
定就是這個。最後，我學到了最偉大的一課——照顧別
人。自己受過傷的治療者知道，受苦是怎麼一回事。沒有
比病痛經驗更好的訓練。其他還有某種東西也與生病和照
顧爹相關連。要有所幫助的一種需求。要有所用處，給我
一種我是某人之感。它在道德上多少成了我的認同
（identity）重心，從此它一直維持這個情況。

山繆爾士醫師的同事一致稱讚他委身於患者與他們合作的行
爲。有一位說：

　　對，他是你的老式醫生。他獻身行醫。他努力工作以
琢磨他的技藝。他比我所認識的任何人花更多時間與患者
在一起。他到患者家出診。只要需要他就會盡其所能的留
到很晚以便看到每一位求見者。他似乎在我們大部分人會
燒壞（burn out，精疲力盡）的情況中顯得精力充沛。對
我來說，他是醫學界最好的典範。然而他並非絕不犯錯，
也不是個外星人。我想特殊的是他的人情味。他自己是個

長期病人。他自己知道那是怎麼樣的情況。即使患者不會表達，你也可以在他準備自己要去迎合患者需求的方式中看出他的了解。

另一位同事說：

> 假如我有嚴重的病痛，我要保羅當我的醫生。在他的個性中有一分慇勤、一分沈著的敏感。你多久才能見到這些與真正的技術勝任連在一起？我想這一定使患者感到他特別關心他們。我們都做相當類似的事，但他比較能夠影響患者。和他的患者談談看；他們就會告訴你。使他顯得如此稀罕的是他們有他會為他們做任何事的感覺，而且還會略為多做一些。

我真的與他的幾位患者談過，包括一位三十五歲罹患糖尿病的承包商。

> 你是說山繆爾士醫師？是什麼使他變成那麼棒？我不知道，但他應該拿它去申請專利。他是真誠的人，他聆聽。山繆爾士醫師知道你經歷了什麼。我不知道，感覺起來像──嗯，你知道，像他與你同在，當你經歷一段不好的時期，一次急診時，他就在你身邊。他希望你轉好。有時候我想我覺得他好像需要你轉好。

另一位患者，一個罹患癌症的女工說：

> 「我怎麼能向你解釋。我覺得主要是在於他所不做的，不是他所做的。他不會不耐煩。我從未見過他性急或

冷淡。天啊，現在我想到了，在我的經驗中那是百分之九十的醫療問題。從接待員到護士到專科醫生，他們都沒有時間理你。他有，為什麼山繆爾士醫師剛好相反。我的意思是，他有一大堆求診者，真的很忙。時間並不多，但我想重要的是他和你在一起時所做的，這就是他最特別的地方。山繆爾士醫師關心發生在你身上的事。只要跟他在一起，你就會感到舒服。天啊，有時候只要和他通電話我就會感到好了一些。聆聽他說話，對他傾訴，症狀和疼痛就會減輕。

保羅·山繆爾士，高瘦多稜角、禿頭，灰白的鬍子修剪得很短。他是個顧家的人，有妻子、四個青少年子女、年老的母親和三個已經成家的兄弟。他在家庭與患者之外，極少其他興趣。

醫學不像人們那麼令我感到興趣。事實上，我差點退出醫學院，因為我發現所有的科學都無聊不相干。我要照顧人，不是讓化學方程式和顯微鏡片佔據我的時間。我努力趕上最新的發展。在科技上我想成為頭等的，畢竟這是患者所需要的，但那只是機能方面的醫療。我覺得人性方面才是真正重要的，它是更艱苦也更有回報的。成為治療者是一項大特權。進入患者的生活世界，聆聽他們的痛苦，幫助他們使他們的苦痛變成有意義，幫助他們應付疾病的重擔——這些全部使我的工作變得有回報，坦白說，我無法想像不做這項工作。在某些方面，我需要成為治療者，我需要對別人有所用處。那是我的自我形象。我猜你會說那是我的認同（identity）。無疑的它一定與我內心深度無法幫助我爸的罪惡感有關。或許它一定也與我的自我價值感脫不了關係：在青少年時代，我相當不自在，相

當不確定。我感到有點迷失。我想，成為給予照顧者改變
了這一切。它是我生命中最有意義的。我無意顯得浪漫或
懷舊，但這不是單純的一份工作。這是一種生活方式，一
種道德原則。

保羅・山繆爾士的妻子麗塔，用不同的話透露這個治療者委
身的行為對他的家庭所造成的一些困難，但她也確認她丈夫的自
我形象：

我，我的意思是我們，孩子和我，過去對保羅，對他
承擔他的患者問題的方式，真的感到很不高興。而他們之
中一些人確實有問題！我的意思是保羅不能像其他醫生一
樣放手不管。他擔心他們，他們對他很重要。也許──至
少我過去這麼想──也許太重要了。有時候我認為沒有求
診者他會迷失。有時候我會想知道，假如我們退休會怎麼
樣。但我不認為他能退休，就像我們家萬一發生事故一
樣，他會失去某種令他穩定的東西。

醫療的負擔

安德魯・史必爾四十六歲，圓滾帶笑容，在一家大都會社區
醫院擔任內科醫生。他是胃腸病專家。安迪・史必爾六年前退出
醫學研究成為全職的開業醫生，主要是為了經濟上的原因。他仍
舊認為他自己比他的一般同事更富學術導向，而且他利用空閒的
時間與過去的數位同事一起做長期肝病的臨床流行病學研究。

非常坦白地說，我需要的是從全職的臨床工作獲得一
年的休假，然後我可以回到我的學術興趣上。我就是沒有

我所需要的時間來從事它。更糟的是，我覺得我被臨床工作燒壞（即精疲力竭）了。你能忍受的只是這麼多——所有的問題、電話、所有的患者與家屬。當我剛開業時，我沒有料到這個，我沒有想到它會這麼困難。一到周末我就感到幾乎再也不能忍受了。這絕對不是我進入醫學的目的。我更傾向於智能方面。現在我是合而為一的高價機械師與護士。如果不是為了錢，我會離開，回去實驗室做研究。越離開我的工作，我越了解，沒有家屬的電話，不必一直聆聽人們的抱怨時，我是最高興的。每個人似乎都想從我的身上獲得一些東西。我覺得我需要保護自己，不與患者一起捲入。假如我能只做，只做認知方面的，而把感情、家屬、全部的混亂留給別人。我覺得患者正在吸乾我。他們要這麼多，他們每一個人。假如這樣繼續下去，我不是在一兩年內燒壞（精疲力竭）就是對患者和我自己變成一個危險物。

一個治療者的夜思

　　希拉姆・班德是個六十五歲的家庭科醫生，他臉色紅潤，行動緩慢，在新英格蘭土生土長，並在此開業將近四十年。班德醫師以筆名寫短文和小說，他是個有才智的人，努力思考行醫的道德教訓已經許多年了。班德是當地著名的健談家，和我度過一個漫長的冬夜，對病痛難以處理的人性問題做獨白。他談論現代醫療危險的蛻變。他從他專業經驗廣大的儲藏中提出數十顆發亮的玉石來支持他的論點，治療（healing）根源於古代人類的努力。其古代風貌——沙門教（shamanisim）、僧侶的功能、和詩對人類靈魂黑暗面的洞察——是比較屬於宗教、哲學和藝術的一部分，而不是科學的。

　　不要誤會我。我並不反對科學。如果這四十年間我曾
學到任何一件事，那就是我們醫生需要我們所能獲得和駕
馭的科學。不過那並不是眞正的行醫情況，未來也不會
是。你閱讀威廉士（William Carlos Williams）——在我
心中他是一位偉大的醫生和藝術家。他說得對，醫療使你
幾乎永遠捲入糾纏的關係中，一個個性之網中，一個——
豐盛辛辣的人性大燜鍋中，其中包括了我們自己做爲醫療
者的恐懼、熱望和需要。這是……沈重情緒和人類行動的
混亂世界。像我們這樣的智識分子，把文本的模式（the
model of the text）當作一個人類行爲模式，病痛當作理
論，來談論會比較自在。嗯，理論對病痛是緊要的，對；
但病痛是有關疼痛、失血、心跳、不容易表示的恐懼、驚
慌、眞正的驚駭。它關係行動，不只是思想。

215

　　幾星期後，我有令人鼓舞的機會去觀察班德醫生行醫一天。
我在每個病案間以及一日辛苦工作結束之後，問了他更多有關醫
療的意見。我從許多小時的談話中，選擇了下列的觀察。

　　我認爲醫生能夠忍受曖昧與長期狀態之不確定，就不
會再有失敗的威脅或死亡的威脅存在；反而會有了解人性
之人性（the human nature of human nature）的基礎…
…在幾次臨床際遇中，有全程的激動情緒和侵擾的道德困
境要用一本小說才能表達。每個患者都是一個故事。醫生
進入故事中有如旅人迷失在森林裡，他比在其他的生活中
更快就能找到他的路。認識生活故事之生活結構，是醫生
工作所能提供的最偉大禮物之一。你以黃疸病開始，你得
知它是胰癌——胰頭癌堵住膽管——然後你得知癌症患者

生活的掙扎。然後它不再是一個癌症患者,而是茉麗亞·瓊絲、約翰·史密斯、比爾·史瓦滋——他們的家人、他們的婚姻、他們的希望、他們的恐懼、他們的世界。你把醫學留在後面,進入一個生活中……醫學所關心的是使你繼續活下去的問題;但嚴重的病痛對你提出這個問題,生命的目的是什麼?

醫學在心中必須是一種道德事業,否則每個人怎麼會對這個東西信賴這麼多年?噢,我並不是說醫生是個道德典範——絕不是。當被生活中極端的……危急推得太厲害時,醫生就像其他的人類一樣:貪婪、妒嫉和危險。不過照顧人類就要表現得像「人類」,看我們小小人性的限制、失敗和成功在掙扎中變大,去幫助某個受傷、恐懼或僅僅需要幫助的人。這個道德教訓是,這也就是我們的生活,我們必須有所準備。我心中認為,這大約是生活中簡純的事實,所有的生活被掩蓋,就是因為它們:太簡純、太真實。

有時候我憎恨我所做的,但大多時候我把它當做一種生活方式來接受,它造就了我,使我對我們共有的人性有特殊的看法。並非永遠是尊貴的;常常是徹底否定的。不過在某種詩意的方式下,常常像任何我所讀到或聽到的事情一樣,足以令人鼓舞。我不知道當我們把醫療變成如此高科技,如此由價格、官僚規則以及與患者的敵對關係主控時,醫學此一方面會成什麼樣子。或許我們正在扼殺這個古老職業最好的部分,像現代生活中其他許多事物一樣。我們以更細密的理性替代直覺、感情和道德熱忱,並把有關結局的問題——大結局:死亡、殘障、痛苦——轉變成以科技拙劣地加以修補。我們將置留何處?我不知道。我在較陰鬱的時刻認為,以我對它的認識與估價,我

們正處於醫學的末日。但另一方面，你正在與一位耽於幻想的老人談話，他正與他的年齡形象爭吵，正受到他一個無法找到的癢處騷擾，一個燒痛得要死卻無法正確指出的壞處。人性核心一個腐蝕損壞的小點，正在把我們推向邊緣。

幾個月後，班德醫生來看我，我們的會談就以一次最後訪談做爲結束。在我們分別前，他堅持要我記下這段話以做爲行醫的最後思考。

某處，有一位古代猶太法師說，這個世界是好的，只要我們不對它失去我們的熱心，一旦失去，它就變壞，非常壞。當醫生使我覺得這句話，不但在病痛經驗中，而且在行醫——這個我們了解太少的——經驗中，似乎也是真實的。你需要有時間退出這兩種經驗。我想，在技術上我們說，你需要醫學的面具，專業的人格（persona），使你遠離可能壓倒你的事物。當你在實際的病痛世界行醫時，你無法想到這些事。你必須行動。你必須做困難的選擇。說句可怕的實話。站在那兒做一些有助益也造成痛苦的事。嗯，事後，在晚上，你開始思考。這時沒有人格和面具。這時它打擊你：所有的錯綜複雜，你對個人真實悲劇之敏感，與你對你行動之社會結果的恐懼。午夜之後，專業性的保護沒有了。你，你感到非常寂寞、脆弱。你的決定與行動之道德影響力變成難堪的形象，侵入思想使你睡不著，或更糟地變成夢，惡夢。這是臨床醫生的真實時刻。對我們大部分努力在工作中保持真誠的人，它已經夠壞了。但對那些把他們的人性隱藏在專業與制度柵欄內，不能對付人類病痛面的人，它一定是很可怕的。沒有人爲

此替你做好準備，這打擊你存在之感——比起對我們專業
能力之有限自我疑問，這是個更惱人和難以抖開的感覺。

引發改革的遭遇

黎諾兒・萊特是一位二十九歲的內科醫生。她來自中上階層
的黑人家庭，在城中貧民區一家診所工作。她的臨床經驗是她第
一次實際接觸到她所謂的

我們黑人下階層：我們所有人出身處之最窮、最悲
慘、最混亂、受壓迫與壓迫人之提醒者。

它使我變得激進；它是對社會死亡、病態、抑鬱來源
的一種革命性際遇。我看得越多就對我一直多麼無知，對
疾病的社會、經濟、政治原因多麼遲頓，感到驚駭。我們
在醫學院抽象地學習這些東西。這兒卻是一個活生生的真
實，一個醫療的地獄。我們需要的是防預，不是我整天用
來貼深度內傷的小繃帶。

今天我看到一位罹患高血壓有六個孩子的肥胖母親，
沒有丈夫、沒有家族的支持、沒有工作。什麼也沒有。一
個野蠻暴力、毒品、少女懷孕的世界以及——以及一個接
一個的心靈麻木危機。我能怎麼辦？勸吃低鹽飲食、告戒
她控制血壓有什麼用？她正處在如此真實的外在壓力下，
她的內在壓力有什麼關係？正在殺她的是她的世界，不是
她的身體。事實上，她的身體是她的世界的產品。她是個
非常超重走樣的大塊頭，是個環境的倖存者，缺乏資源與
殘酷的信息以供使用，使她聽到其世界之限制時不能不先
感到憤怒。嗨，她所需要的不是醫藥而是社會革命。

走進我們的急診室，看到一件接一件接一件的酗酒暴

力，濫用毒品和中毒、數年沒有受到照顧的長期病痛，這
類衛生習性，這類一定會破壞身體，扯裂、疏遠生活的習
性。來看一看。你所能做的只是回家痛哭，向你自己保證
一定有辦法可以防止下一代屈服以拯救他們的子女。這個
經驗把我重造成某種東西，另一個人。方濃（Franz
Fanon）一定來自某個類似的世界❶。我能怎麼辦？

譏誚家

班傑明・溫特豪士四世是東北部一個富饒市郊的小兒科醫
生，主治青少年疾病。班來自紐約一個有優秀醫學傳統之舊家
族，是家中第四代醫生。他很快就以譏誚家來形容他自己。

　　是的，對醫學我是譏誚的。你怎麼能不譏誚呢？醫療
訴訟危機使我們所有人亂害怕的——不只是醫療過失，還
有用藥沒有完全徵得同意，甚至發生不良〔(maloccur-
ence)，病情缺乏改善〕。什麼世界！每個人都想轉好。沒
有人應該成為長期病人、殘廢或死亡。坦白說：我對這一
切已經厭倦了，在這種壞時代，唯一能做的是把你的頭放
低，不要製造浪花，努力不要犯錯——萬一你犯了，或者
以為你犯了，就把你的笨事掩蓋起來。你在圖表中寫下防
禦性的說明，一隻眼睛注意同事的檢閱，另一隻眼睛注意
可能的訴訟。為了害怕患者攻擊你，你努力避免激怒他
們。你按照書本行事。這表示你比較介入文書的處理，打

---

❶Franz Fanon 是《不幸的大地》（ *The Wretched of the Earth*, 1968）和其
　他革命性著作的作者。他是在阿爾及利亞接受法國訓練的精神科醫生，
　因為他在阿爾及利亞戰爭期間的經驗而變成激進。

電話給藥廠、顧問、你的保險公司和律師，較不介入患者的問題。

218　　你嘗試衡量高危險性的家族，把他們推薦給別人。我說的危險是指爭吵和訴訟。什麼樣的行醫方式！這不是我被教導的方式，而且違背我的家族傳統；但這是生存下去的唯一方式。

至於你的長期病痛，每個人似乎都在推銷某些東西。拿青少年消化不良徵候羣來說。我看了許多病例，許多。嗯，一位小兒科醫生說那是壓力引起的；另一位說是食物過敏和一般飲食引起的；又有一位說是家庭問題和學校問題引起的。兒童精神科醫生說一樣，胃腸科醫生說另一樣。如果你是個忠實的信仰者，你說服你自己相信單一的治療方式。這也是你賺錢的方法：推銷新發現的小玩意。事實是，沒有人知道原因。原因不確定，治療方法更是如此。如果你對求診者誠實，他們會感到失望，離開你去找最流行的醫療，我看過許多類似的問題：緊張性頭痛、背痛、氣喘、感冒後的衰弱，只要你叫得出名字。拿濕疹來說，我必定從皮膚科醫生們那兒聽到十多種不同的理論。還有心身症的（psychosomatic）理論！我們的居民對心理學、整體醫學、按摩、羣體治療、身心關係的演講、精神神經免疫學（psychoneuroimmunology）、針灸非常熱中。他們知道所有心理分析和行為醫學的理論，包括你從未聽過的。這使我極為懷疑和消極。

好吧，我是譏誚的──對生命中許多事物。我發現我自己懷疑患者所說的話，尤其是家長的話。社工人員是最危險的：他們認為每個人都是兒童虐待者。藥物推銷員推銷活動過度症服用的最新藥丸，就像他們正在販賣毒品。實驗室的代表企圖要你讓每一個人做最新的血液篩檢，甚

至心理檢查也由電腦計算分數。你真的不知道該相信誰或相信什麼。我看到許多埋怨者，我就是不相信他們告訴我的話。他們太柔軟，太衰弱。他們不能忍受任何程度的不適。

　　你知道，情況變得這麼壞，有時候我發現我自己正在做白日夢，我已不再開業行醫，而是在做其他方面的事，不是醫生。我告訴我的孩子們：不要，不要走進醫學。它已經全部改變了。他們所要的是技術員或推銷員，不是醫生。讓你的讀者聽到我必須說出來的話。醫學和社會的其他事物一起沈落了。對它我已受夠了。

治療者的商品化

　　海倫・麥克瑙頓是位三十九歲的精神科醫生，在西岸一家大健康維護組織（HMO）所屬的基層醫療部門服務。麥克瑙頓醫師生性活潑，有高度專業水準和溫文的南方優雅氣質，她正考慮離開 HMO，開設她自己的診所，因為她顧慮到這兒的制度結構不利長期患者的「良好醫療」。她說話帶輕微的密西西比腔調，節奏緩慢，略為口吃，我無意模倣，但它卻為她的話增添魅力，為她的形象加上驚人的效果。

　　讓我們想一想醫療。現在，醫療應該是醫生所做的事。不過啊，醫療已經變成一種商品。它是 HMO 的「產品」。他們衡量它，分析它的花費，訂下它的價格。它不能過分使用或標價太低。你，醫生分配它。你一定不能給得太多。對，事實上，越少越好。 219

　　如果患者要看你，他必須努力奮鬥才能通過層層的障礙，那些設來保護你的接待員、護士、社工、心理學家和

醫生助理——高價位的專科醫生醫療對這個系統來說是昂貴的——啊，假如這個患者，她在這一切之後見到你（而她真的是不應該見到的）為什麼，這時，這個系統就是失敗了。因為我們應該是要和患者保持距離的，不能增加費用。長期患者不能住院，因為住院花費很大。當他們在門診時，他們接受低薪資的專業人員照顧。費用就是一切。咬，該死，好醫療是昂貴的。談錢不能正確描述醫療，它扭曲醫療。

當我學習成為精神科醫生時，我學習做出我所能給予的最好照顧。它是個奇妙的經驗，好像一個藝術家在畫室中慢慢工作，使他的作品完美。它是——迷人的。現在它不迷人了，像工人在工廠中交出標準化的裝配線產品。HMO 夾在我的患者與我之間。它離間我們。

而且假如患者病情沒有改善，這時為什麼轉而責怪他們。他們已經非常不想改善了。他們缺乏改善的動機。對，這是他們的錯。心身症的（psychosomatic）——有更被誤用的一個字嗎？——該由它負責。無論如何，這是他們的責任，不是我們的。我發現我自己花一半時間在排除這些愚蠢、錯誤的觀念，另一半時間在診斷患者身上為這個心理學含混不清的胡說所掩蓋，或社工和護士們無法診斷出來的可以醫治之精神狀態。

這個系統稱患者為顧客。但唯一真正好的顧客卻是不出現、不打擾 HMO 的顧客。盡快打發顧客；先生，這是政策。

坦白說，我寧願在比較少，很少官僚較富人情的地方行醫。你可以叫我夢想家，但我知道醫療可以、也應該比這樣更好。我不想說服有自殺傾向的患者不要住院，因為我們已超過了我們住院的限度。我不想「數衍顧客」，我

要「照顧患者」。我不想躲在官僚登記員和醫師助理後面。我要從事醫療工作。

敏感的新人

比斯萊‧威爾是個二十三歲的醫科學生，才開始他的臨床醫學入門課程。他剛訪談過他的第三位患者，一個五十五歲罹患肺癌的工人。

我非常為他感到難過。我的意思是，我只聆聽，卻不知道該說什麼。診斷絕對沒有問題。他們已經用盡了各種治療方法。這個人，這個可憐的人，快死了，而他知道。化學治療只使他中毒；它沒有碰觸到瘤塊，我聆聽他的話，感到非常難過。他開始哭，我也感到想哭。我自己私下想，不應該顯露我的情緒。我感到害怕。假如我得到了肺癌，或者假如我爸或我媽得了，我該怎麼辦？對垂危的患者你該說些什麼？我感到那麼無助，那麼寂寞和缺乏準備。我太敏感了嗎？聆聽他的話使我感到非常難過。也許那就是醫生不聆聽的原因。你怎麼能每天忍受它？

你知道，當我和患者在一起時，我感到一種敬畏。他們經歷了那麼多，而我只在那兒聆聽，嘗試學習，類似觀察者卻什麼也不能做。我只是努力以更認真聆聽來補償這個無能的感覺，努力顯示我想了解他們所經歷的。我擔心我會以臨床新人的需要加重病人的負擔。我知道，因為有此經驗，有一天我才能幫助別人。不過為了對我，一個學生這麼有幫助，我仍想回報這個患者一些東西。

我猜住院醫師們會認為我們太天真、太脆弱了。他們說笑話，對不幸和悲苦似乎心硬、習慣。我猜有一天我會

220

像那樣，而且據說不會太久。不過要是如此，我想我會失去某些重要的東西。也許因為我在醫學院只待了兩年，我覺得與患者較親近。我的意思是我離當外行人不遠。我想當你是忙碌的住院醫生時，你就不應該有這樣的感覺。我希望像他們一樣嗎？我進入醫學界是要幫助病人，不是要貶低他們或避免人性問題。然而，例如在我的病案中，那些問題那麼大，那麼恐怖。對他們你能怎麼辦？一定要變得比這容易一些。

一位中國治療者

顧方文四十九歲，是一位傳統中國古代醫藝與科學的開業醫生，禿頭，有細緻的臉和帶笑的眼睛。他蒼白脆弱，極為敏感，在中國南方城市的一所大醫院中主管草藥和針灸診所。他是個用「氣功」治療「壓力相關」問題的專家，並以治療長期病痛聞名。顧大夫來自聲稱過去七代皆有醫生的家庭。他的父親和祖父都是著名的診斷家。

在中國醫學傳統中，偉大的醫生從脈搏中診斷出複雜的病症。他們不問病史，他們反而從把脈中告訴求診者和家屬不適的情形。我認為那是胡說！沒有一位醫生——在中國或西方醫學界——能夠幫助患者，除非他先了解病痛的背景和助長它的事件。我們必須從患者的歷史開始。我們必須把自己放在他們的立場以了解他們的感覺。現在，我行醫幾乎已經三十年了。這就是我所學到的。長期病痛須要長時間的治療。我們必須緩慢、小心地進行。患者必須與他的身體和他的世界保持和諧、平衡。飲食、運動、工作、休息、家庭和其他關係——全部都必須和諧，否則

身體易受疾病惡化或新病症的影響。甚至情緒也可能影響
健康。長期患者的治療必須調和所有這些事物。但治療是
困難的。我的意思是，治療有長期問題的患者從來就不是
容易的。你了解患者的狀況必須深入得像你注視他的病
症，只醫治病症是不夠的。在傳統的中國醫學中，每一個
治療方式都是個人化的，因爲疾病雖然可能一樣，人物卻
不相同。你也必須使治療方式變成個人的。

　　我並不眞正了解西方醫學，但在中國醫學中，我們被
教導去教育患者，使他成爲自己健康的醫生。那是不容易
的。你必須學會如何與患者交談，如何聆聽他們的話。你
一定不要過分強烈地批評他們，否則他們不會聽你的話，
甚至不會回來看病。但你也不能沈默，否則對他們無益。
你必須在他們身體和他們生活中尋找相剋之處。這是辯證
的醫療（dialectical practice）。這些相剋必須解決才能恢
復自然的和諧，邁向健康之道才會打開。

　　你看到我最後那位患者。她缺陰，心臟和脾臟之間關
係失和。而且她個性不好，對她的丈夫和子女生氣。他
們，他們不同情她；這個家庭的和諧已經破壞。她的情緒
不穩定。這是她身體中所有相剋的部分。雖然飲食、補品
和草藥是最重要的，但要治療她，我們卻必須治療這些問
題的每一項。治療是不容易的，要花很長的時間。這位患
者確實是困難的。治療結果仍然不確定。

　　醫生必須相信治療方式才能說服患者堅持下去而不放
棄希望。我們嘗試說服患者改變。甚至在治療一萬以上的
患者後，我仍然感受到要成功地治療這個女人的困難。她
相信她生病了，而且不會轉好。那是危險的，她正在使問
題惡化。我必須教育她，讓她對她的病痛和健康情形有更
好的認識。她必須努力保持平衡。我對我給她的治療一點

221

也不感到滿意。

當我是學徒時，我以為一旦熟悉醫學經典，行醫將是容易的。但我發現行醫永遠是困難的。我經驗越多，越看見成為好醫生給予有效治療的困難。在長期病痛中沒有一件事是清楚的。一個人要用盡所有技巧和知識才能避免錯誤。醫學的工作就是將我們行醫的理念運用在永遠不同的經驗上。這也是醫學的辯證思維方式（the dialectic of medicine）。

醫學對我們來說是一種職業。它是一種生活方式，它是關係生活的一種智慧；它是智識和行動、觀念和經驗的結合。了解如何醫治患者要花一生的時間。當治療方法正確時，你會感覺得到，你從經驗中知道它是對的。治療有自然規律。你治療患者。不過當治療方式正確時，你自己在你的身體、你的情緒和你與患者之關係中感覺得到。當治療變壞時，不只患者，連醫生也感到受到阻礙。她的病痛，她的不能改善影響我。這不是你的經驗嗎？我告訴你，舊時的中國，中國醫生宣稱他們有草藥和古老的家傳「秘方」。對我來說，秘方就是患者以及他與你和其他人之關係的知識。

222　　　　　　　　　　**詮　釋**

開業行醫對山繆爾士、班德、馬克瑙頓和顧方文而言，不像對史必爾那樣只是專業工作。治療是山繆爾士醫生的生活重心。他告訴我們成為治療者解除他青少年發展中和成人個性中的主要壓力。人類學者研究非西方社會的治療者常常獲得相似的事實（Kleinman, 1980）。強烈的病痛常常使患者變成治療者的角

色。（例如第9章中的黑利‧艾略特在車禍中曾與死亡激烈抗
爭，之後他才開始他的救濟院工作。）山繆爾士的長期病痛使他
對痛苦經驗敏感，他還感到一種要有用處的需求。這種需求有極
深的個人基礎。他的個性是他治療工作的一部分。幾千里外，在
完全不同的文化與社會中，顧方文提出的治療敏感也是繫於個人
經驗，雖然它的來源與觀念相當不同。班德的話表示，行醫的經
驗核心是道德領域，不可降低成爲現在佔優勢的、用來塑造治療
關係的技術與經濟隱喻。對班德醫生來說，每一個患者就是一個
生活故事，治療表示進入一個特定的生活世界。海倫‧麥克瑙頓
因爲她的治療技術受到她所服務之機構的束縛而深爲苦惱。她在
這個機構中擔任精神科醫生。她悲嘆治療者的藝術轉變成單純的
技巧，醫療的天然吸引力轉變成賺錢的商品。

　　顧方文大夫以文雅的成語和完全不同的文化比喻表達他自
己，說了某些與希拉姆‧班德相似的話。兩位醫生都把他們自己
看做人性的學生、道德智慧的老師❷。他們不否認他們的專業交
易技藝和理論的重要。但他們把他們的技藝道德面看成同等重
要。

　　這不是史必爾的看法。對他，私人開業幾乎是一種無法忍受　223
的負擔。他想脫身。他害怕，假如繼續開業，他不僅會燒壞
（ burn out ），對他的患者和他自己還會變成危險物。他的主要
興趣在疾病生物學；他個人比較喜愛，專業上也比較適任科學研
究，醫療的心理社會面對他個人是一種不能忍受的侵擾。我們會

❷我想，班德和顧醫師所指的臨床智慧概念就是柏林（ Isaiah Berlin ）所
　說的「允許……我們在不可替代的媒介中行動……以及多少有意識地，
　減少『不可避免的趨勢』、『不能衡量的東西』、『事情進行的方式』的能
　力。這不是科學智識，而是一分對我們碰巧被安置在其中的環境輪廓之
　特殊敏感」（ 1978：72 ）。這不是針對醫療交易技巧的智慧，而是對實
　際生活經驗及其意義之一分洞察。

猜疑，史必爾的患者（像第7章李查醫師的患者佛羅兒絲太太和瓊斯醫師的患者羅勒太太），對他們的醫療會說出與山繆爾士的患者不同的故事。在我的經驗中，大多數醫生既非史必爾，也非山繆爾士。他們處在不斷一方面藐視醫治疾病之科學，另一方面又集中興趣注意治療病痛之藝術之間。有效的治療需要雙方面的技巧，不過比較不注意後者，在長期病痛的醫療上特別有問題。

溫特豪士和麥克瑙頓的困擾經驗描畫出美國醫療的社會性轉變已經製造了官僚與法律的束縛，使治療者的角色轉變成技術人員、官吏、甚至敵人的角色。山繆爾士、班德、麥克瑙頓這幾位醫生不顧這些改變一直堅持成為治療者，這表示溫特豪士醫師的困境除了社會政治與社會經濟的決定因素外，還有更個人的原因。

威爾的學生理想主義如何轉變成溫特豪士腐蝕性的譏誚主義？這個過程可以防止嗎？實在不好意思說，做為一個醫學教育者，我懷疑衛生專業人員訓練系統中的某些東西助長了這個不良的價值改變。溫特豪士二十三歲的時候，很可能會說得像威爾一樣，而威爾隨後看待患者和醫生也可能像溫特豪士醫師一樣。不過麥克瑙頓不顧相反的強大制度壓力，避免這種自敗的譏誚主義，把她的批評化成專業環境必須更有助於人道醫療的個人要求；她的故事提醒我們溫特豪士的故事並非不可避免的軌道。

224　　　萊特已經形成了一種政治態度，與溫特豪士之中上階級疏離感相距極遠。她曾經親眼見到人類不幸的社會真相，知道對貧困無勢者的不適當醫療如何助長可以避免的病態與死亡之盛行，這位黑人醫生已經激進化了。將焦點過分狹隘地集中在治療上，可能會像排他性的經濟利益或醫療目的懷疑論觀點一樣，有力地使醫生看不見醫療重要的公共衛生成分。黎諾兒・萊特的經驗應該可以說服我們相信，醫療是不能與社會分開的，醫生紮根於特定的社會環境，它像專業文化與個人價值一樣，塑造她的眼光。

　　拿醫療來訪問這些不同的治療者會是什麼情況呢？雖然他們指出醫療上我們應該關心的種種潛在問題，但個人信念和職業價值的表現不一定可以預示治療行為。在需要的時候，我們都希望一個山繆爾士當我們的醫生，但我們之中很少人臨終能有這樣的治療者。正如這些醫生的話所指出的，我們的衛生醫療與醫學教育系統中的社會力量，使我們在行醫時不太可能變成或保持一個山繆爾士。我們可以把山繆爾士、班德、麥克瑙頓和顧方文所知道的塑成典範，然後拿來教導別人嗎？對醫學教育和醫療，我們能夠做某些改變使醫生不變成任何史必爾士或布蘭查德士（第7章）嗎？溫特豪斯的態度與麥克瑙頓的診所，對有效醫療是否有害？衛生醫療輸送系統是否能夠改變以保護患者、家屬和「燒壞」（即指精疲力竭）的醫生抵禦不良影響、譏誚主義和醫療的商品化？萊特的政治誓言和威爾的理想主義可以用來重造我們的醫療系統，使它較少不公平而較富人性嗎？在最後兩章中，我會論談這些問題？

　　在結束這個討論前，我要強調，長期病人的醫療即使對最慇勤最有天分的治療者也是困難和負擔沈重的。正如史拉比（Slaby）和葛利克斯曼（Glicksman）所寫的：

　　　我們希望醫生是敏感、溫和的人類。我們還希望他們是專業的；他們必須不顧我們的悲劇事實有效地工作。我們不能期望他們兩方面都充分做到。專業主義，在某種程度上，是一個面具。在專業主義之最佳形式中，戴面具的醫生永遠知道他們正戴著它。他們可能用顫抖的手拿著它，但他們知道它是必要的。他們必須客觀地衡量資料，做迅速的決定，並在我們最恐怖的危機時刻……，甚至我們死亡的時刻，以鼓舞的自信態度面對問題（1987：165）。

225

　　那麼原則上，不管醫生在險惡的情況下對特定的患者或工作是否有個人的動機，專業訓練應該使他們能夠執行技術勝任又富人性的醫療。專業訓練在某些方面似乎使醫生失去能力。專業的面具可能會保護個別的醫生，不致於感到被患者的要求壓倒；但它也可能斷絕富有人性的病痛經驗。甚至在醫生教育反覆傳授正確態度的地方，執行系統機構可能破壞這些價值，而以令醫療複雜化並助長長期性的價值替代。

　　為什麼長期病人的醫療如此困難？或許就是因為從症狀令人消沈到加劇，從功能有限到無能的這個循環。嘗試種種多重治療計畫卻得不到理想結果的挫折，令醫生也令患者疲憊。對急性病痛醫療和長期症狀緊急加劇之那分基本的強迫性責任感，可能在長期過程中，製造長期的暴躁與令人麻木的耗竭。重覆的治療失敗，考驗醫生的勝任感，經過一段時間，累積足夠的病案後，他的自信心會受到威脅。不確定、不連貫、恐懼、損失、憤怒——全要付出代價。本書中的病案描畫種種打擊治療者的問題。假如醫生與患者或醫生與家屬之間配合不良，或者制度環境致使他們如此，麻煩就更為複雜。須要勇氣才能從希拉姆·班德可怕的夜思中摘取個人智慧，而不摘取失敗和被征服的專業暗示。醫生的防禦可能導致自我腐蝕的消極主義，或一個不是他自己或他的家人所能解開的鐵籠。「燒壞」（burn-out）是一個舊現象的新名詞：醫生失去興趣和承諾，最後失去操縱能力。顧方文的感想表示，照顧長期病人的困難甚至跨越了西方與非西方文明間的巨大差異。但山繆爾士、班德、麥克瑙頓、顧方文的成功顯示，有效、敏感的醫療是可能的，而且並非不尋常。重要的是展出成功治療的剖析，以便它能夠被了解、教導、取得，並更常被實際運用。

226

第十五章
長期慢性病人之醫療方法

227

做為人類，我們必須更努力，我們所有人：殘障的人、
正常的人、專業的輔助人員。
　　　　　——一位先天多重變形的嚴重殘障患者

醫生對患者所造成的道德影響比其他任何事情多。
　　　　　　　　　　　　——William James
　　　　　　　　　　（摘自 Myers, 1986：373）

　　在醫學上，臨床大師們有一種長久的傳統——寫書發表病患
醫療見識。奧斯勒爵士（Sir William Osler），這位二十世紀早
期北美極具影響力的醫生寫過格言，這些格言至今醫學院的教師
仍然贊同引用。雖然這個傳統已在此後半世紀中式微，卻仍有一
些特例：給新醫生的冗長書簡，獻身人性醫療事業的選集（參
見，例如：Lipkin, 1974; Cassell, 1976; Leigh and Reiser, 1980;
Reiser and Rosen, 1984）。但在這個行業中，此類型的作品已
逐漸被貼上了「醫學藝術」標籤，在一個自我形象寧取科學的行
業中，它是一個模稜兩可，甚至是輕蔑的名稱。我從不同的觀點
寫出這一章，卻帶著鼓勵人道醫療的相似目標。
　　此書頭兩章基於我對病痛故事意義之分析，提出一個病痛經
驗的理論。現在我希望回到那幾章所討論的問題，以便為長期病　228

人醫療的實際臨床方法論發展出一個理論基礎。這個方法論的要素可以用「移情的聆聽」、「轉譯」和「詮釋」來抓捕。這些我認為是不僅醫治疾病也醫治病痛之醫生的技藝。醫生的問題,前幾章中已經大量描述過。

依次有幾點值得注意。這個臨床方法論是要補充、平衡,而不是要取代標準生物醫學治療疾病進展的手段。(事實上,病痛的醫療只有在對異常的生理盡可能做到最大的技術控制時,才有可能實現。)我也無意要這個方法被看成是處理病痛問題的萬靈丹。不可能有這種東西,我希望我已表達清楚。它其實是個架構,用來保證,病痛的獨特性做為人類經驗,在它全部多種社會與個人表現中,會變成治療者注視的中心。希威特(John Hewitt)(自 Heaney, 1980:210)抓捕過治療者的經驗:

> 手接著手我熱切地爬
> 回到不確定。

不確定必定是醫生,也是患者的經驗中心。企圖公式化地製造出完備的醫療心理社會系統,宣稱這個系統可以大批回答每一個而且是每一個患者家屬、和醫生所面對的嚴重困境(而且還要以標準化的態度!),存在一種危險的自大,同樣曲解病痛和治療的實質經驗。無怪乎醫生謹防這樣的系統,不管它們是心理分析的、行為的或其他的。人類科學運用到病人身上時,一定要尊重這個天生的不確定性;他們必須理解,人類問題不能縮減成簡單的公式和版樣的操縱,不能對待患者和他們的家屬有如他們是過分合理的模型。不過,調製出一個不縮減不機械化的臨床方法是可能的。

而且,這種方法,不像急性病人的醫療,不需要如此受到不合實際的時間限制。醫生和他的長期病患者在許多場合,常常在長期的時間中,互相影響。有足夠的時間實施臨床作業。如果不

是這星期，那就下星期或下個月，下面勾畫出來的方法，其不同成分適用於例行的醫療——只要在這個漫長的過程中，醫生和患者守在一起（身體上和實質上）。

　　患者和家人可以比較我提議的這些策略和他們的醫療照顧者實際使用的策略。醫生也可輪流拿它們和他們所熟習的方法加以比較。我希望這樣的比較會導向一種合作性有成果的討論；在他們之間，這種交談可以成為更成功的治療關係之泉源。這個臨床方法的一個目標，是鼓勵事實上是合作的患者（家屬）／醫生關係。

　　我們必須由這個前題開始。按定義長期疾病是不能治癒的，事實上治癒的要求是個危險的神話。它能使他們的注意力從減輕痛苦的一步步行為上移開，即使這些行為沒有奇蹟似地治癒疾病。患者和醫生雙方都要接受，治療的主要目標是在一個病痛的進行經驗中減輕殘障。在可能的程度內，目標應該是在長期病痛過程中降低加劇的頻率和嚴重性。以肺活量測定法衡量，患者可能永遠有氣喘。但假如那個氣喘在他的生活中只造成極小的困擾，治療方法就可以說是真正成功。家屬和患者都必須學習接受這個治療目的。為了說服他們相信這個治療目的對醫療的重要性，醫生必須放棄治癒的神話。他必須嘗試接受，在病痛經驗中，甚至溫和的改善也是可以接受的成果。然而原則上應該同意，患者有長期病痛並不表示殘障已是確定不可避免的。事實上，醫生必須設法防止長期性之社會和心理不良影響❶。

小型民族誌

230

　　民族誌是人類學者對一個社會成員之生活與世界的描述，通常是一個與他自己不同的社會。傳統上，民族誌學者訪問一個異

國文化,學習他們的語言,然後有系統地描述這個社會的環境、經驗和互動改變的情形。民族誌學者觀察生態環境;他翻譯文化神話;而且他詮釋親族、宗教、經濟、政治,甚至醫學系統。首先,民族誌學者,嘗試直接從土著的觀點了解事物。為了達到這個目的,他練習以一些人的思想模式和經驗,做深入、有系統和富於想像的移情。這些人對他而言可能是異國的,但他們的異國性他已變得欣賞,並在人情上有所關聯。民族誌學者並不設法成為土著——變成一個馬賽(Masai)戰士,一個聚集住在森林的布希人(Kung Bushman),一個派格麥(Mbuti Pygmy)獵人,或一個亞諾馬莫(Yanomamo)巫師——而是努力學習土著觀看事物的方式,以進入他們的經驗世界。

觀察就像建立可以從事觀察的信任和合作關係一樣,是關鍵性的民族誌工作。民族誌學者的技藝工具是訪談,在每日與特殊的活動中參與觀察和收集可以獲得的資料(人口調查、家庭情況、經濟情況、家譜、生活史等等)。民族誌學者在描述土著的觀點後,把它放在政治、經濟、社會世界改變的情況中。他把當地的習俗譯成術語,以便做跨文化的比較。

這個工作產品就是民族誌:一份書寫的紀錄,依照重要的社會和心理主題,詮釋他的發現。民族誌依靠此情境知識使行為變231 成有意義。它敍述人們所研究的這類故事:揭發神話、儀式、日

---

❶當然,我並不是在推薦,治療者要把他的顧客教育成悲觀的。從跨文化精神分裂症研究中獲得一些證據,對長期過程過分負面的西方式期待,事實上助長了長期性(Waxler, 1977)。雖然沒有令人信服的證據證實長期身體異常也是如此,但懷疑這個效應會發生好像是合理的。不過在長期身體異常中,更常見的卻是,「魔術彈」(magic bullet)的生物醫學理想,和所有疾病都能治癒的通俗期待,為患者、家屬和給予醫療的人製造極大的挫折感。因此,治癒的神話,事實上是個大問題,可預期地帶著負面的經濟、個人和臨床結果。

常活動和問題。民族誌的正確性來自準確的觀察和民族誌學者適當的詮釋。民族誌學者一腳踩在他正研究的文化上，一腳踩在它的外面，因而有助於詮釋。作爲一個外國人，他可以看到社會結構與個人經驗之各方面，這些當地人會認爲理所當然，在他的眼中，它們卻洩露了深厚的文化原則和隱藏的社會政治影響。因此，他的詮釋也企圖成爲一種文化分解——一種轉譯——當地居民會發現與他們傳統的常識不同。事實上，民族誌學者的詮釋常常向常識性的了解挑戰。民族誌學者明確陳述詮釋的過程時，會公開受到同種文化之學生的挑戰、挑剔和訂正。因爲詮釋可能會強烈受到民族誌學者之概念承諾（conceptual commitment）和專業偏見的影響，優良的民族誌以自我批評民族誌學者自己的觀點來澄清這些憂慮。也就是說，民族誌學者最後對同一事件並列出不同的透視以營造出更正確的了解。

這個「透視主義」（perspectivism）是人類學手段的力量之一：民族誌學者對不同的詮釋極爲尊重——特別是他的資料提供者的不同詮釋——而且他不排除他的詮釋受到他曾給予別人的同樣批評。但他也不期望最正當的詮釋會得到他的資料提供者的贊同。他知道當地社會眞相的知識可以對居住於此眞相中的人隱藏起來——雖然常常不會。

熟練的民族誌學者和臨床醫生們的工作雖然相當不同，卻傾向於共同擁有一分敏感。他們都相信經驗最爲重要。他們比較像觀察的科學家，而不像實驗主義者。他們像詩人和畫家，強烈注意理解細節。他們努力保持溝通的精確性以便理解眞相，但他們也有來自社會習俗和個人防禦的內在意義隱藏和經驗僞裝之第一手經驗。症狀的核心眞相——也就是，每件事可能都是一個徵兆，而且徵兆中的關係是更廣更深的意義密碼——熟練的開業醫生和人類學者一樣可以使用。將個人的態度繫於當地的政治和經濟社會關係中，對兩者來說都是經驗中的一種直接呈現。

232

民族誌學者當然對跨文化的差異更感興趣，醫生則更關心人類的普遍性。民族誌學者應該把他自己看成是一種專業的陌生人，不帶熱情地獨立漫遊於異國的世界，但事實上，他在當地社區中，與他對他的資料提供者的實際和道德責任，卻是不可避免的，而且會使他敏感地採取行動。醫生應該是相反的，有治療的承諾要求他必須爲他的患者利益作出選擇和行動。不過醫生也把他自己看成運用科學家，一個知道模式與關係涵義的旁觀者。這些見識變成他的臨床經驗材料，可以用來賦予理論活力，產生研究報告和刺激出結實的額外專業性（ extraprofessional ）散文和小說形式。此外，醫生和人類學者都是實際相關體系的學生，專注於人們的生活：像此書中數位患者所說的，那些使生活變成「 要命的事一件接著一件 」的緊急生活困境。

不管其他所有專業性差異，行醫工作與民族誌技藝間的這份相似，表示使他們更爲相似可能會獲得某種有用的東西。我並不辯護這份相似是完全的；但我發現，至少對臨床工作的某一方面來說，考慮在長期病痛的醫療上加入民族誌的運用是有益的。

引介這個小型民族誌的目的，是要讓醫生將他自己放在患者病痛的生活經驗中，醫生盡可能努力了解（甚至想像地知覺和感覺）病痛經驗，就像患者了解、知覺和感覺它一樣。有愛麗絲・阿爾柯特、魯道夫・克利士迪瓦、海倫・溫絲洛普・貝爾或威廉・史迪爾的病痛經驗，會是什麼情況？醫生把他自己放在家人和更大社交圈之重要人物立場，也能夠設身處地地像他們一樣見證病痛。這個經驗現象學是進入病人世界的開始。其他的步驟直接由這個最先最重要的湧出，大步躍進患者的世界。例如，要在患者的描述中正式紀錄疼痛的經驗和改變的細節，醫生一定要正確了解病痛現象。這樣的紀錄是獲得病狀改變更嚴格的評估基礎，而紀錄本身對了解病痛過程的前因後果也是重要的。

醫學院的新生，像我們見到的，常常對他們起先訪談的幾位

患者故事生出一種敬畏之感，這鼓勵他們眞正與病痛故事發生共鳴。之後他們學會把這個永遠獨特的經驗轉化成例行公事。假如新生接近的方式較不神經緊張和短暫，它對促成臨床民族誌的心靈架構會是個有用的模式。熟練的醫生之經驗中，有一些材料也對這個工作有所助益。如果對已存在的態度和技巧加以培養，臨床民族誌大概就會適當地被學習，而且一旦熟習了，就會經常被使用。

這個第一層次的小型民族誌重建患者的病痛故事。那個故事的四種意義之詮釋——症狀象徵、文化上有印記的異常、個人和人際的涵義，以及患者和家屬的解釋模式——使故事變濃，並使醫生對痛苦經驗的了解變深。病痛故事的結構分解——患者用來將特定事件組合成多少比較完整的故事線索之精巧詞彙和情節綱要——可以揭發患者沒有說出的隱藏憂慮。它也能洩露患者的故事如何影響某一個事件對他所存的意義。換句話說，醫生承認，病痛的敍述，因爲患者帶給對方長期病痛事件和經歷時所附帶的特殊顧慮——認知的，感情的、道德的，而部分製造了經驗。

醫生在感覺他已進入痛苦的核心經驗後，接著開始更有系統地理解並挑出病痛在患者個人生活與社交世界中的主要影響。這時醫生開始探求病痛對家庭、工作及其他重要社交面造成衝擊的資料。另一種資料的蒐集也可以進行。任何險惡的生活改變，或社會支持網的崩潰，或應付的失敗，是否助長了病痛的發作，而且更特定地，是否助長了病痛的加劇？醫生可以接受訓練，對這些做敏捷、支持性的評估。經由描寫患者生活中之病痛過程，醫生不但可以知道患者（和家屬）的反應，也可以知道那個生活中某些主要的持續與改變。也就是說，醫生對患者當地的社會系統，以及病痛對情境與情境對病痛的交互影響，可以獲得一個粗略的評鑑❷。這個資料應該正式記錄下來，以鼓勵對它做更嚴格的評估，並經常加以使用。

234

　　各種訪談的技巧，甚至運用精選的問卷，都可能幫助發展出患者世界與病痛場地的民族誌圖像。我心中想到的是運用病痛影響衡量表、社會功能問卷、和測定壓力、社會支持與應付技巧的簡短臨床衡量表。卡些爾（Cassell, 1985）描寫了數種敏捷的技巧，在臨床訪談中，醫生可以用來從患者所用的語言中做出正確的推斷。還有其他許多技術性的出版物也對臨床醫生這方面的工作有所幫助。但重要的是要記得，我們的模式是民族誌，不是調查研究。我的經驗使我相信，定量社會評估傾向於提供相當膚淺的性格描述，雖然它們的全面性有時可能有實際的益處。比實際運用技巧更有價值的是，對醫生的助益以及醫生依據社會情況獲得病痛及病人歷史之認真關切，顯示出真正的興趣。這個民族誌態度是這個方法的重要關鍵。

　　下一步是醫生要記錄最近與病痛和病痛的治療相關的主要心理社會問題。這些病痛問題包括廣泛的各種困難，不過仍可集中分成標準的類目表，像婚姻和其他家庭衝突；工作問題，可以細分成幾類；經濟負擔；學校問題和考試失敗；安排日常活動的困難。對殘障的心理反應，已變成患者的重大問題（士氣低落、焦慮、恐懼症的迴避、適應不良的否認），也應該進入這個類目表中。

　　列出病痛問題表並非學術性的作業。它可算是疾病問題之生物醫學一覽表的附屬品，而且應該像那個一覽表一樣，被用來更有系統地提供適當的治療方法（見 Katon and Kleinman, 1981；Rosen and Kleinman, 1984）。例如在第二章中，我描述

235

---

❷這兒我強調的是私人境況。但醫生也必須對更廣泛的政治、經濟和制度的改變境況敏感，這些正像我們所見到的，對他的患者和他自己，都是經驗的主要束縛。他見證和提供實際協助的工作，一定會在那個更廣大的世界中被見到。他對那個世界和其私人效應的了解，與他無法改變這種大規模力量之間的壓力，是他委身與同情的重要源頭。

愛麗絲・阿爾柯特的病痛對她的生活所造成的衝擊。照顧阿爾柯特太太的醫生可以（而且，我力勸，應該）在她的病歷上列出與她的糖尿病伴隨而生的心理社會問題，當作時時評估這些問題狀況的方法。愛麗絲・阿爾柯特的問題表要記錄她的各種損失（身體形象、功能和參與活動的能力），她的實際悲哀與士氣低落，她那耽誤了可能補救併發症之治療的廣泛否認，她的病痛對她的家庭生活所造成之實際問題。霍威（第3章）的病痛問題表要列舉他對他的背部之病態偏見，他消極依賴的應付態度，和它們對他的工作情況與家庭所造成的負面影響，包括嚴重限制了活動，隱退和孤立，害怕失去他的工作，以及與他的妻子和子女的疏離。我們描寫過的患者，每一位都可以用這個方法加以評估。

　　與這個病痛問題表並列，醫生應該記下為幫助患者解決和減輕問題所做過的干預（intervention）。這些干預可能包括短期的支持性心理治療、家庭諮商、推薦去找社工諮商或職業諮商、正式恢復日常活動或更特定的工作，以及合法的輔助。另一種形式的干預是飲食、運動和生活方式的忠告，以及如何應付造成生活重擔的艱苦治療養生法，和應付衛生醫療系統中製造挫折和憤怒的種種難堪關係。就像醫生繼續追蹤和記錄生物醫學干預的效果一樣，他也應該記錄這些病痛干預的效果。事實上，測定全面的成果應該同時包括病痛干預與疾病治療的評估。病痛干預的副作用和毒性應該以像正式記錄藥物毒性一樣的態度加以載明。在長期病痛漫長的過程中，這個臨床報告系統會幫助醫生對病痛過程，性質上的改變和病痛對患者與患者世界的嚴重影響，以及對心理社會治療法之用途與誤用，建立更正確之了解。因為治療長期病人之適當目標是減輕病症的殘障影響，所以這個記錄系統在復健時也會建立出一個更有系統的衡量標準。

簡短的生活史

　　與寫出小型民族誌密切相關的是要求做簡短的生活史。這個歷史過去是（而且在某些地方仍舊是）新進來的臨床人員被要求在病歷上記錄的標準詳細病史的一部分。在此醫生要求患者和家屬概廓說明病人的生活過程，檢視態度、個性、主要生活目標和障礙的重要連續與改變，以及應付病痛和其他嚴重情況的早期相關經驗。第四章和第五章顯示，患者的傳記似乎不必要直接與最近的病痛問題發生關係才能說明這段時間可能影響病痛的重要生活主題。例如，在第四章中，魯道夫·克利士迪瓦的最近生活問
237　題不斷改變，但他的傳記洩露出造成他病痛經驗長期形式的種種連續。安娣歌妮的病痛經驗（第 5 章）從她的傳記各方面收到一致的涵義——她對個人自由的要求和恐懼——這個在第一眼看到時，可能因為與她的頸疼無關會使訪談的人感到驚訝。因為這個原故，我相信檢視生活史時，醫生必須盡量放寬眼界，不要受明顯切題的限制。

　　醫療的大特權之一是被患者賦予進入其生活隱私的權利。這項特權除了對治療有實際的價值外，它至少還有其他兩種重要涵義。第一，患者的傳記一旦成為醫療的一部分，治療方法貶低患者的人性，剝奪其病痛經驗特異性之可能性就會減少許多。第二，並非比較不重要，聆聽患者生平的經驗使醫生對這個病案保持自動的興趣。像此書中數個病例所證實的，醫生很容易變得挫折、士氣低落和厭煩。捲入病人的傳記中，對詮釋生平與病痛的關係感興趣，常常會重新賦予醫生活力。做為一位發生道德作用的人（moral agent），與患者接觸重振醫生士氣的道德精神。

　　醫生在他的記事本中記下此生活故事之短文，使他能夠借用

傳記作家和歷史學家之技巧。精確的描寫需要豐富的詞彙和揭發細節的眼光❸。它迫使醫生更徹底地檢視此病痛之個人情境，而且它揭發重要的連續與不連續，這些未寫下時很容易錯失。這個寫作過程會刺激醫生的批評能力，使他能夠退後站開，看到種種關係和模式。當個人歷史只是一連串殘缺的小像不完整地存在他的記憶中時，這些關係和模式全都太容易錯失。當醫生——傳記家了解患者生活之統一形式的那一刻是令人振奮的。即使當他看出神經過敏關係的破壞性重覆時，這個模式的知識也能使醫生（而最後是患者）更有效地控制病痛經驗。

238

　　患者的傳記代表一個生活文本（text），醫生應該加以詮釋以便對患者的感情特徵和個性風貌獲得更深的了解。長期病痛的兩種反應——焦慮和抑鬱——如此普遍，它們的影響如此有力，因此觀察它們必須成為醫生檢查的一部分例行工作。焦慮和抑鬱，像症狀，甚至像長期病痛的正常反應，是長期病痛變動不定的精神生理學之一部分。要把它們認做目前的臨床狀況，醫生需要能夠區分疾病狀態與個性特徵。依照《診斷統計手冊Ⅲ》（DSM－Ⅲ）之分類，診斷出來的嚴重的抑鬱異常、恐慌異常和綜合焦慮異常，會不利地影響到長期肉身異常的演變過程。它們必須加以發現和治療。假如醫生的懷疑心重，假如他提出的問題經常包括了這些精神疾病的主要症狀，他就可以做到。然而長期的身體健康情況仍會顯示特定症狀，可以用來診斷出這些精神病痛。因此，推薦去看精神科醫生可能是必要的，而且是不應該拖延的（就像第7章中，史迪爾的病案）。

　　知道患者個人士氣低落和恐懼的來源，能夠幫助醫生更有效

---

❸Cassell（1985）列出一些形容詞，醫生應該用來描寫患者的說話模式、語調、邏輯和自我表現。用來描寫疼痛和症狀性質的相似形容詞表也已發展出來了。個性清點單和應付衡量表能豐富病人的描述。醫生在描寫技巧上差異很大，一部分是因為很少人接受過系統性的描寫技術訓練。

地輔導和支持他們。同樣地，醫生知道患者特殊的個性風格和應付模式或抵禦方法，在幫助他們排解他們長期病痛最成問題的種種方面，也會有所助益。在內科醫學和家庭科醫學的基層醫療領域裡，此事已逐漸受到承認，基層醫療醫生必須擁有基本的精神醫學訓練才能實行這種評估；然後，假如醫生自己不能提供適當的治療，他可以推薦患者去找其他專家的幫助。

239

解釋模式和磋商

　　要充分衡量患者的觀點，並確定患者想從醫療中獲得什麼，醫生必須引發患者的（而且可能的話家屬的）解釋模式。在第七章中，我描述過解釋模式，並展示過專業和患者的模式如何常常（雖然通常是暗中）發生衝突。現在我將略述幾個實際的步驟，醫生可以用來捕抓患者的模式，並與患者磋商外行模式與生物醫療模式間之任何衝突。

　　第一個步驟是引發患者（和家屬）的模式。在簡省的形式中，醫生簡單地問：「你覺得什麼地方不對？是什麼引起的？你要我做些什麼？」在擴大的形式中，要加上一些在特定時間症狀發生的原因，一般人對症狀加重的了解，以及預期的過程和感到的嚴重性。除外，醫生要問：「這個病痛（或治療方式）影響你生活的主要方式是什麼？對這個病痛（或治療方式）你最害怕的是什麼？」他也可能希望繼續追問這些問題，以詳細考查患者或家屬對患者所接受的這個治療方法的危險、脆弱、順從和滿足的意見。在第二章中，讀者可以看到愛麗絲・阿爾柯特的解釋模式顯示她的恐懼，她的糖尿病過程會無情地導向下坡路，嚴重的併發症一個接著另一個，直到她變成廢物或死亡。她既不認識特定治癒方式的功用，在她最悲涼的時期，也不認識復原。她的失望

和勇氣都源自這個解釋。霍威在第三章中表現的解釋模式,澄清他的大弱點並逐一指出他所認為的威脅。在第十三章中,史布林格和賓曼的模式,表現出他們的病痛經驗最中心之危險特質。對他們的問題來說,任何不以討論他們的恐懼開始的治療方式都是遠離目標而無益的。

　　在這個關頭小心是適當的。醫生必須記住,解釋模式是發展未全的。常常是只在患者談到醫生所提起的問題時,他的模式才會從模糊的沈思變成確定狀態。這個陳述常常包含矛盾,而且時時隨著不同的情況而改變內容。(因此在治療的不同關鍵時刻重新引發解釋模式是有益的。)解釋模式不只是認識力的呈現,它們還深植於與病痛相隨的情緒騷動。因此,患者與家屬對醫生的問題盡量不回答,甚至欺矇,是不足為奇的。醫生必須詮釋種種非語言、隱喻性的溝通管道,以便敏銳察覺未說出的、掩飾的和杜撰的部分。解釋模式是醫生對所認為的患者想法之詮釋,並非患者真實語言的直接翻譯。因此,假如醫生要鑑定患者與家屬的模式,回頭參考小型民族誌是很重要的。

　　解釋模式技巧中的第二步驟是發表醫生的解釋模式。醫生從未被教導如何向患者解釋生物醫學報告。然而這卻是行醫的重要工作,而且至少在西方,患者已期待醫生善於駕馭這個工作。對醫生來說,發表生物醫學模式是一種翻譯行為。陳述得好時,醫生會獲得極大的好處,與這些有正確資訊的患者和家屬合作,他們會促進治療過程。不過陳述不良時,臨床溝通就會有嚴重的問題,使治療關係不穩固,因而傷害治療。解釋的技巧與醫生對患者了解程度的敏感性,他想知道患者語言的意願,以及他說這種簡樸語言的能力有關。熟練這種交易技巧的人,都有才能運用患者的隱喻,甚至他的模式,以澄清生物醫學資訊,並提出具有說服力之生物醫學判斷。這時,對患者要有一段言詞說明,而醫生下臨床判斷說服患者及其親密社交圈人士的態度與技巧卻有很大

240

241 的差異。愛麗絲的醫生們，除了知道她的抑鬱使早已非常困難的
情況複雜化外，贊同她的大部分解釋模式。他們樂於接受她拒絕
殘障的態度，他們也樂於拒絕她接受悲劇。我們所描述的其他患
者，在他們的醫生手中發展順利。然而，梅麗莎・佛羅兒絲（第
7章）以及其他數位，在這個治療的緊要溝通功能上，經歷了一
個實質上完全的潰敗。

　　所有的醫生都面對這種需要，必須在極複雜的觀念、醫學發
現與他們的患者想了解危險、傷害、病症和治療方法的實際需求
中翻譯。有一次一位患者這樣告訴我：

> 　　我們之中再也沒有人知道什麼會造成危險。我們聽了
> 太多不同的東西。如果你只是個普通人，你如何想得出？
> 你該吃什麼？不該吃什麼？這個世界看起來如此血腥危
> 險。誰能說我的癌症是什麼引起的？而治療方法，醫師，
> 我只是個高中畢業生，我甚至無法了解簡化的解釋。

　　這個外行與專業文化間的翻譯問題，至少在短期內，當科學
的擴展步調超過科學知識的傳播時，只會變得更爲困難。媒體助
長了誤傳的大雲團，錯誤報導添加混亂，助長不適當的期待❹。
醫生在科學與一般文化的交界面上躊躇（Willians and Wood,
1986）。解釋科學發展和矯正——甚至揭穿——錯誤資料的需

----

❹例如，在癌症的生物化學了解上，媒體對最近研究發展的實際用途過份
宣染，其中很少能實際運用，大部分是曖昧不明，分散大家對真正問題
的注意而已；或者最近的一項公開聲明（ *Newsweek*, 12 Jan, 1987），說
精神科醫生很快就能夠用賀爾蒙的剖析圖來診斷病患。當一個人了解現
在對精神異常沒有任何示病的賀爾蒙檢驗，而且精神病痛的生物化學是
個矛盾的沼澤和沒有受到支持的主張時，就知道後者是一個不可思議的
說法。（Barnes，1987）

求，他們每天都會碰到。今日，在北美洲，有一種完全不合實際
的通俗期待，即所有疾病應該都可以治療，而且醫藥接觸都不應
該導致負面的效果。這個不適當的期待製造出一種趨勢，醫生處
在其中被加上了極大的壓力，包括逐漸增加的發生不良
（maloccurence）之訴訟，不只是治療不當（malpractice）而
已。

在這種情況下，醫生不可避免地會對患者對危險與傷害的看
法以及患者對治療方式的期待有所反應。不過許多醫生是依據過
時的健康教育方法加以反應，這個方法把問題定為缺乏有效的知 242
識。問題的真正面積大得多：一般人擁有種種不同形式的知識，
不是像創造主義（creationism）論戰所凶兆性揭露的，只是科
學知識不足而已。多少專業人員能夠了解今日的醫學科技，以及
它在其他領域的科學基礎？對於一件事，大部分醫生會由邊際被
誤導入他們自己的管轄範圍。他們也可能懷著混合的普通常識
（這在科學上常是不準確，在商業上常是操縱的）和顯然是錯誤
的資訊。

醫生首先必須引發一般知識，然後發表他們自己的模式，以
便認定需要更確實了解的問題。此外，醫生的模式——像他的患
者的模式一樣——在它正式發表前，常常是發展不全的，而且隔
一段時間就會改變。此處我們有了另一個沈默的誤解與衝突之
源。補救這個問題，這個解釋模式架構可能是有用的。解釋模式
手段也可以幫助醫生，使他和他的患者省悟那些在意識上引導，
在商業上立定目標要操縱他和他的患者購買昂貴的、不需要的、
令人失去人性的商品的控制性信息。不過要獲得這些結果，醫生
必須熟練溝通和詮釋的技巧，這些技巧大部分醫生不曾受過訓
練，有些人則不感興趣。我在下一章中會回來討論訓練的問題。

現在醫生已經可以與患者和家屬從事磋商。在醫生之所有交
易技巧中，磋商最能有效地給患者力量。這個磋商行動，如果是

眞誠而非僞裝的交互關係，衛生專業人員最起碼要對患者的觀點
表示尊敬。對醫生而言，眞正的挑戰是與患者從事磋商要做得像
與同事從事醫療一樣的合作❺。醫生要以努力在一般模式與專業
模式間做淸楚的比較來開始這一段的醫療。醫生能夠決定他可以
對那些不同意之點與資訊之欠缺做反應。他一定要鼓勵患者和家
屬對他的模式有所反應：這表示他必須準備聽到他們的批評，而
且──更困難的是，付出醫學訓練的傳統導向──他必須積極幫
助患者和家屬磋商這方面的衝突。作爲磋商的一部分，他必須暴
露他的不確定，他的了解有限，以及他對相關之名望與商業形象
之批評反應。他還應該澄淸他自己的模式改變的地方。磋商的結
果可能會偏向於患者的立場妥協，偏向於醫生的立場妥協，或者
在闡明專業與公共的說法上獲得一個聯合敎訓。

　　如果醫生爲了技術上或道德上的原因不能妥協，可以推薦給
別的醫生。但在我的經驗中，大多時候磋商會獲得一個大家都能
接受的有效妥協。這發生在第二章愛麗絲的病案中：她在短期內
停止放棄，重新適應她新近的損失。她的精神科醫生和其他醫生
們依次順應她的拒絕，他們把它看成是有益的，也是官能障礙
的。在威廉・史迪爾的病案中（第７章），他的醫生開始拒絕妥
協，最後卻受到患者與其妻之逼迫而同意。衝突的沈默特質延宕
有效的治療，而且可能會相當助長患者情況的惡化。在整個醫療
評估中，不願妥協導致第十三章中的幾位疑病症患者，做了昂貴
和不需要的種種檢查，並到處尋訪更順從他們要求的醫生，結果
更加深了他們和他們的醫療給予者的挫折感。

　　解釋模式模例的最後一個層面是提供醫生機會，對隱藏在他

❺在長期病痛的醫療上我很合作。要記得不同的臨床互動方式（ style ）適
　用於病痛的不同階段以及不同的人和不同文化導向的患者：嚴重的急性
　加劇用威權格式來處理常常比較好；出身傳統族羣的患者，可能會誤解
　平等格式，而發現它不能接受。對此，有些精明的醫生會查問一些事。

自己的模式下的興趣、偏見和感情做自我反省的詮釋。正如我們
在愛麗絲‧阿爾柯特的故事中所看到的，陶利士醫生，一位西班
牙裔美人醫生，學會改變他自己對新英格蘭美國北方人的種族偏
見：也就是，他們是冷靜、沒有感覺、不敏感的。精神科醫生必
須克服他自己不顧相反的證據，堅持診斷為可治療的精神疾病，　244
而要給愛麗絲抗抑鬱藥劑的傾向。他曾幻想這個藥劑可以使她治
癒。陶利士醫師和外科醫師們應付令人驚惶的無力感，以及隨伴
而來的憤怒與悲哀。在威廉‧史迪爾和梅麗莎‧佛羅兒絲的病例
中，內科醫生們發生了不自覺的強烈偏見，對醫療造成不利的影
響。當醫療小組獲知蓋斯‧依車維拉製造了他自己的病症時，他
們非常憤怒，立刻要把他趕出醫院，並拒絕與他的精神科醫生合
作。他們的憤怒雖然可以了解，卻使患者的治療變得複雜。對患
者的所有反應，憤怒是醫生們最難駕馭的。在我的經驗中，醫生
對憤怒以及其他擾亂情緒與道德的反應，有效的獲益方法就是誠
懇地檢查他的解釋模式，找出影響他對治療方法之想法的強力不
愉快感覺與沈默的道德判斷之證據。

　　臨床醫生應該檢查他的解釋模式，然後評估個人或專業的偏
見是否對治療工作造成不利的影響。這應該成為臨床例行工作的
一部分。雖然它通常不是，但許多醫生仍努力擬出種種模式。這
些模式依照不確定情況所允許的，清楚地成為治療判斷的指南。
今日，基層醫療醫生，經由巴林特團體（Balint group）和臨床
倫理巡迴團（Clinical ethics rounds）的訓練，學習檢查他們自
己對困難患者的情緒和道德反應（Balint [1957] 1973），因此他
們能夠控制對治療關係可能造成傷害影響的反應，並發展出促進
有效支持——甚至促進醫生自己個人發展之反應。

重振道德：邁向醫學的心理治療

對長期生病的患者（常常也對家屬），慢慢灌輸或再點燃希望，雖然規劃不良，卻是重要的臨床領域。當然，有短期性的心
245 理治療模式，但這些不曾廣泛地轉入長期身體病痛的醫療（講到例外，參見 Karasu and Steinmuller, 1978）。大部分基層醫療醫生使用心理治療，卻不曾接受此種治療的訓練，常常不知道他們正在做此種治療。長期身體生病所需要的心理社會性醫療是個少有指標的領域，像古代地圖上未曾探勘的部分，帶著「往前，有龍！」的凶兆性警告標示。

我勾畫出這些治療技巧當做醫學心理治療方法，它是由臨床醫生浸淫於病痛意義之中而產生出來的。民族誌的描述、生活史的詮釋和解釋模式的引發與磋商是心理治療過程的主要步驟。這些行動每一步都可以促進心理治療性醫療，而重振道德與給予支持的心理治療顧慮則回饋地幫助這些臨床核心工作的表現。也就是說，這些工作本身就是醫學心理治療的架構。例如，寫小型民族誌所需要的移情，滿足了所有患者（以及家屬）要被了解，要有別人來分擔他們的重擔的重要需求。詹姆士（William James）曾經寫過：「我們渴望同情，渴望純粹的個人溝通。」（引自 Myers, 1986：405）。

史比洛（Spiro, 1986），一位有廣泛長期病人醫療經驗的名醫，建議安慰劑效應（placebo effect）──醫生─患者關係之非特定治療效果──它因為破壞了對特定成功治療方法的清楚了解，雖然在醫學研究中受到輕視，事實上卻是有效臨床治療的要素。它是每一位臨床醫生都應該在臨床醫療中努力培養的東西。這個非特定治療效應在調查研究中改變很大（從百分之十至九

十），在例行醫療中大約也是如此（Moerman, 1983）。醫生達成最高可能的安慰劑效應是極端重要的。為了達成這個目的，醫生必須為他們的患者利益，建立與移情和真正的關切產生共鳴的關係，患者和家屬相信有實際幫助和象徵含義的關係。

　　我對傳統的心理治療導向：心理分析的、行為的、認知的、實質的、諮商的或家庭的，抱持不可知的態度，全部都能有所幫助。假如以機械性、食譜似的方式使用，每一種也都能造成傷害。重要的是醫生要真誠相信他正在做的，而且患者和家屬也要真誠相信。在某些方面，治療師—患者（家屬）的互動，如果不在結果上，那麼也要在關係本身上激發患者預期的信心。我心中想到的不是極端樂觀的希望。醫生和患者必須現實——至少只要患者表示他能忍受現實主義。患者與家屬必須被賦予能力。醫生也必須感覺他個人受到這個關係的影響。因此，我把醫學心理治療看成是一種合作關係，在此關係中，探查疼痛意義的技巧鼓勵宣洩、勸服、實際問題的解決、和心理治療變化的其他機轉（mechanism）。

　　無論如何，心理治療是一種深沈的道德關係。在受苦的範圍內，醫生企圖與患者同在。患者為他們的共同探查積極打開他的生活世界。醫生成為一個道德的見證人，不是裁判，也不是操縱者。患者變成一個主動的同事，不是一個被動的接受者。兩者都在此經驗中學習和改變。細思前幾章討論過的種種調節醫生、患者和家屬所需的關係。第六章中所描述的中國患者，既不會期待，也不會接受平等主義的關係；然而對安娣歌妮·派格特，權威主義的關係是有害的。細思這些關係擁有的特殊目標，心理社會醫療的交易技巧正是在形成獨特的關係以迎合一個特定病痛故事，一個特定生活的特殊需求。

　　當支持、注意感情需要和磋商出可靠關係的工作在關心的形式下完成後，如何從事醫學心理治療法的問題就消失了。這就是

心理治療法。

具體的例子是抑鬱和挫敗的患者道德精神獲得重振。這個患者可以是愛麗絲、威廉・史迪爾、霍威、魯道夫・克利士迪瓦、安娣歌妮，或另一位我已敍述過他們故事的患者：一些被他們的照顧者認為是問題患者的病人。目標不同：它可能明顯減低殘障；控制令人喪失勇氣的焦慮；或純粹只是好好地死去。小型民族誌和生活史提示種種特定的目標和方法，因此重振道德精神所採取的形式會有所不同。對一個患者，拿安娣歌妮來說，醫療所強調的在於宣洩；對另一位，拿霍威來說，可能在於家庭諮商和行為修正。對愛麗絲，感情的支持需要採取實質的移情方式，就像在葛登・史都華臨終的日子（第9章）所採用的形式。其他患者，像威廉・史迪爾，需要社會治療法的手段，醫生在其中設法幫助他們打破加重苦惱的當地社會之惡性循環。蓋斯・依車維拉對針對其個性異常之心理分析的導向之心理治療缺乏反應，像他這麼嚴重的病例不可能由內科醫生治療；知道要在什麼時候推薦給精神健康專業人員是很重要的。不過大部分的患者和家屬，所需要的步驟並非如此困難。治療功效的主要來源是發展出成功的治療關係，和依醫生的個性與溝通技巧，利用言辭賦予患者力量並說服他邁向成功的應付方法。此外，長期病人的醫護，不需過分嚴肅和陰鬱：有充分的空間可以表現機智和幽默、嘲諷和自相矛盾之感。

幾乎所有有嚴重長期病痛的患者，都能從哀傷的工作中獲益以幫助他們悲悼他們的損失，我們已經看到它們在醫療中扮演了如此大的角色。學習如何在醫療中協助哀傷，並賦予患者主動哀傷的權利，是任何治療長期病人的人應該熟練的事務。短期的哀傷心理治療模式，像哈羅維茲（Horowitz，1984）等人的模式，已被輔助專業人員和一般顧問使用。對那些自己從事這個特定心理治療法感到不自在的醫生們，適時推薦給其他受過適當訓

練的哀傷顧問可能是有益的選擇。但對於希望成為長期病人治療
者的醫生，努力解決哀傷是他應該擁有和使用的技巧。

　　醫生可能每週一節，花五、六個星期來哀傷損失，每一節設
定三十至四十分鐘。他必須選擇合適的，經歷明顯士氣低落的患
者，並徵求他們的同意。在第一節中，他協助患者理解和說出他
個人因長期病痛引起的主要損失。在第二和第三節中，他鼓勵患
者談論這些損失和描述那個損失的每一個感情經驗：也就是，他
幫助患者哀傷。這些會談也容許醫生與他的患者一起努力來表現
出其他干擾哀傷的情緒反應（例如憤怒和恐懼）。第四節可以以
引導患者哀傷他自己的死亡或其他預期的沈重損失來完成哀傷。
最後一、二節設法超越哀傷以便恢復。這一連貫的會談期滿時，
應該強調對正在進行的醫生─患者關係，對親密的個人連繫和對
自己的生活經驗重新依附。長期關係允許醫生監控這種干預的結
果，而且每隔一段時間，當他覺得有用時，可以重新再做哀傷的
工作。許多治療師都有這種經驗，可能在治療結束後，當患者有
足夠的時間來綜合新領悟並開始自己改變時，醫療才會出現它的
效果。因此普通醫生可能在這種會談課程結束後見到士氣大振的
事情發生。

　　治療的結果，患者應該可以與他原來的情緒狀態保持一個程
度的距離。他們應該感到，他們已經經歷了一次明顯的宣洩。但
不管他們與他們的病痛獲得什麼新關係，卻無法描述出來，而且
會像他們的狀況與個性一樣有所差異。在我的經驗中，這種哀傷
工作，是使許多患者重振道德精神的有效方法。它也可以用來使
醫生重振道德精神，至少重新點燃他治療這個患者的熱誠。而且
這常常就足以讓他不致放棄，使他因而能夠維持患者與家屬經常
脆弱的希望。

　　我相信還有不同而同樣有用的帶領哀傷工作的方式（見
Osterweise 等人，1984）。我要再次強調，患者與醫生一起參

248

249　與這個經驗是多麼重要。重要的不是方法。患者與醫生對長期病痛所製造的實際與象徵性損失，有確實的哀傷經驗才是目的。我知道沒有其他可以替代的方法，能如此有力地重新建立有效、人道的醫療關係。強調目的而非方法，讓我想起中國哲人莊子所說的故事。（「荃者所以在魚，得魚而忘荃」譯者註）。漁夫編織精巧的網具捕魚。他苦心編出設計複雜的網具。他擔心它，努力改善它，花了許多時間。不過他一旦抓到了魚就忘記了這個網具。

　　長期病患，像我重複提到的，被他們的醫療給予者認為是問題患者。在人格異常與困難的生活情況促成這個標籤的同時，醫療系統的急性醫療導向之不適當期待，以及醫療給予者的挫折感也有促成作用。使患者重振道德精神的過程，可以改變這個系統的預期，也可能會使醫療給予者抖落那個比較會維持而不能解決問題的行為模式。我草擬的方法論企圖作到這兩點。在長期病人的醫療中，重要的那種改變不是戲劇性的改變：它們傾向於在症狀的認知和痛苦的忍受程度上做小小的改變。可處理的苦惱與破壞性的絕望之間，距離常是狹窄的。（醫生的自信心與挫折感也可以這麼說：小小的差距可以使他的精神振作和下沈。）更有甚者，照顧同一患者，可能一個星期成功，下個星期失敗。或許大部分長期性與殘障性製造出來的生活問題，沒有肯定合理的答案。醫療是一種不斷的努力，去試驗和堅持——就像病痛經驗本身。結果成功之判定是一種持續、非常長期的事務。成功的治療關係會耐得住一陣壞情況；事實上，它的力量會受到數陣壞情況的考驗。

　　開業醫生之醫療，有一種成分值得進一步討論：也就是，給予家屬支持。像我們見到的，長期病痛常常對家屬及其他親密的個人關係造成影響，事實上那些影響有時相當嚴重。疾病也許只限於個人單獨的組織；病痛卻把他的社交圈併入了。小型民族誌

250

和家屬解釋模式的引發，會指出支持源和社交網之緊張與裂縫。士氣低落與恐懼，很少只限於患者。長期病痛使家屬處於眞實、持續的壓力下，它在創造衝突的同時，也加強了原來存在的衝突。醫生可以把整個家庭看成爲醫療的焦點。他要決定這些特定問題，在其作用與反應中，何處對他們是合適的。這些反應包括一般性的評估，追跡家庭問題和諮商，必要時，推薦去看家庭治療專家。

家人的解釋模式之引發，常常是慫恿表現出緊張的有效方法。它不僅指出與醫療模式的衝突，也指出與患者模式的衝突。它也是推動家屬與患者磋商，在醫療中那一種角色對家人最爲合適的一個有效辦法。對某些家庭，那個角色是緊要的；對另一些，它可能次要的。醫生在危機出現的關頭，也必須能夠協助個人資源已經耗竭的家庭去支持病人。家人和患者都會因爲醫生願意聽（而且認可）他們的說法而獲益。他們可能要求協助解決與病症有關的實際問題；他們可能要求宣洩的機會和更特定的感情支持，特別是焦慮的感覺。有時候配偶甚至可以說比患者更需要別人來核准憤怒並鼓勵定期的隱退以便補充裝備。哀傷病痛引起的損失也是一種普通的家庭經驗，醫生可以促成這個經驗。對家屬和患者來說，沒有一件事可以比得上知道醫生對他們的需求敏感，而且有能力給予幫助。

我相信醫生做得最好的畢竟是，環繞病痛經驗及其心理與社會影響現象學的了解，爲患者安排醫療。這個需要態度、智識和技巧上的教育，這些與最近醫生訓練和衛生醫療系統上的那些考慮事項不太一樣。現在我轉而思考這個透視（ perspective ）對現代醫學所持的涵義。

但我有個不安的感覺，我希望與讀者共同分擔。是否有可能教導專業人員，像拉金（ Philip Larkin ）所寫的：

立刻尋找眞實和仁慈的

　　　或非不真實和不仁慈的話。

（自 Heaney, 1980：164）

或許這就是醫生資格如此深住於內的一面，無法以說教的方式加以教導，它必須經由學生自己痛苦的困難經驗和爲別人做好事的迫切需要才能學到。或許它也依賴醫生最近的成人發展情況。一個人如果個人不曾經歷過死別，是否能夠有效地將感情移入，並協助另一個人哀傷？或許凡是缺乏個人病痛和行醫事實的人都不能形成這分智慧。

第十六章
意義中心模式對醫學教育
與醫業之挑戰

252

決定尋求醫學診斷就是請求詮釋……患者和醫生在共有
的神話創作中一起重造事件的意義……一旦事情安置妥
當；一旦經驗和詮釋符合；一旦患者有了一貫的「解
釋」，讓他不再感到是費解和不可控制的犧牲品，症狀
通常就拔除了。

　　　　　　　　　　　　　　　——Leon Eisenberg

　　　　　　　　　　　　　　　　（1981：245）

我認識吉米已經九年了——而在神經心理學上，他一點
不曾改變。他仍舊有最嚴重、最具破壞性的柯沙科夫
（Korsakov）精神病，記憶孤立的事物無法超過數
秒，從一九四五年起就有嚴重的健忘症。但在人性和心
靈上，他有時是個完全不同的人——不再浮動、不安、
厭煩，而極其關注美和心靈的世界，富於各種基爾克加
德類目（Kierkegaardian category）——美學的、道德
的、宗教的、戲劇的……經驗科學、經驗主義，還不包
括靈魂，不包括構成和決定個人存在的東西。或許其中
存有哲學和臨床的教訓：在柯沙科夫精神病或癡呆，或
其他此類大災難中，不管器官的傷害多大……其中仍保
留，由藝術、由神交（communion）、由觸動人類心

靈而重新整合之不衰減可能性；而且此可能性可以在起
先看起來似乎已經絕望的神經性破壞情況中，被保存下
來。

——Oliver Sacks

（[1985] 1987：39）

253　　現在我請讀者思考這個問題，醫學的目的是什麼？如果我們
檢視現代工業社會中龐大的衛生醫療事業，例如美國，就很難想
像，這麼基本的一個問題可以獲得回答。它似乎有些鹵莽，草率
地過分簡化了一個複雜的社會系統。這個系統如此瑣碎，讀者可
能覺得喜歡這樣回答：目的可能和醫學機構一樣多：為什麼不
問，為什麼問醫學？這個問題似乎同等荒謬。

　　然而，除非我們提出這個目的的問題，要這個職業和開業醫生
負責是不可能的。我們也不知道患者應該向衛生醫療要求什麼。
而且，由於不要求，我們就默認了我們這個時代佔優勢的經濟爛
調：也就是說，醫生—患者關係不多也不少，只是服務承辦商與
顧客之間的另一種商業關係，醫業是個以控制共有市場為目的的
集團。不，醫學與經濟密切相關是確實的，但它一定不可縮減至
此。

　　在所有各個社會中，治療有個道德核心，我認為是醫學的主
要目的。那個結構被病痛經驗和醫生—患者關係上的要求，清楚
地加以揭發，卻被痤癒之非治療面的狹隘檢查加以掩蓋。這本書
中的報告揭示，病痛經驗與意義是臨床工作的重心。醫學的目的
即是控制疾病過程和照顧此病痛經驗。這個在長期病人與其醫療
系統之關係中最為清楚：對他們來說，疾病的控制，按定義，是
有限的；照顧由異常製造出來的生活問題才是主要問題。

　　從長期病痛的人性立場來看，詮釋病痛意義和在親密的個人
關係中處理深刻感受的情緒，都不可當做邊際工作加以棄置。它
們正構成醫學的重點。這些是醫生必須從事的活動。在行醫工作

中不討論這些問題是一項基本的錯失。在這個特定的意義上，我
們可以說現代生物醫學：不管疾病控制上的顯著進步，已與醫學　254
之目的背道而馳。這種由外在社會力量與內在專業動力所造成的
扭曲，對長期病人、他們的家屬和治療他們的醫生，加上了極大
的負擔。

　　當我們把醫療放在醫學中心時，我們就被迫重新思考醫學訓
練：醫科學生和住院醫生必須接受教育，學會從事愛麗絲・阿爾
柯特、霍威・哈利士、安娣歌妮・派格特、派翠克・依士波西
托、葛登・史都華，以及這本書上其他主角所需要的主要治療工
作。我們也必須對抗衛生醫療輸送系統和更廣的社會結構中干擾
這些工作實施的障礙。我們必須與醫學研究企業妥協。這個企業
雖然令人印象深刻地對急性疾病的控制作了許多貢獻，卻似乎忽
視了長期慢性疾病所製造的問題。也就是說，在長期病人之醫療
中，以醫療中心目的加以判斷時，醫學研究似乎是毫不相干的。
當病痛而非疾病成為我們的主要興趣時，我們就會被引到一個現
在不流行的方向，重新思考醫學。這個方向與內在的專業人員興
趣和外在的旁觀者批評都背道而馳。以此觀之，醫學就是此問題
之一部分；它也是解決之道。

醫學教育

　　學生進入醫學院時，對他們希望變成那一種醫生，他們希望
提供他們的患者那一種幫助，常帶著高度的理想。當他們畢業
時，許多人失去他們的理想。在醫生心中，專業化過程，以往往
太過諷刺專斷的高科技與高收入專業期待，取代往往過分浪漫的
外行治療形象。對長期病人的醫護，依照現在的組成方式，可能
是悲慘的。醫生被鼓勵去相信，「疾病」比「病痛」更為重要，　255

而他們所需要的只是生物醫學知識，而不是病痛之社會心理與文化方面的知識。他們被教導，在臨床上運用安慰劑效應是過時的。他們變成相信，心理治療法是時代錯誤的（anachronistic），而且只有精神科醫生須要學習。醫學教育之社會科學和人文科學成分，是我在此書所討論的理念中心，卻關係不良，只有少數學生在與它們關聯時感到自在。像我在第八章所描述的，住院醫生訓練的嚴格考驗，甚至可能使醫生失去人性，當然不會促使醫生訓練專注於社會心理學上的感性醫療。

我的結論是刺耳的。當然有許多醫生突破了這種模式。事實上，在社區中成為熟練的基層醫療醫生可能「需要」一種解放，經由經驗，從訓練所獲得的專業偏見中解放。何況還有種種訓練方案——尤其是家庭醫學科、基層內科和小兒科中某些較進步的部門——就在強調我認為對治療者極為重要之種種顧慮。而精神科醫生，雖然處於醫學主流的邊際，長久以來一直關心患者的傳記。不過整體而言，我相信我的判斷，雖然遺憾，卻是正確的。

要改變這種可悲的狀況，必需使患者和家屬的病痛經驗故事在教育過程中更受重視。唯有如此，醫生才能獲得適當的態度、知識和技巧，使他們能寫出長期異常不幸的小型民族誌，或給予臨終的患者支持，或與來自另一族群的患者磋商。這個改變如何實現呢？

在我想來，唯一有效的改革方法是由下至上重新建立醫學訓練計畫。否則，價值與行為無法改變。必須排出課程，花時間教導學生如何詮釋病痛故事和評估病痛經驗。醫學社會科學與人文科學方面的課程只是一個開端，我們還需要有教導醫生與患者交流（transaction）和監督醫學院學生臨床經驗的新方法。如果學生能夠明白，這些技巧對他們的老師和一般臨床醫生真正重要，第十五章中所提到的核心工作施行之主要態度就會受到鼓勵。他們的老師之中，一定要有在長期病人醫療上足以成為典範的名

師。甚至醫學院入學標準也需要優先選擇對心理社會學、文化和
道德方面確實有興趣和背景的學生。

　　寫小型民族誌的技巧可以派遣學生走出講堂和醫院，讓他們
跟隨他們的患者到當地社區中來加以磨練。學生可以在患者家中
觀察患者與衛生醫護和社會救濟人員應對的情形。在我的經驗
中，學生不常受邀去工作場所，但他們通常會有接近家屬、朋友
和鄰居的機會。自熟悉此社區之社會科學家獲得資訊常常能夠幫
助學生對患者的民族情況組合出一個更確切的畫像。臨床導師應
該檢閱這些報告，不要批評這些文章的水準，但要評估學生熱心
觀察臨床相關細節與依照患者的特殊社會情境仔細詮釋這些細節
的能力。精於引發患者和家屬的解釋模式，以一般人能了解的話
解釋生物醫學模式，全在臨床專家的監督下，不只在門診和住院
部，也要在患者家中，有常常從事這些活動的機會。有一種記錄
生活史的適當文學，學生會從中找到各種引發患者生活故事和寫
出簡短傳記的策略。不過最重要的是，必須時常給予學生機會，
去詮釋這些生活故事的主要意義。學生的經驗會因閱讀來自患者
世界的傳記與小說故事而豐富起來。

　　此外，醫學院教職員必須清楚地支持這些學習經驗的重要
性。對學生來說，要相信，了解病痛乃是他們的教育關鍵性之一
部分，他們必須知道，他們會在相關技巧的取得上接受測驗。無
法勝任或無法表現適當態度與知識，應該被視為與在心臟科學、
外科或產科學無法了解和檢查病變一樣。應該要求學生接受補審
和重考。長期無法表現必要的態度、知識和技巧者，應該被開
除。醫科學生和住院醫生心中最須集中精神注意的一件事是，他
們在學習如何為長期病人提供心理社會醫療上表現不良，他們就
不能畢業成為醫生。

　　醫學院教職員必須以行動表示，他們在一般醫生的訓練上有
共同的看法，病痛和疾病一樣重要。這個新方針需要教職員的再

257

教育，以及一個學院報酬系統，這個系統經由升遷與禮遇，清楚地顯示，醫學的心理社會領域是教師團的中心任務。心理社會導向之開業醫生楷模之出現是極為緊要的。

住院醫生畢業後之訓練甚至受到更大的挑戰。或許它應該以這項誠實的，即使是令人難過的，認知做為開始，那就是現存的許多訓練方案默默地教授了一些與患者之人道醫療正相反的價值與行為。將心理社會學上的世故成分加入現存的訓練方案中恐怕是不夠的，因為整個訓練結構與其有效的同化作用衝突。例如，長期病人的醫療，極大部分現象是患者上門診看病，在此現象中臨床醫生必須與社區的社會服務人員網絡合作。然而許多訓練方案卻強調急性病患的住院醫療，而不強調長期病人的門診醫療。訓練方案使受訓練者與社會分離，而且常常製造長期病人是問題患者的印象，因為他們無法改善，因為他們經常需要醫生的服務。而且，由於訓練方案製造了險惡的風氣（ethos），令實習醫生筋疲力竭，使他們變成倖存者，它們就造成了這個違背學習人道醫療的情況永遠存在（Groopman, 1987）。要改變這些情況必須在醫院訓練方案中做基本的改變，這些方案常常是比較受廉價醫學勞工之要求而較不受患者醫療之顧慮的驅策。年輕醫生通常在無意間剝奪患者的人性，如果我們要阻止此現象，我們就必須停止剝奪年輕醫生的人性。

那些訓練方案，教導住院醫生花五至十分鐘處理前來做追蹤檢查的長期患者，或強調使用昂貴科技甚於人工密集會談與談話治療技巧，是錯誤的。要將它們扭轉過來，須要醫療輸送上新的優先秩序和不同的指示規則。患者醫護的評估，不能只限於過分狹隘的費用效益定量；它應該還要包括這個醫療如何處理病痛經驗與意義問題之評估。醫療費用終究會跑到最前面。假如醫生在十五分鐘內使用內視鏡的收入，十倍於他做半小時的感性訪談，心理社會學訓練就少有機會對衛生醫療行為產生任何顯著的影

響。因此，醫療經費必須包括適當程度的協助患者應付病痛過程的經費。因為有明顯的證據顯示，心理社會性干預可以減輕醫療費用和長期殘障，所以要求為醫生改革補償系統並非不恰當的（Mumford 等人，1984；Osterweis 等人，1987）。

沒有適當制度的支持，在醫學院和住院醫生之訓練方案中所學到的，很難使用在實際的行醫上。也就是說，醫生可能已經準備就緒，並有實施心理社會學上適當醫療的技巧，但輸送系統卻尚未準備好提供鼓勵，支持這種醫療——事實上，這個系統甚至會提供積極的抑制。就像海倫·麥克瑙頓在第十四章所說的，醫療逐漸被醫療部門的經理當成商品。資本主義在我們這個時代不只主控醫療制度，也主控其價值導向。為了和現代資本主義的優先系統保持一致，錢被用來使這個商品增值，因而可以從中獲得更多利潤（Heibroner, 1986）。因此，今日所考慮的，不是醫生如何有效地幫助長期病人對付苦痛，而是花了多少時間與金錢和剩下多少利潤。高品質的醫療可能不是永遠符合費用效益，至少以支配我們這個時代的政治束縛來概說費用時，是如此的。 259（不同的政治導向可能改變這些束縛的性質，使我們大家能夠重新思考更好的醫療輸送方式。）

美國以及其他工業國家的醫療系統，需要改革。情況正以加強的步調惡化。現代醫療批評家已經認定，醫療機會獲得的不平等和誰從醫療中獲益的不公正是主要問題；這些問題本身有權要求重視（Starr, 1982；Navarro, 1986），但他們的解決方法大概不會論及我所認定的問題。這個問題最好被想成是一種文化窘境，困住了現代社會價值和要來履行這些價值的專門職業。我們這個時代的世俗神話和專業「儀式專家」對待病人極差。這個職業可以看起來做得不錯，但它的授權任務卻大有問題，它的從業人員分崩離析，與其患者的關係大受擾亂。它起碼須要依照我們所想的醫療方式加以轉變。

衛生醫療系統

那麼，讓我們把衛生醫療系統，當做一種以照顧病痛經驗爲中心的企業，重新加以思考。在這個社會中，病痛掛慮的是那些地方？也就是說，衛生醫療系統處理那些病痛問題？

當衛生計畫員或公共衛生專業人員擬出衛生醫療系統藍圖時，他們通常只計入生物醫學業的設備：也就是，醫院、診所、療養院和復健部門。一位人類學者被請來規劃社會衛生醫療時，則會寫出一個帶有不同成分和範圍更廣的衛生醫療系統。

值得注意的是，大部分長期病痛的醫護並非在生物醫學機構中，或由專業醫生，而是由家人傳送的（Kleinman, 1980，179～202）。這個醫護的家庭（或流行）特區是病痛加劇最先被認
260　定和處理的地方。許多種治療方式可能被當做自我和家庭治療加以運用，包括：休息、改變飲食、特別食物、按摩、公開販賣的藥物、取得到的處方藥物、各種裝備從增濕器到特殊的家具、感情支持和宗敎行爲。這個一般（外行）醫療活動範圍還包括從朋友和其他人獲得如何處理的建議，什麼時候要去尋求專業的協助，去什麼地方尋找協助，和是否要遵照最近這個專業醫療給予者的建議，或改變另找其他醫生。鄰近的藥房和健康食品店也常常被拖進這個一般治療網中。

對關心長期病患的醫生來說，醫療家庭區域是很重要的。事實上，在某些少數民族和非西方文化中，家屬而非個人，負責決定治療方式（如我們在第九章中所描述的那位癌症患者的例子）。然而醫生對醫療的家庭情況很少有系統性的知識，或曾努力擬出一些評估患者的病痛如何受到家庭影響的方式。藥廠就不是如此，他們在媒體上的廣告——藥品的主要開銷——原則上就

是針對家屬，把他們當做外行醫生。醫護盛行特區是個主要消費源，一份從醫生身邊流過的巨大產業。商業化，有增加家庭接近種種有效醫療干預的好處，遺憾的是它太常帶來不適當的、不需要的和坦白說是危險的使用。

對醫療改革的挑戰是要發展出醫生對一般醫療潛在可行面的敏感。然後醫生才能幫助患者及其家屬，增加他們駕馭知識和科技資源的能力。這樣才能使自我醫療更加有效。有種種法令限制患者取得管制藥品，這些藥品對他們的治療很重要。醫生鼓勵被知會的自我醫療之意願，必須與這些法令的改革結合。現在患者與家屬已經能夠購買監控血壓、檢查兒童耳道和驗尿的器具。爲什麼在合格的監督下，他們不應該不必有處方就能購買那些對他們健康很重要的藥品呢？長期患者是（或者可以學習成爲）他的病痛經驗之專家；他也能夠發展出一些治療其疾病之技術。錄影 261
帶和文字教材可以特別爲這個目的而準備。正式將患者和家屬訓練成醫療給予者的行動是一種授權通告，有象徵和實際的涵義。我相信，把患者看成同事，把治療看成合作，會大大改善患者／醫生關係的品質。我的印象是，我們正緩慢而偶然地移向這個改變方向。現在所需要的是，有組織且實質的那種改變。

此一類型的醫療改變聽起來雖然簡單，卻被種種棘手的問題包圍住了。它須要同等的政治、法律和醫學改變——因此，它可能很容易被當成烏托邦而加以遺棄。但我認爲那是個可悲的錯誤。我們在北美社會中已有一個大的自助運動，它受歡迎，部分是拒絕理會專業支配的一種表現，部分是對醫療能力有限的一種認知。在訓練醫生助理與其他醫學相關人員時所發展出來的技巧，可以重新調用到醫療家庭特區中。對這種改變，政治家可能會變成感興趣，因爲它有可能減低衛生醫療費用，並改變患者對醫療業逐漸增強的敵對姿勢。公共衛生規劃者和衛生教育專家，可能會受到鼓勵，想出將患者與家屬提出的醫療加以合理化的方

法。社會調查和民族誌資料將是必須的，它們能更準確地圖畫出
一般人之決定和治療行動。而進一步了解這種改變之法律、立法
和倫理層面也是重要的。不過長期病人及其家屬，在一種或另一
種形式上，會不斷增加要求——而且我相信，終會成功地贏得
——對其醫療所需的資源擁有更大程度的控制權。

　　與家庭特區緊鄰的，是醫療民俗特區。從事民俗醫療者包括
非常廣泛的各種非專業的和通常是不合規定的「專家」。民俗治
療師的範圍，從類似與醫學有關的從業員到宗教治療師，從不同
的大量業餘心理治療師到半非法、甚至非法的秘方販子，從少數
262　民族中的傳統治療師到健康食品顧問、按摩師和影響主流民眾的
電視表演人員。北美社會中有長久的民俗醫療歷史；與多數人的
預期相反，當我們的社會在科技上有所發展時，民俗治療師的繁
殖速度並未減低。例如，麥克奎爾（McGuire, 1983）曾經描
述，紐約市附近一個中上階層市鎮中，就有一百多種民俗治療法
可供採用。從傳統（例如，宗教的）到最新〔例如，極性治療法
（polarity therapy）、虹膜學（iridology）和共同治療法（co-
therapy）〕形式的民俗治療。傳統中國醫師、瑜珈師、各種基督
教和猶太教聖靈治療師、草藥郎中、婚姻藝術和其他形式的專
家，以及只能說是無恥騙徒的人物，都曾積極參與此書所描述過
的一些患者的治療工作。

　　民俗治療者雖然是有幫助的，但他們有時會給予干擾生物醫
學治療法的建議和藥物，而那是（他們本身也是）危險的（Klein-
man and Gale, 1982）。醫生常常不會被告知他們的患者正在用
民俗治療師，即使這項認知關係他對不順從和不良結果的了解。
患者不想告訴醫生有關非生物醫學治療師的事，因為他們知道醫
生輕視這類治療師；至於醫生，他們只是單純地不去想，也不去
問這方面的醫療。對醫生來說，生物醫學的挑戰是要承認民俗治
療者不只在第三世界，在現代西方社會也是重要的。他們如此無

所不在，而長期病人又如此急於接受任何幫助，因此醫生應該
「假定」在長期病痛過程中，他們的患者大約會接受民俗治療。
尊重患者的觀點必須包括樂於認識所謂的變通治療。這也應該意
味，醫生要嘗試決定什麼時候用民俗治療師和他們的治療方法是
有用的，什麼時候民俗治療方法是有害的。醫生的批准，患者和
醫生應該共同把它認做是專業與一般外行解釋模式間磋商的主要
部分。

　　在北美衛生醫療系統中，醫療專業特區也是多元的。變通治
療業——像接骨術（chiropractic）、療骨術（osteopathy）、自然
療法（naturopathy）——有他們自己的專業組織、執照規章，以
及考試、學校、課本和研究。眼科醫生和驗光專家競爭需要配眼
鏡的患者。精神科醫生和社工與心理學家競爭做家庭諮商。在某
些地方，產科醫生與助產士競爭接生嬰兒。生物醫學機構，雖然
由醫生控制，主要卻是顧用非醫生人員。護士、社工、心理學
家、復健師、職業治療師、牙科衛生助理、呼吸與放射線技師、
醫生助理、實驗室技師、救護車司機、精神健康助理、翻譯員、
營養師、裝義肢的專家，以及醫院與療養院中大量的輔助人員，
構成生物醫學機構中百分之九十五的雇用人員。殘障者所接受的
醫療，大多是由這些其他衛生業提供的。長期病人，即使在看醫
生時，大部分時間也是和接待員、護士和各種輔助專業人員在一
起。這些工作人員的價值常被醫生低估。他們對患者醫療的貢
獻，就像他們造成延誤、遲頓的溝通和患者對治療的挫折一樣，
常常不被認知。

　　這是我個人的經驗，即使在醫生對心理社會問題敏感時，他
們辦公室中的職員以及與他們合作的輔助業者可能不敏感。事實
上，一些我所碰過，最化約主義的機械性和感覺遲頓之醫療給予
者，都是比較低層次的職員和技師，他們似乎不知道他們所從事
的就是醫療過程的一分。所有輔助人員，顯然應該在尊敬醫生

之苦和富有人情地照料病痛經驗的架構中,接受訓練。

專業特區的制度是比較以專業為中心而不以患者為中心的。哲魯巴維爾(Zerubavel, 1981)表示,這就是醫院的時間安排比較配合工作時間與醫院人員之需要,而較不配合患者及其家屬之需要的問題,而且空間的安排真的也是如此。在醫療專業特區走動,令許多患者困惑。讓使用者認識這個系統的地圖很少。各部門之間的交通阻塞。長期病患一生在這個專業系統上花了這麼大的一部分時期,結果他們比他們的醫生更知道,那一個結構障礙與不必要的官僚步驟浪費他們的時間和精力,製造挫折和怨恨。對官僚系統的失敗,通內情者的這份知識很少被考慮進去,用來調節專業系統以順應患者的需要。這樣做就是挑戰。

不過醫療專業制度也令醫生感到挫折,特別是那些喜歡討論患者與家屬之病痛問題的醫生。我已經提過,臨床行醫工作的時間限制和報酬結構,如何與治療長期病人最有效的治療干預相背。在此醫學法律顧慮尤其有害。醫生必須不斷注意他們醫療上潛在的法律錯綜關係,這常常勸止了改革性的治療手段,同時鼓勵治療者掩飾,並固守官方的文字(不是精神)約束。假如醫生害怕,患者或家屬所犯的一項錯誤可能有致他面對百萬元訴訟的危險,他還能設計分段加強患者自我治療能力的治療方法嗎?允許法院解決,譬如說,臨終階段的病痛必須給予多少醫療以延長生命──甚至當患者與家屬希望終止醫療時──的倫理問題,使醫生喪失勇氣,使他們在長期病痛最需要他們的人道表現時,猶豫和遲疑。官僚文書的大量浪費,是有意經由政府不同部門的監督來控制醫生的行為。結果它卻使醫生麻木,並奪取了大量最好用來看患者的時間。醫療的官僚化,爭議性地惡化了長期病人在磋商衛生規章時所經歷的問題,因為官僚效率可以成為(而且常常是)高品質醫療的敵人。或許最困難的挑戰,就如第十四章中數位醫生所觀察到的,是如何使生物醫療制度人性化。

最近一般外行與專業「治療師」大量增加，他們聲稱有特別的技巧能對令患者與醫生困惑的長期病痛之心理、性與家庭層面提供幫助。醫生諮商某一件事，在追踪越來越複雜的技術性問題 265 時，他是否應該拱手讓給其他專家？如果這樣做，醫生的功能如此徹底分裂，是否會使心理醫療成分進一步與另一半的生物醫學成分分開？這個分裂結果是否會使醫生疏離和失去人性？如果醫學心理治療法整合成爲醫生的核心臨床工作，它的品質如何獲得保證？它如何獲得基金和評估？在現代社會中，數十個同等困難的問題包圍著醫療專業特區。到現在爲止，北美的醫療討論一直集中在大型的政策問題上。不過我想爭論的是，假如醫療要眞正獲得改革，我們衛生醫療系統的小型臨床特質問題也必須變成討論的焦點。

　　整合病痛的醫護與疾病的治療極爲重要。獎勵這種整合的方案很少，極少，因爲醫學的發展有進一步將病痛與疾病分離的趨勢，而且專業與官方的優先秩序不曾重視這個目的。衛生醫療制度應該理想化地重新創造，將這個觀點築入醫療輸送結構中。在實際的世界裡，重新創造是不可行的；改革卻不是。這種改革必須視爲是支撐衛生醫療系統之價值的一種改變。現在，這個系統關心的，主要是財經利益、制度效率、職業競爭和非常狹隘地以疾病爲中心的行醫規範。要改變這個價值系統，需要的是我已推薦過的社會廣泛討論，一種可以將大衆與專業運動聯合起來，針對健康醫療系統上所須要的壓力，在政治有效態度上帶來改變的討論。

醫學研究

　　爲了對醫學改革提供智性的支持，使它能針對患者的病痛醫

療需要，發展出行醫的規範，醫學研究也必須交互轉變。我們需

266　要看到醫療擁有三大知識來源：生物科學；臨床科學；以及醫學社會科學和人文學。至今，頭兩項研究的範圍已經接受具體的資源並已變成強壯的企業。第三個研究範圍，現在卻發展不良。除非人類學、社會學、心理學、歷史、倫理和文學的研究（醫學人文科學）變成醫學研究真正的一支，我們會缺乏將病痛經驗和意義更有系統地概念化所需的知識。只要我們缺乏這種知識，新的行醫規範和有效治療策略的發展就會延後，而研究企業仍會極不平衡地針對著疾病問題。

　　我們需要優秀的醫學社會科學和人文科學中心，做為醫學院和衛生醫療機構的一部分，在那兒研究員可以創造整理新的知識，批評現存的知識，並在臨床環境中發展有用的方法論（methodology）。達此目的需要更多從事社會科學研究的研究基金，並提供醫學社會科學家與人文學家更多研究職位。雖然醫學人文科學不應簡化地與人性化醫療畫上等號，但是醫生如果在一個以社會和道德方式接近醫學的架構中接受訓練，他們就比較有可能發展出必須的態度、知識和技巧。

　　再者，交出有限的資源，並對實際世界的這些資源提出衝突的主張，會受到醫學內外雙方的壓力，要求帶來這項改變。除非醫學的學術論述擴展，超越分子和藥物語言，將經驗和意義語言包括進去，不然醫學會重新加強對病痛問題的職業抗拒，不會促成其視野之擴大。避免病症人性面的研究置此職業及其從業人員於知識受限的鐵鍊中。這個桎梏如此緊，醫學和醫生無法討論長期病人醫療中一些最困難卻也是最基本的問題；醫生受阻無法在患者的健康上冒個人危險，而醫學則無法對苦難運用道德知識。

267　　　我寫此書，心中帶著相當不同的意念。如果說戰爭太重要不能單獨留給將軍處理，政治太重要不能單獨留給政治家處理，那麼我們也應該說，病痛和醫療更是太重要了，不能單獨留在醫療

專業人員手中，特別是在擠壓我們人性的架構中，勾畫這些固有
人類問題的醫療專業人員。長期病人的醫生之工作，難道不是：
在受苦的經驗領域中與其患者及家屬守在一起。醫生加入他們那
個艱苦的經驗中，在疾病過程可以施行醫療管制的地方予以協
助。不過，有時候當技術干預受到阻礙時，在最壞的時刻，他也
要在病痛經驗對患者和家屬所造成的意義上做等量的道德參與。
我們這個時代的商業化自我形象腐蝕了利他主義，把莊重轉變成
僅僅是一種專業態度，但治療者的經驗可以與此相反，成為一種
人類智慧問題的探索，一個容忍和勇氣的規範，一個善意的形
式，一次人性本質的教訓。

參考書目

Alexander, L. 1981. The double-bind between dialysis patients and their health practitioners. In *The relevance of social sciences for medicine,* edited by L. Eisenberg and A. Kleinman, 307–29. Dordrecht, Holland: D. Reidel.

――――. 1982. Illness maintenance and the new American sick role. In *Clinically applied anthropology,* edited by N. Chrisman and T. Maretzki, 351–67. Dordrecht, Holland: D. Reidel.

American Psychiatric Association. 1980. *Diagnostic and statistical manual of mental disorders.* 3d ed. (DSM-III). Washington, D.C.

Aries, P. 1981. *The hour of our death.* Translated by Helen Weaver. New York: Alfred A. Knopf.

Balint, M. [1957] 1973. *The doctor, his patient and the illness.* New York: International Universities Press.

Barme, G., and B. Lee, eds. and trans. 1979. *The wounded: New stories of the cultural revolution, 1977–78.* Hong Kong: Joint.

Barnes, D. M. 1987. Mystery disease at Lake Tahoe challenges virologists and clinicians. *Science* 234:541–42.

Bate, W. J. 1975. *Samuel Johnson.* New York: Harcourt Brace Jovanovich.

Beeman, W. 1985. Dimensions of dysphoria. In *Culture and depression,* edited by A. Kleinman and B. Good, 216–43. Berkeley: University of California Press.

Bellah, R., et al. 1984. *Habits of the heart.* Berkeley: University of California Press.

Benveniste, E. 1945. La doctrine medicale des indo-européens. *Revue de l'histoire des religions* 130:5–12.

Berkman, L. 1981. Physical health and the social environment. In *The relevance of social science for medicine,* edited by L. Eisenberg and A. Kleinman, 51–76. Dordrecht, Holland: D. Reidel.

Berlin, I. 1978. The hedgehog and the fox. In *Russian thinkers,* 22–81. Harmondsworth, England: Penguin.

Black, D. 1980. Inequality in health: A report. London: Department of Health and Social Security.

Bloch, M., and W. Parry, eds. 1982. *Death and the regeneration of life.* New York: Cambridge University Press.

Blumhagen, D. 1980. Hyper-tension: A folk illness with a medical name. *Culture, Medicine and Psychiatry* 4:197–227.

Bokan, J., et al. 1981. Tertiary gain in chronic pain. *Pain* 10:331–35.

Bond, M. 1986. *The psychology of the Chinese people.* Hong Kong: Oxford University Press.

Bosk, C. L. 1979. *Forgive and remember: Managing medical failure.* Chicago: University of Chicago Press.

Boswell, J. [1799] 1965. *Life of Johnson.* London: Oxford University Press.

Brandt, A. 1984. *No magic bullet.* New York: Oxford University Press.

Brice, J. A. 1987. Empathy lost. *Harvard Medical Alumni Bulletin* 60(4):28–32.

Briggs, J. 1970. *Never in anger: Portrait of an Eskimo family.* Cambridge, Mass.: Harvard University Press.

Brown, G., and T. Harris. 1978. *The social origins of depression.* New York: Free Press.

Browne, T. 1643. *Religio medici.* London: Andrew Crooke.

Burton, R. [1621] 1948. *The anatomy of melancholy*. Edited by F. Dell and P. Jordan-Smith. New York: Tudor.

Bynum, C. 1985. Disease and death in the Middle Ages. *Culture, Medicine and Psychiatry* 9:97–102.

Cassell, E. J. 1976. Disease as an "it": Conceptions of disease as revealed by patients' presentation of symptoms. *Social science and medicine* 10:143–46.

———. 1985. *Talking with patients*. Vol. 1, *The theory of doctor-patient communication*. Cambridge, Mass.: MIT Press.

Chen, J. 1978. *The execution of Mayor Yin and other stories from the great proletarian cultural revolution*. Bloomington: Indiana University Press.

Cohen, S., and L. Syme, eds. 1985. *Social support and health*. New York: Academic Press.

Conrad, J. [1915] 1957. *Victory*. Garden City, N.Y.: Doubleday Anchor Books.

Crick, B. 1980. *George Orwell: A life*. Boston: Little, Brown.

Daniel, V. 1984. *Fluid signs*. Berkeley: University of California Press.

Dressler, W. W. 1985. Psychosomatic symptoms, stress and modernization. *Culture, Medicine and Psychiatry* 9:257–94.

Drinka, G. F. 1984. *The birth of neurosis: Myth, malady and the Victorians*. New York: Simon and Schuster.

Ebigbo, P. O. 1982. Development of a culture specific (Nigeria) screening scale of somatic complaints indicating psychiatric disturbance. *Culture, Medicine and Psychiatry* 1:29–43.

Eckman, P. 1980. Biological and cultural contributions to body and facial movement in the expression of emotion. In *Explaining emotions*, edited by A. O. Rorty, 73–201. Berkeley: University of California Press.

Eisenberg, L. 1981. The physician as interpreter: Ascribing meaning to the illness experience. *Comprehensive Psychiatry* 22:239–48.

Engel, G. 1968. A life setting conducive to illness: The giving-in given-up complex. *Annals of Internal Medicine* 69:293–300.

———. 1971. Sudden and rapid death from psychological stress. *Annals of Internal Medicine* 74:771–82.

———. 1977. The need for a new medical model: A challenge for biomedicine. *Science* 196:129–36.

Enright, D. J., ed. 1983. *The Oxford book of death*. New York: Oxford University Press.

Erikson, E. 1958. *Young man Luther*. New York: W. W. Norton.

Fanon, F. 1968. *The wretched of the earth*. New York: Grove.

Favazza, A. R. 1987. *Bodies under seige: Self-mutilation in culture and psychiatry*. Baltimore: Johns Hopkins University Press.

Feinstein, H. 1984. *Becoming William James*. Ithaca, N.Y.: Cornell University Press.

Fitzpatrick, R. 1984. Lay concepts of illness. In *The experience of illness*, edited by R. Fitzpatrick et al., 11–31. London: Tavistock.

Foucault, M. 1966. *Madness and civilization*. Translated by Richard Howard. New York: Mentor Books.

Fox, R. C. 1959. *Experiment perilous: Physicians and patients facing the unknown*. New York: Free Press.

Frankenberg, R. 1986. Sickness as cultural performance: Drama, trajectory, and pilgrimage. *International Journal of Health Services* 16(4):603–26.

Freidson, E. 1986. *Professional powers: A study of the institutionalization of formal knowledge*. Chicago: University of Chicago Press.

Frolic, M. 1981. *Mao's people*. Cambridge, Mass.: Harvard University Press.

Geertz, C. 1986. Making experiences, authorizing selves. In *The anthropology of experience*, edited by V. W. Turner and E. M. Bruner, 373–80. Urbana: University of Illinois Press.

Goffman, E. 1963. *Stigma*. New York: Simon and Schuster.

Good, B. J. 1977. The heart of what's the matter: The semantics of illness in Iran. *Culture, Medicine and Psychiatry* 1:25–58.

Gottfried, R. S. 1983. *The Black Death: Natural and human disaster in medieval Europe*. New York: Free Press.

Groddeck, G. V. 1977. *The meaning of illness*. Translated by George Mander. London: Hogarth Press.

Groopman, L. 1987. Medical internship as moral education. *Culture, Medicine and Psychiatry* 11:207–28.

Hackett, T. P., and A. D. Weisman. 1960. Psychiatric management of operative syndromes. *Psychosomatic Medicine* 22(4):267–82.

Hahn, R., and A. Gaines. 1985. *Physicians of Western medicine.* Dordrecht, Holland: D. Reidel.

Hahn, R., and A. Kleinman. 1983. Biomedical practice and anthropological theory: Frameworks and directions. *Annual Review of Anthropology* 12:305–33.

Hampton, J. R., et al. 1975. Relative contributions of history taking, physical examination and laboratory investigation to diagnosis and management of medical outpatients. *British Medical Journal* 2:486–89.

Heaney, S. 1980. *Preoccupations: Selected prose 1968–78.* New York: Farrar, Straus, Giroux.

Heaney, S., and T. Hughes, eds. 1982. *The rattle bag.* London: Faber and Faber.

Heilbroner, R. 1986. *The nature and logic of capitalism.* New York: W. W. Norton.

Helman, C. 1978. "Feed a cold, starve a fever": Folk models of infection in an English suburban community. *Culture, Medicine and Psychiatry* 2:107–37.

———. 1984. *Culture, health and disease.* Boston: Wright.

———. 1985. Psyche, soma and society: The cultural construction of psychosomatic disease. *Culture, Medicine and Psychiatry* 9:1–26.

———. 1987. Heart disease and the cultural construction of time. *Social Science and Medicine* 24:969–79.

Horowitz, M. J., et al. 1984. Brief psychotherapy of bereavement reactions. *Archives of General Psychiatry* 41(5):438–48.

Hsu, F. 1971. Psychosocial homeostasis and *jen:* Conceptual tools for advancing psychological anthropology. *American Anthropologist* 73:23–44.

James, W. [1890] 1981. *The principles of psychology,* vol. 1. Cambridge, Mass.: Harvard University Press.

———. [1899] 1958. *Talks to teachers.* New York: W. W. Norton.

Janzen, J. 1978. *The quest for therapy in Lower Zaire.* Berkeley: University of California Press.

Johnson, T. H., ed. 1970. *The complete poems of Emily Dickinson.* London: Faber and Faber.

Kafka, F. [1919] 1971. A country doctor. In *The collected stories,* edited by N. N. Glatzer. New York: Schocken.

Karasu, T. B., and R. I. Steinmuller, eds. 1978. *Psychotherapeutics in medicine.* New York: Grune and Stratton.

Katon, W., and A. Kleinman. 1981. Doctor–patient negotiation. In *The relevance of social science for medicine,* edited by L. Eisenberg and A. Kleinman, 253–79. Dordrecht, Holland: D. Reidel.

Katon, W., et al. 1982. Depression and somatization, parts 1 and 2. *American Journal of Medicine* 72:127–35, 241–47.

Kaufert, J. M., and W. W. Coolage. 1984. Role conflict among "culture brokers": The experience of native American medical interpreters. *Social Science and Medicine* 18(3):283–86.

Kaufert, P., and P. Gilbert. 1986. Women, menopause and medicalization. *Culture, Medicine and Psychiatry* 10:7–22.

Keyes, C. 1985. The interpretative basis of depression. In *Culture and depression,* edited by A. Kleinman and B. Good, 153–74. Berkeley: University of California Press.

Kleinman, A. 1980. *Patients and healers in the context of culture.* Berkeley: University of California Press.

———. 1982. Neurasthenia and depression: A study of somatization and culture in China. *Culture, Medicine and Psychiatry* 6:117–89.

———. 1986. *Social origins of distress and disease: Depression, neurasthenia and pain in modern China.* New Haven: Yale University Press.

Kleinman, A., and J. Gale. 1982. Patients treated by physicians and folk healers in Taiwan: A comparative outcome study. *Culture, Medicine and Psychiatry* 6:405–23.

Kleinman, A., and B. Good, eds. 1985. *Culture and depression.* Berkeley: University of California Press.

Kleinman, A., and J. Kleinman. 1985. Somatization. In *Culture and depression,* edited by A. Kleinman and B. Good, 429–90. Berkeley: University of California Press.

Kleinman, A., and T. Y. Lin, eds. 1982. *Normal and abnormal behavior in Chinese culture.* Dordrecht, Holland: D. Reidel.

Langness, L. L., and G. Frank. 1984. *Lives: An anthropological approach to biography.* Novato, Calif.: Chandler and Sharp.

Lasch, C. 1977. *Haven in a heartless world: The family besieged.* New York: Basic Books.

———. 1979. *The culture of narcissism: American life in an age of diminishing expectations.* New York: W. W. Norton.

Lazare, A. 1987. Shame and humiliation in the medical encounter. *Archives of Internal Medicine* 147:1653–58.

Legge, J., trans. [1891] 1959. *The texts of Taoism.* New York: Julian Press.

Leigh, H., and M. Reiser. 1980. *The patient: Biological, psychosocial and social dimensions of medical practice.* New York: Plenum.

Levy, R. 1973. *Tahitians: Mind and experience in the Society Islands.* Berkeley: University of California Press.

Lewis, G. 1975. *Knowledge of illness in a Sepik society.* London: Athlone.

———. 1977. Fear of sorcery and the problem of death by suggestion. In *The anthropology of the body,* edited by J. Blacking, 111–44. New York: Academic Press.

Lewis, I. M. 1971. *Ecstatic religion: An anthropological study of spirit possession and shamanism.* Harmondsworth, England: Penguin.

Li, Y. Y., and K. S. Yang, eds. 1974. *Zhongguo ren de xingge (The character of the Chinese).* Taipei, Taiwan: Academia Sinica.

Liang, H., and J. Shapiro. 1983. *Son of the revolution.* New York: Alfred A. Knopf.

Lin, T. Y., and L. Eisenberg, eds. 1985. *Mental health planning for one billion people.* Vancouver: University of British Columbia Press.

Lin, T. Y., and M. C. Lin. 1982. Love, denial and rejection: Responses of Chinese families to mental illness. In *Normal and abnormal behavior in Chinese culture,* edited by A. Kleinman and T. Y. Lin, 387–401. Dordrecht, Holland: D. Reidel.

Link, P. 1983. *Stubborn weeds: Popular and controversial Chinese literature after the Cultural Revolution.* Bloomington: University of Indiana Press.

Lipkin, M. 1974. *The care of patients: Concepts and tactics.* New York: Oxford University Press.

Lipowski, Z. J. 1968. Review of consultation psychiatry and psychosomatic medicine. *Psychosomatic Medicine* 30:395–405.

———. 1969. Psychosocial aspects of disease. *Annals of Internal Medicine* 71:1197–1206.

Littlewood, R., and M. Lipsedge. 1987. The butterfly and the serpent: Culture, psychopathology and biomedicine. *Culture, Medicine and Psychiatry* 11:337–56.

Longhoffer, J. 1980. Dying or living? The double bind. *Culture, Medicine and Psychiatry* 4:119–36.

Lown, B., et al. 1980. Psychophysiological factors in cardiac sudden death. *American Journal of Psychiatry* 137(11):1325–30.

Lu Xun. 1981. A madman's diary. In *The collected stories of Lu Xun,* translated by Yang Xianyi and G. Yang, 26–38. Bloomington: University of Indiana Press.

McGuire, M. B. 1983. Words of power: Personal empowerment and healing. *Culture, Medicine and Psychiatry* 7:221–40.

McHugh, S., and T. M. Vallis, eds. 1986. *Illness behavior.* New York: Plenum.

MacIntyre, A. 1981. *After virtue.* South Bend, Ind.: University of Notre Dame Press.

McKinlay, S., and J. McKinlay. 1985. *Health status and health care utilization by menopausal women.* New York: Plenum.

Madan, T. N. 1987. Living and dying. In *Non-renunciation themes and interpretations of Hindu culture,* edited by T. N. Madan, 118–41. New Delhi: Oxford University Press.

Mayr, R. 1982. *The growth of biological thought, diversity, evolution and inheritance.* Cambridge, Mass.: Harvard University Press.

Mechanic, D. 1986. Role of social factors in health and well being. *Integrative Psychiatry* 4:2–11.

Metzger, T. 1982. Selfhood and authority in neo-Confucian China. In *Normal and abnormal behavior in Chinese culture,* edited by A. Kleinman and T. Y. Lin, 7–28. Dordrecht, Holland: D. Reidel.

Mishler, E. 1984. *The discourse of medicine: Dialectics of medical interviews.* Norwood, N.J.: Ablex.

Mitchell, W. E. 1977. Changing others: The anthropological study of therapeutic systems. *Medical Anthropology Newsletter* 8(3):15–20.

Moerman, D. E. 1983. Anthropology of symbolic healing. *Current Anthropology* 20(1):59–80.

Mumford, E., et al. 1984. A new look at evidence about reduced cost of medical utilization following mental health treatment. *American Journal of Psychiatry* 141:1145–58.

Munn, N. D. 1973. *Walbiri iconography.* Ithaca, N.Y.: Cornell University Press.

Myers, G. E. 1986. *William James: His life and thought.* New Haven: Yale University Press.

Nations, M., et al. 1985. "Hidden" popular illnesses in primary care: Residents' recognition and clinical implications. *Culture, Medicine and Psychiatry* 9:223–40.

Navarro, V. 1986. *Crisis, health and medicine.* London: Tavistock.

Needham, R. 1972. *Belief, language and experience.* Chicago: University of Chicago Press.

———, ed. 1973 *Right and left: Essays on dual symbolic classification.* Chicago: University of Chicago Press.

Nichter, M. 1982. Idioms of distress. *Culture, Medicine and Psychiatry* 5:379–408.

Noll, P. 1984. *Diktate über Sterben und Tod.* Zurich: Pendo Verlag.

Oakeshott, M. [1933] 1978. *Experience and its modes.* Cambridge: Cambridge University Press.

Obeyesekere, G. 1985. Depression, Buddhism and the work of culture in Sri Lanka. In *Culture and depression,* edited by A. Kleinman and B. Good, 134–52. Berkeley: University of California Press.

Osterweis, M., et al. 1984. *Bereavement.* Washington, D.C.: National Academy Press.

Osterweis, M., et al. 1987. *Pain and disability: A report of the Institute of Medicine, National Academy of Sciences.* Washington, D.C.: National Academy Press.

Parish, W., and M. K. Whyte. 1978. *Village and family in contemporary China.* Chicago: University of Chicago Press.

Plessner, H. 1970. *Laughing and crying: A study of the limits of human behavior.* Evanston, Ill.: Northwestern University Press.

Porkert, M. 1974. *The theoretical foundations of Chinese medicine: Systems of correspondence.* Cambridge, Mass.: MIT Press.

Potter, J. 1970. Wind, water, bones and souls: The religious world of the Cantonese peasant. *Journal of Oriental Studies* (Hong Kong University) 8:139–53.

Ratushinskaya, I. 1987. Two poems from prison, translated by F. P. Brent and C. Avins. *New York Review of Books,* May 7, 19.

Reid, J., and N. Williams. 1955. Voodoo death in East Arnhem Land: Whose reality? *American Anthropologist* 96(1):121–33.

Reiser, D., and D. Rosen. 1985. *Medicine as a human experience.* Rockville, Md.: Aspen.

Reiser, S. J. 1978. *Medicine and the reign of technology.* Cambridge: Cambridge University Press.

Rieff, P. 1966. *The triumph of the therapeutic.* New York: Harper and Row.

Roethke, T. 1982. *The collected poems.* Seattle: University of Washington Press.

Rosaldo, M. 1980. *Knowledge and passion: Ilongot notions of self and social life.* Cambridge: Cambridge University Press.

Rosen, G., and A. Kleinman. 1984. Social science in the clinic: Applied contributions from anthropology to medical teaching and patient care. In *Behavioral science and the practice of medicine,* edited by J. Carr and H. Dengerink, 85–104. New York: Elsevier.

Rosenberg, C. 1986. Disease and social order in America. *Milbank Memorial Quarterly* 64(Suppl. 1):34–5.

Rycroft, C. 1986. *Psychoanalysis and beyond.* Chicago: University of Chicago Press.

Sacks, O. [1985] 1987. *The man who mistook his wife for a hat.* New York: Harper and Row.

Sandner, D. 1979. *Navaho symbols of healing.* New York: Harcourt Brace Jovanovich.

Scarry, E. 1985. *The body in pain.* New York: Oxford University Press.

Schieffelin, E. 1976. *The sorrow of the lonely and the burning of the dancers.* New York: St. Martin's Press.

———. 1985. The cultural analysis of depressive affect: An example from New Guinea. In *Culture and depression,* edited by A. Kleinman and B. Good, 101–33. Berkeley: University of California Press.

Schutz, A. 1968. *On phenomenology and social relations.* Chicago: University of Chicago Press.

Showalter, E. 1985. *The female malady: Women, madness, and English culture, 1830–1980.* New York: Penguin.

Shweder, R. 1985. Menstrual pollution, soul loss and the comparative study of emotions. In

Culture and depression, edited by A. Kleinman and B. Good, 82–215. Berkeley: University of California Press.

Sicherman, B. 1977. The uses of diagnosis: Doctors, patients and neurasthenics. *Journal of the History of Medicine and Allied Sciences* 32(1):33–54.

Simons, R., and C. Hughes, eds. 1985. *Culture bound syndromes.* Dordrecht, Holland: D. Reidel.

Slaby, A. E., and A. S. Glicksman. 1987. Adaptation of physicians to managing life threatening illness. *Integrative Psychiatry* 4:162–72.

Spiro, H. 1986. *Doctors, patients and placebos.* New Haven: Yale University Press.

Starr, P. 1982. *The social transformation of American medicine.* New York: Basic Books.

Stjernsward, J., et al. 1986. Quality of life in cancer patients: Goals and objectives. In *Assessment of quality of life and cancer treatment,* edited by V. Ventafridda et al., 1–8. Amsterdam: Excerpta Medica.

Stone, D. 1984. *The disabled state.* Philadelphia: Temple University Press.

Strauss, A., et al. 1985. *Social organization of medical work.* Chicago: University of Chicago Press.

Taussig, M. 1980. *The devil and commodity fetishism in South America.* Chapel Hill: University of North Carolina Press.

———. 1986. Reification and the consciousness of the patient. *Social Science and Medicine* 14B:3–13.

Thurston, A. F. 1987. *Enemies of the people: The ordeals of the intellectuals in China's great cultural revolution.* New York: Alfred A. Knopf.

Tiger, L. 1980. *Optimism: A biology of hope.* New York: Alfred A. Knopf.

Tseng, W. S., and J. Hsu. 1969. Chinese culture, personality formation and mental illness. *International Journal of Social Psychiatry* 16:5–14.

Tseng, W. S., and D. Wu., eds. 1985. *Chinese culture and mental health.* New York: Academic Press.

Turner, B. 1985. *The body and society.* Oxford: Basil Blackwell.

Turner, J. A., and C. R. Chapman. 1982. Psychological interventions for chronic pain: A critical review, parts 1 and 2. *Pain* 12:1–21, 23–26.

Turner, V. 1967. *The forest of symbols.* Ithaca, N.Y.: Cornell University Press.

Unschuld, P. 1985. *Medicine in China: A history of ideas.* Berkeley: University of California Press.

Veatch, R. M. 1977. *Case studies in medical ethics.* Cambridge, Mass.: Harvard University Press.

Wagner, R. 1986. *Symbols that stand for themselves.* Chicago: University of Chicago Press.

Warner, W. L. [1937] 1958. *A black civilization: A social study of an Australian tribe,* revised edition. New York: Harper and Brothers.

Watson, J. L. in press a. Funeral specialists in Cantonese society: Pollution, performance and social hierarchy. In *Death ritual in late imperial and modern China,* edited by J. L. Watson and E. Rausch. Berkeley: University of California Press.

———. in press b. The structure of Chinese funerary rites: Elementary forms. In *Death ritual in late imperial and modern China,* edited by J. L. Watson and E. Rausch. Berkeley: University of California Press.

Waxler, N. 1977. Is mental illness cured in traditional societies? *Culture, Medicine and Psychiatry* 1:233–53.

———. 1981. Learning to be a leper. In *Social contexts of health, illness and patient care,* edited by E. Michler et al., 169–94. Cambridge: Cambridge University Press.

Weisman, A. D., and T. P. Hackett. 1961. Predilection to death. *Psychosomatic Medicine* 23(3):232–56.

Williams, G. H., and P. Wood. 1986. Common sense beliefs about illness. *Lancet,* Dec. 20–27, 1435–37.

Witherspoon, G. 1975. The central concepts of Navajo world view. In *Linguistics and anthropology: In honor of C. F. Voegelin,* edited by D. Kinkade et al., 701–20. Lisse, Belgium: Peter de Ridder.

Wolf, M. 1972. *Women and the family in rural Taiwan.* Stanford, Calif.: Stanford University Press.

Zborowski, M. 1969. *People in pain.* San Francisco: Jossey-Bass.

Zerubavel, E. 1981. *Patterns of time in hospital life.* Chicago: University of Chicago Press.

Zola, I. K. 1966. Culture and symptoms: An analysis of patients' presenting complaints. *American Sociological Review* 3:615–30.

———. 1982. *Missing pieces: A chronicle of living with a disability.* Philadelphia: Temple University Press.

索　引

條目後的頁碼係原著頁碼，檢
索時請查印在正文頁邊的數碼

M

實用心理學叢書

國立中央圖書館出版品預行編目資料

> 談病說痛：人類的受苦經驗與痊之道／凱
> 博文原著. -- 初版. -- 臺北市：桂冠,
> 　1994〔民83〕
> 　　　面；　　　公分. -- （實用心理學叢書：33）
> 　　譯自：The illness narrative：suffering,
> healing, and the human condition
> 　　含索引
> 　　ISBN　957-551-826-8（平裝）
>
>
> 1.病患–心理方面
>
> 410.14　　　　　　　　　　　　　83011461

實用心理學叢書㉝　楊國樞主編

談病說痛
——人類的受苦經驗與痊癒之道

原　　著／凱博文
出　　版／桂冠圖書股份有限公司
發 行 人／賴阿勝
登 記 證／局版台業字第 1166 號
地　　址／臺北市新生南路三段 96-4 號
電　　話／（02）219-3338・363-1407
電　　傳／（02）218-2859・218-2860
郵　　撥／0104579-2

裝　　訂／欣亞裝訂公司
印　　刷／海王印刷廠
初版二刷／1997年3月

定　　價／新臺幣 350 元
ISBN／957-551-826-8